我的奶奶是杀手

李良才◎著

企业管理出版社

ENTERPRISE MAMAGEMENT PUBLISHING HOUSE

图书在版编目（CIP）数据

我的奶奶是杀手 / 李良才 著，——北京：企业管理出版社，2014.1

ISBN 978-7-5164-0673-1

Ⅰ.①我… Ⅱ.①李… Ⅲ.①长篇小说 - 中国 - 当代 Ⅳ.① I247.5

中国版本图书馆 CIP 数据核字 (2014) 第 001513 号

书　　名：我的奶奶是杀手
作　　者：李良才
责任编辑：申先菊
书　　号：ISBN 978-7-5164-0673-1
出版发行：企业管理出版社
地　　址：北京市海淀区紫竹院南路 17 号　**邮编：**100048
网　　址：http://www.emph.cn
电　　话：总编室（010）68701719　发行部（010）68414644
编辑部（010）68456991
电子信箱：80147@sina.com　zbs@emph.cn
印　　刷：河南邦克彩色印务有限公司
经　　销：新华书店
规　　格：889 毫米 ×1194 毫米　16 开本　19.5 印张　140 千字
版　　次：2014 年 2 月 第 1 版　2014 年 2 月 第 1 次印刷
定　　价：48 元

contents

目 录

我的奶奶是杀手
（抗战长篇小说）

1. 我要革命 /007
2. 女杀手的传说 /017
3. 嫁，这是命令 /027
4. 我要学打枪 /039
5. 卖了儿子 /047
6. 你吃我吧 /058
7. 杀了鬼子吉川 /064
8. 兄弟，打死我 /072
9. 我是共产党人 /081
10. 你把女儿输了 /086
11. 我就是杀手 /098
12. 老二团回来了 /107
13. 抢大飞机啰 /114
14. 反动派开枪啦 /126
15. 还乡团 /135
16. 你跑不了啦 /146
17. 他真是共产党 /160
18. 姬家大院 /168
19. 太行之子九纵 /177
20. 战争中的朋友 /185
21. 解放焦作 /192
22. 美女是个特务 /205
23. 石榴牺牲了 /216
24. 二号首长 /224
25. 吃掉黄维兵团 /235
26. 缴枪不杀 /248
27. 战争与和平 /259
28. 将革命进行到底 /274
29. 上甘岭 /284
30. 英雄儿女 /289
31. 向我开炮 /296

引子

我的奶奶，她叫董凤，在西方人眼里，奶奶是一个地地道道的无产阶级职业革命家。奶奶为了无产阶级劳苦大众的解放和幸福，战斗了一生，杀敌无数，但是，奶奶最喜欢的口号却是缴枪不杀。

奶奶一讲起缴枪不杀这个口号，激动、亢奋，声音能比平时一下子高八度。

说起来，这话可有点长了。20世纪80年代末，淮海战役、上甘岭战役结束三十多年了，美国军事专家和学者乘坐着飞机，越过太平洋，专程来大陆探索中国人民解放军和中国人民志愿军分别在淮海战役、上甘岭战役获胜的秘诀。

奶奶说，那些个美国军事专家和学者，可真下了功夫。他们煞费苦心地扒在大地图上，先是拿着大角尺、圆规丈量，然后用十几面小红旗、小白旗在地图上摆放着。他们一天到晚忙得不拾闲，天天圪蹴在宾馆的会议室里，细细发发地计算着，认认真真地比画着，满嘴吐沫地争论着，他们一折腾，就是小半年时间。可是，这些个美国军事专家和学者收效甚微，始终没有找到他们想要的答案。

这些美国军事专家一遍又一遍地比对着地图、地形、地名和地理环境，比较着各方的兵力、装备和战术，想破解中国人民解放军60万大军，打败了国民党80万大军的战术；想获取中国人民志愿军在上甘岭战役战胜美军的秘密；想探寻未来战争，美军与中国人民解放军作战的路径。但是，美国军事专家和学者失望了，就像上甘岭战役中的美国人一样，对这个方程式无解。美国军事专家和学者，不时摊开双手，晃动着大脑袋，一个劲地嘟囔着："胜得不可思议，败得不可思议。"

奶奶应中国外交部的邀请，前往北京。奶奶代表中国民间的战斗英雄，讲述她参加淮海战役和上甘岭战役的经历，就这两个战役的问题，为这些个美国军事专家和学者们释疑解惑。

奶奶站在北京军事博物馆的讲台上，英姿飒爽，斗志昂扬。奶奶用目光扫了一眼台下，那些个黄头发、蓝眼睛的美国军事专家和学者，他们一个个正襟危坐，个个都像俺村庙里的泥像，目不转睛地等着听奶奶的发言。

奶奶的心胸里如常装着大竹竿呢，用文化人的话说，叫成竹在胸。奶奶一点也不怯场，她有条不紊、气宇轩昂地讲了起来：

抗日战争，是日本帝国主义侵略我们中国，欺负我们中国人。我们中国人民面对侵略者，必须生死抉择，抗日救国。说白了，就是那些个日本鬼子，逼着我这个女青年"弃文尚武"，逼着我这个文弱的女青年拿起刀枪，走向战场，为了国家的存亡、民族的大义，浴血奋战，以命抗争。

我投身解放战争，是国民党反动派破坏和平，挑起内战。我们中国广大的劳苦人民，在中国共产党的领导下，求生存、求自由、求民主，为了自己的命运，进行的一次生死大决战。我们共产党人必须旗帜鲜明，顺应历史的潮流，响应人民的意愿，打倒国民党反动派，解放全中国。中国人民三年的解放战争，是中华大地上光明与黑暗的决战，我们中国广大的劳苦人民用血与火送走了一个旧社会，迎来了一个民主、自由的新时代。

我参加朝鲜战争，是美帝国主义者恃强凌弱，侵略朝鲜；是美帝国主义者欺人太甚，美帝国主义者的飞机蓄意入侵中国境内，轰炸中国城市，把战火强加在中国人民头上。美帝国主义者低估了中国人民捍卫国家主权的决心和意志。一句话，是美帝国主义者无事生非，逼着我们中国人民志愿抗美援朝，志愿保家卫国。

今天，说到我们中国共产党人的胜利，敌人的失败，其原因是多方面的。但是，你说复杂，很复杂。你说简单，很简单。

站在这个讲坛上，我可以负责任地告诉你们，只要我们共产党人坚持党的建设、坚持武装斗争、坚持统一战线，我们团结带领中国人民，喊着缴枪不杀的口号，打正义战争，打人民战争。我们就能赶跑日本鬼子、战胜国民党反动派、打败美帝国主义野心狼，我们就能战胜一切敌人。中华儿女为了祖国和民族的利益，头可断，血可流，中华民族是永远不可战胜的。

我们的周恩来总理代表我们新中国向世界宣言，中国人民热爱和平，但是为了保卫和平，从不也永不害怕反侵略战争。

……

当年，奶奶滔滔不绝地给美国军事家们讲战史、讲战例、讲故事、讲道理。

一个中国女翻译官，她落落大方、有板有眼地翻译着、解释着、说明着，奶奶在讲话和答辩中的一些特殊用词和用语。

奶奶十分待见这位长着娃娃脸的中国女翻译官，她不但人长得漂亮，而且举止优雅，尤其是从她嘴里说出的话，既周全、又好听。

奶奶那时真的很纳闷，我们中国这么一个小女孩，怎么会说一口流利的外国话呢？

在宴会上，奶奶陪美国军事访问团的女官员吃饭，奶奶指着餐桌上的冷盘热菜，客气地礼让美国女官员：“叨，请叨，请叨菜。大家多叨菜吃，叨，叨，叨！”

美国女官员听了奶奶的话，瞪大了蓝色的眼睛，一脸迷茫。她莫名其妙地问女翻译官：“叨？叨，是什么意思？”

中国女翻译官反应快，微笑着翻译：“请，请，请的意思。”

美国女官员心领神会般点点头，她笨拙地拿起一双筷子，可是横竖玩不到一起，怎么样尝试，也叨不起盘中的菜肴。她只得摊开自己的双手，摇着头，扮了一个怪脸：“中国文化，神秘！就餐方式，神奇！”

奶奶一想起这件事，就会情不自禁地笑出声来。

美国女官员拿筷子的水平，真的不敢恭维，她真的不如奶奶家三岁的孙子麦穗呢，奶奶三岁的孙子麦穗，拿着筷子能夹起地上的小蚂蚁。

美国女官员自作聪明，东施效颦，她闹出了一个国际级的大笑话。

那天，美国女官员内急，奶奶也内急， 她俩人在卫生间碰了面，美国女官员礼貌地上前，搀扶着奶奶到蹲位上，请奶奶在蹲位上坐下，美国女官员好奇地卖弄自己的能耐，用半生不熟的中国话说："叨，叨，你，叨。"

这话，驴唇不对马嘴。奶奶又可气又可笑，笑这个美国女官员有点不识数，厕所里怎么会有吃的呢？

奶奶心里一百个不乐意， 嘴上却又说不得呀。为什么？奶奶心里想，即使自己说了，美国女官员她也听不懂呀。

正当奶奶左右不是味的时候，中国女翻译官及时地出现了，她到底年轻，腿脚麻利，奶奶刚刚听见她哼唱的小曲声，她那人便风一般地闯进了卫生间。中国女翻译官的出现，可解了奶奶的围，奶奶恍然大悟：中国女翻译官在饭桌上，她对"叨"的翻译，是"请"的意思。

奶奶茅塞顿开，以其人之道，还治其人之身，她幽默地对美国女官员大声说："叨，请叨，你先叨，你先叨。"

中国女翻译官在卫生间，她听到了奶奶与美国女官员的对话，她捂着自己的肚子大笑，笑得蹲在地上，半晌直不起腰。

事后，奶奶严肃地提醒中国女翻译官："来而不往，非礼也。在国际外交方面，咱们中国人绝不能失了礼数。特别是对待这些个美国友人，既要坚持讲缴枪不杀的政策，又要坚持讲武装斗争的原则，还要坚持讲和平共处的愿望。叫洋人知道什么是中华文明。"

奶奶专门把中国女翻译官叫到自己房间，给中国女翻译官讲解，讲解河南人在餐桌上招待、宴请客人，请客人动筷子、夹菜，为什么经常用"叨"字呢。

奶奶讲，河南人用的这个"叨"字，颇有历史渊源。

两千多年前，周公旦辅佐周成王东迁，定都洛阳。一天，周成王宴请全国各路的王侯及文武百官。在洛阳王城的大宫殿中，各路王侯及文武百官按爵位分座两列，在他们面前的食案上，摆满了美味佳肴。

周成王坐在龙椅上，高呼一声："刀！"

各路王侯及文武百官闻听此言，才敢拿起食案上精致的餐刀，切食鼎中的肉块。

周成王讲的"刀"，用现在的话解释，就是：请大家拿起食案上的刀，动手分割鼎中的大肉块，开始吃吧、喝吧。

当时，周公旦制定了严格的"礼制"，王侯及文武百官在天子面前舞刀弄剑，是非礼之举、大逆之罪。只有在周成王允许大家动"刀"时，大家才能拿起餐刀，切吃肉食。

那时，人们喜欢整只大块地煮牛、烤羊、炖猪，在宴会上，只有用刀切吃肉食，方显文雅和礼仪。哪里能跟民间农夫、莽汉一样，圪蹴在地上抱着肉块，张着大嘴啃吃肉食。

上行下效。周成王这种宴请的形式，渐渐地在王公贵族中流行。王公贵族一旦宴请宾客，也流行由主人先说一句：“刀”。客人才拿餐刀，切食肉块。这种时尚、精练、大气的宴请形式，逐渐也流传到了文人士子、普通百姓家中。那时，一般百姓家，平时难得吃上肉，只有逢年过节或宴请亲朋好友时，才会吃上肉，这时，主人也要很自豪地大喊一声：“刀！”

这就是河南人宴宾待客，经常说“叨”的由来，此“叨”系彼“刀”演化而来。直到今天，在我们中国的内蒙、西藏、青海等地，仍然保留着用刀切食牛、羊肉的习惯。

人类进食采用的方式，社会流行最广泛的有三种：用手指、用刀叉、用筷子。早在春秋战国时期，中国人就使用了筷子，中国人发明和使用筷子，是人类文明史上值得骄傲和推崇的科学发明。筷子是人类手指的延伸，手指能做的事它几乎都能做，而且在高温与寒冷的条件下使用筷子，不会伤及手指。在十六七世纪，西方人才学会使用刀叉，而那刀叉，又怎能与筷子相提并论呢？

中国人使用筷子进食，筷子代替手指，施展出钳夹、拨扒、挑拣、剪裁、分割等全套动作，手腕、手掌、胳膊和肩膀的几十个关节和肌肉同时活动，既大快朵颐，又有利于心脑健康，何乐而不为？中国《相书》上则说：三指用箸者，自如；四指用箸者，贵人；五指用箸者，富贵不可言也。箸者，筷子也。

1924 年 2 月，中法大学在法国的里昂召开董事会，中方董事长蔡元培出面答谢法方董事长欧乐，邀请对方到中国大使馆品尝中国菜。

宴席上，法国方面的董事长欧乐见桌子上放着筷子，他请教蔡元培：“你们中国人，使用筷子吃饭，而不用刀叉，很不方便吧？”

蔡元培见怪不怪：“早在三千多年前，我们的祖先也用刀叉吃饭。不过，我们中国人是酷爱和平的民族， 总觉得刀是杀人的武器，使用它吃饭不太文明。所以，我们中国人从商朝时就改用‘匕’切吃肉食、用箸夹菜。后来，随着我们烹饪工具的进步，筷子在餐桌可以夹肉，‘匕’也退出了宴席，‘匕’退到了厨房。”

欧乐由衷地赞叹：“中国文化博大精深，世界诸国望尘莫及呀。”

奶奶喜欢中国女翻译官，话自然就多了起来：

筷子直而长，两根为一双。用筷子夹菜不是两根同时动，而是一根主动，一根从动；一根在上，一根在下。两根筷子的组合成一个太极，主动的一根为阳，从动的那根为阴；在上的那根为阳，在下的那根为阴，这就是两仪之象。阴阳互动，可得用矣；阴阳分离，此太极不存。这就是对立统一，阴阳互根。两根筷子可以互换，主动的不是永远主动，在下的不是永远在下，此为阴阳可变。

看筷子，一头方一头圆。方的象征着地，圆的象征着天。方形属坤卦，圆形为乾卦，如此乾坤之象现矣。坤卦有柄象，柄，把手的意思；乾卦象征着天，象征着第一，常言民以食为天，大概言由此出。手拿筷柄，用筷头夹菜，坤在上而乾在下，这就是《地天泰》卦，和顺畅达，当然吉祥；手拿筷头，用筷柄夹菜，乾在上而坤在下，这就是《天地否》卦，否，闭塞不通，若如此用筷，岂不可笑？

用筷子时筷子很自然的把我们的五指分成三部分，拇指、食指在上，无名指、小指在下，中指在中。这样天、地、人三才之象成矣，天、地、人三才之道存于中矣。无名指、小指在下象征着地道。无名指、小指较弱，其位又在下，须相互依倚，象征着广大民众，无职无权，须互敬互爱，彼此扶持，同声相应，同气相求。象征着为人处世，孤木难支，人无辅助难以成功。拇指、食指在上象征着天道。五指之中食指为要，曲伸开合属它最巧，把握方向属它最妙。其象征着官长，发号施令，作威作福，然肆意妄为，终招大祸，须拇指管之方可成事。拇指象征着什么？象征着监管、象征着法律、象征着民心、象征着自然规律……

这是从不同层面讲的，不可执之一理。食指灵巧，拇指粗笨，灵巧为用，粗笨制约。故天道尚变，但不可乱变。天本健行，但天道不言。

五指之中中指最长，其在人位，象征着人为主体，为万物之灵长。然居于两筷之间其位尴尬，象征着中层领导，下有民怨，上有官威；象征着人在中年，上有高堂应尽孝，下有弱子要奶吃。总归一句话：做人难！但只有做人才最长。中年虽不易，中年最辉煌。

筷子很简单，就是两根棍，随处可见，这就是简易。筷子亦多样，有木也有竹，有金又有银，筷子的种类多样就是变易。尽管筷子多变化，但筷子直而长，两根为一双的情况始终未变，这就是事物的本质属性不易。简易、变易、不易这就是《易经》的三易之理。比如一个人，只用一个名字来代表，简易嘛；但他的容颜、命运、情绪等是始终变化的，这就是变易；可他呢，是男就是男，是女就是女。无论男女，都有七情六欲，都有生老病死，这就是不易。推而广之，莫不如此。

易道含弘无所不包，太极阴阳无限可分，其大无外，其小无内。易理又是人性的，就在我们身边，只是百姓日用而不知。

易卦解民以食为天：两根筷子，二数先天卦为兑。兑，为口，为吃。筷形直长，为巽卦。巽，为木、为入。组合在一起，就是用筷子吃东西。入口的是什么？是筷头。筷头圆，为乾卦，乾为天。这样吃的岂不是“天”？因此，我们认为“民以食为天”是由这儿来的。

奶奶说：“我们中国人热爱和平，倡导和谐，崇尚礼仪。而美国人性格直率，做事张扬，争强好胜。我们中国人同美国人打交道，应当勇敢地说出我们的观点、思想和做法，有一是一，不必过于谦逊、过于含蓄、过于忍让。否则，反而事与愿违。你懂美国话，会说美国话，这一点你应该比我明白。”

司马迁在《史记·孔子世家》中借花献佛，赞美孔子："《诗》有之，高山仰止，景行行止。虽不能至，然心向往之。"

中国女翻译官听着奶奶的话语，想着奶奶处世为人的境界，盘点着奶奶人生的故事。中国女翻译官热血沸腾，浮想联翩，她按捺不住自己的激情，铺开稿纸，她用英文著书，向美国人和世界所有的人讲述，讲述中国的故事，讲述我奶奶董凤一生的传奇故事……

1. 我要革命

董凤可不是一个普普通通的人物，她参加过抗日战争、解放战争、朝鲜战争，她会用中国、日本、美国、朝鲜等四国语言喊出缴枪不杀这个口号。

董凤总结出来这样一个结论，在自己战斗的一生中，在与敌人战斗的经历中，她只要喊出缴枪不杀这个口号，她就有精气神，她就不怕牺牲，她就前进，她就胜利。

董凤直到晚年，还为自己当年喊着缴枪不杀、英勇战斗的生活，感到骄傲和自豪。

董凤的出身，也不是什么名门望族的家庭，她出生在一个封建没落的大地主家庭。

董凤的家乡，在河南焦作沁阳的一个农村，一个比较偏僻落后的地区，董凤的青少年时代，就是在这个偏僻落后的农村地区度过的。

董凤家是方圆百里最大的地主家庭，曾经有五百多亩地、五十余间房屋、有 85 头牛马驴骡等牲口、有三百多只羊。雇有二十五六个长工和男女佣人。

解放前，中国户口管理实行的是保甲制度，即以户为单位，户设户长，户长由家长担任；十户为一甲，设甲长一人；十甲为一保，设保长一人。

这种保甲制度是宋朝王安石首创，至解放前，已经有一千多年的历史。宋朝以来，各个朝代对老百姓的统治，基本上沿用了这种制度，靠这种制度向老百姓征收田粮赋税，摊派劳役，征招兵丁，维护统治。

董凤 7 岁那年，家里遭受了军阀官僚的无耻讹诈，从此家业衰败。

那天，军阀手下的胡副官在董凤家门前，翻身下马，他将自己的坐骑，交给董家长工郑五，交代郑五，帮他在大门外蹓蹓马。胡副官转身进了院，去见户长董父，摊派军粮军草。

胡副官造访，董父一点也不敢慢待，一边倒茶递烟，一边高声吩咐家人宰羊杀鸡，备上美味佳肴，款待胡副官。

郑五骑上胡副官的马，蹓了一大圈，蹓马回来，刚要把马栓在大榆树上，意外发生了，那马突然“卟咚”一声跌倒在地上，口吐白沫，死了。

郑五一看，胡副官的马死了，转身跑回家，附到董父耳边低语：“老爷，我蹓那当官的马刚回来，那当官的马，突然稀里糊涂地死了。”

“你说什么？”董父脸色一变，惊慌失措。

“那当官的马，稀里糊涂地死了。”

“好好的一匹马，怎么会突然死呢？我去看看。”董父站起身，往南大门外跑去。

胡副官、甲长、保长等人也都跟着董父，来到南大门。

胡副官的那匹马直挺挺躺在地下，董父一摸这匹马的脖子，董父断定，这匹马已经没有半点生命体征了。

董父纳闷不已：“这好好的一匹马，怎么会突然死了呢？”

“你问谁哩！我怎么知道哪？这马，已经死了，董户长，你看怎么办吧？”胡副官说话的声音，明显高了起来。

“奇怪，蹓个马，怎么能把马蹓死？如果马原来没有问题，就蹓这么一会儿，也不至于把马蹓死呀。”董父说着，好像是给在场的人听，又好像是自言自语。

“你是怀疑，我的马原来就有毛病？是不是？”胡副官气冲冲地接过话茬。

“我是在想，这匹马，怎么死的呢？”董父不敢说，这马原来就有问题，百姓遇见兵，有理不敢讲。现在，董父更不敢说半句呛茬的话。

“你想，你想又有什么用呢？这匹马，已经蹓死了，你看怎么办吧？”胡副官得理不饶人。

董父想，看来，这匹马不管怎么死的，都得赔了，但愿胡长官不要乘机讹诈，就谢天谢地了：“不要说你的马，死在我这里了；就是你的马，没有死在我这里。胡长官你需要一匹马，我也会给你的。”

胡副官拉下脸，把声音拉得很长：“哦，你是说，你只赔我一匹马喽？”

董父一听他这话，自己原想只赔偿胡副官一匹马，看来是不行了，马上改口："不，不是的。你在我家，挑最好的马，你挑上两匹，你看中哪两匹，我就给你那两匹。"

"什么？董户长，你大概不知道吧？我的这一匹马，非同凡响，是一匹罕见的汗血宝马，既能日行千里，也能在战场上，配合我英勇杀敌，还能保护主人、救助主人。你家怎么会有这么好的马呢？如果论价值，恐怕你们家所有牲畜，都抵不上这匹马。"

胡副官此言一出，董父叫苦不迭：这个祸事大了，究竟赔偿多少，才能了结此事，自己心里也没有底了。这年头你无法同军阀讲理，他说马是汗血宝马，不是汗血宝马，也是汗血宝马，谁还敢说半个不字。看样子，军阀要讹诈我家了。

董父低声下气，说出了失态的话："大人不计小人过。这匹马，这匹马已经死了，请胡长官高抬贵手，放过我们吧！"

"这样吧，"胡副官眼珠转着圈圈："事分轻重，你先把部队要的两千斤粮和两千斤草送走。然后，咱们再谈这匹马的赔偿问题吧。"

"胡长官，我家的确没有那么多的粮食和草。把我家的草全拉走，也没有两千斤，粮食也没有那么多，请胡长官尽量让我少拿一点。"董父开口哀求胡副官。

"那你先送一千斤粮、一千斤草吧。"胡副官又对保长和甲长说："你们再从别的地方，筹集一千斤粮和一千斤草，行不行呀？"

保长和甲长你看看我，我看看你，实在没有办法，只得连连应道："中，中，中。"

保长和甲长东挪西借，凑够了一千斤粮和一千斤草。胡副官骑着董家最好的马，押着粮草车走了。

谁知，第二天一早，胡副官带着一排士兵，全副武装，闯进董家，有人把着羊圈门，有人把着牛圈门，有人把着骡马的圈门。

胡副官翻脸不认人，不依不饶地对董父说："你家的牲畜，我统统赶走了，你什么时候，能弄到像我那样的汗血宝马；我什么时候，如数还回你家的这些牲畜。"

胡副官一声令下，士兵打开牲畜圈门，赶走了董家所有的牛羊马驴骡。

董家的男女老少都跑出来劝阻，军阀士兵哪里听得进劝阻，谁劝阻就打谁，有的用马鞭子抽人，有的用枪托砸人。

胡副官拔出手枪，朝天鸣枪，以示震慑："你们都听着，谁再影响我执行公务，我就要开枪杀人了。"

这时，董家大人们的劝阻声，女人、小孩子的哭喊声，牛、马、驴、骡，一时哄叫，董家院里院外悲声四起，一片凄惨。

董凤站着那儿，泪流满面，那一刻，她清清楚楚地看到：自己家里那头大公牛，流下了依依不舍的泪水。

一个五畜兴旺、丰衣足食的人家，遭遇军阀官僚讹诈，瞬间，牲畜圈内空空荡荡，一片凄惨。

保长咽不下这口气，带着一群有头有脸的人，去找军阀师长理论："我是董家沟的保长，我们来的这几个人，在当地都是有地位、有名望的人，是军队筹措军粮和军草的依靠对象。昨天，胡副官找我要军粮要马草，我千方百计交够了数目。但是，胡副官的坐骑，在董家不知为什么突然死了。今天早上，胡副官得理不饶人，他带了些弟兄，把董家的马、骡、驴、牛、羊，一股脑全部拉走了。胡副官死了一匹马，要人家的那么多的牲畜，这公道吗？况且部队的粮草供给，全靠我们农民生产，把我们的牛马驴骡都赶走，我们怎么能为军队生产粮食？因此，我们请师长高抬贵手，体恤老百姓的疾苦，给董家留几头牲口，以便他生产生活使用，我们老百姓祖祖辈辈都会记着师长您的大恩，多交些军粮和马草。"

"好吧，我会秉公处理此事的。"师长装腔作势："这件事情我很清楚，胡副官出去筹措军粮和马草，我给他配备了部队最好的一匹汗血宝马，价值连城。结果，这匹汗血宝马到了董家，突然死了。胡副官怕得要死，怕我军法惩办。你们来反映说，董家的人不错，是老实人家，董家过去一直积极缴纳军粮、马草，我们就不追究马死的原因了。如果追究马死的原因，那恐怕还要抓人，甚至枪毙人，军法无情啊。至于，胡副官赶回这些牲畜的价值，同汗血宝马的价值相比，到底哪个高些，哪个低些，我现在答复不了你们。我让懂行的人评估一下，如果赶来的那些牲口的价值，大于汗血宝马，那么多了多少，在三天内退回多少；如果那些牲口的价值，还不足汗血宝马的价值，那么也不要再补了，农民也不容易，我们部队损失，就损失一点吧。你们也不要再跑来跑去了。话就说到这里了，我军务繁忙，你们回家吧，等我的消息吧。”

3 天过去了，没有消息；30 天过去了，还没有消息；董父的眼都盼瞎了，军阀师长也没有退回一头牲口。

董家几辈人辛辛苦苦创下的家业，从此没落了。董家二十多口人，土地剩下十八亩，两头牲口，还欠了很多外债，连长工也雇用不起了。全家人除董凤大哥、二哥在外边混事外，几乎人人全部都参加了劳动。夏收秋种时，董凤这个幼小的女孩子，也得下田地里去干繁重的农活。

董父读的是四书五经，满脑子是孔孟之道，他很少去过问董凤他们兄弟姐妹的学习。

董凤大哥在北平私立的朝阳大学读书，从外边带回了孙中山的革命精神，他对董凤说：“读四书五经的时代，已经一去不复返了，你要上洋学堂、读洋书，才会有前途。”

董凤读书学习非常勤奋，可是小学一毕业，她就面临辍学的问题。当年，董家里的钱和物，都掌握在祖母手中，祖母封建思想严重，她时常数落董凤：“小凤，你是个女孩子，长大了，找个好人家，嫁了就算了。不要再读书上学了，既耽误时间，又花费钱财。”

董凤志存高远，她动了心眼，表面上她答应祖母：“放心，我听奶奶的话。”

背地里，董凤偷偷拿着表姐的小学毕业证，考上了洛阳的师范学校。她祖母黑着脸：“小凤，丑话咱可说前头。我只能供你吃饭的费用，其余的，咱们家实在负担不了。”

董凤倔强地说：“奶奶，您放心，我半工半读，在业余时间，教授一些无力上学的儿童，收取些微薄的薪水，解决我的学杂费和住宿费用。”

两个妹妹也迫切地想去上学，但是，祖母决不允许女孩子再上学念书。

董凤说：“你们年纪还小，不用着急，现在中国有朱德、毛泽东两人带头，在南方闹革命，提倡男女平等，将来总有一天，我们女孩子也能上学的。”

哪里有压迫，哪里就有反抗。当年，中国军阀混战，社会动荡不安，穷苦百姓颠沛流离，民不聊生，只好奋起抗争，以求生路。

中共河南省委配合、支援鄂豫皖苏区的第四次反“围剿”，河南省委巡视员、中共焦作中心县委书记党继新，带领国民党的沁阳六区自卫队及部分共产党的党团骨干分子，组织发动了黄背坪起义和沁济农民武装暴动，组建了晋豫边红军游击队。

继新建立了豫北第一个红色政权——豫晋边区苏维埃政府，开辟了东西40里，方圆百余里红色根据地。他们开展红色游击战争，建政权、抗粮租，初现了“区域苏维埃”的雏形。

国民党41军的军长孙殿英、济源县长边万选、沁阳县长宋祖铎惧怕革命势力，日夜不安，如坐针毡。他们多次带领国民党军队、县保安队、公安局、政警队及民团围剿豫晋边红军游击队。豫晋边红军游击队英勇顽强，一次又一次地打破了敌人的围剿，革命的势力一度扩大到豫西北、晋东南。

董凤的二哥也认定共产党是“真龙天子”，他出于保家立身的小心眼，在村里设坛聚众，他带头参加了红军的游击队。

豫晋边红军游击队员都是贫苦的农民出身，纪律严明，他们所到之处，老百姓争相欢迎。董凤和孩子们，天天围着豫晋边红军游击队看稀罕，看红军游击队员的操练。

国民党河南省政府主席刘峙和国民党41军的军长孙殿英电令：济源、沁阳、博爱等县长和山西阳城、晋城等地军队民团，限期消灭红军游击队。

刘峙发出通缉令：悬赏2500块银元，抓捕河南省委巡视员、中共焦作中心县委书记党继新。

党继新赴郑州向省委汇报工作，他与省委交通员范毅化装成煤矿工人，在返回沁阳原大寨途中，在济源水运村，国民党济源一区区丁李聪绪、杨顺烈看着党继新、范毅两人面生，形迹可疑，便抓捕了党继新和范毅。

党继新在监狱关押一个多月，受尽酷刑，坐老虎凳、灌辣椒水、钢针穿手指、腰背烤火香、双脚踩铁链、穿红鞋、上支杆，生生压断了双腿。

党继新在狱中英勇顽强，坚贞不屈，没有暴露党的机密，没有出卖一个同志。党继新指着国民党县长方廷汉的鼻子，大声痛斥："你们国民党反动派，祸国殃民，腐败透顶，绝对没有好下场。我们共产党光明磊落，举行暴动，组建红军，为的是救国救民，彻底推翻你们这反动政权，让贫苦穷人当家作主。"

党继新英勇牺牲，时年 26 岁。

"沁济暴动"失败，焦作地区革命形势处于低潮。但是，焦作人民与国民党反动政权的斗争，一刻也没有停止。

董凤少年时代的这些经历，所见所闻，在董凤幼小的脑子里，留下了难以磨灭的印象，深深地影响着董凤的成长。从此，如火如荼的革命运动，在董凤的心里，播下了参加革命、打倒帝国主义、打倒军阀的种子。

这年，董凤 15 岁了，董凤想上高中，考大学。董凤初中毕业，虽然考上了高中，却因为没有钱上不起高中，董凤躲在寝室哭了一天一夜。董凤上高中的梦想破灭了，她只好去考省立师范。省立师范当年是公费，不仅不交学费，国家一个月还发六块钱。

董凤同时考上了省立沁师和省立乡师。然而，入学要先交八块钱。怎么办？一同去考试的同学，都是穷学生，谁也穷，谁也没办法。

董凤非常难过，她哭了，哭得鼻涕一把、泪水一把。

董凤的初中同学郝静落榜了，郝静手里还剩七块半钱。郝静大气地说："小妹，你考取了，因为几块钱不能上，太可惜！我手里还有七块钱，全给你。我步行回家，我有个块儿八角钱，在路上买点吃的就行了。"

董凤感激万分："你的钱，我不能要，你家里也不宽裕，我再想办法。"

郝静劝董凤："知识改变命运，你成绩好，还是上学读书吧。"

董凤擦干眼泪，斩钉截铁地说："知识改变不了命运，革命改变命运。当下中国社会黑暗，政府腐败，没有民主，没有自由。这学我不上了，我要革命！"

董凤胸怀着要革命的理想抱负，只身赶往焦作，投奔在焦作扶轮学校当教员的表哥李维刚。

董凤的表哥李维刚，是共产党人。董凤一见李维刚，就吐露心声："表哥，这世道不革命，我们是没有活路了。我要革命，我要干革命！"

李维刚听了董凤这话，又惊又喜："小妹，干革命可不是闹着玩的事，搞不好，那是要掉脑袋的。"

董凤语气坚定："这社会太黑暗了，横竖不能活了，要命干啥用？我要革命！"

李维刚不藏不掖："好吧，你就试试，我支持你干革命。中共晋冀鲁豫边省工委，在焦作扶轮小学举办特别训练班，你去报名参加吧。"

李维刚介绍董凤到焦作扶轮学校特别训练班，董凤在焦作落了脚。

焦作的历史悠久，早在8000年前的氏族公社时期，已经有人类居住，古称山阳城。夏朝隶属冀州，史称覃怀。明朝属开封府，清朝属怀庆府。

山阳城的建立可以追溯到战国时代，即公元前221年以前，距今已经有两千二百多年的历史了。修武县志记载：战国魏山阳城，在县西北35里。《后汉书·献帝记》载："曹丕奉帝为山阳公，邑一万户，位在诸侯王之上。"在这个时期，山阳城改称"山阳国"，曹丕为汉献帝新建了宫殿，在山阳城东北二十里外的古汉山，修筑了避暑台。汉献帝死后，他就葬在古汉山。

两晋时期，山阳城设立山阳县，隶属司州河内郡。历经南、北朝、隋、唐、五代及宋金等朝代，宋、金文献记载中，仍有山阳县建制。到了明朝、清朝时期，山阳、修武并为一县，再也没有山阳县的建制了。

关于山阳县的废兴，当地百姓是这样传说的。

一千多年前，朝廷派人来山阳县当县官，可是县官都当不了多长时间，多则八个月，少则半年。县官不是死掉，就是害大病做不成官，吓得谁也不敢来山阳县当县官了。

后来，有一个县官学过易经、信风水，他去山阳县赴任之前，他先找了个风水先生，风水先生去山阳县察地形、看地脉，看看山阳县风水，究竟有什么吉凶之虞。

风水先生果然不负所托，他站在北山上，装鬼弄神地往下一看，他说，山阳县北的太行山，形状如虎，山阳城修建在老虎嘴前，老虎最爱吃山羊，山羊（阳）放在老虎嘴边。山羊与老虎共舞，老虎怎么会不吃掉山羊呢！县官他又是一县之主，首当其冲。横祸飞来，必先秧及县官。

县官立马出资，请求风水先生出手破解。

拿人钱财，替人消灾。风水先生也讲职业操守：消灾可以，在山阳城北门中间，埋上一块石头，叫“垫牙石”，咱把老虎的牙垫住，老虎上下合不拢嘴，就无法咬人、吃人了。从此，县官大人也就高枕无忧了。

县官依计而行，他在山阳县安安稳稳当了几年县官，不但没有出事，反而还升了官。继任的县官，也都坐稳了县官这把交椅。

可是，有一年，山阳县来了一个愣头青县官，他不知其中的玄机，他愣头愣脑地破了风水。

那天，愣头青县官坐轿出北门，“垫牙石”碰了县官的轿底。愣头青县官生气了，喝令衙役们：刨掉“垫牙石”！

“垫牙石”刨掉了，愣头青县官却暴病而死。

人们恍然大悟，赶紧重新埋上“垫牙石”。可是，这一招却再也不灵了：谁当县官，谁小命不保。

从此，再也没人敢去山阳县当县官。

朝廷有办法：从此山阳县并入修武县。

董凤要革命！一个人，除了有肉体的生命以外，还有一个崇高的政治生命。董凤觉得自己一到焦作，就获得了新的政治生命。

李维刚给董凤讲：“王国维在《国粹学报》上发表了一篇《人间词话》，他说，古今之成大事业、大学问者，必经过三种之境界：昨夜西风凋碧树，独上高楼，望尽天涯路，此第一境也。衣带渐宽终不悔，为伊消得人憔悴，此第二境也。众里寻他千百度，蓦然回首，那人却在，灯火阑珊处，此第三境也。你能懂其中的含义吗？”

董凤摇了摇头：“我要参加革命，我不学什么词句。”

李维刚进一步讲解：“功夫在诗外，人生的境界是递进式的，革命也是递进式的，而且环环相扣，国学大师王国维精妙地以人们耳熟能详三句词，道破人生之路。第一阶段是混沌迷茫，不知前路在何方。第二阶段是在上下而求索，历尽艰苦磨难而不悔，开始见到曦微的曙光。第三阶段是豁然开朗，终于找到了事业成功的钥匙，答案原先以为远在天边，实则近在眼前。这三个阶段，真是人生事业成功无法逾越的三个阶段，起初的迷惘，继而的执着和最终的顿悟。成功之道，无出其右也。世上万事一理，我们从事革命工作，也要经历各种艰难险阻，甚至还要掉脑袋的，必须有严肃的态度、严格的要求、严密的组织、严明的纪律、严酷的考验，你准备好了吗？”

董凤似乎听出点味道：“我准备好了，我要干革命，我听你的话。”

李维刚深知，好钢是炼出来的。李维刚组织扶轮小学教师的杨群旺、董凤、祁鸣等二十多人参加特别训练班。培训班上，张萃讲党的建设，统一战线；聂真讲中国革命的性质，战胜帝国主义的策略；中共豫北特委委员方升普讲游击战争，讲战争的战略战术。特别是训练班从思想上、组织上，为焦作地区培养了一大批革命骨干分子。

董凤在李维刚的教育、培养之下，她参加了马克思学习小组，她如饥似渴地学习吸收先进的思想，读了光芒四射的《共产党宣言》，马克思、恩格斯、列宁的著作。她阅读了大量代表先进思想的杂志报刊，有《新青年》、《民权报》、《星期评论》、《湘江评论》、《觉悟》副刊等等，董凤越看越兴奋，她心里豁然开朗，在对干革命的思想认识上，实现了新的飞跃，奠定了革命的人生观、世界观。

董凤，这一张白纸，从此染得彤红……

2. 女杀手的传说

董凤第一次杀人的时候，她都把自己吓了个半死，她甚至记不起来，自己怎么会扣动步枪的扳机，开枪杀人。

董凤清楚地记得自己喊出的口号：“举起手来，缴枪不杀！”

事后，董凤甚至怀疑，刚才那一枪，是不是她自己开的。

董凤第一次参加战斗，第一次杀死敌人，她还不是一名共产党员。

那年，冯玉祥率军进驻河南，在社会上摊派公债，规定：凡有一顷地以上的家户，必须购买公债。

中国在春秋战国时期，已有里正一职，负责掌管户口、赋役之事。《论语·里仁》：“里仁为美，择不处仁，焉得知”。里正，一里之长，又称里君、里尹、里宰、里有司等，管辖百户。明代改名里长（相当于现在的村支书、村主任）。目前，里长在中国只存在于台湾地区，是台湾特有的村级领导，通过选举产生，任期 4 年，可连选连任。

当年，修武县一里的里长，他叫刘得锅，他依仗自己有钱有势，玩弄权术，坑害百姓。在修武县一里管辖的新店、东西王褚、东西寺林、前后府城、东西狮涧、南北敬村、造甲店、上白作、新白作、下白作、雍城、田涧、店后、嘉禾屯、阎河、黄侍郎口、春林、塔掌、新店等 23 个乡村里，施行自己的土政策，大小户平均摊买公债。刘得锅从中贪污侵吞百姓的财产。

刘得锅翻手为云，覆手为雨，修武县一里的小户百姓苦不堪言，只得将新收的麦子卖掉筹钱买公债。

然而，焦作镇上的粮坊、布店、药房，都是刘得锅这个恶霸大地主开办的。刘得锅见机压低粮价，收买囤积。

刘得锅祸害乡里，欺压百姓，引起了老百姓的公愤。

中共焦作中心县委在修武县一里附近的村庄，已逐步建立了农民协会，农民协会经过充分研论，立即决定：领导群众，展开抗交公债的斗争。

这年冬天，没下一场大雪，却冷得出奇。

修武县一里的贫苦农民，年收成不好，地主收租偏高，还没有到年底，农民的粮缸里，已经没米没面了，许多家庭吃了上顿饭，还不知道下顿饭怎么吃呢。

民以食为天。农民百般无奈，只得到焦作镇上“刨食吃”。早在战国时期，焦作就有了煤炭开采业，至明清时期具有了相当的开采规模，焦作历史上有“煤城”之称。

公元1896年，意大利人罗莎第以代理牧师身份，他打着调查“中日战后情形”的旗号，来到了中国的焦作，发现了焦作这块蕴藏着优质无烟煤的宝地。

1897年3月，罗莎第返回欧洲，他在英国伦敦坎农街10号组建了一个英意联合公司。他按英国法律注册，命名为英国福公司，简称福公司。英国驻上海总领事詹美森，担任总董事长。英国福公司在北京设立办事处，掠夺山西和焦作的煤炭资源。他们一手施加武力，迫使清朝政府就范；一手玩弄贿赂手段，聘请河南巡抚刘鹗做英国福公司买办，拓展福公司在华业务。

1898年3月27日，光绪皇帝钦准：清政府总理衙门与福公司签订《河南开矿制铁以及运输各色矿产章程》。

英国福公司开始掠夺开采焦作的优质无烟煤炭，焦作煤矿产出的优质无烟煤炭，装上火车，经道清铁路到道口，再由运河转运天津，转乘海洋大货轮，千里迢迢运往英国、法国等地，运进英国皇宫，供英国皇宫使用，英国皇宫称这种优质无烟煤炭为“香砟”。因此，焦作成了世界知名度很高的煤城。

靠山吃山，靠煤吃煤。贫苦的农民没办法生活，只好拿着扁担，到市场上挑煤卖煤，赚钱买粮吃，艰难度日。可是，一到夜里，刘得锅警察队的这帮坏蛋们，就到修武县一里，抓捕挑煤卖煤的，卖煤的一旦被抓，轻则没收煤炭，重则吊打受刑，还有人丢了性命，刘得锅逼得农民走投无路，生不如死。

共产党员焦作扶轮学校教师李维刚，住在上白作村的西街头，三十多岁，中等身材，国字面相，肩宽腰圆，他文武双全，臂力过人，一杆王堡枪，舞起来虎虎生风，是焦作民间有名的武术家。

董凤找到了李维刚，愁眉苦脸：“表哥，你叫我去做农民的工作，我实在做不下去了。寒冬腊月，农民没吃没喝，想去打点短工，无工可打；卖点煤炭，养家糊口，一旦被抓，农民还得坐警察的班房。农民真是老鼠钻进风箱里——两头受气。”

李维刚听了董凤的话，紧锁眉头，实话实说：“可是，依靠我们共产党人眼下的武装力量，我们是无法收拾这个警察队。”

董凤哼了一声，她说：“表哥，那怎么办？总不能眼睁睁看着这些坏蛋们，骑在咱们农民的头上，作威作福吧。”

李维刚心中有数，他来个激将法：“那你说说，我们怎么办？”

“拿起刀枪，刀对刀，枪对枪，和他们战斗！”董凤说着，用手势比了个打枪的架势。“好！你说得好。我们拿起刀枪，和他们战斗！”

李维刚握紧了自已的拳头。“可惜我们没有枪！”

董凤摇摇头，一声叹息。李维刚把头凑过去，低声与董凤咬了一会耳朵，董凤右手拍了一下大腿，恍然大悟：“表哥，你这个题目，你出得好，我们农民协会一定做出大文章。”

过了几天，街上传说：修武县一里辖区的凹地里，发现一个警察的尸体，头打得像个烂西瓜，伤口放了一把煤，现场看，像是卖煤人的复仇行动。

修武县一里的老百姓欢天喜地，悄悄地传播着这个消息，老百姓都觉得解恨。

腊月的一个晚上，弯弯的月牙儿，悄悄地爬上了树梢。

夜深人静，上白作村姬家祠堂，在一盏棉油灯下，聚集着十几个青壮年人。

李维刚严肃地对大家说："咱们农民只有跟着共产党走，才会有生路，才能翻身。上级党组织指示我们，要尽快建立农民武装，与敌人展开以牙还牙的武装斗争，上级党组织派我来负责一里的武装斗争。"

李维刚先生宣布："咱们一里农民自卫队今天成立了！现在，咱们虽然只有二支长枪、一支短枪，武器少了点。但咱们可以缴获警察队的，把刘得锅警察队的枪支夺来，把枪杆子握在我们手里，咱们农民才会有地位。"

李维刚的一席话，十几个青年人听得心里痒痒的，恨不得立即动手。接着，李维刚和大家一起，商量出了一个杀敌夺枪的计划。

第二天，修武县一里农民自卫队的三个青年人，赶着一辆装茅肥的大马车，出现在焦作马市街了。他仨人先收了警察大队部的茅肥，也收了警察大队部周围几家的茅肥，他们在装茅肥的同时，把警察队的出入行路，步哨位置，宿舍营房，一一记在了脑子里。

杨群旺是焦作扶轮学校的教书先生，他也是共产党员，他就住在马市街警察队的东隔壁。

杨群旺与焦作警察队的人很熟悉，东隔壁邻居警察队的赵队长喜欢派自己的勤务兵，到杨群旺家里，要个茶、打个水。天长日久，杨群旺慢慢地就与赵队长混熟了。

焦作警察队的赵队长，个儿大，四十多岁，陕西人。他平生有三爱：一爱喝酒，二爱吃狗肉，三爱赌牌九。32张竹牌往桌上一放，油瓶倒了，他也顾不上去扶。老百姓背地里骂他赵阎王。

老百姓提起赵阎王，咬牙切齿，恨不得吃他的肉，喝他的血。王封煤矿矿工赵山祥每天下井挖煤，而每天领到手的豆皮，只够让一家6口人喝两顿菜汤水。穷苦之际，他只得带着将刚满九岁和不满八岁的两个儿子，到井下拉煤筐挣口饭。父子三人空着肚子在矿井下挖煤。他们流着血汗，一家人还是天天吃不饱，穿不暖。赵山祥积劳成疾，一天，和往日一样在矿井挖煤，他突然累得一头栽倒在地，咽了最后一口气。赵山祥去世，一家人生活更加艰难，刚满七岁的三儿子对他妈说："妈，我去拾煤卖煤吧！”

可是，这个刚想替母亲分担生活重担的七岁孩子，提着一箩筐煤炭，在焦作马市街站了半天，没有卖出一块煤。赵阎王发现这个孩子在马市街卖私货，强行要没收。孩子抱着煤炭不交，赵阎王狠毒地抬起大皮靴，一脚将孩子活活踢死在市场上。

李封东侧的大沟窑洞里，田涧村居住的农民，饿死了六七十口人。王封东侧的大沟窑洞里居住的73户人家共卖掉亲生儿女76个，饿死三百八十多人，东西大沟有96家绝了户。

在以赵阎王为代表的国民党反动派统治下，焦作变成了人间地狱。下白作村有个妇女路过警察队岗哨，赵阎王强行将这名妇女扣留，强迫这个妇女脱光衣服，接受检查，肆意侮辱。

赵阎王的警察队还经常窜进老百姓家里，抢粮抓丁，奸淫妻女。一个十七八岁的青年农民，在自己地里锄庄稼，赵阎王和几个警察站在岗楼上，几个人打赌取乐，把这个青年农民当作活靶，给活活打死了。

焦作下白作村有个小孩子，在自己家地里摘几颗黄豆充饥，赵阎王污蔑这个小孩偷盗，逼着父亲活埋亲生的小孩，父亲精神崩溃，自己把自己挂在老槐树上，自己吊死了自己。

赵阎王经常以“私通共匪”、“违反治安”等罪名，动用“灌煤油”、“老虎凳”、“鞭抽镐敲”、“刺刀穿”、“狼狗咬”，“大刀砍”、“烙铁烙”、“活埋”、“打活靶”等种种酷刑，迫害老百姓，涂炭生灵。

射人先射马，擒贼先擒王。李维刚决定拿赵阎王开刀，以平民愤。

寒冬腊月，北风嘶鸣。

天刚刚一落黑，万物萧条。马市街警察队的大屋里，电灯却雪亮雪亮，灯光下，杨群旺、赵阎王、勤务兵三个人正用手撕着狗肉，喝着小酒。

警察队赵阎王狼吞虎咽，直吃得额上冒汗，勤务兵不时倒茶斟酒。杨群旺见赵阎王意兴盎然，便奉承地说：“赵队长的酒量大，弄个大碗喝酒。”

杨群旺说罢，随手把一只大碗放在赵阎王面前，接着劝酒：“赵队长，我知道你好吃这一口，这只狗，是我托亲戚寻朋友，好不容易才弄到手的，你看这狗肉多肥呀！”

赵阎王一边喝着酒，一边啃着狗腿，操着陕西的口腔：“和尚闻着狗肉香，半夜也要跳墙来！”

一瓶三家村老酒没喝完，杨群旺殷勤地又从桌脚边拎起一瓶酒来说：“这是三家村新酒，昨天刚刚进的货，您验验货。”

赵阎王斜着眼问：“哦？味道怎么样？”

杨群旺敬酒：“队长先喝了，再说酒的好坏！”

赵阎王已喝到了八成，摇头晃脑地说：“可、可以。这，这，我这几天打牌，手气好，牌也上张。我们一会儿玩玩。”

这时，杨群旺一边给赵阎王和勤务兵斟上“三家村酒”，一边劝着赵阎王：“多喝一点，我锅里还有一只五香狗腿。”

冬天，日短夜长。才晚上八点钟，他们已经足足吃了两个多钟头，赵阎王说话口齿已不清：“酒足饭饱，我们一起打牌九，叫上几个人，叫他娘的几个活的来，叫他们来输，输得没有了裤子，叫他们光着屁股走。”

赵阎王叫杨群旺找几个人来，并嘱咐越快越好。杨群旺常常陪着赵阎王赌钱，赌钱的数目都不大。杨群旺出去一会儿，就带来了两个青年，他俩是焦作上白作农民自卫队员。

警察队赵阎王虽然爱赌，但禁止一般人到警察队参与赌博。不过，他认为杨群旺介绍来的，靠得住，所以没有盘问，就赌了起来。

赵阎王喝得脸红脖子粗，手上拿着牌九，连骰子点数也看不清了。那个勤务兵两手托着头，坐在一边，脑袋一点一点地打着瞌睡。

赵阎王赢了钱，高兴得摇头扑扇尾。

杨群旺一面与赵阎王赌钱，一面陪着赵阎王喝酒吃肉。杨群旺是哑巴吃饺子——心里有数，他巴不得赵阎王多赢钱、多喝酒。

突然，外面闯进一个五十来岁的胖老头子，他是赵阎王的堂叔，叫赵来喜。赵来喜老奸巨猾，无恶不作。

赵来喜一进门，贼眼就骨碌碌乱转，手摸着下巴，慢吞吞地说：“这两个后生，我怎么没有见过，眼生。外人来赌钱，就坏了规矩，不大好呀！”

赵阎王赌得正在劲头上，那里能听进他说的话，一个劲地掷骰子，高声叫着：“好，来！好，来！”

杨群旺见风使舵，赶忙起来，给赵来喜让座、递烟。

赵来喜吸了一口烟，点点头：“哦！他们是你的朋友，那就没有事！呵，冬天吃狗肉，神仙闻味都跳墙！”

赵来喜伸手抓起一大块狗骨头，狼吞虎咽地啃了起来。

北风肆虐，寒流飕飕。

上白作村里，一支农民自卫队出发了。今天是农民自卫队第一次出击，九个人，二支长枪，一支短枪，其余的人都是菜刀，匕首，绳子。全身一色短衣打扮，脚穿布鞋。晚上九点左右，农民自卫队在李维刚的率领下，像一把尖刀，直插入敌人的心脏——警察大队部。一进警察队，李维刚就根据地形，指挥农民自卫队兵分两路行动：一路由董凤率领四人到后院，解决宿舍里的警察；一路由李维刚率领到前院，重点解决警察队长赵阎王。

这时，赵阎王赌兴正浓，他赢的大洋、钞票，摞得真高，像小山似的。他扬扬得意，哼唱着小曲，好不快活。

赵来喜酒足饭饱，他打着饱嗝，起身上厕所去了。

这时，门外闪进来四个人。杨群旺看见了李维刚，嘴巴一噘一歪，示意：他就是赵阎王。

说时慢，那时快。李维刚的手枪，对准了赵阎王的胸口，厉声喝道：“赵阎王，你们已经被包围了，举起手来，缴枪不杀！”

赵阎王正在码牌，没有眯瞪过来劲：“抓赌的吗？你们误会了。”

赵阎王定神一看，对面这几个人是农民打扮，意识到大事不妙，呼地站了起来，伸手去掏腰里的手枪。两个自卫队员手疾眼快，紧紧抱住赵阎王和勤务兵。

“把这两个坏蛋绑起来。”李维刚说完，三个自卫队员掏出绳子，把赵阎王和勤务兵五花大绑。

李维刚假模假样，呵斥杨群旺："为人不做亏心事，不怕半夜鬼敲门。你们与坏蛋一起赌博，也不是什么好人，押到河堤上去！"

一个自卫队员立即"押送"出去，杨群旺一边走，一边还假装告饶："我是老百姓，我只是来玩的，好汉饶命！"

这时候，赵来喜上厕所回来，一见这个场面，立即拔出手枪，对准了李维刚的背部，喝道："哪里来的土匪，别逞凶！"

一个自卫队员反应麻利，立即把枪口对准了赵来喜。这一折腾，赵阎王的酒全醒了，鼻尖上冒出了汗，结结巴巴："来，来喜叔！别，别动武！他们要，钱，好说！"

赵阎王想得简单，今年是个荒年，农民没饭吃，农民都想着"吃大户"。赵阎王认为李维刚是来"请财神"，筑疙瘩劫财物的。

赵阎王多动了个心思，如果赵来喜他开枪，自己对面那个黑洞洞的枪口，瞬间就会要了自己的小命。

后院，董凤蹑手蹑脚，推门进了警察宿舍，警察队人员大部分已睡熟。有个没睡着的家伙，稀里糊涂，他认为赵来喜回屋睡觉，嘟哝着："来喜，你关好门，风太大，冷。"

好机会！警察宿舍是一间大通房，十几个警察在地铺上睡，枪和子弹斜靠在西墙上。一转眼，两个自卫队员收缴了枪和子弹，

董凤摁亮手电筒，学着李维刚的话，厉声喊道："缴枪不杀！你们已被包围了！"

"不准动！动一动，就送你上西天！"

董凤"咔、咔"拉响了枪栓，子弹推上了膛。

十几个警察躲进被窝，吓得浑身发抖。这时，有一个家伙不知死活，露出头，想看究竟。一道雪白耀眼的电光，几支乌黑的枪口，冷冰冰地对着他，他连忙用棉被蒙着头。

董凤警告他们："好好睡觉。谁也不准出来，出来，我们就开枪！"

董凤用铁锁，锁上后院警察的宿舍门，立即赶往前院，支援李维刚。

董凤刚进前院，就看见赵来喜举着手枪，枪口赫然对着李维刚。董凤来不及多想，一个箭步冲了上去，用枪口顶住了赵来喜的头，大吼一声："举起手来！缴枪不杀！"

董凤虽然接受过军事训练，但是从来没有实战过，她第一次拿着枪，对着人头。董凤一紧张，她的手指头不由自主地一抖，下意识地扣下了扳机，只听"呯！"的一声，赵来喜的脑袋开了花。赵来喜慢慢地瘫倒在地上了，地上流了一大堆东西，红的是血，白的是脑浆……

"我杀人啦！我杀人啦！"董凤哪里看见过这种阵势，她六神无主了，"嗵"，她把步枪扔了出去。

李维刚跨步上前，捡起了董凤扔在地上的步枪："你杀的不是人，是祸害穷人的大坏蛋，你是革命的杀手。给，拿好你的枪！继续战斗！"

李维刚下令，押着赵阎王等人到沁河堤上，执行死刑。赵阎王狡猾，又喊又叫，耍起无赖。

李维刚命令："干掉他！"

自卫队员拔出匕首，连捅几刀，赵阎王嚎叫了几声，躺在地上一动也不动了。

其他警察见势不妙，吓得口口声声求饶："要钱好说话，要东西好说话！"

警察队的勤务兵看出了苗头，说："我们碰着共产党了，今天怕是难活命了！"

李维刚、董凤和农民自卫队第一次出击战斗，大获全胜，缴获七支长枪，两支短枪，五六百发子弹，当场处决了两个害民贼。

第二天，在焦作马市街头，赶集的人们交头接耳，奔走相告："昨天夜里，共产党的神兵从天而降，缴了警察队的枪！共产党里有个女杀手，百步穿杨，一枪，打死了警察队的两个大坏蛋。"

刘得锅偷偷跑到修武县衙，诬告修武县一里农民集体造反，县里随即派出了几十名警察，个个荷枪实弹，气势汹汹地四处搜捕群众，绳捆索绑穷苦百姓，拳打脚踢穷苦百姓，押送穷苦百姓到县城去坐牢。

情况十分危急。共产党焦作工委当机立断：不准敌人抓走一个群众。

李维刚、董凤等人迅速地组织精干群众队伍，在修武县一里村外的田野里，埋伏在青纱帐中，营救被抓的革命群众。

几十个警察一进包围圈，革命群众就蜂拥而上，刀棍齐舞，警察来不及举枪，吓得像小鸡啄米般地叩头求饶。

“留下百姓，缴枪不杀！”李维刚的声音如雷贯耳，警察只恨自己少生了两条腿，没命地狼奔鼠窜。

修武一里的千余名群众，犹如火山爆发般，他们握着菜刀，抡着斧头，挥着棍棒，潮水般地涌向了焦作。

刘得锅平日里横行霸道，坑害乡邻，自知罪孽深重。他听到群众造反的消息，慌忙带着家眷，如丧家之犬，夹着尾巴，跳上马车，往修武县城方向逃窜了。

修武至清化有一条历史久远的官路，在焦作镇南横穿而过。焦作镇这条官路南北的两街，摆满了土产杂货。街上，各种小吃的叫卖声，此起彼落。在路边，刘得锅开设的药店、麻铺、粮坊的招牌，在风上摇摆。平日里受尽苦难的老百姓，从四面八方纷纷赶来，他们义愤填膺，捣毁了刘得锅的粮坊、布店、药房，老百姓当街分发粮食，当街分发钱财。

恶霸地主刘得锅平日里为非作歹，这次他想欺上瞒下分摊公债，结果是搬起石头砸了自己的脚，领教了老百姓闹革命的威力。

刘得锅耍把戏躺地上——无法了。他只得舍下老脸，四处求人央人，主动联系共产党代表和几位开明绅士，与老百姓谈判议和。

刘得锅贴出布告，取消私自摊派的公债。刘得锅除了请客、道歉不说，还请了县城里的大戏班，在焦作集上唱了三天的大戏，公开给老百姓赔礼道歉。

老百姓兴高采烈：“老百姓砸了地主老财的家，还能让刘得锅摆酒席，请老百姓吃喝，唱了三天大戏赔情道歉，我们穷苦人真出了一口恶气！”

从此，地主恶霸、资本家、乡绅一提到这件事，都吓得目瞪口呆，面面相觑，他们做梦也没有想到，这支“神兵”就是焦作共产党人领导的农民自卫队。地主恶霸、资本家、乡绅们私下里相互叮咛:“小心，千万小心，出门别碰见女杀手。共产党的女杀手厉害，她是个神枪手，枪枪要命。”

董凤没有想到，自己误打误撞地开了一枪，歪打正着，竟然成就了自己的一世英名，竟然成了焦作老百姓街谈巷议的女杀手，一个令地主恶霸、资本家、乡绅闻名丧胆的共产党女杀手。

3. 嫁，这是命令

蒋介石用高压手段反共反人民，一手反革命军事“围剿”，围剿共产党土地革命时期的根据地江西瑞金；一手强化法西斯专政，丧心病狂地镇压进步文化和爱国民主运动。

国民党反动派在上海龙华，杀害了左联的革命作家柔石、胡也频、白莽、李伟森、冯铿等 5 人。国民党特务暗杀了中国民权保障同盟执行委员兼总干事杨杏佛，暗杀了倾向抗日民主的民族资产阶级代表人物、《申报》主编史量才。国民党政府查禁了 228 种书刊，上海一地，国民党政府就查禁社会科学和进步书籍 149 种、进步刊物 76 种。

全国各地笼罩着白色恐怖，蒋介石反动派疯狂地屠杀共产党员和革命群众。在焦作扶轮中学，董凤组织学生开展革命运动，早上了国民党特务抓捕对象的“黑名单”。

这天大早上，李维刚匆匆忙忙来到学校，用暗语通知表妹董凤：焦作有人染病住院(被捕)，严防感染，赶快撤离焦作。

国民党焦作特务开始抓捕共产党人，表嫂悄悄地塞给董凤了一点盘缠，通知董凤撤退，马上去洛阳，联系中共豫西特委，隐蔽待命。

董凤在洛阳找到了中共豫西特委，党组织安排她当了一名小学教师。

这年元月，年仅 16 岁的董凤，加入了中国共产党。杨群旺问：“你为什么要参加共产党？”

董凤回答的相当明确，坚定：“为了自己的自由、政治的民主、民族的解放、国家的强大。我志愿加入中国共产党！”

冰冻三尺，非一日之寒。董凤本来不知道什么是共产党，什么是赤化，什么是赤色分子。

董凤在念初小的时候，就特别喜欢读鲁迅、郭沫若、茅盾等人的文章和小说。可是这些书很快都成了禁书，图书馆不借了，学校也不让看了。校方说，这些书有毒，是宣传赤化的书，鲁迅等人都是中国的赤色分子。

董凤自己却想，如果鲁迅这些大文豪、文学家都是共产党、赤色分子，那么，共产党就不是洪水猛兽、共产党是救穷人的党。这一来，董凤全明白了：国民党所谓的共产党是洪水猛兽，共产主义是歪门邪说，都是假的，骗人的。

国民党当局越不让看的书刊，董凤偏要千万百计找来偷看。虽然有些文章看得不太懂，但也觉得没有啥毒，说的话都是合情合理的。

有一次，董凤借到一本用粉红纸包着、没有封面的书。这本书讲的是文学理论，说世界上的文学，基本上分两大派，一是无产阶级文学，一是资产阶级文学。

董凤认真阅读，仔细思考，觉得这本书讲的很有道理，符合实际。董凤爱不释手，反复读了几遍。从此，阶级和阶级斗争的观念，开始在董凤的脑子里生了根。董凤想，这大概就是共产党阶级斗争的思想。

董凤热衷了解共产党的主张，对共产主义学说产生了浓厚的好奇心和兴趣。董凤每天早晨去操场跑步，总是留神地上，看有没有共产党的传单。董凤是多么想拾到共产党的宣传传单！可惜，董凤始终没有碰见过这种宣传的传单。

一天，刚吃过午饭，学校教务主任把董凤叫去，严肃地责问：“董凤，你的抽屉里，怎么放有红薯呢？”

董凤发愣了：“什么‘红书’？我没有放过‘红书’啊！”

董凤以为学校教务主任在自己的抽屉里，发现了共产党的传单。在场的化学老师，看出董凤误会了，她马上解释说：“不是红书，是吃的红薯。”

董凤回答：“啊！红薯呀，我什么都没放过。宿舍里的抽屉，是共用的，反正我没放过什么红薯。”

原来，教务主任他是四川人，他把“红薯”说成了“红书”，董凤当时虚惊一场。

共产党、红军在董凤心里一直是那么伟大、神圣，董凤一直把共产党、红军看作真理和正义的化身。这绝不是董凤受了什么共产党宣传的影响，而是董凤目睹蒋介石国民党的统治反动腐败。董凤在绝望和黑暗中，看到了灿烂的曙光。

共产党焦作支部批准董凤加入中国共产党，是杨群旺同志口头通知董凤的，也没有举行什么入党宣誓仪式。

董凤加入共产党了，她就像获得新的生命一样，浑身充满了活力，觉得自己有使不完的劲。董凤走起路来。脚步也显得轻快有力。在路上，在四顾没人的地方，董凤便昂起头、挺起胸，迈着士兵行军的步伐，雄赳赳，气昂昂，放声高唱“国际歌”：

起来，饥寒交迫的奴隶，
起来，全世界受苦的人！
满腔的热血已经沸腾，
要为真理而斗争！
旧世界打个落花流水，
奴隶们起来起来！
不要说我们一无所有，
我们要做天下的主人！
这是最后的斗争，团结起来到明天，
英特纳雄耐尔就一定要实现。
这是最后的斗争，团结起来到明天，
英特纳雄耐尔就一定要实现！
……

这一天，天下着小雪，变得又阴又冷。西北风刮得刺骨，人缩着脖子揣着手，还是感到寒气逼人。

董凤到乡下散发共产党的宣传材料，焦作国民党警备队临时设立检查站，搜查共产党人。在回焦作的路上，警备队从董凤身上，搜出了共产党的宣传材料，董凤被抓进了国民党焦作警备队。

董凤在国民党焦作警备队的严刑拷打下，宁死不屈，一言不发。

李维刚组织营救董凤，急得团团转。董凤的表嫂想起了一个人，他就是董凤表嫂的远房舅舅，他叫姬卜武。

姬卜武可不是一般的人，他的大名叫姬太昌，字一行。1902年出生，姬卜武的家，是修武县的一个大封建家族、大资本家。

据焦作《姬氏家谱》记载，周公旦长子，周代鲁国的第一任国君，此为姬姓的主要传人。传至26世鲁顷公姬雠亡国，姬雠无子，唯有一弟叫姬辨，他携谱到汶上县，在鲁桓公墓侧守墓。至六十三世，姬姓嫡系传人姬学富，任元大都太原路平原郡侯。元圣祖以其名学富为怪，戏呼其为五车，故姬学富又改名为五车。姬学富生有二子，长为姬友，承袭父职；次为姬海，迁于夏邑。姬友生有一子，即姬宪封。

姬宪封为明代杰出的学者、文学家、思想家方孝孺的女婿。方孝孺身为当世大儒，深受建文帝器重。明成祖靖难夺位，命方孝孺，撰拟即位诏书，方孝孺且哭且骂，只写了“燕贼篡位”几个字，掷笔于地，成祖诛灭其十族，姬宪封即此时被害，幸有义仆吴元携子姬西州，潜逃到山西郡建岭（即今山西高平）石村，才幸免于难。至今姬氏族人传说，当官兵到姬家抓人时，姬西州正在襁褓之中，姬宪封夫妇见事不妙，急忙唤来平素最信任的仆人吴元，将西州托付于他。吴元正要抱孩子出门，官军已开始在门外集结。一时间，吴元慌急无措，不知如何是好。这时，他低头一看，看见二门墙根有一处既可排水又能供猫通行的小门洞，就急忙将孩子塞进洞内，并暗暗祈祷孩子千万不要出声。姬西州果然命大，官军进到院内到处抓人，弄得鸡飞狗跳，这孩子却犹自酣睡不醒。官军把姬家大小人等一干抓走，再由官府甄别后，姬宪封和夫人被作为方孝孺的嫡系血亲凌迟处死，姬家亲属统统问斩，至于仆人和丫环则予以释放。吴元被放后，当夜潜回姬府，从洞内抱出孩子连夜逃往老家山西避难，致使姬氏一门终得延续。

姬西州生二子，长子名姬复始，次子名姬大用，姬大用又领二子姬曾、姬福迁居彰德。姬复始生二子，长子姬成族，次子姬兴让。洪熙元年（1425年），山西学道刘作哲奉旨在境内访求周公裔孙，因姬成族为长子，遂被保送至陕西咸阳世守周公墓庙。次子姬兴让，则奉命由山西高平迁居河南修武。初居于下秦村（即今的王褚村），因屡遭山洪，又居上秦村（即今上白作村）。

姬兴让就是焦作姬氏的始祖，也是周公姬旦的68世裔孙。姬兴让定居修武后，又生四子，即姬容寿、姬容福、姬容康、姬容宁，焦作《姬氏家谱》即以此分为四门。姬姓虽然古老，但千百年来由于种种原因，人口始终较少，从未能进入全国姓氏人口的前100位，而焦作有如此多的姬姓人口，这在全国也是较为少见的。自明初以来的近600年间，焦作姬氏人丁兴旺，足可与几乎同时期迁居修武县城西门，如今有“范满城”之誉的修武范姓可媲美，而且人文鼎盛，代有名人。

据对县志和家谱的粗略统计，明代有太学生姬朝用、姬朝相，其中姬朝用与当时的修武知县秦祐、本县举人马澜相与交好，互为吟和，同为当地名士，至今百家岩仍有三人同游的石刻记载，其次子姬滂为繁昌王府郡马；姬朝相是姬朝用的亲兄弟，任省察官，主管某地（州或县）执法纠察和纪律监督事宜。贡生则有姬景利，名列县志。清代有太学生姬鐮、姬明扬和姬脉传，其中姬鐮为清初上白作村人，广有家财，乐善好施，赖以周济者众多，因而人称“姬善人”。岁贡生则有姬思恭，县志记载康熙四十九年（1710年）入贡；姬翀，县志载其乾隆五年（1740年）入贡；姬庆郃；姬庆镐；姬克岐，县志载其嘉庆十一年（1806年）入贡。另据《姬氏家谱》记载，83世姬庆邵为文林郎，文林郎为正七品，但不知其为何出身，并任何官职。

从焦作姬氏的发展脉络来看，焦作姬氏一派是周公长子伯禽的长门嫡系后裔，它和世守先绪的周氏、东野氏，同为周公的嫡系裔孙。自明清以来，焦作姬氏和洛阳周氏、山东东野氏备受当政者的宠待。明初洪熙元年

（1425年），姬兴让的长兄被朝廷召到咸阳，为周公守护墓庙。

嘉靖年间，姬兴让的六世孙（周公73世裔孙）姬滂被选为在河内开府的繁昌王第四女柘城县主的仪宾（俗称郡马），姬滂作为一介布衣竟被王府相中，除他的容貌才学一定相当出众外，也和他系出名门有很大的关系。

康熙年间，经翰林院五经博士鲁太庙主祭东野沛然奏请，康熙皇帝为世守先绪的周公嫡系后裔姬氏、周氏、东野氏赐行辈二十字："枝兴衍宗绪，茂隆庆脉长；广生忠厚嗣，永远员正方。"并命三姓不失宗谱者自75世起照次起名。

姬卜武是周公姬旦的76世裔孙。姬卜武的父亲处世谦和、待人宽厚，曾供职于修武县大户局。姬卜武从七岁开始学习中医，尤其精通小儿科。街坊邻里，有求必应，不求报酬，大家称他是神医大善人。

姬卜武14岁前，就读完了经史子集。姬卜武的父亲祈盼儿子成大名、做高官、扬名声、光耀家门，煞费苦心地把姬卜武送到修武县城，到修武县理学家焦香桐先生的门下，学习程朱理学精神，这个时期的学习，奠定了姬卜武一生的思想基础。姬卜武笃信封建伦理纲常教义，并以封建道统传承者自居。

1919年，北京规模壮阔、声势浩大的"五四"爱国运动的浪潮，以民主、科学为旗帜，以反帝、反封建为内容，迅速波及全国，强大的冲击波，震醒了姬卜武，姬卜武从兀兀终日的封闭书斋走了出来，从子曰诗云中走了出来。

姬卜武到武陟县木栾店，考入了河南省立第二甲种商业学校，从荒僻的乡村来到了朝气蓬勃的洋学堂。姬卜武在新环境、新学科、新知识的崭新天地里，眼界大开。姬卜武开始知道：经学之外，还有科学；中国之外，还有世界。

1924年，姬卜武以优异的成绩，考取河南大学法律系。在姬卜武人生道路上，这是一个重要的拐点。

姬卜武开始关心国事，关注时局。姬卜武对各国大小列强对中国的侵略压迫，以及国内各地军阀争权夺利的混战，痛心疾首、义愤填膺。

姬卜武有志和所有热血青年一样，他渴望在黑暗中追求光明。孙中山先生在广州提出“联俄、联共、扶助工农”三大政策的新三民主义，形成了以国共合作为基础的统一战线。在中国共产党的帮助下，国民党显得很有生气，姬卜武踌躇满志地加入了国民党。

1925年，上海爆发“五卅”惨案，全国掀起反帝风暴。开封大学中学的学生们群情激昂，纷纷走上街头，声援上海工人运动。

姬卜武当选开封学生代表，派赴焦作，组织焦作学生成立“沪案后援委员会”，焦作“沪案后援委员会”由共产党员周福和国民党员姬卜武、范争波担任执行委员，负责组织发动焦作工人学生，声援上海工人运动。共产党员周福团结姬卜武，积极配合共产党焦作党支部书记罗思危同志，组织领导焦作工人学生罢工、罢课。

焦作的“沪案后援”运动，如火如荼。焦作工人学生的游行队伍声势浩大，罗思危同志在焦作街上发表演讲，散发传单，高呼口号，呼吁严惩帝国主义的杀人凶手，抚恤死难者。

焦作广大工人学生怒火中烧，以大无畏的英雄气概，愤怒地焚烧了各商店的洋货，涌入英国福中煤矿公司，赶跑了英国洋人。

但是，事与愿违。焦作的国民党反动派和资本家暗中勾结，密谋策划，重金收买了焦作“沪案后援委员会”三执行委员之一的范争波。范争波，字东海，河南修武人，上海震旦大学机械工程系毕业。范争波对范氏家族还是做过好事的，位于焦作恩村南的张庄，有一范氏宗祠，是上世纪30年代修建的。修建时因资金短缺，中途停了下来，身为范氏后人的范争波得知后，告知族人：“一切由我来安排。”

范争波筹措资金，建起了范氏祠堂。1937年，范争波面请蒋介石题写“范氏宗祠”的匾额，蒋介石欣然应允，亲笔题写了“范氏宗祠”的匾额，并悬挂范氏宗祠的大门口上方。1951年蒋介石题写的“范氏宗祠”匾额遗失，现挂的“范氏宗祠”匾额，是范氏家人用蒋介石的字拼凑的。

范争波出尔反尔，背叛了焦作“沪案后援委员会”，与资本家、工人队伍中的败类工贼同流合污。范争波一方面分裂瓦解焦作工人学生后援队伍，另一方面煽动一些不明真相之人，围攻殴打共产党员周福，逼迫周福离开了焦作。

姬卜武孤掌难鸣，他对焦作的“沪案后援运动”无能为力，焦作的“沪案后援”运动中途夭折。

焦作“沪案后援运动”后，范争波恬不知耻地当了国民党反动派的忠实走狗。

范争波调任上海市党部常务委员、淞沪警备司令部侦缉队长兼军法处长，范争波不择手段，残害共产党人。

大革命失败后的上海，每天都处于国民党反动派的腥风血雨之中。中共中央军委秘书白鑫，早已被敌人的白色恐怖吓破了胆，白鑫通过在南京被服厂当厂长的哥哥，联系上了国民党上海党部情报处长范争波，白鑫向范争波出卖了周恩来、彭湃等共产党人。

1929 年 8 月 23 日，白鑫通知中共中央政治局委员、中央农委书记兼江苏省委军委书记彭湃等同志：明日下午，中央军委在白鑫家召开会议，研究重要军事问题。中共中央军委书记的周恩来届时参加。

1929 年 8 月 24 日的下午，周恩来临时有更重要的事情，没有参加这次会议。

彭湃等人还蒙在鼓里，大批国民党特务偷偷包围了白鑫家。范争波带领国民党特务冲进会场，手里拿着名单，抓捕了彭湃等共产党人。

彭湃是中国共产党早期农民运动的主要领导人之一，海陆丰农民运动和革命根据地的创始人。毛泽东称彭湃为“中国农民运动大王”，在党内外有着很高的威望和影响力，他的牺牲，无疑是共产党的重大损失。

彭湃就义，周恩来悲愤万分，命令陈赓：查清叛徒白鑫的行踪，杀无赦，绝后患！

陈赓秘密启用了杨登瀛，杨登瀛原名鲍君甫，自幼就在日本生活，是一个当之无愧的日本通。杨登瀛调入国民党特务机关内部，国民党特务头子陈立夫视他为知已，任命他为国民党中央组织部驻上海的首席特派员。

杨登瀛到上海不久，陈赓便秘密地发展他，杨登瀛成为中共历史上第一个不是共产党员的特工人员。杨登瀛利用自己与陈立夫的特殊关系，在国民党上层和特务之间斡旋，获取了许多重要情报，在危机关头，营救过中共上海地下党的许多同志。

杨登瀛登门拜访范公馆，经范争波介绍，杨登瀛和白鑫相识。白鑫尽管住在国民党大特务范争波家，但是他心里知道此地不可久留，一再请求范争波报告南京方面，希望允许他出国去躲躲风头，最好是去意大利。

杨登瀛假戏真唱："彭湃一案，轰动全国。我估计，共产党不会轻饶你的，你哪里也不要去，就住在范公馆里。大树下头好乘凉，否则你会有杀身之祸。"

白鑫听了，冒出一头冷汗，哀求杨登瀛："杨特派员，你能不能请示南京中央，让我赶紧到南京去吧。"

杨登瀛的话，关怀备至："现在不能走！等过了这一阵子，风声小了，你再走不迟呀。"

白鑫万般无奈："是，是，可是我这心里一直没底……"

杨登瀛一语双关："不要怕！有我在，你最为保险，你放心好了！"

杨登瀛立即向陈赓报告，陈赓立即向周恩来报告，周恩来指示：一定要摸清白鑫出逃的准确时间、船次、从何处出发、坐什么车去码头。

1929年11月11日，深夜，43号院的后门打开一道缝，一个人闪出来，他看看周围十分安静，没有什么危险，才转身向里面招招手。大门里很快闪出7个人：白鑫夫妇、范争波兄弟和3个"护驾"的特务。

黑暗中，白鑫夫妇刚走出几步，陈赓突然大喊一声："白鑫，你往哪里逃！"

白鑫慌不择路，拼命跑向停在弄堂口的汽车，陈赓立即追了过去。白鑫跑到汽车旁边，刚要钻进去，陈赓在他身后扣响了手枪……

白鑫、范争波的弟弟和两个特务，当场被击毙，范争波身受重伤，躺在地上装死，侥幸脱逃。

焦作"沪案后援"运动失败，姬卜武心灰意冷，只身返回焦作修武县的老家。

姬卜武愤激之余，意犹未尽，他曾作五律诗一首，记下其事："策马上太行，扬鞭第一峰。举旗群情急，报国从志诚。长风驱恶浪，幽穴变色龙。热血铸壮志，男儿气犹雄。"

在老家修武，姬卜武创立了第一所颇具规模的修武"仁慈医院"。姬卜武视金钱如粪土，待病人如亲人，赢得了四乡八邻父老乡亲的爱戴和尊敬。

姬卜武出诊回家，董凤的表嫂在家等着他呢。董凤的表嫂说完了事由，一双祈求的泪眼，婆娑迷离地凝望着姬卜武，恳求姬卜武出面，到国民党焦作警备队，赶紧救出董凤。

医者仁心，乡亲有难，姬卜武岂能视而不见，袖手旁观。姬卜武与国民党焦作警备队的眼镜副官有交情，姬卜武连忙准备了一些礼品，直奔焦作国民党警备队。

姬卜武见了眼镜副官，开门见山："我的亲戚叫董凤，去山西晋城讨账，回来的路上，被警备队抓走。现在，董凤押在警备队，我想保释她出去，请你从中周旋周旋。"

眼镜副官也很爽快："我只想知道，什么人，值得先生如此上心呢？"

姬卜武脑筋急转弯："董凤，我没过门的外甥媳妇。"

眼镜副官知根知底："据我所知，姬先生跟前没有外甥呀。"

姬卜武不假思索，脱口而出："我早年亡妹的儿子，难道你忘记了吗？我有个妹妹，她早年辞世，留了一个遗腹子，他叫刘为国。"

眼镜副官听罢，十分作难："哦，在董凤身上，搜出了共产党的宣传材料，这种事情，恐怕不好办。再说，她顽固不化，死不认罪……"

说来也巧，焦作国民党警备队长走了进来，一见姬卜武，他面带笑容："姬大夫，你这个神医大善人，怎么有空来我们警备队了，你有什么事呀？"

姬卜武如实地说明了自己的事由，焦作国民党警备队长听了，他没有表态，一声不吭地走了。

眼镜副官见势不妙，责怪姬卜武："我说，你真不长眼，眼下的形势，谁还敢和共产党有瓜葛，干共产党，那是罪大恶极，株连九族。快回去吧，没有连你也抓起来，已经是你的造化了。"

姬卜武仍不死心，正犹豫间，焦作国民党警备队长的妻子走进屋里。姬卜武一眼认出了她，她去过“仁慈医院”治过病，自己亲手医好了这个女人的阴疮。阴疮又称“阴蚀”，当年是一种难治的妇科病。

这个女人心存良知，知恩图报，她请姬卜武到了自己家，她低声嘱咐：“姬大夫，这件事，我帮你，你回去吧。晚上，你让你的小徒弟来接人吧。”

当天晚上，焦作国民党警备队长的妻子领着小徒弟，用罢了晚餐。晚上 10 点钟左右，焦作国民党警备队长在前，他妻子领着小徒弟在后，警备队长悄悄地撤掉了岗哨。

董凤被焦作国民党警备队打得遍体鳞伤，自己走不了路，小徒弟背着、拖着、拉着董凤，搀扶着董凤出了警备队。

姬卜武套着大马车，在警备队后门外，救走了董凤……

姬卜武是刘为国的亲舅，姬卜武接触董凤后，见董凤知书达理，一身正气。姬卜武心里萌生了一个新的想法，他要弄假成真，姬卜武开口求亲：“董凤姑娘，我不能白救你，你得嫁给我家外甥，我是你的保人哩。否则，地方军阀会杀了我全家的。”

董凤把为难的目光投向表嫂，姬卜武激将：“现在，我才知道，你就是那个焦作马市街传说的女杀手，老百姓说你们共产党仁义，共产党不能过河拆桥，不能眼睁睁看着地方军阀杀我全家吧。再说，我这两个外甥，一个叫刘为国，一个叫刘为家，一文一武，我哪个外甥都配得上你呀。”

表嫂知道刘家，也认识刘为国和刘为家，他俩是同父异母的兄弟。

董凤一时无招，她伏在表嫂耳边，低声耳语：“表嫂，你快帮我拿主意，我是共产党员，我不能嫁进这个恶霸地主的家里！”

表嫂灵机一动，应对得体：“舅舅，还是叫董凤先养好伤，我们再议此事，这事急不得。”

董凤不知道，她的命运和中国革命的伟大事业紧紧连在一起了。

1927 年 8 月 7 日，中国共产党在中国革命的危急关头，在汉口原俄租界三教街 4 1 号召开了中央紧急会议。瞿秋白讲话：“现在主要的是要从土地革命中，造出新的力量来，我们的军队则要完全帮助土地革命。农民要求暴动，各地还有许多的武装，有这样好的机会，这样多的力量，我们必然要点燃这爆发的火线，造成土地革命的高潮。”

在会议上，毛泽东当选为中央临时政治局候补委员，毛泽东发言，响亮提出：“我们必须用革命的武装对付反革命武装，枪杆子里面出政权。”

瞿秋白主持中共中央工作，征求毛泽东的意见：“润之呀，你还是到上海中央机关工作吧？”

毛泽东高瞻远瞩，摆摆手婉拒：“我有个不情之请，我不愿去住高楼大厦，我要上山去，上山去，去结交绿林好汉。”

毛泽东以中央特派员的身份返回湖南。毛泽东过去做过工人运动、农民运动、学生运动和统一战线工作，却从来没有做过军事工作。根据党的需要，毛泽东勇敢地挑起了这副全新的担子。

毛泽东感叹不已，自我打趣：“像我这样的一个人，从前并不会打仗，甚至连想也没想到过要打仗，可是帝国主义和帝国主义的走狗，强迫我拿起武器，我只好却之不恭了。”

1927 年 9 月 9 日，毛泽东领导、发动湘赣边界秋收起义，创立井冈山革命根据地，走农村包围城市的革命道路，掀起中国土地革命和武装起义的高潮。

革命形势发生了变化，革命任务也在变化。中共河南省工作委员会成立，河南省委派组织部长刘晋、巡视员李新民到焦作一带巡视工作，恢复、开展党的活动。中共河南省委派共产党员王凤梧到焦作，正式成立中共焦作中心县委，王凤梧任书记，许子善、张方来、李凤岚任委员，负责焦作、济源、沁阳、武陟、获嘉、辉县等地共产党的党组织，隶属中共河南省委。

在这样的历史大背景下，在敌强我弱的形势下，中共焦作中心县委审时度势，按照共产党中央“长期潜伏、保持骨干、伺机而动”的方针，决定雪藏董凤，命令董凤嫁人。

董凤的出嫁，一是可以团结中间力量，二是可以保存共产党的实力。

几天后，表嫂见了董凤，她神神秘秘地从发髻里掏出了一张字条，递给了董凤。董凤默默地读着：嫁！这是党的命令，革命的需要。你必须嫁人，你必须有所牺牲，留得青山在，不怕没柴烧。你的生命不属于你，属于党。星星之火，可以燎原。你是革命的火种，革命需要你的时候，你才能点燃自己，服务党和人民。焦作扶轮学校党支部。

表嫂等董凤看完了字条，表嫂接过字条，划着一根火柴，点燃了那张字条，顿时，字条化成了一缕袅袅的青烟……

董凤低声央求："表嫂，我是个共产党员，我就是嫁人，我也不能嫁到这个坏人家里！"

表嫂胸有成竹，语气不容质疑："不，你嫁的是个好人家，你要相信党组织的决定。女大当嫁，男大当婚，天经地义。嫁人吧，你不会后悔的。"

4. 我要学打枪

董凤 17 岁那年，董凤执行共产党焦作扶轮学校党支部的命令，带着一身的刑伤，嫁给了焦作的青年知识分子刘为国。

董凤嫁进了这个家，她开始了解这个家，认识这个家，熟悉这个家。

董凤的公公叫刘坤明，刘坤明年轻时力大无比，武功盖世，会飞檐走壁，一把火枪和一把飞刀，耍得出神入化，江湖人称神枪刘。

早年，刘坤明跟随辛亥革命的前辈表哥程毅，结识了秋瑾等革命志士，参加了辛亥革命，参加了绍兴起义。

程毅原名程秀申，字翘轩，修武县城内新街人。生于清光绪九年（1883 年），牺牲于清光绪三十四年（1908 年），享年 25 岁。1986 年，在纪念辛亥革命 75 周年时，杨成武将军亲笔为程毅题词：辛亥革命先烈程毅不朽。

1906 年，程秀申到天津入北五省师范学堂，结识革命志士，发誓"不灭满清，誓不还家”，进行“剪辫子”等革命活动，程秀申改名为程毅。

程毅的父亲名叫程石玉，修武一个知名的举人先生，母亲赵玉兰，出身贫苦，是个贤妻良母。

程石玉对程毅宠爱有加，担心程毅长不成人，就用程毅出生时剪下的脐带，拿着红布，缠了12个圈，戴在程毅的脖子上，还专门打了银质手链、锁链。每年城隍爷生日那天，程石玉就让程毅穿戴红色衣帽鞋袜，戴着小手铐、大锁链，跟在城隍爷的泥像后面，跟着大家游行。所以，当年修武人给程毅起了外号，叫“小红孩儿”。

父母包办，指腹为婚，程毅14岁结婚，16岁那年，女儿程燕珠出生。同年，程毅考取秀才，可谓是双喜临门。

那年，中国开始废除科举、兴办学堂。程毅接受了新教育，先后就读于河朔法政学堂（武陟县木栾店镇）和河南高等学堂。

当时，世界列强肆无忌惮瓜分中国，义和团运动失败、八国联军攻入北京，中国清朝政府与英国、美国、日本、俄国、法国、德国、意大利、奥匈、比利时、西班牙和荷兰签定的一个和平协定《辛丑条约》。《辛丑条约》被认为是中国自第一次鸦片战争后签署的一系列不平等条约之一，是一个丧权辱国的条约。

程毅不满清朝政府腐败卖国，炽情地寻求救国途径，阅读了许多像《革命军》、《警世钟》等进刊物，程毅和当时很多进步的知识分子一样，认为中国要富强，必须学习日本、德国、英国等科学先进国家的经验。河南高等学堂教学内容仍以“四书五经”为主，历代史鉴、中外政治、学艺为辅，这些学科与程毅强国富民的理想背道而驰，程毅愤而辍学。

程毅与修武举人王印川相约，坐船东渡日本留学。但是，程毅因为是家里的独生子，程石玉老人不愿程毅远离自己，远离家乡。

1906年农历三月三，程毅利用修武县城庙会、家人疏于防范的机会，悄悄吻别女儿，离开家乡，只身赶往天津。

程毅考入天津北五省师范学堂，在那里结识了力主以武力革命推翻清朝政府的激进革命党人胡瑛，程毅受胡瑛进步思想的影响，遂以“联络同志、鼓动革命”为己任，发誓“不灭满清，誓不还家”，参加了“剪辫子”等革命活动。

程毅与革命党人谭心休、于右任、秋瑾、杨卓霖等人来往密切，程毅无限崇拜秋瑾先生，秋瑾为了革命，连家都能舍下。程毅敬佩秋瑾的革命精神，恨自己堂堂一须眉，尚不如一巾帼女英。程毅借李白的诗句赞扬秋瑾先生：高山安可仰，徒此揖清芬。

1907年正月，秋瑾担任绍兴大通学堂督办，她与徐锡麟等光复会领导成员秘密商定，相约于五六月期间，在浙、皖、苏等省同时发动革命起义。秋瑾加紧对各地光复会的联络，加紧对革命骨干的训练，加紧修改条例、颁发号令、制定编制，加紧组织革命军，策划武装起义。

秋瑾召集浙江各光复会首领，到绍兴议事。程毅应秋瑾的邀请，就任绍兴大通学堂学监兼任体育会教员，倡导民族主义，普及军事战术。

程毅写信给表弟刘坤明，邀刘坤明火速到绍兴参加革命。刘坤明崇拜程毅，一接到程毅的书信，日夜兼程赶赴绍兴参加起义。

刘坤明协助程毅主持兵操，前前后后相继培训了上万人，亲手训练出了上百个神枪手。

浙江光复会起义的大本营，转移到绍兴大通学堂。同时，光复会总部的诸关事宜，也由上海移至绍兴。

秋瑾非常信任程毅，大事小事都与程毅商议。程毅作为秋瑾的诚挚战友和得力助手，多次参加了在秋瑾家中召开的秘密会议、参与了绍兴武装起义的筹备工作。

程毅穿着黄色斜纹军服，剪发，蓄着八字短胡须，肤色黄黑，身材中等，胸前镀金之纽扣，熠熠生光。

徐锡麟等人在安庆提前革命起义，刺杀安徽巡抚恩铭。徐锡麟起义失败，清朝政府震撼，大肆捉拿革命党人。

当时交通不便，信息不畅，直到农历五月底，秋瑾才得知徐锡麟壮烈牺牲的消息，秋瑾悲痛欲绝，决意单独在绍兴举事。

绍兴府学务处总办的劣绅胡道南，在日本留学时，他不满革命党人反清革命，不满男女平权。秋瑾曾当众大声痛斥胡道南为“死人”，胡道南怀恨在心，蓄谋报复，长期秘密侦察刺探秋瑾等革命党人的行踪，暗地里向绍兴知府贵福告密：秋瑾等革命党人“图谋不轨”。

绍兴知府贵福心急火燎，披星戴月，连夜赶到杭州搬兵。

农历六月初三，大批清兵逼近绍兴。秋瑾镇静自若，在程毅等人的协助下，妥善安置善后工作：焚烧文件名单，埋藏枪支弹药，转移师生，通告各地，因地制宜地对付清兵的清剿。

农历六月初四，清兵进入绍兴，大通学生劝秋瑾离开学堂暂且回避。但是，秋瑾决心殉难，程毅、刘坤明等数人也坚决不肯离去，生死追随她。

清兵包围了绍兴大通学堂，叛徒蒋纪云以借钱为由，缠住秋瑾，程毅率领学生与清兵激战，出其不意，学生击毙清兵数人，杀伤清兵数人。

秋瑾、程毅等人终因寡不敌众，被捕入狱，刘坤明负伤逃脱。

秋瑾在狱中，大义凛然，坚贞不屈。1907年7月15日凌晨4时，秋瑾在绍兴轩亭口慷慨就义，年仅32岁。

绍兴知府贵福想一网打尽革命党人，拷讯、逼供程毅。刽子手用烧红的铁铲，在程毅身上一点一点烧烤，程毅体无完肤。刽子手翻来覆去动用酷刑，几个回合下来，程毅疼得死去活来。

程毅刚刚苏醒，刽子手就按着他跪在烧红的火链上，皮肉烤熟，触目惊心，惨不忍睹。然而，程毅意志坚定，比钢铁还硬，没有一句供词。

深夜，刘坤明潜入狱中，劝说程毅：“表哥，你别死心眼，多少说点敷衍的供词，你少受些严刑拷打，我们竭尽全力救你出狱。”

程毅大义凛然：“你糊涂之极，人为刀俎，我为鱼肉。我怎么能再开口连累他人，我宁死，也不吐露我们光复会的秘密。”

刽子手审问程毅17次，程毅没有供出光复会的一件事、一个人。

绍兴知府贵福查无实据，只得伪造口供，剥夺程毅官服，革除程毅功名，判处程毅五年监禁。

刘坤明找到程毅的好友鲁鸿珩，央求绍兴的知名绅士联名上书，营救程毅出狱。

绍兴知府贵福答应，以一百铺保保释程毅，鲁鸿珩等如数按期送到。贵福又变卦，改要四百铺保保释程毅。鲁鸿珩、刘坤明紧锣密鼓，四处奔走，营救程毅。

出卖秋瑾的劣绅胡道南，惧怕程毅出狱报复，暗中重金贿赂、收买狱吏残害程毅。狱吏见钱眼开，在程毅午饭的碗里，放进了毒药。

程毅不幸中毒，惨死在狱中，年仅 25 岁。

程毅牺牲了，刘坤明悲愤不已，刘坤明三天三夜不吃不喝，两只眼睛都哭出了血。

刘坤明背着程毅的骨灰，辗转千里回到了焦作。刘坤明万念俱灰，抛家弃小，到圆融寺出家为僧，法号凡了大师。

早年，刘坤明娶了姬卜武的妹妹为妻，姬卜武的妹妹生下了刘为国，刘为国还不到一岁，姬卜武的妹妹因病魔缠身，撒手离世，撇下了刘为国。

姬卜武对刘家，一如既往地亲近，特别喜欢刘坤明的两个儿子刘为国和刘为家。因为刘家这两个儿子，刘为国，是他姬卜武妹妹生的，是他姬卜武的亲外甥；刘为家，是刘坤明和续弦所生，与他姬卜武没有血缘关系，但爱屋及乌，姬卜武视刘为家为亲外甥一般。

姬卜武跑到圆融寺，见了刘坤明，讨好地说："凡了大师，我把一个有知识的洋学生，送给你家为国当媳妇，算是对得起我死去的妹妹了。你没事偷着笑吧。"

刘坤明一声佛号："阿弥陀佛。塞翁失马，焉知非福。我家这个媳妇，怕是个巾帼人物，我家从此不安宁了。"

姬卜武打马虎眼："什么巾帼人物？什么共产党人？一个女学生而已，女人结了婚，生了孩子，她自然会收心，好好过日子的。"

刘坤明举手礼佛，送客："阿弥陀佛。我佛慈悲，是福跑不了，是祸躲不过，一切随缘。老衲身在佛门，诸事不便，烦请施主多多费心。"

董凤在刘为国家里，只住了一个晚上。刘坤明便派女居士接董凤到了圆融寺，让董凤和女居士一起，住在圆融寺的西跨院，方便董凤疗伤。

董凤疗伤期间，她央求自己的公公刘坤明："爹，我不能再像只绵羊，任人宰割。我要学打枪，我要杀坏人，我要为民除害。”

刘坤明唏嘘不已：“阿弥陀佛，我乃出家之人，你别叫我叫爹了。一把枪，一把神枪又能干啥？想当年，江湖上，人称我神枪刘。辛亥革命，我在绍兴又训练出了上百个神枪手，清兵围攻绍兴城，我也没有救下秋瑾先生和程毅表兄。枪，没有那么神！老衲之所以归身佛门，就是想以佛心救世人啊。”

董凤据理力争：“当今社会，外敌欺侮，内政黑暗；人心不古，黑白颠倒；贫富不均，法无责度。我们中国人不拿起刀枪，怕是要亡国灭种。我们穷人不拿枪，我们穷人就没有活路。”

刘坤明忧心忡忡：“阿弥陀佛，中国有四万万人，光靠你拿一把枪，又能救几个人？”

董凤激情愤慨：“话，您不能这样说，他不拿枪，我不拿枪，谁来救中国。只有动员起四万万中国人，团结起来，人人拿起刀枪，中国才不会灭亡，我们中华民族才会强大。”

位卑未敢忘忧国。刘坤明听了董凤的一席话，自己仿佛又回到二十多年前的绍兴，眼前的董凤，变成了秋瑾先生，变成了程毅表兄。刘坤明心潮澎湃，热血沸腾：“阿弥陀佛，共产党人志在天下，为国家而生，为国家而死。我中华民族有这样的共产党人，有这样的忧国爱民之士，中国有救头，中国有希望，天佑我中华，天佑我中华！”

董凤言恳情切：“爹，我要学打枪，我要保护自己，我要杀坏人，为民除害。”

刘坤明打心眼里，喜欢这个共产党媳妇，自己每当看见董凤，如见秋瑾先生再世，如见程毅表兄再世：“一切随缘，既然施主，剑走偏锋，志在尚武。老衲我呢，恭敬不如从命。”

刘坤明起身吩咐徒弟，徒弟从密室里，取出一个做工考究的木匣。刘坤明打开木匣，拿出两把手枪，手枪油光锃亮。看来，刘坤明身在佛地，心忧国与家的安稳，时不时擦擦枪、练练枪法。这种手枪，是土造手枪，很有中国特色。这种手枪是民间利用土法、因陋就简而造的手枪，这种手枪一次只能打一发子弹，打完一枪，还得向下掘开枪把，退出弹壳。再装子弹，才能射击。所以，人们当年都叫这种手枪为“撅把子”。

这两把手枪，颇有来历。阎锡山、冯玉祥、李宗仁等人联合反对蒋介石，双方发起战争，这场战争，是中国近代史上一次规模最大的军阀混战，史称中原大战。

阎锡山和冯玉祥各派出一支精锐部队，在河南省的沁阳县会师，一鼓作气，一举歼灭蒋介石驻扎河南的有生力量。

沁阳在河南省的北部，离黄河北岸 70 公里。沁阳北邻山西，阎锡山的大部队驻扎在山西，阎锡山距离沁阳较近，进可攻，退可守，非常有利。

冯玉祥的作战参谋拟定了一份紧急命令：“命令你部，昼夜兼程，直插沁阳，与阎锡山部会师……”

这个撰写命令的作战参谋，地理知识甚少，做事粗心大意，把沁阳的“沁”字，多写了一撇，写成了“泌”字，这样一来，集结地点由“沁阳”变成了“泌阳”。偏偏河南省真的有“泌阳”这个地名。这个泌阳，在河南省的南部，离湖北省只有几十公里路程。当时，湖北还是蒋介石重兵驻防之地，在那里集结，当然是自投罗网。

阎锡山部队赶到沁阳，左等右等，看不见冯玉祥部队的影子。阎锡山部队因人数少，不敢单独作战。阎锡山立即电报询问冯玉祥，冯玉祥一问，才知道部队已奉命挥师南下，背道而驰，赶去泌阳了。蒋介石重兵包围冯玉祥的部队，冯玉祥大惊，急令撤退。

冯玉祥的作战参谋因为粗心多写这一撇，中原大战，蒋介石获胜，冯玉祥、阎锡山的联军失败。这位参谋也为这一撇，丢了自己的小命。

那天，在圆融寺的大桐树下，刘坤明闭目养神，一群飞鸟，惊醒了他。

刘坤明睁眼一看，他看见阎锡山部队的一个排长，拖着一杆长枪，从山下败逃上山。

刘坤明决定干一件大事。刘坤明简单化妆，用手在铁锅底摸一把黑锅灰，顺手抹在了脸上，拿着竹竿烟袋，戴上一顶破草帽，遮住自己的和尚头，躲进了青纱帐，他要守株待兔。

那个排长刚刚走近，刘坤明猛然从那个排长身后跳出，用竹竿烟袋顶住了他的腰后：“别动，动，我就开枪打死你，老子是土匪。”

说着，刘坤明缴了那个排长的长枪，喜出望外，他意外地还从那个排长后腰，搜出了两把手枪。

刘坤明用长枪换了粮食，把两把手枪悄悄地放在圆融寺的密室里，壮胆护身，备以应急，现在刘坤明决定，把手枪派上用场。

刘坤明语重心长：“都说宝马配英雄，宝剑赠英雄。这两把手枪，南征北战十几年，现在把手枪赠送给你，惩恶扬善，弘扬正气，也算物有所值了。”

的确，人和人，天生就不一样。董凤天生似乎就是神枪手，董凤忘乎所以地苦练枪法，天天自我加压加量，天天连吃饭的间隙，还练独臂负重，由于长期站着练习瞄靶，董凤练得两条大腿都抬不起来。

严师出高徒。刘坤明谆谆教诲：“敌我枪手对阵，动作要果断勇猛，一枪制敌，你一枪打不倒他，他就要打倒你了。”

董凤悉听师命，苦学勤练，白天瞄树叶、瞄飞鸟，晚上瞄星星、瞄远处的灯火。

世上无难事，只怕有心人。董凤性格沉着、自信，全神贯注，废寝忘食，枪法日见精进，在 50 米之内，她一枪能击中巴掌大小的目标。

天空上，飞过来三只野鸽子，两只白鸽子，一只黑鸽子。

董凤拔出手枪，左手开枪，右手开枪，“呯、呯”两声枪响，那一只黑鸽子落地，一只白鸽子落地，另一只白鸽子也落了下来。

董凤拾起三只鸽子一看，自已打中一只白鸽子，又打中那一只黑鸽子，子弹穿过黑鸽子的身体，又打中了另一只白鸽子，另一只白鸽子也落了下来。

刘坤明看着董凤练枪法的精神劲，赞叹不已：“看来，我刘家又出了一个神枪手，我家这个大儿媳妇，论武艺、枪法不在秋瑾先生之下。”

刘为家手急脚快，拾起三只鸽子，高兴得手舞足蹈：“好啊，今天，我有鸽子肉吃了。”

董凤开心地答应：“好，我去给你炖鸽子肉吃。小馋猫，吃嘴妖精。”

刘为家扮了个鬼脸，转身缠上了刘坤明：“爹，你真偏心眼。你为什么教董凤嫂子打枪，怎么不教我打枪？”

刘坤明声色俱厉：“臭小子，你自小脾气暴烈，杀心太重，出手狠辣，火性太大，你离刀枪远些，对你有好处呀。你个小子，要好好读书识字，长大了报效国家。”

刘为家撒娇，与刘坤明犟起了嘴：“爹，你偏心眼。我家嫂子，她也比我大不了几岁？”

刘坤明压低声音，神经兮兮：“你个坏小子，别忘了，你嫂子可是共产党人，红头发，绿眼睛，吃人咬人的共产党。还有，她是传说中的女杀手！”

近墨者黑，近赤者红。刘为家调皮地伸伸舌头，说：“爹，你别吓我了，我看见嫂子就亲，我看见嫂子这样的共产党人，就亲。嫂子是有本事人，共产党有本事，共产党都跟嫂子一样，共产党就是好人。我长大了，也娶一个共产党人当媳妇。我喜欢共产党的女杀手。”

刘坤明捏着佛珠，笑出了泪珠，他难得有这样的好心情。

5. 卖了儿子

刘为国从小聪明勤奋，他四五岁时，就能背诵《满江红》、《正气歌》、《百家姓》。十三岁考入了县立中学，成绩总是名列榜首。刘为国拉得一手好二胡，喜欢拉一些民间二胡传统曲目，他拉的二胡出神入化，时而意境深远，时而催人泪下，时而思绪如潮，时而宏伟壮丽，时而奔腾激昂。他拉起忧伤的曲子，能把听曲的人，感动得热泪直流。

刘为国从县立中学毕业后，考入开封省立第一师范学校。次年，刘为国转入河南大学预科班学习。

“九一八”事变，日本侵略者占领中国东三省，侵占热河、察哈尔和冀东，策动汪精卫成立华北自治政府。蒋介石不但不抵制，反而与日本帝国主义眉来眼去，竟然同日本帝国主义订立出卖中国主权的“何梅”协定，激起了全国人民的极大义愤。

中国民主革命的先驱、著名的国民党左派、民革主要创始人何香凝，义愤填膺，随即派人把自己穿过的一条旧裙子，装进一个包裹，送给蒋介石。何香凝在裙子上题了一首诗：“枉自称男儿，甘受倭奴气。不战送山河，万世同羞耻。吾侪妇女们，愿赴沙场死。将我巾帼裳，换你征衣去！”

早年参加孙中山领导的同盟会，后即献身于民族民主革命事业的著名抗日爱国将领续范亭，送给蒋介石一副对联“井底孤蛙小天小地自高自大，厕中怪石不中不正又臭又顽。”

刘为国志在报效国家，他只身赶到南京，报考南京军官学校，因眼睛患有白内障，远道从军的志愿落空。刘为国辗转天津，一边靠写小说、杂感、影评之类维持生活；一边请英国医生给自己治眼病。刘为国在天津，欧洲一位眼科医生开刀治好了他的眼病。刘为国铁了心要投笔从戎，他转道坐火车回焦作，筹措盘缠，准备报考黄埔军校，抗日救国。

当年，焦作地区的农村经济一直处于小农状态，广大农民靠天吃饭，若不遇天灾人祸，仅能维持日常生计。农民劳碌一年，除了交公粮、地租、留种子外，没有足够的口粮。农民中每年都有约1/3的农户，在来年下种时，需借粮借债，年复一年，这些农户总也翻不过身来。孤儿寡母的农户，生活更加艰苦，没有正常收入，只得求亲靠友。由于农民收入低，大多数农户一年四季都得节衣缩食，穿戴很简陋，一年四季有棉、单两套服装，就算上等户了。大部分农户冬夏一套服装，是用青蓝粗布或“出荷布”制成的，把夏季穿过的单衣，加点棉花，就权当棉衣过冬，因长期穿在身上不能替换和洗涤，破损很快。多数工农大众都穿着补丁摞补丁的衣服。农民一日三餐都是玉米粥、小米稀饭。早晨喝稀，中午吃干，晚上喝“稀汤糊涂”，多数人家过的日子，是“冬酸菜，夏野菜，一年四季吃老咸菜”。不少的农家在一年里，有半年得吃糠咽菜。农户饲养鸡鸭下蛋，不敢自食，日积月累，然后到集市上换些煤油、火柴和食盐等日用生活品。农民的居住条件更差劲，农民住草棚，照明多用葫麻油，一般农家用铁、铜灯碗，用木头或泥巴做灯柱。贫穷家庭，用泥碗作灯，在墙壁上凿一个窝窝置放，因而出现“土炕断墙头，灯油壁上流”的情景。有的农户买不起灯油，只好天黑就睡觉，一年到头不敢点灯。少数比较富裕的农户能住上草泥房，但一般都是东西屋、南北炕、中间是厨房，又窄又小，老少三辈住一堂，很不方便。多数人家居住在矮小的地窝棚、小马棚里。生活用品贫乏，就连日常生活所用的锅、碗、盆等物品，也置备不齐。四五口人家一床被褥的不在少数。有的农户甚至没有铺盖，到了夜间只能身上身下两条麻袋。有的人家买不起被褥，只好在草席上睡觉。

焦作工人和手工业劳动者以及小职员的生活，也是捉襟见肘。工资收入很低，除去吃穿的花销，几乎没有余剩的钱。一旦遇上灾害，也得遭受高利贷的剥削，有的甚至倾家荡产，妻离子散。

当时，国民党反动政府在经济上挖空心思，盘剥劳苦大众，劳苦大众一年四季有纳不完的苛捐杂税，干不完的义务劳动。据历史资料的记载，在焦作嘉禾屯村有段民谣：“嘉禾屯三道沟，骑不起大马骑墙头，点不起灯笼挂萝头，雨天在家戴草帽，走亲访友借穿戴，一件衣服穿几代；大盐坷垃当菜吃，一年四季不见油……

这段民谣，是解放前嘉禾屯农民贫困生活的真实写照，字里行间透露出的是个“穷”字：屋漏下雨，才会“在家戴草帽”……

太行山区爆发旱灾，发生蝗灾，蝗虫吃掉5000万亩庄稼。蝗虫所到之处，遮天蔽日，庄稼颗粒无收，树皮刮净，树叶吃光，情景骇人听闻。

太行山区有30万灾民断粮，从山东、河北和黄河以南地区，逃来了十几万灾民，他们急需赈济。

当时，野狼成群结队，不但进村强吃家禽，而且还敢攻击活人。狼群对灾民的生命威胁很大，很多人谈“狼”色变。挣扎在死亡线上的灾民，有的天不黑就关门闭户，不敢出门；有的整个村庄半夜出现“夜惊”，大人和小孩从梦中起来，大喊“撵狼”；有的小孩饿得哭闹了，大人吓唬孩子，说一声“狼来了”，孩子便吓得不敢再哭一声。

刘为国想报考黄埔军校，自己家里一时没有盘缠，急得头上直冒青烟。

董凤未雨绸缪，她早早就拿定了主意：卖了大儿子！耕牛不能卖，家里不能没有耕牛。家里没有了劳力，卖了耕牛，家里的生活只能穷上加穷。卖了大儿子，儿子我能再生的，我现在肚子里的，肯定还是个儿子。卖了大儿子！送丈夫报考黄埔军校。

盛世学文，乱世习武。董凤心明如镜，她支持丈夫刘为国，实现报效国家的理想。

刘为家听说哥哥嫂子要卖儿子，慌了神，跑去圆融寺打小报告："爹，爹，你去管管我哥和我嫂，他俩要卖儿子。你去劝劝吧，我嫂子最听你的话。"

刘坤明在圆融寺里，他正忙着给灾民施粥救人，听了刘为家的话，他面无表情，双目一闭："阿弥陀佛，我佛慈悲，一切随缘，祸福相依，皆为天意。"

刘为家无比懊恼："俺爹当和尚，当傻了，您糊涂了。我再不指望您了，我去劝劝哥哥和嫂子。"

姬卜武家的冯管家闻听此事，登门问话："街坊邻居都传开了，说你家要卖儿子，我们家姬掌柜外出办事，他不在家，我来问一声，家里出了什么事了？"

董凤心里比谁都清亮，在焦作方圆100公里之内、上万的家户中，只有姬卜武，能买得起自己的儿子；也只有姬卜武家，出得起这个价码；大儿子也只有跟了姬卜武家，才不会吃苦受罪，才可能有出息。

董凤的大儿子才一岁四个月，董凤肚子里第二儿子已经六个月了，董凤的双眼，哭得红肿红肿。

冯管家见无人答话，便沉着脸："既然东家姬掌柜不在家，我做回主，我主一回事吧。孩子，我家买了你家的儿子，你出个价吧。"

董凤神思恍惚地伸出了五个指头，冯管家摇了摇头，捏住了三根指头，向董凤示意七个大洋的价码。冯管家拿出了七块大洋，买走了董凤的大儿子。

从此，董凤的大儿子，小名就叫七洋，大名刘七洋，在焦作的上五村、下五村，那是相当地有名气。

董凤手里拿着七块大洋，比抱着自己的大儿子轻快了很多，但心里却割舍不下自己的大儿子。

冯管家请的奶妈，她抱着刘七洋要走，董凤又抢过刘七洋，避开冯管家等人的目光，解开布衫，喂了自己大儿子一顿饱奶。

董凤两眼泪水婆娑，依依不舍地转过身，叮咛冯管家请的奶妈：“这孩子淘气，晚上睡觉，他爱蹬被子，麻烦你多操心。”

董凤卖大儿子的七块大洋，立马派上了用场。

董凤收拾了丈夫刘为国的包裹行李，刘为国明天要在焦作北站上车，赶去武汉，参加黄埔军校的招生考试。

刘为国信誓旦旦：“董凤，我要是考不上黄埔军校，我就没有脸再见你了。你不要等我了，再找个好人家嫁了算了。”

董凤肚里的第二个儿子显了身子，她弯不下腰，她直挺挺地站在那儿，深情地瞅着刘为国：“为国，咱可不能干那傻事，考上了黄埔军校，咱就在武汉上学；考不上黄埔军校，咱回家再说。条条大路通罗马，天下的活路、生计多着哩，犯不上自己拿自己赌气。”

刘为国一边拿着锅盘上的蒸馍，手一边不停地颤抖，他觉得自己对不起董凤，对不起自己的大儿子，他故意留下了几个白面馍。

刘为国那点小心思，那个小动作，压根没有逃过董凤的眼睛，董凤动手把留在铁锅盖上的白面馍，一个一个又放进了丈夫的干粮包里：“穷家富路，人出了家门，还不知道会遇着什么难事。你甭牵挂俺们，俺们在家有办法，俺们熬得过去。”

刘为国牵肠挂肚：“你没有事，多去看看咱们的儿子。”

董凤欲哭无泪，无声地点点头。

刘为国动身前去武汉报考黄埔军校，董凤拉着刘为国的手，一直送出了二里多路……

刘为国到了武汉，一个半月过去，寄给董凤一个大信封。信封很气派，大信封落款写着黄埔军校的红字，刘为国寄信报喜，他考上了黄埔军校。

董凤扬眉吐气：刘家老坟冒青烟啦，后人考上武状元了。

这天下之事，谁能说清。亲兄弟俩，老大刘为国，一个文绉绉的人，偏要舞刀弄枪，抗日救国；老二刘为家，一个崇尚武力的人，却要教育救国。

董凤时常站在村头，踮着脚，眼巴巴盼着自己的丈夫，盼着考上黄埔军校的丈夫，像唱戏里的大官一样，骑着高头大马，荣归故里，衣锦还乡。董凤始终没有等来丈夫，却等来了日本鬼子的大刺刀和大洋马。

日本鬼子进村了。日本鬼子和汉奸骑着大洋马，从村东头进村，他们坐在大洋马上，颠起屁股，朝天鸣枪。

枪声，比村里老百姓过年放得大雷炮要响多了。枪声，声音尖细，先是“砰——”响着，子弹划过空气的声音是“啾—”。

董凤胆大如斗，她抽出自己的两把手枪，问李维刚：“表哥，我拿枪对日本鬼子，喊缴枪不杀，日本鬼子会缴枪吗？”

李维刚知道董凤胆子大，天下没有她不敢干的事。李维刚严肃地绷着脸：“表妹同志，我可警告你，日本鬼子听不懂中国话，你别出洋相。寡不敌众，末了，日本鬼子杀了你。”

李维刚的话，没有吓住董凤。

董凤眼一瞪，斗志昂扬：“看来，喊缴枪不杀，不管用了，我们只有靠真枪实弹说话了。”

日本鬼子听不懂中国话，也不会说中国话，可日本鬼子带着眼镜翻译官呢。

眼镜翻译官和日本鬼子一样，穿着锃亮的大皮鞋，眼镜翻译官扯着喉咙喊话：“父老乡亲们，父老乡亲们，你们听好了，日本皇军来我们中国，是和我们共建王道乐土，皇军不杀人，也不抢粮食。”

日本鬼子嘴上说，不抢粮食；日本鬼子嘴上说，不杀人。可日本鬼子口是心非，他们端着大刺刀，牵着日本大洋狗，挨家挨户抢粮食，抢老百姓的财物。

上白作村东头，黄长顺家里的媳妇不知死活，捂着米缸盖，不教日本鬼子抢粮食。日本鬼子把刺刀一挺，戳进了黄长顺媳妇的肚里，血呼呼地直往外冒。黄长顺大着胆喊：“日本鬼子杀人了，日本鬼子杀人了，快来救人。”

日本鬼子把三八大盖的枪口，对准黄长顺，扣动了板机，“砰、砰”

两声，黄长顺和媳妇倒在一起，夫妻双双丢了命。

董凤家里没有粮食了，粮缸里只有几把三合面，日本鬼子一眼看到了缸底，看看没有粮食，就“叽里咕噜”地走了。

姬卜武出面招呼日本鬼子吃饭，姬卜武家杀了一头猪，煮一大铁锅的猪肉、骨头、杂碎，让日本鬼子吃猪肉、啃骨头、喝猪杂碎汤。

日本小队长“叽里咕噜”地对姬卜武讲了一通话，姬卜武听不懂半句。眼镜翻译官手里抓着一只猪蹄，口角不利落的大声说：“姬桑，你是皇军的朋友，皇军大大地信任你，今后，你就是村里的维持会长啦。”

姬卜武经事还谙事，他对这个天上掉下来的官，并不感冒，他皱着眉头，装疯卖傻地问眼镜翻译官：“皇军，皇军给我发银饷吗？”

眼镜翻译官觉得姬卜武比自己还恶心，简直就是个老财迷，眼镜翻译官糊弄姬卜武：“皇军说了，只要你干得好，金票大大的有。”

汉奸这顶帽子，姬卜武挨挨实实地戴上了，他从此在焦作上五村、下五村臭名远扬。

姬卜武的衣着打扮也变了很多，他头上戴着一顶小黄帽，手里拿着一把日本小旗，点头哈腰地奔走在日本鬼子、国民党和共产党之间。

姬卜武从不祸害乡亲们，他说：“日本鬼子不是咱的祖宗，我不下地狱，谁下地狱。只要乡亲们不遭罪，别说叫我汉奸，叫我当王八都中。”

维持会长给日本鬼子做事，也有受罪的时候。日本鬼子开始只要粮食、猪肉、鸡。后来，日本鬼子竟然向维持会长摊派女人。外村的维持会长束手无策，只得让村里人抓纸阄，谁家抓中有“去”字的纸阄，谁家里出女人，去炮楼、据点、军营，侍候日本鬼子。

姬卜武脑子活络，瞒天过海，他派冯管家挨家挨户收钱收粮，冯管家拿着钱，到焦作大杨树街的妓女院，请妓女出面，代替本村的女人去炮楼、据点、军营慰安日本鬼子。

在日本鬼子那里，妓女们比过年都高兴。妓女们吃日本糖、喝日本清酒、吸日本香烟，变态地捉弄日本鬼子。妓女们的小费还不少，花花绿绿的日本钱塞满了袜子。

还有一件事，村里人不知道。冯管家偷梁换柱，他雇妓女慰安日本鬼子时，冯管家只雇用有性病的妓女，慰安日本鬼子。

性病有着古老的历史，在古代医籍中就记载有“淋证、疳疮、梅疮”等性病，但有些性病并非我国固有的，而是从外国传染而来。梅毒是16世纪由葡萄牙商人传入我国岭南，从南至北蔓延开来的。葡萄牙人堪称梅毒不知疲倦的传播者，他们刚刚把这种瘟疫，从美洲带回到欧洲，立即迫不及待地携带着它，乘船过海来到亚洲。葡萄牙人给东方人带来的见面礼，除了杀人的炮弹之外，就是这个“西菲利斯”梅毒。在16世纪上半叶，梅毒沿着当年的海上丝绸之路，沿着欧洲殖民者邪恶的足迹，自西方向东方传播开来，在印度、南洋、中国的东南沿海传染……

姬卜武私下里指派冯管家，到焦作马市街妓院，专门挑了十几个染了梅毒的妓女，去服侍日本鬼子。

姬卜武明明白白告诉冯管家：“爱国的方式很多，让她们用自己的手段和办法，去杀伤日本鬼子，去杀敌报国吧。”

日本军医眼看着梅毒在日本鬼子中间传染，很是头疼，脸上写满了无奈。

日本军官眼看着大量地非战斗减员，眼看着日本兵接二连三被梅毒传染，要死要活。日本军官不知所措，气得咆哮不已，在军营里挥着军刀，一口气砍死两头小毛驴。

1938年3月，日本鬼子侵占修武、焦作，共产党员程明升联合修武县部分国民党员及爱国人士，在大东村召开各届代表会议，正式成立修武县抗日民主政府，程明升当选为县长。程明升等人在修武北部山区建立抗日游击队。

中共豫西特委命令董凤，参与筹建中共博爱县工委，党组织安排她到蒋秀家的后窑洞居住。整整一个冬天，董凤不断地对蒋秀进行共产党的基本知识教育和爱国主义教育。蒋秀的思想觉悟水平提高很快，当年加入了中国共产党。

蒋秀胆大心细、勇敢机智，是共产党可靠的交通员。她常以卖水果、卖菜为名，出入敌穴、侦察敌情、传送情报。

一次，共产党县工委派蒋秀到柏山镇柏山村，向刘甫成传递紧急指示。

明知山有虎，偏向虎山行。从焦作到柏山村要通过日寇炮楼、封锁线等多道关卡，危险性很大。可是，蒋秀革命斗争意志坚强，毅然带着女儿出发了。

蒋秀娘俩经过敌人的炮楼，几个日本鬼子拦住了她们，不许通行，对她们拳打脚踢，试探说她们是“八路军的探子”，并以死相威胁。

蒋秀临危不惧，一口咬定自己去娘家走亲戚，巧妙地骗过了日本鬼子，化险为夷，又一次出色地完成交通任务。

一天，蒋秀手拿针线活在自家前院放哨，12 岁的女儿在她身边玩耍。

刘甫成、张高峰、吴太贵、董凤等人在蒋秀家后院开会，研究工作。

突然，叛徒、汉奸刘忠信带着十多名手拿短枪、身着便衣的特务，气势汹汹地闯进了蒋秀家。

刘甫成当机立断，决意掩护张高峰他们从后墙逃走。他坦然自若，向前院走去，刘忠信逮捕了刘甫成。

汉奸刘忠信逼问刘甫成：“有个大个子老张，在不在？”

刘甫成临危不惧，机智勇敢地应对敌人，一边给蒋秀使眼色，一边大声回答：“大个子老张？哦，他早就走了。”

刘甫成边说着，边往自己住的南屋走，吸引敌人过去。敌人进屋搜查之际，蒋秀赶紧到后院通知张高峰等人，紧急撤退。

在狱中，共产党员刘甫成遭到日伪特务的严刑审讯，多次被打昏，又被用冷水泼醒。日伪特务见硬的不行，就来软的，便以官、以财、以色相许，刘甫成严词拒绝。

日伪特务哪里知道，刘甫成的骨头比铁还硬。刘甫成是博爱县柏山镇柏山村人，他幼年家贫，以下煤窑挖煤维持生活。刘甫成为争取地方小煤窑开采权，发动群众与当地恶霸进行说理斗争，赢得了父老乡亲的信任。

共产党员刘聚奎从北平返回柏山，开展革命活动，刘聚奎教育帮助刘甫成，刘甫成于 1937 年加入中国共产党，担任共产党柏山村党支部书记。

日寇侵占博爱，群众生活十分困难，刘甫成提出了“筑疙瘩、吃大户”，开明绅士刘传周支持刘甫成，刘甫成向博爱县大地主刘八臣借了数十石粮食和一百多块银元，解救了博爱县部分饥民。

1938年6月，根据抗日形势需要，刘甫成动员数十名青年，参加刘聚奎创建的抗日武装——太南游击第六支队。

抗日战争进入相持阶段，以蒋介石为代表的国民党反动派，在国内外多种势力的影响下，逐渐转为消极抗战，积极反共。

国民党五届五中全会上，蒋介石确定“溶共、防共、限共、反共”的方针，密令国民党军队进攻八路军、新四军。

国民党胡宗南悍然大举进攻中共中央所在地陕甘宁边区，阎锡山在山西全境进攻共产党领导的八路军，掀起了反共高潮。

国民党河南省第四行政督察署专员、国大代表郭仲隗派员，接收修武县政权。当时，共产党早已在修武县建立了深得民心的抗日民主政府。因此，国民党的县长一到修武，人民群众根本不尿国民党县长那一壶，群众喊着口号，撵跑了国民党的县长。

郭仲隗气急败坏，对焦作的抗日活动极为不满，他歇斯底里地叫嚷：“修武被共产党赤化了，焦作被共产党赤化了，该杀杀共产党的威风了！”

郭仲隗还一手策划了“许河事件”。郭仲隗秘密地抽调铁警部队、地方反动武装以及国民党正规军对抗日政府和武装进行突然袭击。

郭仲隗得知八路军向西行动，立即指挥刘得锅、郜春玉、冯让等人带领部队赶到许河村，占领许河村南北山高地，准备伏击、拦截共产党地方武装队伍。

八路军地方武装队伍沿着麦秸河，顺山谷小道西进抗日。在许河村南的山岭上，县大队被郭仲隗的队伍拦截，八路军七连二排长崔振中问：“你们是哪一部分的？为什么阻止我们到山西抗日？”

对方欺骗崔振中说：“我们是国民党省专员公署的。现在国共是一家人，我们在山上警戒，你们放心行动。”

共产党县抗日游击大队陷入了国民党反动派的包围之中。共产党道清支队和县游击大队毫不知情，命令部队在一个叫葫芦峪的山谷休息、唱歌。

南山岭上国民党反动军队突然袭击，机枪似雨点一样，向县抗日游击大队扫射，妄图用火力强行缴械。

刘聚奎仔细观察了敌人的火力部署，决定组织突围。刘聚奎带领一营的战士，抢占了许河北岭的一个山头，指挥三挺机枪射击，掩护部队突围。

抗日游击大队经过三个小时的浴血苦战，杀出了一条血路，冲出了国民党反动派的重重包围。

焦作发生了“许河事件”，八路军总部朱德总司令严厉痛斥国民党反动派破坏国共合作、破坏抗日统一战线的罪恶行径。

国民党当局在铁的事实面前，只得认错：国民党九十军军长朱怀冰，公开向八路军道歉，郭仲隗被停职。

“许河事变”发生后，刘甫成得知抗日道清游击队缺少弹药，他把平时筹集的 20 条子弹、8 箱手榴弹，全部送给了抗日道清游击队。

上级党组织派张高峰到博爱，恢复共产党博爱的领导组织，建立中共修博县工委。中共博爱县工委成立后，下设 3 个区委，刘甫成任柏山区委书记。同时，刘甫成任县工委委员兼柏山村党支部书记。张高峰与刘甫成一起，先后与魏庄、黄塘、狄林、上期城、水运、小底等 10 个党支部和党小组取得联系，恢复了博爱党组织的活动。

刘甫成考虑到张高峰的安全，他给张高峰介绍了一个压木香的活计。张高峰就住在老共产党员蒋秀家。

刘甫成被叛徒出卖，不幸被捕。蒋秀为了保释刘甫成，卖掉了家中仅有的一头耕牛，千方百计营救过刘甫成。

那年，麦收刚过，共产党党组织为了掩护地下工作者开展活动，决定让蒋秀迁居。蒋秀以党的利益为重，毅然带领全家离开了生活多年的魏庄村，到柏山村的福延寺安家。

1942 年，河南遭受历史上罕见的水、旱、蝗灾。天灾人祸，民不聊生。

一次，日本鬼子进山扫荡，蒋秀全家到焦作中心县工委机关躲避。蒋秀看到焦作工委机关的同志们，一天三顿喝稀饭，顿顿吃山韭菜，蒋秀不顾同志们的劝阻，冒着大雨，淌着河水，连夜赶回老家魏庄，取出了种子粮，连夜赶磨出了七八十斤白面，送到工委机关。

俗话说，宁死亲爹娘，不吃种子粮。董凤感动地抱着蒋秀，说：“你真是革命的好妈妈。可是，我们实在吃不下去这口饭呀。”

蒋秀灿然一笑：“留着青山在，不怕没柴烧。人比啥都金贵，只有活着，我们才能赶跑日本鬼子。”

6. 你吃我吧

日本鬼子投降了，董凤的丈夫刘为国，他还是没有像董凤想象中的那样，骑着高头大马，威风凛凛地回家。

刘为国穿着国民党的军装，在焦作火车北站下了车，他四下看了几眼，发现没有什么异样的动静，便叫了一辆黄包车，拉他回上白作村。刘为国坐着黄包车出了城，到了上白作村南口，刘为国喊住了车夫，自己下了车，付了车钱，扭身从皮箱里掏出几件便衣，换下了自己的军装，他嫌自己穿着军装进村太扎眼。

刘为国脱下武装带，特意摸了摸自己手枪盒里的木梳，想起自己三年前回家探家的事，心里又不自在起来。

那年，刘为国回家了，董凤还没有找回刘为国的左轮手枪。董凤的担心是多余的，刘为国此次回来，根本不想那把左轮手枪的事了，他只想办理离婚的手续。

可是，刘为国一到家，一见董凤和小儿子，离婚的心被自己这个家软化了。他想说离婚的话，可是有几次话到嘴边，硬是说不出口。

刘为国一时也没有找着说服自己的理由，刘为国一直沉浸在“说不出口，张不开嘴”的尴尬之中。刘为国挑了几桶水，缸里水满了；就把家里的粪，往地里送了两车；把塌了的猪圈，垒了起来；他又顺手砌了新鸡窝，干完了这一切，他又觉得自己无事可做。

董凤见丈夫刘为国整天忙活家里的事儿，也不找她的事，她心痛刘为国，总是劝刘为国：“歇一歇，好不容易回来一趟，你别累坏了自己的身子。”

刘为国在家住到第七天头上，那天上午，他开始正眼审视董凤，他发现董凤太了不起了，拾掇起家务，她是一把好手。村里大事小事，老少爷们，大闺女小媳妇，大婶二奶，没有说不着话的，简直就是村里的社会活动家，一呼百应。

董凤领导着农民“斗地主”，“斗地主”这种特殊的方式，是中国共产党领导农村土地改革中必经的一环，将地主在乡村中的权威彻底打倒，把地主的家产分配给贫苦农民，农民实现了“翻身”的愿望。

刘为国想过许多个离婚的借口：自己和董凤政见不和，没有共同语言，没法生活。可是，刘为国没法说，国共合作，抗日都胜利了，你咋还说国民党和共产党不是一家人呢？再说手枪的事，都过去三年了，那把手枪，已经是抗日英雄之枪了。再说了，刘为国对结发妻董凤的感情，也算得上刻骨铭心。

刘为国 15 岁那年，舅舅姬卜武一手包办，他与董凤结婚，董凤比刘为国大 2 岁，刘为国和董凤没有爱情，但绝对有感情。

刘为国远在他乡，没有忘记自己的结发妻。闲暇没事，他抽出手枪匣子里的木梳，慢慢地梳着自己的头发，回想着自己的严父慈母，回想着儿子，回想着妻子董凤，嘴角流露出幸福的笑意。

刘为国是结过婚，成过家的人，他对外边花花绿绿的世界，从内心是排斥的。刘为国心中如果有女人，那还是董凤。

树欲静而风不止。古都西安，一个姑娘看中刘为国了，她叫石榴，是从北平来西安的女大学生。石榴毕业于北京著名的大学，参加过著名的北京学生运动，是一个与党组织失去联络的共产党员。

石榴结识刘为国纯属缘分。那天，在西安大华饭店前，一群喝醉酒的小痞子，正在调戏一个女大学生，从外表上看年纪大概能有 20 岁左右。

女大学生表情惊恐不安，显然是受到了小痞子的惊吓。

这群小痞子，个个满身的酒气，一个个袒胸露背，东倒西歪，衣衫不整，眼睛冒着绿光，一边淫言秽语，一边对那个女大学生动手动脚。女大学生喊着救命，左躲右避着小痞子的纠缠，惊慌地往后退去。周围虽然有几个人跃跃欲试，想要英雄救美，却被几个小痞子手里的刀，吓得缩回去了。女大学生一步步的往后退去，却没有注意脚底下的一块石头，一不小心就被绊倒了，小痞子立刻就围了上去。

刘为国实在是看不下去了，就冲了上去，大吼一声："住手！"

小痞子一看有人出面救架，就暂时停住了手，而女大学生也赶紧站了起来，急忙忙地跑到了刘为国背后，双手抱着胸，只露出了一个脑袋，悄悄地对刘为国说："谢谢你，你还是赶紧叫警察吧！他们人多势众，你打不过他们，你要吃亏的。"

刘为国听到女大学生对自己担心的话语，他转过身，他一边递给女大学生一个安慰的眼神，他一边说："姑娘，你放心，区区几个小痞子，我还能对付得了。"

刘为国一副蔑视小痞子的样子，几个小痞子眼看着半路杀出来的刘为国，竟敢坏了他们的好事，气得哇哇乱叫，恨不得立刻杀了刘为国。

一个看似像领头模样的小痞子，深吸一口气，压了压心中的怒火，对刘为国喊道："你是干什么的？你敢管到我们的头上，你不想活命了吗？"

刘为国轻蔑地笑道："龟孙，你说谁呢？你舌头大，只会扇口风。"

痞子头牛气："我问你话呢，你不想活命了吗？"

刘为国一听，立刻哈哈大笑。

刘为国正气凛然："唉！你不知天高地厚，在西安的土地上为非作歹，见了爷爷还不磕头认错，还待何时？"

痞子头气得哇哇暴叫，一边骂着，一边掏出匕首，刺向刘为国。

刘为国一看痞子头动刀，也不敢大意，一手把女大学生拽到了身后，一手掏出了手枪。

痞子头举刀刺来，刘为国拿着手枪对着痞子头："你再动一动，我打烂你的头！"

痞子头想赌一把：刘为国不敢开枪。痞子头一意孤行，举刀刺向刘为国。刘为国对准痞子头的腿，开了一枪。痞子头应声瘫倒在地。痞子头抱着伤腿，不停地惨叫。其他的小痞子一见痞子头吃了大亏，立刻围了上去，围攻刘为国。刘为国先下手为强，又开一枪，打中一个小痞子的脚。

刘为国看着自己的杰作，十分满意："今天，我心情好，给你们留一个纪念，我给每个人一枪。"

遇着大玩家了！闪，这些小痞子见势不妙，哪里还敢招惹刘为国，只好打碎了牙，往自己肚里咽，小痞子一哄而散，狼狈逃窜。

刘为国走近那个女大学生，仔细看，那个女大学生头上戴着一个粉红色的遮阳帽，弯弯的细眉，一对水汪汪的大眼睛，穿着一件流行的红色碎花旗袍。

看着刘为国，女大学生的眼睛里，已经全是星星了，那火辣辣崇拜的眼神，看得刘为国都不好意思了。

这个女大学生，她的名字叫石榴。

石榴当然知道刘为国是个宝贝。刘为国有知识，年纪轻轻就在国民党部队里担任团参谋长。石榴打着自己的小算盘：策反刘为国，带着刘为国去延安，投奔共产党，抗日救国。

石榴展开自己爱情攻势的时候，正是刘为国的运势蒸蒸日上的时候。刘为国穿着军装，1.78 米的个头，白皙的脸庞，一双小眼，精明地瞅着身边的人和事。刘为国轻易不说话，轻易不做事，无条件服从长官，踏踏实实做人，兢兢业业做事，颇有口碑，颇有建树。

石榴在北京上大学时，参加了革命学潮，结识一名学生领袖，石榴当年狂热崇拜这名学生领袖，学生领袖也喜欢石榴。在石榴对学生领袖一往情深的时候，学生领袖情不自禁地脱下了石榴的旗袍，石榴从姑娘变成了女人。后来，学生领袖被国民党当局枪杀了，石榴奔赴延安，参加共产党领导的抗日运动。

石榴毕竟是过来的人了，石榴知道爱情如同小炒烹鲜，火候得掌握好，只有把握好火候，菜下锅早了，菜容易炒老了；菜下锅迟了，菜肯定炒不熟。把握火候，火候恰到好处，爱情才不会鸡飞蛋打，爱情才会像石榴花一样火红。

石榴很会经营爱情，约会刘为国的借口多，见面的地点也很多。刘为国在石榴那儿，体会到了什么叫罗曼蒂克，什么叫爱情。

西安临潼的石榴，天下闻名。唐朝的杨贵妃肯定吃过，还可能相当讲究地吃过。石榴丝毫不逊色于杨贵妃，一颗石榴，叫刘为国吃得如梦如幻，不知身在何处。

石榴住在西安古城的胡同里，石榴租的是一间小屋，小屋里一床、一桌、一椅、一炉，屋里布置的却相当的考究：小屋挂着浅蓝色的小碎花窗帘，床围是浅绿色的。秋天，不是梅花盛开的季节，屋里桌上却摆放一枝盛开的梅花。这枝梅花的做工，极其简单，一枝普通的野枣枝，因地制宜，用爆米花当梅花，玉米花涂上红墨水，星星点点插在野枣枝尖上，野枣枝整枝插进一个白色的花瓶，一枝盛开的梅花立马现形，屋里生机盎然。

石榴的手里只拿一颗西安临潼石榴，临潼的石榴是陕西一大特产，色泽艳丽，果大皮薄，汁多味甜，鲜美渣少，果中珍品，历来是封建皇帝的贡品。

一颗西安临潼石榴，石榴纤手微动，慢慢地掰开皮儿，用手指捏出一粒石榴子，石榴柔情似水地塞进刘为国嘴里，一只手抚摸着刘为国的脸庞，脉脉含情，两眼紧紧盯着刘为国。

刘为国用牙齿轻轻磕开那粒石榴子，舌尖刚刚尝到甜味，那种甜，甜得那么短暂，来不及嚼，来不及品，来不及咽，便一塌糊涂地融化在嘴里了。

石榴轻声细语："石榴，学名安石榴，别名丹若、金罂、金庞、天浆、若榴等，原产伊朗和阿富汗等中亚地区。石榴本出涂林安石国，汉朝张骞出使西域，得其种而归，故名安石榴。引种初期，石榴主要栽于京城长安附近，御花园的'上林苑'和骊山的温泉宫（今华清池）内，是供皇子后妃观赏的，这就是最早的临潼石榴，后来才繁殖推广到全国各地。相传，武则天十分崇尚石榴，因此，石榴栽培在唐代进入全盛时期，一度曾出现石榴'非十金不可得'和'榴花遍西安'的盛况。算起来，临潼的石榴已有2000年的栽培历史了。”

刘为国闻着石榴身上茉莉花的体香，陷入了温柔的梦境，他身不由己：“甜，甜，真甜。”

那一刻，刘为国觉得自己不是在吃石榴，而是在吃人，在吃石榴这个人。刘为国想，文化，这就是文化的魅力。文化真是个好东西，文化用在哪儿，都是有用的，都是令人神往的。

刘为国攻下石榴这座堡垒，完全没有征服、宣泄、占有的快感，他在心里马上对董凤和石榴进行了比较。

石榴知识品位高，会打扮自己，也会生活，思想活跃，特别会当女人。石榴接人待物，透出知识女性的开放、大气、热情、娇柔。

董凤简单多了，性情开朗，心里想啥，嘴里说啥，既不说拐弯话，也没有花花肠。董凤宛如一缸清水，一眼望到底。董凤有一副菩萨心肠，见不得别人的眼泪。宁愿苦了自己，不愿别人受累。男人和女人那点事上，董凤那是一张窗纸，一捅即破，光亮实在，你啥时吃，随便吃，敞开了吃。董凤不会拒绝，也不会拿捏。

石榴那就不一样了，她讲究时间、环境、地点和心情。刘为国甚至不知道，每次去干活，心里特不自信，不知道自己是否能得手。石榴如同喂奶的保姆，吊着刘为国的胃口，什么时候叫他吃，怎么吃，吃多少，由不得刘为国，石榴才是主导者，因此，刘为国在心里，一直没有底气。刘为国一直有一种隐隐约约的感觉，石榴吧，时而真，时而假，似乎世界上还有一个石榴，一个刘为国不认识的石榴。所以，刘为国与石榴交往的日子，刘为国很累很累，常常感觉自己力不从心。

石榴在刘为国面前，始终没有暴露自己是共产党员的秘密，一方面保护自己，另一方面担心伤害自己心爱的人。

刘为国在石榴面前，始终也没有暴露自己的另一个身份，自己是国民党军统特务。

古语云：食色，性也。古语还说，妻不如妾，妾不如妓，妓不如偷，偷不如想。贪色，是人的本性。

刘为国想起了家乡流传的一个段子，古代有个县长，他是个老骚胡，风流倜傥，却老谋深算。

一次，这个县长外出巡查民情，路上遇上一对男女演绎云雨，县衙报告："县长大人，有一对男女挡住了去路！"

县长下轿一看，善解人意，下令："绕道而行，不要打搅人家的好事。"

正走着，县衙又报告："前方发现一个男子，在自慰自淫。"

县长下轿一看，怒不可遏，下令："身为大丈夫，不知自爱，有伤风化，传令下去，棍仗三十。"

县衙对县长的举动大为不解，请教师爷："男女苟且，县长礼让。男子自慰自淫，县长却棍仗责打，这是为什么呢？"

师爷一语破题："男女苟且，男欢女爱，两相情愿。男子自慰自淫，天马行空，想谁是谁。男子若想着县长太太，若想着县长的小妾，若想着县长的家眷，县长他不吃了大亏吗？县长棍仗责打自慰自淫男子，合乎国法天理人情。"

县衙低头哈腰，心服口服："师爷高明，言之有理；师爷真高明，言之有理。"

刘为国摘下了石榴，石榴却摘下了刘为国的心，刘为国的心，渐渐开始离开了董凤，渐渐忘记了自己在焦作还有个家。

7. 杀了鬼子吉川

那年，日本鬼子侵占焦作，向西进攻，遇到了中国抗日军民的顽强抵抗，日本鬼子没有打过黄河，攻下洛阳城。

当年，刘为国在洛阳城里，找了一个新乡跑去洛阳逃难的算卦仙占卜，这个算卦仙人称赵半仙。赵半仙童颜鹤发，一副道家仙骨，他捋着白花花的胡须，夸夸其谈："小日本，哼，小日本它国旗上是个啥图案，太阳。'洛阳'谐音为'落阳'，小日本的太阳旗，到了洛阳，小日本的气数便'落'了。洛阳，日本的太阳旗坠落之卦相也。日本鬼子啥时候打到了洛阳，日本鬼子啥时候完蛋。洛阳就是落阳，太阳旗落下了，日本鬼子焉能不败乎？”

国民党和抗日军民依托母亲河黄河为天堑，坚守洛阳，并以洛阳为抗日根据地，与日本鬼子生死搏斗，拼杀了好几年，日本鬼子在黄河北岸虎视耽耽。

刘为国听了赵半仙这几句牵强附会的卦语，他心里也算一解恨意，刘为国摸出了几个零钱，赏给了赵半仙。

瞎猫逮住了活老鼠。在老百姓的眼里，战争发展的结局，正如算卦仙赵半仙所言，日本鬼子可能真把洛阳，理解成了“落阳”，以致产生了精神上的恐惧，日本鬼子攻下洛阳仅一年三个月，小日本真的无条件投降了。

蒋介石假仁假义地邀请毛泽东去重庆和平谈判，毛泽东和蒋介石联手处理国家大事。

刘为国瞅这个空挡，回到焦作探亲，随便想办两件个人的私事，一来向董凤施压，给董凤写个离婚条款，办完离婚手续。二来向董凤要回那把左轮手枪。

这把左轮手枪，在中国抗战史上，是立过大功的。董凤拿着这把枪，枪杀了华北日寇特务总长吉川。

那年，冬天。夜，风雪交加的夜。李维刚在后窗上叩了三下，这是暗号。

董凤练就了顺风耳，睡觉时总是睁着一只眼！她听到了李维刚的叩窗声，一个轱辘翻身下床，轻轻开门。

李维刚夹带着一股寒气进了屋，李维刚顾不得拍去身上的雪花，喘着粗气低声说：“别点灯，我说完几句话，我就走。”

“啥事？深更半夜地来回跑。”董凤问。

“延安来人了，指示我们搞统一战线，团结一切可以团结的力量，与日本鬼子战斗。”李维刚压低了声音说。

“我听不懂大道理，你讲些我听明白的话。”董凤当年听不明白这些大道理的话。

李维刚想了想，也是，董凤是新党员，董凤对党内的语言一知半解。李维刚讲："西安事变，张学良兵谏蒋介石，蒋介石联合我们共产党人抗日了。我们党的政策变了，要求我们团结更多人，包括地主老财，只要是反抗日本鬼子的中国人，都是咱的朋友，都是可以团结的。国民党和共产党合作抗日啦！"

董凤听明白了：国民党和共产党这俩兄弟，俩兄弟私下里打斗了十几年。日本鬼子欺负中国，打进中国啦，打进自己家啦，兄弟俩开始联手一致对外，联手抵抗日本侵略者。这下子，小日本鬼子该吃家伙了。

董凤的表哥李维刚奉命来到开封潜伏，负责共产党在开封的地下抗日工作。

李维刚的武功相当了得。在焦作地区一直流传着这样两句话，枪挑黄河两岸，拳打南北二京。焦作地区这一带有两样武功，威震天下：太极拳，王堡枪。

王堡枪不仅在焦作地区很有名望，而且声名远播北京、河北、河南、山西、山东等地。焦作地区演练王堡枪的主要有：九府坟、上庄、西中道、吕店、上期城、柏山、义沟、七方、西庄、赵庄、赵郭、坞庄、北里等数十个村庄。

清朝咸丰年间，王堡枪第十一代传人吴华林，他将王堡枪法，传到了上白作李维刚家。

上白作李家是明朝洪武年间大移民时，从山西迁居河内柏山村，后来又迁居到上白作村。当时，李维刚的祖父李隆延和本家兄弟李克富跟着吴华林，学会了六路枪法，学的是老缠（十六路缠捉棍），长打、小枪等。李隆延、李克富传王堡枪法给儿子李维刚、李维芝、李维实。李维刚学练了十多年的枪法，基本功扎实。在一次与土匪的械斗中，李维刚曾一人独对十八根枪棍，打得土匪落花流水，屁滚尿流。

清朝末年，王堡的王三岐来上白作村走访，李维刚热情接待。王三岐与李维刚切磋十六路缠捉棍时，练到第十五回合"脑后取宝"时，李维刚用"一枪翻"的招式，打落了王三岐头上的帽子。王三岐感慨不已："你功夫练到这种程度，怎么不学完呢？”

李维刚实话实说：“我跟吴华林只学会了六路枪法。”

在上白作村李维刚家，王三岐用一个多月时间传授给李维刚枪法套路。王堡枪分东门枪、西门枪，王景仓练的是东门枪，俗称为小身枪法；“王堡神枪”王霖仓练的是大身枪法。

李维刚将全部套路改为小身枪法，枪法日渐纯熟。民国时期，冯玉祥驻军焦作，李维刚担任了冯玉祥部队的武术教官。后来，李维刚到焦作扶轮中学当武术教师，传授枪法。

有一次，日本鬼子偷袭上白作村，情况十分危急，李维刚带领村里弟兄与日本鬼子展开了生死拼杀，李维刚顺手抄起日本鬼子死尸旁的三八大盖枪，当作枪棍，使出了王堡枪法中的“迎枪躲刺”和“闪避斜穿”两个招式，将手舞军刀的日寇指挥官刺死，日本鬼子群魔无首，一哄而退。

日本侵略者企图以武力打击和歼灭中国军队主力，摧毁中国人民的抗战意志，迫使中国政府屈服。然而，在中国人民的顽强抵抗下，在正面战场，国民党政府军先后进行了太原、忻口、正太线、淞沪、徐州、武汉等重大战役，遏止了日寇速战速决、军事占领中国的企图。在日本鬼子占领区，中国共产党领导的八路军、新四军和其他抗日武装，毙伤毙死日本鬼子 13 万人。日本鬼子头尾难以兼顾，只得抽调主力，停止正面战略进攻，应对共产党的敌后战场、游击战争。

1939 年，在中国从事多年特务活动的“有功之臣”日本鬼子吉川，升任华北五省特务机关长。吉川疯狂破坏抗日组织，报复国共两党。吉川在 1939 年下半年，抓捕中共人员 466 人、国民党人员 105 人、军统河南站人员十余人。吉川本人一次杀害抗日志士 120 余人。

周恩来命令共产党河南地方组织：坚决消灭吉川，中国人的血不能再流了！

当年，这可不是一件小事。共产党八路军抗日部队，缺枪少弹，更缺少便于携带的小型枪械。共产党潜伏小组有机会接近吉川，可手里缺少得心应手的家伙。可是，共产党人执行命令不折不扣。

李维刚原想，自己到山西的晋城租枪，派董凤到开封刺杀吉川。这样做，不会给任何组织和任何人带来麻烦。

董凤一听李维刚的任务，眼睛放亮发光："我去，我这里有两把手枪，我拿着杀鬼子吧。"

"不中，你的手枪太落后，一次只能打一发子弹，危险。" "哦，我家为国从洛阳偷渡黄河，回家了，他带一把小手枪。"

那天，李维刚叫董凤烧了两个菜，李维刚专门跑到马市街买了两瓶好酒。刘为国和李维刚虽然是亲戚，可一个是国民党，一个是共产党，政见不一。俩人在酒桌上争论不休，酒量比高低，你不服我，你喝一杯；我不服你，我喝一杯。不一会儿，刘为国不胜酒力，一头栽倒在床上，呼噜声此起彼落。

李维刚抽出刘为国的手枪一看，这是一把意大利产的左轮手枪，枪身锃光发亮。

李维刚惊喜万分："表妹，六连子左轮手枪。你刺杀吉川的武器有了，可是妹夫这里，你怎么交差？"

董凤自作主张："救急不救穷，我只管拿走用，刘为国这儿有你妹子，他也吃不了你妹子，我用完还给他好了。"

李维刚心满意足地走了。

董凤坐在那儿，想着刘为国空空的手枪皮匣子，犯了愁，担心刘为国一觉睡醒，大闹起来，怎么办？董凤拿起木梳梳起了头，她刚梳了几下，咧嘴笑了，她有主意了，她笑着把木梳用红布包着塞进了手枪皮匣里，手枪皮匣里鼓囊囊的，有点像手枪还在皮匣里的样子，她随手把武装带挂在床头上。

原来，华北五省特务机关长吉川上任，杀害了许多抗日志士和抗日家属。周恩来和戴笠不约而同下令：刺杀吉川。

中共豫西特委书记吴芝圃，命令打入国民党军统组织的共产党员李维刚出面，协调国共两党联手刺杀吉川。

李维刚熟悉并了解董凤，她武艺高，枪法好，胆略过人。董凤没有叫李维刚失望，董凤一出手，各路人马摩拳擦掌。

董凤与开封共产党地下人员徐景吾接上关系。徐景吾受共产党派遣，打入开封伪政府，担任了开封伪政府财务科长。

徐景吾知道特务队长权沈斋好色贪财，动用金钱，打开接近吉川的缺口。权沈斋非常喜欢收藏古代瓷器，董凤在绞胎瓷笔筒里，装满银圆，送给权沈斋“笑纳”。权沈斋拿着绞胎瓷笔筒，眼睛眯成了一条缝，细细地观赏着，几乎忘记了徐景吾、董凤一行：“珍贵，珍贵！当阳峪的绞胎瓷，白如凝脂、黑如墨漆，果然名不虚传。你们知道外国人怎么称呼中国的吗？瓷器，他们把中国叫瓷器。”

公元 1932 年至 1934 年，英国人司瓦洛和瑞典人卡尔贝克，利用在英国福公司焦作工作之便，挖掘考查当阳峪古窑址，并获得大量的陶瓷标本，在欧洲发表《关于焦作陶瓷器的纪录》一文。日本中国古陶瓷研究家小山富士，对中国南北方古陶瓷窑址，进行了大量的实地考查。但是，他却没有考察焦作的当阳峪窑，他回到北京看见了卡尔贝克等人的文章，大为遗憾。回到日本，小山富士依据卡尔贝克等的文章，结合他在北京、东京等私人收藏家那里看到的当阳峪窑陶瓷标本，发表了一篇较长的论著《北宋的修武窑》，在日本产生了很大的影响。

当阳峪从唐代开始烧制瓷器，北宋后期达到巅峰，形成一个东西长约 35 公里、南北宽约 20 公里，总面积约 700 平方公里，计有“当阳峪窑、上白作窑、高河窑、柏山窑、清化窑、月山窑”等六十余个窑场组成的制瓷业聚集区。史料记载，焦作当阳峪窑，英国人称为“焦作窑”，日本鬼子和美国人称为“修武窑”，而中国人则称为当阳峪窑。

权沈斋说：“吉川太君非常喜欢中国的瓷器，前几天，吉川太君还叫我关注当阳峪绞胎瓷。今天，你们送来了，太好了！我把它转送给吉川太君，吉川太君一定喜欢。”

董凤乘势而为，开口求人：“吉川太君那里，你一定多多美言。”

权沈斋色迷迷地看着董凤，满口应承：“没有说的，我一定会的。”

几天后，董凤又带着大笔银圆、名贵药材和大烟土到权沈斋家“拜访”，又一次表达了自己“归顺皇军，另谋出路”的急迫心情。

吉川得意忘形，他眉飞色舞地对权沈斋说：“我正为兵力不足，如何搞定军统河南站而头痛。现在，中国人把机会主动送上门来，真是踏破铁鞋无觅处，得来全不费功夫，安排会见董凤。”

机不可失，时不再来。1939 年 5 月 17 日下午 6 时许，董凤和李维刚从容不迫地赶到开封山陕甘会馆，刺杀吉川。

开封山陕甘会馆，布局严谨，建筑雄伟，富丽典雅，以绝美精伦的砖雕、石雕、木雕，名扬天下。

董凤走到山陕甘会馆后院的西屋门前，听见屋里有几个日语说话的声音，并非吉川一个人。

怎么办？这时，一个卫兵突然开门出来，董凤当机立断，用刘为国的左轮手枪，抬手一枪，打死了日寇卫兵。李维刚大步冲进屋里，迎面一枪，击毙一个持刀的日寇军官。吉川狡猾地趁势滚地，准备逃之夭夭。董凤拔出另一支 20 响的驳壳枪，对准吉川一阵猛射，打得吉川这个恶魔，立马成了一个“蜂窝”……

李维刚和董凤击毙了日寇高官、华北五省特务机关长吉川少将，击毙了日寇松野大佐、日寇视察团瑞田中佐和宪兵队长藤井少佐。而吉川则是被中国军民消灭的首位日军将官。

但是，董凤犯了一个致命的错误。董凤击毙吉川，在撤退时，她把刘为国的手枪丢在刺杀现场了。董凤慌了神，她明白自己回家交不了差了，自己这一下可闯了大祸了，心里没有了底气。

李维刚无话找话：“这几天，我妹夫刘为国，他发现了自己的枪丢了没有。”

董凤说：“没有，他这几天忙着会见同学、亲朋好友，忙着喝酒，顾不上看自己的枪。”

李维刚挑剔地说：“国民党完蛋了，我们八路军一直说，枪是战士的第二生命。我妹夫天天不看枪、不擦枪、不练枪。这个国民党，不就是完蛋了吗。”

董凤听了，觉得李维刚得了便宜卖乖，强词夺理，她截住了李维刚的话：“表哥，咱别扯这些没有用的。你快说，咱怎么应付眼前这档子事吧。”

李维刚从口袋里掏出了一根金条，递给董凤：“国民党政府发了奖金，几个人一份，咱们落下了一根金条。”

董凤对金条没有概念，她连瞅也不瞅：“这根金条，能买个跟刘为国一模一样的手枪吗？”

李维刚摇摇头：“不知道，我再去山西晋城的租枪铺里试试，我们租一把手枪，先叫妹夫带走，拆西墙，补东墙，挡一时是一时吧。”

三天后，李维刚回来了：“山西晋城的租枪铺里，没有这种型号的手枪。”

董凤无比沮丧：“你快说，下一步，我们该咋办呢？”

李维刚平时能说会道的，这会儿却无话可说。

刘为国还是发现自己的手枪丢了，刘为国终于找到了自己与董凤离婚的借口了。刘为国没有大吵大闹，他坐在床上，披着衣服责问董凤：“我的枪呢，我的枪呢，我的枪咋没有了。”

董凤无语，刘为国火气十足：“小孩子个头小，拿不到枪。谁会来偷一把手枪呢，手枪又不当吃，又不当穿的。你说说，我的手枪，怎么会丢了呢，枪是我的第二生命呢。”

刘为国怒发冲冠，董凤把肠子都悔青了。刘为国虽然回家很少，但他毕竟念念不忘托人捎钱给自己，一心顾着家。现在可好，她不能原谅自己，她知道自己的心血来潮，可能会生生毁掉了丈夫的美好前程。

董凤吞吞吐吐，讲了前因后果，她战战兢兢拿出一根金条，放到桌子上。她央求刘为国拿着那根金条，到洛阳想办法，买一把手枪。

刘为国抡圆了胳膊，照着董凤的脸上，狠狠地打了一耳光。这是刘为国第一次打董凤，也是最后一次打董凤。接着，刘为国说了一句话，这句话，叫董凤伤心一辈子：“弥天大谎！这么大的事，你都不跟我商量，国民党派你执行任务？你一个妇道人家，手无缚鸡之力，我不相信你会杀日本人！离婚，咱俩离婚吧！”

刘为国发罢脾气，不辞而别，当天赶回洛阳。董凤一头钻进李维刚的怀里，呜呜地哭了起来，李维刚拍拍表妹的肩膀："妹子，妹子，你别哭了，他国民党太小看人了，你们俩人缺乏沟通，以后你俩人会慢慢和好的。我们共产党人为了抗日的胜利，我们都会有牺牲的。"

董凤的泪水夺眶而出："牺牲，牺牲，啥叫牺牲，为什么叫俺家承受牺牲？这共产党，从此以后，我不再干了。"

李维刚平时能说会道，现在一句话也说不出来了。

刘为家听说，哥哥刘为国因为一把枪，休掉了共产党嫂子董凤，心里上下不是个滋味。刘为家跑去安慰董凤，刘为家郑重承诺："嫂子，嫂子，你放心，我一定送你一把好手枪。"

董凤不听则已，一听这话，她哭得更伤心了："你懂个啥，你哥不要我了，我把你哥都丢了，我家也没有了。我要一把好手枪，一把好手枪有什么用呀！从此，我再也不拿枪了。"

刘为家一听，更来劲了："嫂子，嫂子，你放心，我哥不要你了，我要你，等我长大了，我娶你吧！"

董凤听了小叔子刘为家的话，哭笑不得。

8. 兄弟，打死我

远古时期，焦作一带，古称怀川，又叫河内。河内，山环水抱之间，河流纵横，湖泽相连，水丰土咸，林草深密。

黄帝部落活动于河南、河东，开始了农业文明的时候，三河之中的河内宁部落，开启了家族文明。多水之乡的宁人，崇尚火。家族文化的肇始，需要火。泥土是固定保留火种的地方，泥土烧出陶质，给了宁人制作陶器的灵感。宁地的土质适合制作陶器，这有后世当阳峪制作绞胎瓷、绞胎陶为证，有宋代焦作遍地陶窑、瓷窑为证。

宁人首制陶器，擅长制作陶器，黄帝封其为"陶臣"，人们尊称其为"子"。这个"子"，是孔子的"子"，是先生的意思，是有所授受的意思，后世人们祀奉其为陶神。文化很有意味，“宁”通“拧”，就是把什么东西拧成什么样子。多少个世纪后，当阳峪绞胎瓷“绞胎”的意思，依然还是把制陶、制瓷的胎拧出花纹，依然离不开宁封子的宁文化渊源。

自古焦作人凡成就大事者，必秉承了焦作人天性中具有的那股拧劲。表扬与自我表扬相结合地说，董凤身上就有这股拧劲，这股拧劲在焦作的解放、革命、建设和发展过程中，焦作人民表现得淋漓尽致，是焦作这座城市的精神和灵魂。

刘为国在焦作从事抗日活动，起码有两个基地，一个是自己的家，也是共产党董凤的家；一个是舅舅的家，是国民党姬卜武的家。

刘为国和妻子董凤怄气，他索性去拜见他舅舅姬卜武，一来是礼节性拜访，二来是想看看大儿子刘七洋。

姜还是老的辣。姬卜武的眼毒，耳朵尖。刘为国进了他家门，没说几句话，姬卜武用自己的眼睛和耳朵，诊断出了刘为国害的是啥病。姬卜武的耳朵，听出了刘为国的病根：刘为国在外边当了国民党的大官，家里的媳妇董凤不般配了。姬卜武想得通：每天喝着外国红酒，每天吃着美味佳肴，每天嚼着美国罐头的国民党军官，无论如何，也无法与农村一个满脸灰土、半老徐娘睡在一张床上了。

姬卜武见多识广，他闯过大城市武汉的大码头，见过外边的花花世界。姬卜武家里的原配夫人去世多年了，姬卜武虽然养着两房姨太太，两房姨太太却没有任何作为，她们的肚子一直没有动静。

姬卜武心知肚明，这事怨不得妻子和姨太太们。要怪，只能怪自己的命苦。在军阀混战中，冯玉祥手下那个士兵的枪法太准，只打了一枪，就这一枪，不偏不正打掉了姬卜武的蛋子，毁了姬卜武传宗接代的人生大事，毁了男人姬卜武一生的雄心壮志、理想抱负。

姬卜武觉得，刘为国和自己异病却相怜，刘为国不但能吃，而且傻吃、狠吃、猛吃，是个贪吃的主儿。姬卜武每天睡在万花丛中，赏花有心，摘花无力，是个吃不成的主儿。姬卜武感叹：天地造化，生生作弄人呀。我外甥刘为国站着说话不腰疼，这山望着那山高，吃着碗里还看着锅里。我姬卜武天天“孤灯不灭思欲绝，卷纬望月空长叹，美人如画隔云端”。

秃子头上的虱子——明摆的事。姬卜武是国民党反动派，是地主恶霸的代表人物。日本侵略者占领焦作的这些年，姬卜武又公开地投靠了日本鬼子，按说，国民党、共产党都不该轻饶了他呀？可是，姬卜武似乎顺水顺风的活着呢。

姬卜武唱的这是那出戏呢？

董凤不知情，村里的父老乡亲都不知情，在百姓眼里，姬卜武就是一堆臭狗粪，大汉奸。

二姨太深受其害，她走在街上，冷不防就会有人，偷偷朝她扔石头、土坷垃，砸得二姨太头上一个青疙瘩、一个紫疙瘩。二姨太回到家，哭着抹着眼泪问姬卜武：“姬老怪，村里人都恨咱家呀，他们骂你是狗汉奸，啥叫狗汉奸？”

姬卜武一边给二姨太头上抹药，一边教育二姨太：“世道乱了，好人坏人眼下也说不清了。咱别理旁人怎么嚼舌头，咱没有干坏事，更没有干害人的事。咱吃得下，睡得着。人在做，天在看。”

二姨太似懂非懂，想了想，点点头：“对啦，他们没有文化，分不清忠良和奸臣。我是文化人，我不与他们一般见识。”

姬卜武“扑哧”笑出了声，叮嘱二姨太：“老二，你在家里吃香的喝辣的，你以后多在家里待着，别花枝招展地乱跑。别人家缺衣少食，连稀饭、面糊涂都吃不上，人家自然要拿你出气。”

姬卜武扶住二姨太的头，抹上了治外伤的药膏，叫二姨太躺在床上安身养神。

姬卜武安置下二姨太，他自己独自一人，往姬家后院走去。

说出来，吓死人。姬卜武家后院的楼上，现在竟然住着一个国民党的抗日破坏团。

在整个上白作村，也只有姬卜武这个院子里，藏得住这么多人，也只有姬卜武家的烟囱，可以天天冒烟，人们才习以为常——姬卜武家大业大，家里的花销，自然也大。

姬卜武的家就是姬氏家庙。姬氏家庙的前身，是清朝雍正十一年世宗皇帝赐建的“周公祠”。嘉庆二十四年，仁宗皇帝还亲赐了一块题有“姬氏家庙”的金匾，高高挂在门前。上白作村的老百姓，都把姬卜武的家，叫作姬家大院。

姬家大院是明、清时期修复的楼院建筑，为全封闭式的城堡式建筑群，建筑面积 2268 平方米，分 4 个大院，12 个小院，221 间房屋。

姬家大院三面临街，与周围民居相连。外围没有砖墙，主楼以雄浑方正的北式庭院为主体，每个正院均分内外两进。外院南房的倒座一律临街，东侧辟各式门楼。前院有东西厢房各五间，正北则又一处倒座南房，正中设垂花门。里院则呈长方形，庭院宽敞，约为外院一倍，上房与南房相对称，东西各有厢房十九八间不等。如上房、南房各达八间时，便按正五偏三的模式，隔出偏院，从不越“方正”之规、“等级”之矩。更楼、眺阁点缀其间，显得气势宏伟，威严高大，充分显示了名门望族的气势。

姬家大院坐北朝南，北有高大的主楼，中间城门洞式的门道，大门对面是砖雕百寿图照壁。大门以里，是一条石铺的东西走向的甬道，甬道两侧靠墙有护墙围台，甬道尽头是祖先祠堂，与大门遥遥相对，为庙堂式的结构。北面三个大院，都是芜廊出檐大门，暗棂暗柱，三大开间，车轿出入，绰绰有余。门外侧立有栓马柱和上马石，从东往西数，依次为老院，西北院，书房院。所有院落都是正偏结构，正院主人居住，偏院则是客房佣人住室及灶房。在建筑上，偏院较为低矮，房顶结构也大不相同，正院都为瓦房出檐，偏院则为方砖铺顶的平房，既表现了伦理上的尊卑有序，又显示了建筑上的层次感。

姬家大院有主楼一座，门楼，更楼，眺阁四座。各院房顶有走道相通，便于夜间巡更护院。全院布局严谨，设计精巧，俯视成“品”字形，建筑考究，斗拱飞檐，彩饰金装，砖石木雕，工艺精湛，显示出了高超的建筑工艺。

1938 年 2 月，焦作沦陷。日本鬼子物色焦作伪政权人选，认为姬卜武是一张王牌，几次上门邀姬卜武出任修武县长。姬卜武以祖母、父亲去世、自己守丧为由，婉言拒绝。

日伪高层错误地判断，认为姬卜武嫌官小在待价而沽，又公开许诺，允与豫北道尹之职。

非大举无以明志。姬卜武舍弃家产，携家带眷秘密潜入太行深山，来到了国民党修武县政府所在地的黑崖村，屈就抗日修武县政府的第一科长。

姬卜武宁愿去当抗日的普通一兵，不当日本鬼子的走狗汉奸，不当日本鬼子的伪高官，为虎作伥，祸害百姓。

当年，在太行山区混迹的多是杂牌部队，基本上都是过去占山为王的草寇。他们官兵纪律涣散，抗战无力，扰民有法，动辄以汉奸罪名，到处掠夺百姓，到处勒索财物，到处胡作非为。对此，姬卜武心中十分不满，但又无力扭转这种局面，只得回到焦作忍辱负重，在日伪的统治下苟且偷生。

姬卜武一回村，就戴上一个日伪维持会长的帽子。日伪那一帮人看不透其中的玄机，上白作的老少爷们也看不透其中的玄机。姬卜武家业殷实，可花姬卜武钱的人太多了，那边日本鬼子武力征讨，明抢明夺；这边国民党抗日救国，姬卜武慷慨奉献；还有共产党抗日政府，时不时地派个人，送个单子，也是抗日救国。

唉，我姬卜武上辈子得罪谁了，叫我这辈子作恁大的难。

姬卜武想着心思，他已走到了后院门口，平时后院插着门栓。姬卜武“啪、啪、啪”敲了三下门，里面有人拉开了门栓。姬卜武侧身挤进门，回手插上了门栓。

“舅舅，你怎么过来了，外边有急事吗？”一个青年人问姬卜武。

“没有，特派员，我只是想进来，和你聊聊天，不知道你有没有空？”

“舅舅，您老折杀我了。咱爷俩，不能生分，您老坐下。警卫员，沏茶！”

“特派员，我这一次当上村里维持会长，我在百姓眼里名声臭了。大人、小孩堵住家门，骂我是狗汉奸、狗腿子。我怎么看，我干的这些事，是猪八戒照镜子——里外不是人。”

“舅舅，您忍辱负重，您这叫曲线救国，我们戴笠老板那儿，有您老抗日功劳的档案记录哩。您现在是为国民政府办事。”

“那我就放心，我整天提心吊胆，我干曲线救国这活，末了，我害怕被自己人杀了头。”姬卜武说到这里，脊梁沟直冒冷汗。

“舅舅，您老不必过虑，您老今天晚上备一辆马车，我们今晚有行动，我们完成任务后，直接渡过黄河，到洛阳去休整。马车由车夫赶回。”

“中，中，今天晚上，我安排伙房杀鸡宰羊，准备点好吃的，大家有劲杀敌。”

姬卜武会算账，国民党的抗日破坏团的行动队，窝在他家里不动，他吃不香睡不着，担心国民党抗日破坏团的行动队在自己家里遭遇不测。国民党抗日破坏团的行动队在自己家，不管出了什么事，国民党饶不了自己，日本鬼子也饶不了自己。国民党抗日破坏团的行动队只有撤离了自己家，自己心里这块大石头，才算是落了地。

“舅舅，您老慢走，我们一行十几个，住在您老府上一个月了，上上下下，添了不少麻烦，我留下五根金条，算是交个伙食费。”特派员叫住了姬卜武。

“客气，外气。咱俩谁跟谁。抗日救国，匹夫有责，想我姬某，好歹也是中国国民党党员哩，于公于私，这金条得留给你们用。”

“丁是丁，卯是卯，一码说一码。您老在敌后潜伏，开销大，金条您留着，到关键时刻，金条会帮您老大忙的。一分钱难倒英雄汉哩。”特派员态度坚决。

“好吧，我替国民党的抗日特务行动队收藏着。”姬卜武推辞不过，就接过了五根金条，问特派员：“你不想和媳妇董凤见面吗？”

姬卜武的一句问话，问到特派员的痛处了，特派员为难：“我是想回家，可是，可是，国事比家事大呀。再说，我不能连累自己的家人。”

姬卜武赞不绝口：“可敬，可敬，中国有救了。古有大禹治水，三过家门而不入，今有爱国志士刘为国，抗日救国，咫尺家门而不回，慨当以歌。”

国民党这个抗日破坏团行动队的特派员，正是董凤的丈夫刘为国。刘为国黄埔军校毕业，秘密从洛阳到西安，然后他南下，到达四川成都郊区，在国民党参谋部军事情报训练班接受特工训练。

刘为国学习的目的很明确：潜入日寇后方，锄奸、侦察、破坏日寇的战略设施，配合中国抗日正面战场的作战。教官都是国民党现役军官，他们对刘为国和学员们的训练，极为严格。

刘为国系统地学习了政治理论、无线电、燃烧、爆破、射击、游击、汽车驾驶、密写、日语等技能和知识，特别接受了实际操作方面的训练。

四川成都山区的冬天，异常寒冷。

野外训练是一种严酷的考验，在山川、密林、莽原、沼泽里，刘为国和学员学会了辨别方向、识别天气，学会了如何辨别可食用的植物、寻找水源、取水、取火、露营，学会了利用身边的植物治疗毒蛇咬伤及创伤、辨识方向及天气。刘为国尤为突出，他行动敏捷，精神饱满，训练刻苦，他掌握了钻木取火、过滤取水、建立紧急庇护所、悬崖速降、捕鱼、丛林行军、方向辨别、天气识别、营地选择、食物烹制、丛林避雨、毒蛇咬伤急救、创伤救助、御寒方法、实用绳结、过河、信号联络等技能，教官们都称赞他说：“刘为国，好样的！”

刘为国取道洛阳，到开封潜伏，他受命担任“中国对日战略破坏团”(简称破坏团)在华北的负责人，最高领导机关是国民党参谋总部。刘为国负责指挥各地纵火团组织，负责同重庆国民党参谋总部的秘密联络。

国民党抗日破坏团以开封为根据地，以郑州、开封、武汉、天津等重要城市为主要活动的范围。刘为国的公开身份是开封市商会副会长。

姬卜武哪里会知道，刘为国现在与一个叫石榴的女人，在开封已经组成“临时家庭”，刘为国和石榴俩人“夫唱妇随”，抗日救国。

刘为国自从有了石榴，哪里还想得起媳妇。石榴是北京名牌大学毕业的高才生，精明漂亮，应付开封的特殊环境，绰绰有余。

刘府在开封名气很大，石榴邀请一些有社会影响的太太、小姐，经常到自己的寓所打牌，伪警、汉奸不敢光顾打搅刘为国和石榴的“家”。

刘为国和石榴负责密写好破坏方案、实施方法，用密码电报发给各小组，并秘密分发各种燃爆装置。日寇后方战略物资经常“偶然”大量烧毁，日寇作战的计划经常被打乱，经常不得不因战备物资不足，取消军事行动。刘为国领导的破坏队先后破坏百余次。其中新乡纵火17次，天津10次，武汉8次，郑州15次，焦作13次。日本侵略军大批军火、军用设施、军需物资被焚毁。仅天津就损失两千余万元。天津《新闻》上公布：“天津军用油漆厂大火烧掉厂房32间，同年8月大火烧毁天津港码头军需纸库1座；天津二站起火烧掉大豆300吨。天津军用机器厂烧毁1架刚从意大利买来的飞机和大批飞机零件。炸毁焦作3号、4号、5号、6号矿井仓库储存的全部物资，炸毁焦作7号、3号、5号仓库存放的价值1005万余日元军用棉花和粮食，3号仓库的砂糖、大批纸张、部分机器。烧毁了马草几十列车、军用毛衣5万套，饼干及其他物资不计其数……

大火烧毁日本鬼子在郑州的4座军用仓库，有大量布匹、毛毯、糖茶、军用器械等化为灰烬。大火烧了3天，烈焰照得满天通明。参加救火的消防队员心有余悸地回忆：“火太大，消防水龙带刚拉进仓库就烧着了，只有人逃了出来，铁轨被烧弯、屋顶铁皮被大火冲上高空，像纸片一样飘摇……没有法子，只有眼看着它烧完。”

日本鬼子的军用列车新乡附近颠覆，铁路桥又被炸毁……

抗日破坏团在河南各处放火，日本侵略者腹背受敌，应顾不暇。日寇极为震怒，日伪投入巨大的人力，组织建立“特殊警察部”、“防谍委员会”、“劳动协会”等十几个机构，共同对付抗日破坏团，抽调了警察骨干数百人，重金收买了众多特务、密探，煞费苦心，却仅仅抓捕了一批“可疑分子”。

国民党抗日破坏团一鼓作气，彻底炸毁了焦作道清铁路三孔桥和五孔桥。日寇准备运往前线的罐头食品、衣物、机器等大批物资成了一堆灰烬，大火映红了天空。日本侵略者天天焦头烂额，恨不得生吞活剥抗日破坏团。

这一次，国民党抗日破坏团到焦作来，目标是破坏日本鬼子的后方能源基地，炸毁焦作的西大井李封煤矿。

在李封煤矿西街口外的小酒铺里，离攻击爆炸一个小时的时候。国民党抗日破坏团的王麻子大意失荆州，王麻子前去与内线接头，坐下喊道："老板娘，切一斤猪头肉，来一斤三家村老酒。"

老板娘高声吆喝："来了，来了，小二孩，你招呼客人。"

王麻子趾高气扬，吸引了老板娘的眼球。王麻子大口吃着肉，大碗喝着酒。老板娘眼毒，她从两个细节上，发现王麻子暴露了自己。王麻子装扮着矿工的衣束，王麻子从口袋里，掏出的却是矿工抽不起的贵重香烟。王麻子还时不时露出手腕上的金表，矿工是买不起金表的。

老板娘是日本鬼子的暗线，地地道道的汉奸走狗，她立功心切："小二孩，小二孩，快过来，你赶快去报告皇军，这里发现了……"

一队日本鬼子包围了小酒铺，王麻子来不及抵抗，日本鬼子抓捕了王麻子，日本鬼子把王麻子吊在了李封煤矿内的大杨树上。

国民党抗日破坏团的行动节外生枝，刘为国没有取消破坏行动，组织破坏队员两线作战，刘为国派出 6 名队员，继续实施破坏行动；刘为国和其他 10 名队员，武装营救王麻子。

破坏行动一举成功，定时炸弹准时爆炸。轰隆，轰隆，炸毁了李封煤矿的机房和锅炉房，李封煤矿为此停产三个月。

刘为国营救王麻子，遇到了麻烦。日本鬼子心狠手辣，把王麻子当作诱饵，王麻子高高绑在了大杨树上。

王麻子在大杨树上绑着，他大声喊着："兄弟们，打死我吧！打死我吧！别让我再受罪了。"

刘为国的枪口，几次瞄了瞄王麻子，手却扣不下扳机。

刘为国哪里会忍心杀死自己的战友，但是，他看着王麻子浑身是血、手残腿断的样子，他决定解脱王麻子的痛苦。

刘为国撕心裂肺地开了枪，子弹准确地射中了王麻子的心脏，王麻子咽气时，嘴里说："特派员，好兄弟，够义气，来世，我们还做兄弟。"

日本鬼子发现了刘为国，一窝蜂地围攻刘为国，刘为国临危不惧，沉着机警，弹不虚发，用强大火力掩护队员撤退。刘为国加强了火力，把日本鬼子的火力，都吸引到刘为国埋伏的地方，刘为国从不同的角度射出了三个弹夹的子弹，使日本鬼子没有追击队友的机会。

日本鬼子包围了刘为国，日本鬼子射出的罪恶子弹，一颗子弹，打断了刘为国的右胳膊；一颗子弹，穿过刘为国的左腿；一颗子弹，穿过刘为国的右腿；刘为国拖着伤腿，躲在木垛后，刘为国用左手拿枪射击，直到打光枪膛里所有的子弹。

刘为国身负重伤，服毒自杀时，日本鬼子一拥而上，抢下了刘为国手里的毒药片，刘为国被捕了。

刘为国带领的国民党抗日破坏团一行 16 人，回到洛阳大本营的只有 6 个人。特派员刘为国被俘，其他 10 个队员全部牺牲。

9. 我是共产党人

刘坤明在圆融寺得到消息：大儿子刘为国破坏日寇占领的李封煤矿，日本鬼子抓捕了刘为国。刘坤明心焦火燎，暗地里下山，指派董凤到八路军沁河支队搬兵，找二儿子刘为家出手，营救大儿子刘为国。

那些年，刘为家生活的相当革命化。刘为家 14 岁稀里糊涂就结了婚，15 岁参加八路军，16 岁当上了八路军沁河支队排长。现在，刘为家当上八路军沁河支队的连长。

跑反，就是“逃难”。日本鬼子来了，老百姓得到消息，不等日本鬼子进村就跑了、躲了。这个跑了、躲了的过程，就叫跑反。

董凤回忆：“为了活命，跑反！还是个跑反！套上驴骡牛马，背上值钱的东西，带上吃的，急急忙忙，慌慌张张，能跑多远，就跑多远。”

那时候，一年跑反，跑个十趟八趟的，也是常有的事儿。跑得急了，能把人的五脏六腑都给颠出来，吐出苦胆汁来。那时，跑反的女人都是小脚。女人的三寸金莲，本来是给男人宠爱，抚摸的。没想到跑起反来，实在是不实用，跑反，一路下来，小脚上血泡累累，苦不堪言。

“为啥要跑反？兵总有好坏之分吧？咱们的兵来了，还跑什么？”大孙子一直喜欢跟董凤抬扛，这也是她从来不喜欢自己大孙子的原因。

“好铁不打钉，好男不当兵！”董凤没有好气，训斥孙子：“兵荒马乱，谁是兵，谁是匪，老百姓分得清吗？”

刘为家提起跑反，却津津乐道。刘为家的媳妇马云霞，就是跑反跑出来的。马云霞是大官僚家的闺女，她这个大官僚家的闺女，却是一个货真价实的共产党员。

1931 年初，马云霞在沁阳高小学习，六年级下学期时，沁阳师范学校招考十名一年级的插班生。马云霞参加考试，考取第一名，马云霞进入沁阳师范学校学习。

“九一八”事变，日本鬼子侵占中国东三省，蒋介石推行不抵抗的卖国政策。北京、天津、上海的青年学生掀起抗日救亡运动，沁阳师范学校的进步师生奋起响应，自发组成沁师抗日救国会，同学们推选马云霞为总会长。马云霞总管抗日救国事宜，救国会备有一把约一两米长的大刀，由马云霞掌握使用，同学们每人一把砍刀，马云霞聘请国术馆武术教师，教大家操练武术，时刻准备开赴前线，抗日杀敌。

马云霞经常组织学生到沁阳城大街游行，贴标语，呼口号，抵制日货，还到沁阳城北街邮局及陈庄火车站查验日货，抗议政府卖国的无耻行径。

马云霞效仿东北学生冯勇，在沁阳组织抗日义勇军，她发动沁阳各校学生，组织沁阳学生抗日义勇军活动，定期在培元中学大操场集中操练，在沁阳东门外沁河堤边广场举办检阅仪式。

1932 年 2 月，马云霞学会秘密通信方法，用米汤写字，只有抹上酒精，才能看见字来。表面上写一般话语，实际是革命斗争的暗语。1932 年 9 月，中共河南省委配合、支援鄂豫皖苏区的第四次反“围剿”。

共产党员党继新在沁阳、济源两县组织领导了一场轰轰烈烈的在历史上有名的“沁济暴动”，开创晋豫边革命根据地，牵制了国民党军队围攻共产党鄂豫皖苏区的兵力。1934 年 4 月，郭大佛介绍任建樟、黄本昆、郭英和马云霞，参加中国共产党。在沁阳城北关外关帝庙，举行入党宣誓，领誓人，王子春。宣誓时，宣誓人拿着郭大佛的大手枪，轮流对着自己的胸口宣誓。

郭大佛、李贯之、郭全和利用暑假，在紫陵完小组织进步学生开展政治教育和军事训练。政治上，郭全和、郭大佛、李贯之分别讲课，讲苏联第一个五年计划、辨证法入门、唯物主义历史观等。军事上，郭顺仁教步枪和手枪的使用方法，如何利用地形地物游击战斗。当时，郭大佛筹集长短枪约有三四十支。参加集训的有任建樟、黄本昆、黄本之、王明耀、黄崇先、张世纲、马云霞、郭英、郭顺仁、苗家祯、尚思光、周瑞麒、陈万广、陈德俊、张曾、李学武、吕纯良等人。有时，济源的张生让、张子和、邢啸关、董连峰也来参加集训。

有一天，伪县政府派两名差役，到宋寨去抓捕黄本昆。郭大佛闻讯，赶往宋寨救回黄本昆，并把差役训斥一顿："回去对县长说，以后，你们不准到西北路抓人。"

郭大佛在老家为父亲治丧，国民党县党部的杨通三，派武装便衣以吊孝为名，并尾随一个营的军队，抓捕郭大佛。郭大佛离婚的妻子任慧如，发现杨通三偷偷在掏手枪，拼命地死死抱住了杨通三，郭大佛借机虎口逃生。

当天夜晚，国民党反动派的队伍进学校搜查。马云霞趁着漆黑的天色，急忙摸到同学郭英家，郭妈妈说："队伍刚在家里搜查过，说是到学校去搜查，郭英早已躲走了，你就躲在我家楼上吧。"

天刚有点亮色，马云霞告辞郭妈妈，回温县亢村老家，管家惊恐地对马云霞说："快走吧，国民党的队伍正等在家庙里，等着抓你哩。"

管家随即去邻居家，借了三块钱，送给马云霞当路费用。

马云霞绕道山王庄，逃往晋城大口，途中迷了路，不幸被博爱的国民党反动派抓捕，当官的派两个士兵，押着马云霞前往焦作。

无巧不成书。那年，国民党反动派镇压共产党，14 岁的刘为家跟着大人们跑反，跑到了北山高窑河村。刘为家与马云霞不期而遇，两个士兵押着马云霞也到了北山高窑河村。

这两个士兵，一个是大个，一个是小个，一路走着说着。

刘为家见有兵过来，他赶紧钻进了麦秸堆里，他听到大个士兵说："我们国民党杀人，既不要证据，也不以法律量刑，只要有人说你是共产党，或者你在学校有共党的嫌疑，只要抓进监狱里，很少有人能活着出来。”

小个士兵接过话茬：“我们国民党杀人时，受刑者要想死得痛快，死得有点尊严，保囫囵尸体，可选用枪毙，但要交两块大洋的子弹费；交不起子弹费的将被送去砍头。砍头也不是完全免费的，要交半块大洋的酒钱给刽子手，这样，刽子手行刑的时候会刀下留情，让砍下的头还连着脖子上的一块皮，不至于尸首分家，家里人领到尸体后，只要用针缝一下，就可以把头装进棺材，落一个囫囵尸体。”

大个士兵吓唬马云霞：“如果家里人不交这酒钱，砍头时，刽子手就会让受刑人身首异处，家里收尸的人来晚了，那头也许就被整日在刑场上游荡寻食的流浪饿狗抢吃了。即使选择枪毙，也要向刽子手交些酒钱，家属要是不懂规矩，没让杀手喝好，那一枪下去，可能不会让受刑人立刻断气，要让她痛苦地折腾一阵。”

初生牛犊不怕虎。刘为家一听这个姑娘是共产党，这个姑娘和嫂子一样是共产党，刘为家从小喜欢共产党人，他誓死要救下这个共产党姑娘。

刘为家突然从麦秸堆里冲了出去，冷不防一刀刺死了小个士兵，又一刀刺死了大个士兵。

马云霞得救了，她第一句话叫刘为家大吃吃惊：“现在，我紧当撒尿，你背过脸去，我撒尿了。”

马云霞大大方方撒完了尿，提上裤子，低声细语地问：“哎，你能不能给我找点吃的，我饿了。”

刘为家一听，心里想，今儿我遇到了仙人共产党了。这姑娘不仅不害怕我，还敢支使自己：“我去找找吧。”

刘为家转身进村，找了半天，甭说吃的了，连一颗麦子也没有。

“喂，喂，你在哪里？”刘为家回到麦场上，大声喊道。

马云霞从麦秸堆里钻了出来，抖了抖身上的麦草。

刘为家问：“唉，你咋不走呢？你不怕我呀？”

马云霞答：“我怕你什么，你又不是老虎，还能吃了我吗？唉，你有手纸吗？”

“球，乡下人没有你那么多讲究，我去找个瓦片，石头什么的，你凑合着用吧！”

“滚你的吧，我怎么会用那么肮脏的东西？”

“你净给我出难题，我找不着手纸。要不，我用手给你擦擦吧？”

“你想死呀，你怎么想占我的便宜？咱俩商量个事吧。”

“啥事？你说吧，只要我办到。”

“救人救到低，我看你没有啥事，送我回老家吧。”

刘为家想了想，自己也没有啥大事，一个姑娘家提出这个要求，也不算个啥。但是，刘为家却匪夷所思地又问马云霞：“你真是共产党吗？是，我就送你。”

马云霞的柳叶眉，轻轻上扬，盈盈一笑：“我真的是共产党。”

刘为家信以为真，爽爽快快：“好吧，我看在你是共产党的情分上，我送你回家。”

马云霞回家的路，老远远，俩人走走歇歇，玩玩耍耍。从黄河北，走到黄河南，走了整整三天三夜，才算走到了马云霞的家。

马云霞的家，在黄河南西华县的一家大宅院里，足足有五十几间房屋，前后左右，四个大跨院。高高的门楼外，有四个拿枪的站着岗。刘为家站在院外，他彻底傻脸了，看看大宅院子，再看看马云霞；看看马云霞，再看看大宅院子。

刘为家困惑不解，问马云霞：“这真是你家吗？”

“咋的，不像吗？我家还可以吧。”

“你家可是大财主呀。”

“差不多吧，别人也说俺家是大财主、大官僚。”

“你不是共产党吧？！你骗人！你骗人！”刘为家转身要走，

马云霞急忙叫住了他：“我没有骗人！我没有骗人！那你听谁说的，大财主、大官僚就不能当共产党呀？”

“哦，这倒没有听谁说过。”刘为家一时半会地，也翻不过这个理，他说："你进院回家吧，我走了。"

"哎，你不能走，你得吃了饭再走。我得请你吃个饭，报答你的救命之恩。"

自打刘为家舍命救下了马云霞，马云霞就已经喜欢上了刘为家。一路上，马云霞觉得刘为家可爱。马云霞嘴里高声吵着，手却温柔地拉住了刘为家的手，马云霞的纤纤细手轻轻这一拉，刘为家心里顿时改变了主意："好吧，恭敬不如从命。我肚子这会儿还真有点饿了，我去你家吃饭吧！"

刘为家忐忑不安地跟在马云霞的身后，东张张，西望望，磨磨蹭蹭地进了马家的深宅大院。

10. 你把女儿输了

历史在马云霞家开了一个大玩笑，国民党西华县长马尚均的女儿马云霞，是地地道道的共产党员。马尚均，却是不折不扣的资深国民党党员。

1905年，马尚均出生在焦作沁阳一户地主家庭。1922年，刚刚17岁的马尚均，应征到洛阳第三师医务处当医务兵，开始军旅生涯。

那年，部队流行伤寒病，死亡率很高。马尚均遇上因伤寒死去的战友，他总是一个人默默地背出去，亲手安葬战友。

马尚均19岁那年，自己不幸也染上了伤寒，昏迷不醒，被送往隔离区。当天晚上，十几个战友冒死从隔离区，偷偷把他抬了出来，放在一个破庙里，整整三天，他一直昏迷。

马尚均昏迷中，他做了一个奇怪的梦：从天边开来一辆白色的救护车，停在他的身边，车上下来4个身穿白大褂，还有脖子上佩戴听诊器的外国医生，迅速把他的身体大卸八块，泡在药水里洗净，然后像装机器零件一样一一装好，说："小马，你没事了。"

马尚均从梦中惊醒，"红十字"会的马会长和几个战友，救活了他。

马尚均痊愈，马会长介绍马尚均参加了冯玉祥的国民革命军。在一次海战中，日本军舰击沉冯玉祥的军舰，舰上，会水的都跳水而逃，眼看军舰渐渐沉没，巧遇英国军舰驶过，马尚均打开装满金条的皮箱，向英国军舰上的水兵摆摆手："我人就要死了，要这些身外之物何用，你们拿去吧！"

英国水兵放下绳梯，连人带箱拉上了军舰，救了马尚均一命。

国民党新编3师师长崔邦杰遭遇暗杀，马尚均医好了崔邦杰的枪伤。从此，马尚均担任师部医务处少校处长。国民党军内矛盾激化，崔邦杰离职，新任3师的师长带有医务处长。马尚均请长假回家，他结束了自己长达5年的军医生涯。

冯玉祥的北伐军，由陕西进驻河南。冯玉祥的第二集团军，实际控制着甘、陕、豫、鲁四省的地盘。

冯玉祥急于巩固地方政权，迫切需要大量的、忠诚自己的地方干部。冯玉祥命令心腹幕僚余心清，创办了一所"河南训政学院"，学院内设县长、公安局长、佐治、自治四个班，培养各级地方干部。马尚均考入了"河南训政学院"的县长班。

河南训政学院院长余心清，是一个程朱理学的卫道士，对程朱理学的传播，不遗余力。

余心清除管理学院行政事务，亲自主讲程朱理学。马尚均对余心清这位院长的操行和渊博学识，佩服得五体投地。余心清院长非常赏识马尚均，马尚均虽然出身富有家庭，却从无纨绔子弟习气。马尚均吃大锅饭、躺大铺床睡，过着军事化的紧张和艰苦生活，无论是操场训练，还是参加劳动，他从不落后。

训政学院结业，马尚均被任命为河南省政府吏治密查专员。任期三年，又改派为舞阳县、叶县、襄城、郏县、鲁山、宝丰的赈恤委员会委员。

河南省政府吏治密查委员会的主任，是河南省民政厅秘书主任、共产党员南汉宸。马尚均为人正直、敢于负责、处事果断，南汉宸极为赞赏。马尚均钦佩南汉宸，南汉宸学问渊博、睿智机敏、计划周密、办事有方。日见日亲，俩人私人关系相当密切。

南汉宸启发教育马尚均，马尚均初步了解了什么是革命的概念。蒋介石叛变革命，按照阶级的观点，蒋介石是大地主、大资产阶级的代表。对于共产党，马尚均虽然还谈不上真正的了解，但在思想上承认共产党是一个革命的政党，这对马尚均来说，则是思想上的一个巨大进步。

河南的赈恤工作结束，马尚均调往开封，到冯玉祥的身边任事日秘书。事日秘书，就是为冯玉祥的日常活动写个日记。马尚均这个官职不大，但地位特殊，所以他和冯玉祥的高级将领交往甚密，他与鹿钟麟、韩复榘等人有相当深的交情。

蒋介石命令冯玉祥：在军队中清除共产党。

冯玉祥只得礼送共产党人出境，马尚均秘密通风报信："汉宸兄，政府礼送你出境之事，小弟无力回天，深感遗憾。"

南汉宸紧紧握住马尚均的手，感动地说："尚均贤弟，你的心情，我完全了解，衷心感谢你这种难能可贵的精神。此等重大事项，我以为，即使鹿钟麟厅长，恐怕也无能为力。

现在咱俩虽然被迫分手，但来日方长，我们很快会再见面的。"

南汉宸和马尚均俩人紧紧拥抱，依依惜别。

冯玉祥一方面不遗余力，网罗提拔才干优越、忠于自己的人；一方面处心积虑，拼命培植自己的高级人才，派嫡系人员赴德国留学，提高部属的整体素质。

冯玉祥选派马尚均到国外留学，马尚均先到南京大学补习德文。马尚均到南京不久，历史上称为"编遣会议"的国民党三中全会开幕。编遣，是"编遣会议"的中心议题，蒋介石削弱异己、充实嫡系。各地各派极力反对，讨价还价。会议开开停停，停停开开。

蒋介石当面是人，背后是鬼，善于搞阴谋诡计。冯玉祥原想将自己的第二集团军，扩编为16个师，可是蒋介石裁定，冯玉祥部只保留几个师，这样与桂系、阎锡山等部，并没有多大的差别。

冯玉祥十分恼火，秘密行动，微服潜出南京，潜回河南，暗中谋划，举兵反蒋。

蒋介石闻讯立即宣布：开除冯玉祥的国民党党籍。

形势瞬息骤变，马尚均当机立断，离开南京，转赴上海，折返开封。马尚均一回到开封，冯玉祥马上任命马尚均为河南省电政管理局秘书兼总务主任。

冯玉祥电令山东省主席孙良诚、河南省主席韩复榘收缩部队，向潼关附近集中。但是，韩复榘留恋河南，害怕去穷困的陕西，过艰苦生活。韩复榘建议，变更军事行动，冯玉祥严厉训斥韩复榘。韩复榘抗命率所属部队撤回郑州，背叛冯玉祥，投靠蒋介石。

1930 年 5 月 11 日，中国军阀战争史上规模最大、战线最长的中原大战爆发了。冯玉祥命令马尚均兼任南路联络官。中原大战，蒋介石、冯玉祥、阎锡山各方投入总兵力达 100 万人。冯玉祥部发生了严重哗变事件，张之江、韩复榘策反了吉鸿昌、梁冠英、葛云龙，危及战局。马尚均身为联络官，事先没有向冯玉祥报告，自己罪责难逃。马尚均若随冯玉祥撤离豫北，担心冯玉祥追究责任；假若留任当地，马尚均顾忌吉鸿昌、梁冠英、葛云龙加害自己。

马尚均左右为难，只好三十六计走为上。他轻装潜逃，转道台湾，流亡日本。战事平息，马尚均回到了大陆。马尚均不但没有受到什么影响，反而得到了升迁。

马尚均返回开封，在省政府拜见了韩复榘，韩复榘虚情假意："既然你是县长班毕业的，又不让你当县长，摆到这里，放到那里，简直是糟蹋人才吗！现在我决定，让你到西华县去当县长，你看如何？"

当时，西华县是个贫穷落后的地方。西华县地处黄河故道，地域面积一千余平方公里，人口三十余万，地瘠民贫、文化落后、交通闭塞、狱讼繁多、盗贼滋生的客观环境，没有吓倒马尚均，马尚均年方 27 岁，风华正茂、血气方刚，上任伊始，在西华县兴办学校、大办水利、开辟道路、垦荒造田、植树造林、发展农桑。

计划赶不上变化。正当马尚均组织力量、实施振兴西华县计划之时，中国风云突变。1930 年 10 月，蒋介石联合东北军张学良，打败了冯玉祥、阎锡山、李宗仁等人，结束了中原大战。蒋介石开始围剿中共各地红军，全国上下白色恐怖，到处围剿共产党人。

马尚均蓦然回首，他发现自己的家里，出现大问题了。他女儿马云霞竟然参加了共产党，成为了一名共产党人。

马尚均一想起女儿马云霞的事，就寝食不安，愁眉苦脸。

马尚均正发愁着呢，女儿马云霞却安安全全回家了。马尚均一听马云霞说，刘为家舍命救了自家女儿，马尚均不由自主地看中了朴实健康、柮中见巧的刘为家。

马尚均豁然开朗：“可喜，可喜。山穷水尽疑无路，柳暗花明又一村。有了，管家，你通知亲朋好友，包括县城各界要人，我马尚均给女儿办婚事，招婿入赘。”

马尚均拿了个大主意，他想出了一个证明女儿马云霞不是共产党的妙计，制造出声势，堵住那些说三道四的嘴：我的女儿在家结婚过日子呢，谁还敢乱嚼舌头，说我的女儿在外闹腾共产党哩。让他们搬起石头，砸自己的脚。

事不宜迟，马尚均叫了刘为家，把自己招婿入赘的想法一讲。刘为家的大头，摇得像拨浪鼓：“马老伯，不妥，不妥。一来我年纪小，我不能结婚。二来婚姻大事，得叫我爹和我嫂说了算。三来我找媳妇，必须像我嫂子一样，必须是共产党。”

马尚均只有马云霞一个闺女，没有儿子，一窟窿心血都在女儿身上。马尚均一辈子周旋于政界，置身官场，见的都是争名夺利、尔虞我诈之人。哪里见过性格直来直去、纯真本分、不贪不占的男孩子。马尚均听了刘为家的话，并且得知男孩子是焦作修武县人，自己道道地地的同乡，喜出望外：“好嘛，我派车接你的家人来商量，不耽误这几天办喜事。”

县长的马车跑得就是快。一天工夫，董凤抱着二儿子，来到了马云霞家。董凤见了马尚均，深施一礼：“伯父，我家小弟，年幼无知，如有得罪，还请您老多多见谅。”

董凤一开口，马尚均觉得自己唐突的决策，已经得到证明，必将继续证明，是正确的。刘家的大儿媳如此有教养，刘家不会错，刘家的儿子也不会错。

马尚均直截了当：“不敢，请你到我府上，有大事相商。你家小弟救了我家小女，大恩不言谢，我家无以相报，只能将小女许配你家小弟，不知可否高攀？老夫烦请你出面做主，把这俩人的婚事办了，不知，家嫂意下如何？”

董凤读了刘为家捎回家的信，以为自己的小叔子刘为家，在西华县惹了大祸。现在，她一听马尚均的话，心里一块石头落了地：“老伯，此事，等我见了小弟，再行答复。”

听话听音。马尚均听了董凤的话，越发认定自己选女婿、嫁闺女的眼光，没有看走眼。

马尚均家的后院，马云霞和刘为家正在象棋棋盘上，演绎着楚汉争霸。刘为家下棋机敏过人，出手极是狠辣，棋路很是凶险，下棋落子出奇地快，一会儿，他就把马云霞杀得一败涂地。

马尚均一生没什么特长和爱好，象棋就是他唯一的嗜好。马尚均嗜棋如命，他一旦来了棋兴，八头大牛也拉不动他，他一见下棋，连今天自己家的大事了也忘了。

马尚均一屁股坐下来，就和刘为家对弈。刘为家年轻气盛，把手中的匕首，放在桌上，看了一眼对面的马尚均，说：“如果我输了，我就把这把匕首输给你，你输了，给我什么呀？”

马尚均不愧为性情中人，他不假思索，掏出一只精致的红纸袋子，郑重其事地放在桌上，脸上和蔼可亲：“如果我输了，我就把这小红纸袋子里的东西，输给你，你肯定喜欢。”

马尚均一边玩着手中的红纸袋子，一边和刘为家下棋。董凤看得出来，刘为家不是马尚均的对手，几个回合下来，刘为家损兵折将，不多一会儿，就成了马尚均的手下败将。刘为家丝毫不服输，又和马尚均下了一盘，同样惨败。

刘为家两局皆输，这才心服口服，对马尚均说：“马老伯，您的棋艺十分了得，真是高手，佩服佩服！”

马尚均赢了棋，悠然自得：“哪里，楼外青山楼外楼，能人背后有能人，世上的象棋高手如云。”

刘为家露出一脸坏笑：“说高手嘛，我嫂子就是象棋高手呢。我的棋，就是我嫂子教的。”

马尚均一听此言，棋兴大增，目光移向董凤：“我们可否对弈一局？”

行家一伸手，便知有没有。董凤看出了马尚均的棋路，对马尚均的棋艺，了然在心，她抱着孩子，笑着说：“恭敬不如从命，马老伯，您老可以再拿两副象棋，我以一对三。”

马尚均雅兴不减，催马云霞拿了两副象棋。

楚河渡若飞，汉界任博弈。董凤抱着儿子，面对三副中国象棋的棋盘，以一敌三。董凤气定神闲，大显高手风范，她出子讲究，布阵有法，16 步大胜马云霞，20 步小胜刘为家，36 步决胜马尚均。

“乱了，乱了。客人都等着参加婚礼呢，马家老的小的，老丈人、新郎、新娘子，却在下象棋。”管家站在一边，嘴里不停势地催着、叫着。

马尚均不甘下风，起兴与董凤再对弈三局，一决胜负。可叹，马尚均技不如人，董凤棋艺高超，见心见性，三局下来，胜了两局。

马尚均输了棋，反而没有一丝颓败之情，他兴致勃勃，侃侃而谈：“中国象棋，蕴涵深刻的理数。象棋，称为象者，象也，演象之棋也。卒五，五行也。卒后是炮，炮二，五行背后是阴阳也；车二，直行，走阴用阳也。阳之内，阴也，阴走阳，故马、象、士，讲阴之三层也：外层马，悍气也，故走日；象，本象也，故在本方，立四象，故走田。士者，与将为三才，神之三才也，在于心中动，不可出也；九宫之数，车二将一，为阳，马、象、士三走阳者而数二。棋盘横九纵十，横在自己，纵向对手，九呢，表示变化，十呢，彰显发展。”

董凤频频点头，表示赞同。

马尚均兴致尤酣：“《述异记》中记载的一则传说，晋时，有一个唤作王质的樵夫，入石室山中伐木，偶见两名童子下棋。王质便上前旁观，一名童子送了王质一枚如枣的东西。王质吃了，便不觉得饥渴，于是弃斧一旁依旧观棋。然而，一盘棋还没有下完，那斧柄却已烂掉了。等到那王质返回家时，人物两非，已在一百年之后了。此说最为传神，也使棋艺有了'烂柯'之美名。一盘棋耗时百年，令人感慨棋界之缥渺，人生之苦短。既然棋为'天技'，或为仙家所操之艺，人习之，必增一丝仿仙效古之雅意，别有一番境界呀。"

马尚均讲完这一席话，当场服输："高手都在民间。我输了，我把这小红袋子里的东西，也输给你家了。"

马云霞不知就里："爹爹，第三局的残局，本有反败为胜的机会，为什么会输给董凤呢？"

马尚均哈哈大笑："小胜靠智，大胜靠德。你这就不懂了，当下世道，女大不中留。我不是在输棋，我输的是人，我是故意把你输给刘家的。"

马云霞羞得满面桃花，扭着身子撒娇："有你这样当爹的吗？不是嫁闺女，而是下棋输闺女。你下棋把女儿输了，天下奇闻！"

马尚均慢条斯理地吟道"西边日出东边雨,道是无晴(情)却有晴(情)。"

那边，董凤喜气洋洋，叫住了刘为家，低声问："为家，嫂子下棋，给你赢了个媳妇，你要不要？"

刘为家听了，眉飞色舞："真的呀，嫂子，你真能干。我媳妇呢？比你漂亮吗？比马云霞漂亮吗？她在哪里呢？"

董凤亲昵地说："傻小子，真是个不开窍的小牛犊，人家马老伯故意输棋给我，我给你赢了个媳妇，你扯开小红袋子看看。"

刘为家打开小红袋子一看，大声念道："新郎刘为家，属相，马；新娘马云霞，属相，虎。俩人宜农历四月初六成婚。"

洞房里，刘为家的新婚之夜，一点也不浪漫。马云霞比他也大四岁，自然主事："过来，我叫你哪。把衣服脱了，过来睡觉。我们结婚了，咱家今后的事，我得说了算。我的命是你救的，我要一辈子报答你。"

刘为家根本没有听马云霞的话，他觉得自己的眼睛不够用，他细细法法地看着媳妇："你长得跟一朵花似的，你的脸红扑扑的，你真好看。"

马云霞娇羞如花："好看吗？没有见过美女吧，我们俩过一辈子呢，有你小屁孩看的。"

刘为家人小话直："嗯，我见过好看的美女，没有见过这么好看的美女。"

马云霞自己先笑出声："小屁孩，你光知道好看，有啥用！啥也不懂，过来睡觉。"

马云霞脱光了自己，握紧了刘为家的手："小屁孩，孺子可教也。"

刘为家刨根问底："我打小喜欢共产党人，我要娶个共产党当媳妇。我嫂子说，你真是共产党，我愿意娶你。你真是共产党吗？"

马云霞由衷地夸他："这事不能嚷嚷，传出去，我是要掉脑袋的，我真是共产党，如假包换。你小子能舍命救我，我愿意以身相许，你有种，你小子是个男子汉。"

刘为家一点不谦虚："你才知道我是个男子汉，你别怕我，看我收拾你。"

"来，来呀，男人还能吓住女人？谁怕谁呀！"

马云霞打开自己，索性把自己交给刘为家折腾，几番上下，刘为家变成了男人，马云霞变成了女人……

马云霞交代刘为家："你得答应我一件事，我要给共产党组织送一封信。办完了这件事，我和你好好过日子，我马云霞说话算数。"

刘为家到底年龄小，心里对媳妇，对家，也没有具体的概念、印象："别说了，我们是一家人了，既然你是我的媳妇，我是你的丈夫，妇唱夫随，我陪着你去给共产党组织送信。这辈子，我听你的。"

马尚均一相情愿，他拨拉着小九九，算来算去，也没有算来自己想要的东西。闺女还是走了，女婿跟着闺女也走了，马云霞带着刘为家，夫妻双双去投奔共产党的八路军了。

马云霞到了八路军河北晋察冀抗日根据地，见到了中共中央北方局军委书记朱瑞，朱瑞仔细读了沁济共产党负责人的信，听了马云霞关于沁济起义的汇报，心里有了一个想法。朱瑞征求马云霞的意见："马云霞同志，你想不想提高自己，为党组织多做一些工作呀？"

马云霞刚刚 18 岁，正是接受新生事物的年龄："我愿意参加八路军，我服从组织的安排。”

朱瑞直截了当：“好，组织上先派你们俩人上抗日培训班。”

当年，抗日培训是国共联合办的，国民党军事教官多些。一天下午，国民党何教官约马云霞谈话，马云霞一进办公室，很庄重地行了军礼：“请问何教官，叫我有什么事？”

何教官一本正经：“听说你看的书刊，尽是赤色的东西，这些书刊有毒，容易把青年引入歧途！”

马云霞明知故问：“啊！何教官，你也看过赤色的书刊呀！”

何教官一时张口结舌：“没有呀，没有。”

马云霞借题发挥：“你怎么知道赤色的书刊有毒呢？何况我看的书刊，在书店里到处都能买到的，怎么是禁书呢？” 马云霞这一反问，何教官目瞪口呆，愣了好几秒钟，他脸色气得发紫。

当时，全国都在讲抗日民族统一战线，何教官不敢对马云霞发作，只好言不由衷：“马云霞同学，我是为你好，你们青年人思想单纯，容易轻信邪说，误入歧途。我在提醒你。”

马云霞礼貌地回答：“谢谢何教官的关怀。请何教官放心，学生一心为国为民，多少还有点识别好坏和真伪的能力。从不轻信任何说教。学生担心的是有些人闭着眼睛，跟着别人说瞎话，长着脑袋不思考形势和问题。这种人，不学无术，人云亦云，可悲之极！”

马云霞说完，又追问一句：“请问何教官，你还有什么指教的？”

何教官只好草草收场：“好，好，希望你好自为之。”

中国的抗日形势，风云突变。1940 年 10 月 19 日，何应钦、白崇禧强令黄河以南的新四军、八路军，在一个月内撤到江北。中国共产党从维护抗战大局出发，命令皖南的新四军，撤到江北。

1941 年 1 月 4 日，新四军军部及所属的支队九千多人，由云岭出发，向北撤退。1941 年 1 月 6 日，新四军行至皖南泾县茂林，国民党军 8 万多人伏击新四军。新四军浴血奋战七昼夜，弹尽粮绝，大约有 2000 人突围外，大部分被俘或牺牲。叶挺前去与国民党军队谈判，国民党无耻地扣押了叶挺。

晚上，何教官集合培训班同学训话，他杀气腾腾：“在我们学习班有几个害群之马，散布谣言，拨弄是非，阴谋进行不轨活动。我警告这些人，要放明白些。有些人为什么会突然失踪？卫河里或荒郊野地里，为什么在时常发现无名的尸体？说明白点，这就是那些图谋不轨者的下场！”

法西斯特务统治！马云霞听出了何教官这番训话的潜台词。

第二天一早，马云霞报告朱瑞，朱瑞当机立断：“看来，这是法西斯特务要动刀子的信号，你俩不要回抗日培训班了。”

朱瑞介绍马云霞，到新乡一个叫民众书店的书店里，临时当店员。

民众书店，是当时中共豫北地委、新乡、辉县、获嘉县委开会、碰头的地方。

马云霞去民众书店的时候，安阳已陷入日寇之手，新乡的局势，变得特别紧张。

国民党当局大小军政官员，正忙着安排眷属向河南后方逃跑，大地主和富商，不用说，也忙活着如何逃难。市区街道大商店关闭了，只有一些卖吃食的小商贩，还在为生活无奈地叫卖，市区、街道上一片萧条和恐慌。

马云霞的这个民众书店，生意也不景气，每天到书店来的顾客，屈指可数。买书刊的人虽然很少，但是出出进进的人，络绎不绝。朱瑞、许冠英经常来，马云霞对待这些进进出出的人，总是用微笑和热情的目光迎来送往。这种微笑和眼神，心照不宣，传达着比亲人还亲的情谊。

过年了，民众书店里就马云霞和刘为家小两口，马云霞自己煮了点小米饭，刘为家炒了一盘白萝卜菜，俩人简简单单过了一个新年。

其实，春节，是中国劳动人民最古老最隆重的传统节日，古称“年节”，焦作人称之为“过年”。

焦作人过年，不仅具有浓厚的氛围，而且融入了浓郁的地方文化特色。道光版的《修武县志》记载：

正月元旦，鸡鸣起，祭神祀先，火鞭爆张声闻四邻，灯烛达旦；黎明饭扁食，往展墓归，亲友交贺。五日祀山。八日鼓乐旗伞祀火神，岁丰醵钱赛会。上元前后张灯三日。上元日祀城隍，与祀火神同；或至河内疙瘩坡祀孙真人祠。十六日男女迎喜神，以散百病，灼艾炙病根，搭天桥祀送子观音，小女子作秋千戏。

这些是旧时的年俗，其实，每年一跌进腊月，就有了年气，人们开始从各个方面作过年准备。天天都有安排，而且这些安排各家各户大同小异，在河南焦作流传着这样的顺口溜：

二十三，祭灶关；二十四，扫房子；二十五，磨豆腐；二十六，打酒割肉；二十七，杀只鸡；二十八，杀只鸭；二十九，蒸馒头；三十儿贴门旗儿（春联）；大年初一，撅屁股作揖拜新年。

日本鬼子眼看就要打到新乡了，新乡的形势一天比一天紧张。

马云霞向朱瑞提出：“我俩要参加八路军，拿起枪打日本鬼子。”

朱瑞担心：“八路军离这儿还远哩，你怎么去找？”

马云霞态度坚决：“不管多远，我们也要参加八路军。”

朱瑞看马云霞执意要走，就交给马云霞一张名片，说：“你到焦作一带，拿着我的名片，去投奔唐天际的抗日游击支队吧。”

从新乡到焦作的路上，马云霞和刘为家见到一群一群、一队一队撤退下来的“抗日游击队”，他们像难民一样，毫无斗志。有孙殿英的冀察游击队，有张荫梧的河北民军，有李富和的河北独立游击支队，还有豫北游击队吴朝海的部队。

在薄壁一带，一个杂牌游击队的哨兵押送马云霞和刘为家到了部队，一位军官和善地盘问：“你们是青年学生，又是修武县人，你们去焦作干什么呀？”

刘为家嘴快，抢着回答：“我们回家，我哥黄埔军校毕业，是国民党大军官。我们回自己的家，没有什么不妥吧？”

马云霞机智应答：“现在，时局紧张，我们从外地回来，投亲靠友，去我婆家过日子。”

那位军官劝说马云霞和刘为家：“最好不要乱跑，现在这边的局势很乱。土匪、坏人、敌探汉奸，乘机活动。你们碰上坏人，弄不好把你们当成敌探、汉奸处死。如果碰上敌探、汉奸，你们那就更危险了。”

于是，马云霞和刘为家返回了自己的老家——焦作的上白作村，等着参加八路军，抗日救国。

11. 我就是杀手

董凤登上了太行山的神农山，在神农坛上，董凤见到了刘为家，董凤开口请刘为家带队伍下山，营救刘为国。

现在的刘为家，可不是小孩子了，刘为家当上了八路军沁河支队的连长了。

刘为家年仅15岁时，他跟着媳妇马云霞去找八路军。刘为家读过听过许多关于红军反“围剿”和红军二万五千里长征的故事。在刘为家脑子里，不断涌现过红军神奇的形象。但是，刘为家还没见到过红军。

那年，八路军主力129师陈赓的368旅南下破击道清铁路。陈赓率领七七一团、七七二团进驻修武及其附近地区，组织原在修武一带进行抗日活动的韩东山补充团、赵基梅游击支队，大规模破击平汉路和道清铁路，其中破击道清铁路六次，陈赓横扫了焦作各地的日军、皇协军，袭击了沿途每一个县城和每一个车站，日本鬼子的交通彻底瘫痪。

刘为家到修武县城办事，他亲眼见到了自己朝思暮想的八路军。在大街上，一群民众围着一个牵马的军人。刘为家挤到跟前，才看清楚那个军人是八路军。这位军人，穿一身补丁摞补丁的灰军装，一脸很久没有刮的胡须，脚穿一双新打的草鞋。这位军人开门见山地说：“我们进城前，你们大伙一定听到过日伪的宣传，共产党共产共妻，八路打仗拿老百姓去堵炮眼……你们听说过红军吗？我就是红军战士。为了团结抗战，打败日本侵略者，我们红军改编成国民革命军第八路军。我们八路军是中国共产党领导的抗日队伍，是穷人的军队。”

刘为家站在人群中伸着脖子，瞪着眼，张着嘴，全神贯注地倾听着。这位军人刚讲完，刘为家挤到跟前，伸出激动得发抖的双手，紧紧握着这位军人的手:“同志，你是说，共产党就是八路军，八路军就是共产党。”

这位军人点点头，刘为家问: “你是那一部分的，在部队当什么官。”

这位军人有点羞涩，脸微微发红: “我是八路军 129 师 368 旅的，是一个普通战士。我刚刚提成排长，我是个大老粗，放牛娃出身。”

刘为家听说这位军人是一个普通战士、大老粗，更为惊叹。这支队伍不同于国民党的军队，是一支真正解救穷人的军队。老百姓说: “我们见过日本军队、国民党军队，这回见到了八路军，可哪一支军队都没像八路军这样，他们没有薪水，吃穿和老百姓一样。八路军战士住老乡家，每天早晨起来，用大扫帚哗哗地扫院子，挑水把水缸蓄满。八路军是咱们穷人的军队。”

刘为家亲眼看到，八路军天天帮老百姓干活，不拿一针一线，唱歌、办夜校、教农民认字。不少农民分到自己的土地和农具。八路军一个小战士，向老乡借针线缝衣服，缝完了衣服，剩下一匝长的黑线，他还是把针、线还给了老乡。

刘为家自言自语: “真是名不虚传!我算是见到八路军啦。有这样的党，有这样的军队，中国有救了，中国人民有救了! 我要参加八路军。”

刘为家跑回家，拉着媳妇马云霞就跑，跑去离修武县虎路峪不远的崔庄村，参加了八路军地方武装沁河支队。

刘为家参加了八路军，虽然他年龄小、个子矮，但他从小就在高低不平、乱石满坡的山上奔跑，练就了一副灵活敏捷的身子，十分机智勇敢。

八路军地方武装沁河支队参加武陟小高歼灭战，八路军太行第八分区司令员黄新友亲自指挥，歼灭战打到白热化，八路军和日本鬼子拼刺刀，一个满脸横肉的大块头日本鬼子，呜哩哇啦叫着，端着刺刀，向刘为家刺来时，刘为家机灵地一闪身，让过日本鬼子闪着寒气的刺刀。日本鬼子扑了个空，身子一趔趄。刘为家眼疾手快，回枪刺了日本鬼子一个透心凉。这一仗，刘为家杀死三个日本鬼子，缴获了一支小马枪、一支三八大盖枪和一匹大洋马。

在庆功会上，黄新友司令员亲自宣布: 年仅 15 岁的刘为家杀敌勇敢，记二等功。

清官难断家务事。刘为国不喜欢刘为家，他觉得自己与刘为家做同父异母的兄弟，这辈子算是倒了血霉。

刘为家 8 岁那年，牛气冲天："刘为国，你是我亲大哥，我是你亲弟弟。我们俩人说一会话。"

"去，去，哪儿凉快，你去哪儿歇吧。"刘为国拿着书，不耐烦眼前这个小不点男人："谁稀罕当你大哥？"

刘为家可不干啦，刘为家扯着嗓子问："刘为国，那天门口的贾二狗骑在我身上，打我。你咋把贾二狗揪下来，让我骑在贾二狗的身上，叫我打贾二狗。"

"那是我看你可怜，没成色，我帮帮你。"刘为国眯着眼，若无其事地打开了书。

"刘为国，我可告诉你，咱家门口的老人们可都说了，我爹睡过你娘，我俩是一个爹的亲兄弟。"刘为家口无遮拦，哪壶水不开，提哪壶。

"滚！滚！滚你个蛋，我不认你。大傻吊。"刘为国听了刘为家这话，有点上火，瞪圆了眼。

"这事你说了不算，我就认你当亲大哥了，就这样了。"刘为家说完，心满意足，神气地仰着头，大模大样地走了。刘为国心里烦着哩，他家里人不多，但前前后后三窝人，乱得不可开交。刘坤明和前妻生了一个儿子，就是刘为国；刘为家娘和前夫生了一个女儿，叫菊儿；刘坤明和刘为家的娘，只生了一个儿子，叫刘为家。

刘为国家的桌子不算小了，八仙桌。吃饭时，刘坤明的一个儿子刘为国，刘为家他娘带来了一个女儿菊儿，刘坤明和刘为家娘的儿子刘为家。菊儿不理刘为国，刘为国不理刘为家，兄弟俩互相不理睬。刘为家娘也不计较刘为国的言行。刘为家他娘一门心思照顾刘为家，刘为家他娘心里再清楚不过，刘家的家产中，已经有自己的一半了。

刘坤明虽然身在佛门，心却没有放下自己的家，他夜里老是瞪着眼睛，睡不着觉，想着两个儿子，气得三个鼻孔出气。哥哥刘为国是国民党，弟弟刘为家是共产党。一山不容二虎呀，刘家俩兄弟从不说话，见面，碰了头，各走各路，互不招呼。国民党和共产党在自己家一个锅里舀饭吃，实在叫人不省心。但是，眼下营救大儿子刘为国是一件大事，火烧眉毛，刻不容缓。

在太行山南麓的神农山上，董凤按照公公刘坤明提供的秘密地址，找到了八路军沁河支队，找到了刘为家连长。

神农山，高峰插云，群山叠翠，河谷环绕，环境幽美。

神农坛，紫气缭绕，丹霞恢弘。这里曾是炎帝神农辨百谷，尝百草，登坛祭天的圣地。也是道教创始人老子筑炉炼丹、成道仙升之所。传说，古时老子曾隐居于此山，修道炼丹，后乘鹤而升天。西晋女道士魏华存在此修道 42 年，著述了被称为“四大天书”之一的《黄庭经》，并创立了道教上清派；北魏高僧稠禅在此开凿太平寺摩崖石刻，兴建云阳寺、临川寺、太平寺和沐涧寺；巍然挺立在群山峻岭之间的一天门，比泰山的一天门还要早 154 年。

韩愈、李商隐等历代名家曾在此留下许多传世佳作。隋唐以来，前来拜谒者络绎不绝。明代诗人薛所蕴，触景生情，诗兴大发，出口成章：路疑天上出，人在半空行。迎面孤峰起，高云万壑生。秋深醉霜叶，磴转涧通明。最爱王维画，王维画不成。

八路军沁河支队正在神农山上休整，董凤和刘为家曾在一个锅里吃过饭，有感情，说话自然也不隔事。董凤一开口就拐着弯骂刘为家：“刘为家，你们八路军的沁河支队，不在沁河水里打游击，打日本鬼子，你怎么跑到神农山上了，你是属王八的，在太行山上晒王八壳呢？”

刘为家见了嫂子董凤，他高兴得两眼挤成了一条缝：“嫂子，我哪一点得罪你啦，你怎么一见面就骂我。你说的话，掉地下了。什么水里的，什么山上的，我们沁河支队抗日活动的地域，大了去了。哪里有日本鬼子，我们去哪里打日本鬼子。有话说话，有事办事，你别再绕着弯弯骂人呀。

啥事，你快说吧！”

董凤长话短说：“你家哥哥刘为国，带人去炸日本鬼子占领的李封煤矿，日本鬼子抓去了你家哥哥。咱爹叫我来，叫你，去营救你家哥哥刘为国呢。”

“哎，嫂子，我没有听错吧。我家哥哥还真够爷们，刘为国敢杀日本鬼子，有骨气，国民党还有点血性。哎，嫂子，你都和我哥离婚了，你怎么还有心思管他的臭事？”

董凤是个急脾气，干脆来了一个激将法：“我没有功夫跟你扯淡，你们刘家兄弟俩虽然不在一个党，但是血浓于水，现在国共又联手抗日。你快去救你家哥哥，咱爹在家眼巴巴等消息呢。你要是害怕日本人，你就圪蹴地上尿一泡，承认自己是个娘们算了，我这就去救你哥。”

“嫂子，怎么说话呢。我服气你了，你对我家哥哥还真有感情哩。”刘为家大声喊道：“通讯员，通讯员，集合队伍！开往李封煤矿救人！”

沁河支队三连的指导员讲原则：“刘连长，这事咱俩再合计合计，或者先请示一下上级。”

刘为家救哥心切，话却说得有理有节：“军情似火，你我请示回来，黄花菜都凉了，我家哥哥也死了，中国就少了一个抗日英雄。出发，营救抗日英雄！”

刘为家带着八路军沁河支队三连，趁着夜色，摸进了日本鬼子占领的李封煤矿。刘为家低声部署战斗：“一排接近牢房，负责救人，保证救出活人；二排袭击日本鬼子的营房，打他个措手不及，要狠要猛；三排负责接应。不许恋战，我们救下人就撤。以我的信号枪为准，红色进攻，绿色撤退。”

刘为家问：“嫂子，你多长时间没有拿枪了？”

董凤一听这话，有点上火：“你啥意思？你别忘了，我打枪的时候，你还穿开裆裤哩。”

刘为家马上改口：“我和你开个玩笑。嫂子，你枪法好，负责断后掩护，掩护我们撤退。”

董凤第一次参加八路军正规部队的作战任务，心情激动："好，好，嫂子听你的。"

董凤哪里知道，刘为家巧妙地把嫂子放在战场外面，避免嫂子意外受到伤害。

刘为家麻利着呢，冲进日本鬼子的牢房，救下了哥哥刘为国。刘为国发现了八路军救了自己，他几次挣扎着下担架："兄弟，你打死我，你打死我吧。我没有完成党国交给的任务，我对不起死去的兄弟，我没有脸活着了。"

刘为家数落刘为国："刘为国，你是一个神经病！刘为国，你是不是男人？日本鬼子还没有杀完，你咋就想死哩。失败是成功之母，你的黄埔军校是白上了，干啥事都是傻妞挨日——死一势。胜败乃兵家常事，古今打仗，有胜有败，这回打败了，下回咱能打胜。再说回来了，打仗，能打就打，不能打就跑。你命都没有了，怎么去抗日救国哩。"

刘为国红着脸，嘴里挤出了一句话："我不能去你们八路军那里，我们国民党有堡垒户，送我去那里吧。"

刘为家一脸不屑的表情："你我是亲兄弟，明人不说暗话，你不就是想去舅舅姬卜武家吗？你说一句痛快话，说话不用绕这么大个圈，费这么多个心思。通讯员，我们送友军国民党特派员，去上白作村姬卜武家养伤。多大个事，你就是一脚蹬不出个屁。"

刘为家走了几步，回头又叫住了担架："等等，哥，我给你说清楚，这次救你，是我嫂子报的信。我是看着嫂子的面子上，救你的。你在外边跑足了，耍够了，赶快回家，正正经经和嫂子过日子。我嫂子可在家等着你呢，你听见了吧。你不要死要面子，活受罪。"

刘为国无言以对，他不敢面对这个话题，只能装聋作哑。

董凤杀的那个日本鬼子，是她第二次杀人。当时，那个日本鬼子正骑在董凤的大姑姐菊儿身上，疯狂地干坏事哩。

董凤回到家里，遇见此事，她来不及拿枪，她抡起了手里的家伙——

家里的大秤砣，“咚”地一下子，结结实实地砸在日本鬼子的头上，日本鬼子的脑壳开了花，脑浆、血水溅了菊儿一脸。

菊儿使劲推翻了日本鬼子的尸体，杏眼一翻：“好，董凤，你有种！我没有脸做人了，日本鬼子这是往死里逼我们家啊。”

董凤话少，手麻利，伸手拾了件上衣，扔给了菊儿，叫菊儿遮羞。转身拖着日本鬼子的尸体：“姐，姐，帮帮忙，把鬼子扔到茅坑里。”

董凤一声喊，菊儿身子才有了点力气。菊儿起身抓起鬼子的小腿，拽着腿往后院拖。刘坤明家后院很大，东边是马房，西边是茅房。茅房里粪坑很深，一年才清一次粪坑。董凤和菊儿扒了鬼子脚上的大皮鞋，把鬼子“咕咚”推进了粪坑里。

董凤拉着菊儿又到了前院，将喝醉酒的两个伪军，扶到了后院，两个伪军喝酒喝得晕头转向，四肢无力，眯眯瞪瞪问：“花姑娘的，花姑娘的，我们也玩玩，皇军真会享受。”

菊儿对这两个汉奸恨之入骨：“让我来，让我来，我来砸。”菊儿学着董凤，如法炮制，用大秤砣砸死了两个伪军，一一丢进了粪坑。董凤劝菊儿说：“姐，咱俩闯祸了，这家，咱俩是待不成了，咱俩上北山，投奔八路军吧。”

菊儿想了想了，无路可走：“中，弟妹，我收拾东西，咱俩现在就去投奔八路军。”

日本鬼子包围了上白作村，把上白作村里里外外搜了个遍，没有发现任何蛛丝马迹。日本鬼子小队长原形毕露，凶神恶煞：“姬桑，姬桑，皇军找花姑娘的干活？昨天，皇军在你村里不见了，一天时间找到皇军，否则，统统死啦死啦地，杀光，抢光，烧光，三光地干活。”

姬卜武慢慢脱去上衣，露出伤痕累累的胸脯，据理力争：“太君，我对皇军的忠诚，天地可鉴。共产党想杀我，国民党想杀我，现在日本皇军也想杀我，我没有活路了，我只能以死效忠皇军。来吧，给我个痛快，我连眼皮都不会眨一眨。”

眼镜翻译结结巴巴、兢兢战战地给日本鬼子翻译着、解释着，他刚从姬卜武那里拿了 2 根金条，他又关键性地补充了几句：“太君，没有证据的干活，不妥。再说，你杀了姬桑，谁还敢给太君去跑腿，干活。”

日本鬼子小队长握着腰刀，他翻着眼珠想了想，说：“三天，三天，没有结果，统统地，死啦死啦地。”

第二天，天刚刚擦黑。眼镜翻译在日本据点门口，接到刘为家派人送去的信：一个日本鬼子带两个伪军，闯入抗日根据地，抢烧杀掠，现已被处决。请小队长于明天上午，到红沙岭收尸。

日本小队长听了八路军的来信，交代眼镜翻译：“八路军敢为敢当，大大地义气。八路军送回尸体，大大地仁义。明天，接受尸体，阴谋的不要，大大地客气。我们送给八路军米面的干活，米西、米西地干活。”

眼镜翻译当然知道，多事之秋，多一事不如少一事。杀人灭口，移花接木，这是国共联手抗日的杰作。八路军认了这一笔买卖，眼镜翻译也就不用再绞尽脑汁，再算计此事啦。八路军、国民党、日本鬼子，我眼镜翻译有家有室，我谁也得罪不起呀。

在太行山北业村，八路军抗日的根据地，冯管家见到了董凤和菊儿：“我家老爷摆平了日本鬼子，老爷叫我接你俩回去。否则，老爷的这场戏，就唱砸了。”

董凤和菊儿一合计，也只能这样。再说了，八路军首长说了好话，表了态。八路军首长就一句话：“哪里都是抗日战场，哪里有鬼子，我们就可以在哪里杀鬼子。回去吧，多保重。有困难，你们还回来，我们张开双臂欢迎你们。”

菊儿看见，董凤瞅着八路军首长的眼神，别有一番情愫在里面：共产党八路军叫人叫同志，同志叫着就亲，不是亲人胜似亲人。

董凤和菊儿坐上冯管家的大马车，绕道清化镇，转悠了半天，才回到了家。

菊儿怀孕了，她怀了日本鬼子的孽种。

刘坤明气得牙根疼，想起来菊儿这场事，他心里就上火。

董凤开导刘坤明：“别埋怨日本鬼子，汉奸姬卜武比日本鬼子还坏，要不是汉奸姬卜武，引狼入室，会出了这档丑事。不怨天不怨地，只能怨汉奸姬卜武。”

深夜，在圆融寺大院里，刘坤明一声不吭，钻进圆融寺的后跨院，扔出小飞刀，拿柏树出气，小飞刀扎在柏树上，“嗒、嗒”的响声，传得很远很远。

董凤安慰刘坤明：“爹，爹，你别怄气了。我保证，日本鬼子的孽种一生出来，我马上指使接生婆，搁进尿桶里，溺死这个孽种娃子，咱家不能养一个日本鬼子的孽种。”

刘坤明半晌没有答腔，他知道事情不会这么简单。菊儿虽然不是他生的，却是他养的，菊儿什么脾气，啥性格，刘坤明比谁都清楚。

菊儿生了，菊儿生了日本血统的娃子。

董凤指使接生婆动手抱走孩子，菊儿抓起了接生婆剪脐带用的剪刀，放在了自己胸口，恶狠狠地说：“董凤，你别耍心眼，这孩子是我生的，就是我的孩子，谁敢打他的主意，我死给谁看。”

剪刀上的血，滴到了菊儿的胸口上，董凤流泪了：“天哪，老天爷呀，你真会折磨人呀。我们该怎么办呀。”

刘坤明大声喝问：“董凤，你是不是我的儿媳妇？你是不是共产党的杀手？当断不断，反受其乱，此时不断，还待何时？”

董凤左右为难：“爹，爹，我实在下不去手。”

刘坤明发怒了，放出狠话：“日本鬼子禽兽不如，他们人人都该杀，这是家仇国恨，我们不能养个日本种。我佛慈悲，超度孽种到极乐世界去吧。孽种不死，大人孩子一起死，我亲自动手。”

董凤当然知道刘坤明的脾气和手段，为了保菊儿的命，董凤只能当仁不让地充当杀手，她趁菊儿走神那功夫，抓起日本鬼子的“孽种”，搁进了尿桶里，溺死了日本鬼子的“孽种”。

菊儿眼睁睁看着孩子溺死了，一头昏死了过去。

董凤得罪了菊儿，董凤与菊儿结了仇，菊儿咬牙切齿：“董凤，我恨你，你是杀死我儿子的杀手，我要为儿子报仇。”

董凤据理力争：“菊儿，好妹妹，我是杀手，因为日本鬼子禽兽不如，他们人人都该杀，这是家仇国恨，原则问题，我不能手软。”

刘坤明听到董凤溺毙“孽种”，仰天大笑，笑着，笑着，他抱着头，一下子蹲在地上，大声地呐喊：“这是他妈的什么世道！我们过的是什么日子呀？”

孩子死了，菊儿心碎了。

菊儿嫁人了，嫁了一个国民党县长刘得锅的兄弟——一个走路不利索的人，一个残疾人，他叫刘二锅。

那天，刘坤明接菊儿到寺里去，和女居士住了几天，刘坤明看着菊儿吃西瓜的样子，看看菊儿啃过西瓜皮，她连瓜皮也吃了。

刘坤明夺过菊儿手中的西瓜皮，爱惜地说：“菊儿，算了，别吃了，我叫居士再切个西瓜，你再吃个好瓜吧。”

菊儿眼皮也不抬，只管啃着瓜皮：“我丈夫说了，这西瓜皮上的穰，比几颗大枣上的枣肉多多哩。”

菊儿虽然不是刘坤明亲生的女儿，但是，刘坤明对菊儿依然有着父女之情，刘坤明听了菊儿的话，眼泪夺眶而出，他心里再明白不过：菊儿在婆家过得不如意。

12. 老二团回来了

抗日战争时期，在河南省太行山边缘的广大区域，活跃着一支令日伪分子闻风丧胆的部队，即八路军 129 师新 1 旅 2 团（今中国空降兵第 15 军 44 师 130 团），当地的老百姓亲切地叫这支部队：老二团。

老二团适应当时抗日敌后斗争形势的需要，由大团编为小团，下设五个步兵连一个机炮连，在陵川、高平、晋城、修武、博爱的广大山区分散活动。

1942 年和 1943 年，河南连着遇上了两个灾荒年。

黄新友司令员、江明政委领导的老二团，参加了开辟太行第八军分区的战斗。八路军老二团从平顺南下，每人都背了一个月的口粮，到达了太行山边缘焦作这一带。

太行山边缘焦作地区，原来都是国民党军队的防区，国民党军只知道横征暴敛，拉夫抓丁，辖区人民群众怨声载道。日寇一扫荡，国民党军队投敌的投敌，逃跑的逃跑，这一带彻底沦为了敌占区。

日本鬼子、土匪轮番蹂躏，民不聊生，饿殍遍地。老二团下山，老二团指战员自己饿着肚子，执行党中央的指示，减轻人民的负担，开展整风和大生产运动，每人平均开荒三亩，自己解决三个月食粮。不向太行八分区人民征粮，老二团全体指战员自己吃糠咽菜，拿出的粮食救济濒临死亡的灾民，老二团每人每日还节约六两口粮，救济灾民。老二团在农忙季节，每天都派出小分队四处活动，掩护人民抢种抢收，生产自救，渡过灾荒。因此，太行八分区人民对老二团有深厚的感情，亲切地称呼他们是“子弟兵老二团”，纷纷将青年子弟送到老二团参军，抗日救国。

八路军开设太行第八军分区，刘为家奉命调到老二团第四连当指导员，后来又改任副营长。刘为家经常带领连队独立活动于陵川、高平、晋城、焦作之间，大大小小打了十几个战斗。1943 年 8 月，刘为家参加林南战役。1944 年 4 月，刘为家参加围攻陵川城战斗，他一个月里 3 次负伤。

1944 年 7 月，日本鬼子在五里源、大陆村、马寨、安阳城、焦作、北山、柏山等地建立据点，同时加强了道清铁路的沿线封锁，增加沿线碉堡的守备兵力，加深了铁路两侧的封锁沟，增加了铁甲火车的夜间巡逻，妄图阻止八路军下山进入平原。

这时，陶国清到老二团任团长，他是老红军，勇敢善战，经验丰富，特别重视青年干部的培养使用。每次战斗，陶国清都把主攻战斗任务交给刘为家。老二团团长陶国清有意识地让刘为家带连队越过道清铁路封锁线，在焦作、修武、武陟之间开展抗日活动。刘为家带领连队在修武、大封、安阳曲沟、武陟大油、汤阴鹤壁、博爱、宁郭等地与日伪浴血奋战，锻炼了刘为家的指挥能力和独立战斗能力。

1944年12月3日，老二团团长陶国清采取了远距离奔袭的战术，自陵川的夺火出发，经军寨、赤土坡到大东树，稍事休息，黄昏即由大东树，经田门到待王，会合了沁河支队、修武县大队。从待王西，越过道清铁路，在修武、博爱交界的地区，打了日本鬼子，伪军一个措手不及。刘为家带连队负责阻击敌人，黄昏后刘为家带连队又重返铁路以北，到太行山脚下的王窑、刘庄宿营。老二团多次奔袭作战，大量地摧毁日伪格子网里的据点，打开了路南抗日救国工作局面，在路南，前前后后建立了十几个政权。

1945年1月31日，日寇一一七师团三九〇大队，由日寇大队长有角光带队，分由沁阳、博爱、焦作出发，阴谋合击老二团，老二团的团长陶国清，将计就计，将敌人诱入樊庄、小高附近的伏击圈，在友邻部队和区县武装的配合下，经一天的激烈战斗，除大队长有角光只身逃回焦作外，大部分被八路军老二团歼灭。八路军老二团乘胜追击，渡过沁河，攻克了赵堡、黄庄，拿下了温县县城，沿沁河西进，直逼沁阳县城。

1945年2月，老二团又扩编了两个营，刘为家被任命为三营营长。1945年3月，刘为家参加道清战役，1945年4月，刘为家参加收复陵川城，1945年6月，刘为家参加安阳战役。

1945年8月14日，日本政府宣布无条件投降。国民党反动派乘机篡夺人民的胜利果实，一面要求八路军“就原地驻防待命”，一面命令敌伪军拒绝向八路军缴械投降。

1945年8月15日，老二团在八路军沁河二支队、博爱独立营的配合下，奉命对盘踞在博爱城内的敌伪军发起进攻。陶国清又把消灭日寇的任务，交给了刘为家的三营。

日寇千岛中队据守在城东部，在陶国清团长指挥下，刘为家以七连由西向东，八连由南向北，九连由北向南三面接近，步步紧逼，把敌人围困到一个大碉堡内，包围歼灭了日寇千岛中队。这一次战斗，击毙日军千岛中队长以下83人，生俘日军35人，击毙伪军200多人，生俘伪团长、警备大队长以下700多人，打响了反攻作战的第一枪，得到中央军委的表扬和太行军区的传令嘉奖。

1945 年 8 月，八路军在扫清焦作外围、解放博爱县大辛庄回族同胞的战斗中，老二团参谋长铁夫同志英勇牺牲。铁夫同志是吉林省东宁县人，1938 年 5 月，在武汉由“东北救亡总会”和董必武介绍，铁夫到延安抗大学习。1942 年 9 月，陈锡联介绍铁夫加入中国共产党。铁夫历任抗大学员、班长、抗大教员、训练参谋、教育参谋、作训股长、太行军区第八军分区二团参谋长等职。1945 年 8 月 25 日，在解放博爱县大辛庄回族同胞的战斗中，铁夫为争取“兴亚回教青年团”起义，对大辛庄采取围而不攻的战略，并同大辛庄的土顽头子谈判。大辛庄的土顽分子诡计多端，边谈判，边打冷枪射杀八路军战士。八路军战士维护共产党的民族政策，极力克制，不予还击。铁夫发现土顽头子对和谈毫无诚意，主动带人到前沿侦察地形。土顽分子的冷枪射中了铁夫，铁夫光荣牺牲，年仅 27 岁。

焦作是世界有名的煤炭产区，解放焦作，既可以向解放区根据地军民供应煤炭，又可以解决解放区根据地的财政收入；从战略意义讲，解放焦作，既可以向东攻打新乡，又能南下中原，焦作可以成为太行军区重要的前哨阵地。

1945年8月17日，八路军太行军区司令员刘伯承下达命令: 解放焦作！

焦作是太行山周围比较现代化的城市，日寇自 1938 年 2 月占领后，经过七八年的苦心经营，城高壕深，以铁丝网、电网围城墙，沿城墙每百米就有一个碉堡，每个碉堡内由一个班到一个排守卫，配有轻、重机枪，交叉火力封锁，探照灯彻夜不熄，墙外百米以内如同白昼。

当时，老二团团长陶国清调往五分区任司令员的命令已经下达，但陶国清仍坚持自已要完成打下焦作的任务，再去上任。

1945 年 9 月 3 日，老二团打退焦作敌人的增援，攻克李封西大井，扫清了焦作的外围。

陶国清把突破任务又交给了刘为家的一营。老二团一营善于突破，解放清化就是一营首先突破城墙的。

刘为家接受任务后，从 1945 年 9 月 4 日到 7 日，刘为家组织班以上干部四次摸到外壕进行侦察，白天观察，夜里侦察，多次开民主会议，研究战法，拟定各种突破预案。选好了突破口，仔细研究了对付敌人的探照灯和破坏电网的办法，准备好了爆破和攀登器材。突击队进行了严密的组织，制订好爆破突击方案，进行了反复的模拟演习。

刘为家对自己带的部队心中有数：红三连担任主攻，二连两翼扩张，配合友邻部队登城，一连负责向纵深攻击。

红三连把部队分成火力队、爆破组、投弹组、架设组、突击组，所谓“四组一队”。明确负责人、战斗人员，严格地规定了“四组一队”的突击顺序，在攻击前演练多次。

1945 年 9 月 8 日夜，部队发起总攻。老二团火力队突然同时开火，一举打灭了两侧的探照灯，封锁了碉堡的枪眼。爆破组乘夜色爆破铁丝网、电网，开辟通路。投弹组向城墙两侧投弹消灭敌人。架设组架上跳板、架上梯子。突击组爬上城墙，攻打碉堡。红三连突破城墙，冲入城内，沿墙向南策应攻击。

这时，刘为家进入突破口，把营指挥所就安在刚打下的碉堡里，有一位勇敢的随军女记者林缃，紧紧跟随着刘为家。这次行动完全和演习操练的一样。一连向纵深发动攻击，两侧友邻也相继攻入，四面包围了老君庙焦作伪兴亚巡抚军司令部，敌人在大门右侧的碉堡上负隅顽抗。两个八路军战士抬了一门迫击炮，迅速地抬到敌人碉堡附近的一堵矮墙下边，挖了一个洞，把炮推进洞里。碉堡上的敌人，对此无所顾忌。他们得意忘形，用机关枪频繁扫射八路军，投掷手榴弹，防止八路军接近碉堡。一个八路军战士把迫击炮下的一个扳手，一下子扳起来了，“咚”的一声，一发炮弹打了出去，准确地命中碉堡，把碉堡打掉一大块，敌人死伤无数。迫击炮平射，只打两炮就把大门右侧的碉堡打垮了。

不见棺材，不掉泪。在八路军迫击炮这种打法下，碉堡里的敌人，打着白旗，一个个举着手，从碉堡里钻出来了，投降了。

碉堡里有一个伪军排长，走向刘为家，在距刘为家三五十米的时候，百思不解地问刘为家："你们的迫击炮为什么能平射，还能打掉我们的碉堡，这是怎么一回事？"

刘为家不假思索："保密，无可奉告，这是我们八路军的一个大发明！"

八路军迫击炮的这种打法，还真是八路军的一大发明呢。迫击炮轻便，运动时和使用时都很方便，但是它的特点是只能曲射，对于小的目标比如碉堡等很难命中目标。八路军军工部门的老炮兵赵章成，他从在红一方面军时就当炮兵，他看到部队常常因为敌人的碉堡阻挡，攻击很难奏效，所以他和一些炮兵老连长在炮身下端设计了一个机关，使炮弹可以直接对准目标平射过去，这个方法对八路军战斗力的提高是有贡献的。遇到日伪的许多碉堡，有碉碉、暗碉，还有集团工事，还有依靠居民点打出来的枪眼，像这样的工事，使用迫击炮平射，八路军伤亡较小。

老二团一营在东南，三营在西北包围了焦作西北角灶君庙的伪兴亚巡抚军李仙洲的旅司令部，经过一场激战，彻底将敌人消灭，活捉了李仙洲。与此同时，一团也由东面突破，沁河支队也由西南突破，各自消灭了当面的敌人。

至此，被日寇侵占达 7 年的焦作，首次获得解放。接着，老二团又挥师东进，于 1945 年 9 月 15 日，一举攻克修武城。

日本鬼子投降，毛泽东亲赴重庆，与蒋介石和平谈判，蒋介石被迫停战，中国出现了暂时和平的局面。

国民党和共产党虽说已停战，但在国民党和共产党的接触线上，从未停止过战斗。

1946 年 1 月，太行军区老二团改编为太行军区四十三团，团长唐万成、政委王立方，刘为家当了副团长。

1946 年 1 月 12 日，刘为家参加解放修武的战斗，率部突入大纸坊，缴获了国民党的两辆坦克。

1946 年 7 月 28 日，刘为家参加孟县黄河渡口战斗，穿插运动中，刘为家头部负重伤，他仍坐在担架上，率领突击连插入敌人纵深阵地，在黄河渡口，消灭了敌人的两个连，攻占了孟县白坡镇。

1946年10月，蒋介石全面发动内战，国民党的主力三十八师五二九团再次向解放军阵地发起攻击，妄图救出被围困的部队。

唐万成团长负伤住院，刘为家指挥了保卫焦作及大油村、武陟、樊庄诸多战斗。指挥了沁阳景明的战斗，战斗打得十分激烈，从拂晓一直打到中午，阵地上子弹和手榴弹已经不多了，刘为家和战友们用衣服下摆擦了擦枪刺，准备与敌人拼刺刀，进行殊死一搏。

只听刘为家一声令下，刘为家带着战士飞身跃出战壕，向敌人冲去。进攻的敌人被解放军的气势吓坏了，死的死，逃的逃，刘为家顺手牵羊，迅速从敌人的死尸上拣了26支枪和十七八个子弹袋，弹药得到了补充，增援的敌人被打垮了。

刘为家带着战士严阵以待，等敌人靠近时，集中所有轻重火力，一阵猛打，敌人被大量杀伤，溃败下去。解放军开始了反击。刘为家带领战士像一把锐利的钢刀，直插敌人的指挥机关，一阵猛冲猛打，敌人死伤大半，没死的也都举手投降。

10月18日，困守在沁阳景明的敌人见增援的部队全被解放军消灭了，知道自己的末日到了，再抵抗也是自取灭亡，便全部举手投降了。这场战役，歼灭了国民党三十八师五二九团。

此后，老二团又参加了保卫焦作，解放修武、武陟、博爱的战斗。

1946年12月，老二团奉命改编为独立第二旅第四十三团，参加了豫北反攻战役、安阳战役。

老二团在长达5年的时间里，和焦作地区人民同呼吸共患难，老二团的英勇战斗，保卫了人民的利益，焦作人民也积极参军参战。老二团不愧是焦作地区人民的子弟兵，焦作地区人民至今仍亲切地怀念着子弟兵——老二团。

抗战的8年，长期艰苦的敌后战斗生活，频繁的游击活动，刘为家得到了磨炼，得到了斗争实践的考验，他在战火中成长起来了。

13. 抢大飞机啰

1945 年 8 月 15 日，日本政府宣布无条件投降，国内外革命形势发生急剧变化。中国人民强烈希望和平建国，美国、苏联在中国问题上互相妥协，蒋介石心怀鬼胎，假仁假义地接连发三封电报，邀请中共中央主席毛泽东去重庆和平谈判。

蒋介石并不是真的想通过谈判来实现国内和平，蒋介石的如意算盘是想利用这一招来达到两个目的：一个是，如果毛泽东拒绝到重庆来，就给共产党安上拒绝谈判、蓄意内战的罪名，把战争的责任推到共产党身上，使蒋介石在政治上处于有利地位；如果毛泽东来了，就给共产党几个内阁职位，迫使共产党交出解放区，交出军队，这样，蒋介石可以轻而易举地消灭赤手空拳的共产党。另一个是，蒋介石可以用谈判来取得准备全面内战，特别是调兵遣将所必需的时间。

毛泽东分析，抗日战争阶段已经结束，新的阶段是和平建设，应当力争一个有利于人民的和平建设时期，即使是暂时的和平，也应当积极争取。为了保卫人民的利益，尽一切可能争取和平，避免内战，或者使内战限制在局部范围，或者使全面内战尽可能地推迟爆发，同时，也为了有利于揭穿蒋介石假和平谈判的阴谋，有利于团结和教育全国人民。

毛泽东在张治中、赫尔利的陪同下，偕周恩来、王若飞等人乘专机抵达重庆与国民党蒋介石和平谈判，全国各阶层人民热烈欢迎，国内外反响巨大。中共中央发表《对目前时局的宣言》，明确提出“和平、民主、团结”三大目标。

毛泽东到重庆之后，放下身段，尽量低调，把蒋介石捧得很高很高。毛泽东不愧是一代人杰，他讲原则，更讲策略，他一下飞机，发表演讲，高喊口号：“蒋委员长万岁！”

蒋介石在日记里面写道：“我很佩服毛泽东，就是说以毛泽东的烟瘾那么大，居然跟我对谈八个小时不抽一根烟，这个真让我吓了一大跳。”

当年，毛泽东住在张治中的私人宅院桂园，具体负责毛泽东保卫工作的是国民党宪兵第一团的团长蔡隆仁。

有一天，蔡隆仁来到他的老朋友，在行政院供职的钱剑夫家。蔡隆仁对钱剑夫说："每天，天刚蒙蒙亮，毛泽东就出来散步，还经常走出桂园，我们的保卫工作实在难做，又不好对毛泽东明讲，请周恩来传话吧，也不方便。"

钱剑夫思索片刻，说："我有一法，可解此难。"

于是，钱剑夫写了一张小纸条：晨风加厉，白露为霜，伏莽堪虞，为国珍重。

蔡隆仁看了看纸条，觉得没有什么大问题，就拿着走了。

过了几天，蔡隆仁又来到钱剑夫家，高兴地说："很对头，这几天，毛泽东没有再走出桂园散步。"

蔡隆仁不解地问："纸条中的'伏莽'，有什么典故啊？"

钱剑夫反问："你先谈谈，你是怎样让毛泽东看到这张小纸条的。"

蔡隆仁故意卖乖："这是秘密，我不能说。"

钱剑夫故作高深："我那典故呀，也是秘密，也不能说。"

后来，钱剑夫道出了"伏莽"这一典故的由来。"伏莽"典出《易·同人》"伏戎于莽"，戎即兵，莽即草丛。匪盗经常潜伏于草丛之中，伺机突袭目标。伏莽堪虞，为国珍重，寓意桂园周围并非安全，要严防敌人的暗算。

听人劝，吃饱饭。毛泽东旧学功底深厚，自然深解其意。毛泽东接受了蔡隆仁、钱剑夫的忠言劝告，从此很少走出桂园，随意散步了。

1945年10月10日，国共双方代表艰难地签订了《政府与中共代表会谈纪要》（即"双十协定"）。

毛泽东返回延安，周恩来等人则留在重庆，就议而未决的问题，继续同国民党方面谈判。不久，重庆谈判和《会谈纪要》的发表，表明：国民党方面承认了中共的地位，承认了各党派的会议。

毛泽东离开重庆时，郑重声明："我们要在蒋委员长领导之下，克服困难，建设独立、自由、民主、统一、富强的新中国！大家一条心，要和平、民主、团结、统一。我们的合作，是长期的合作。困难会打消的。”

毛泽东意犹未尽，又一次高呼口号:“新中国万岁！”“蒋委员长万岁！”

毛泽东以无产阶级革命家、战略家、思想家的政治智慧，亲赴重庆与国民党蒋介石和平谈判，以四两而拨千均，揭穿了蒋介石假和平的阴谋诡计，使全国人民了解了中国共产党的关于和平建设新中国的政治主张，推动了全国的和平民主运动。

1946年1月，国民党、共产党签署了停战协定。共产党、国民党、美国三方代表在重庆组成了军事三人小组，在北平设立军事调处执行部。军调部派出若干军事调处执行小组，分赴各地调处冲突。派驻新乡的是第十执行小组，该小组中共首席代表是黄镇，代表为王维刚、黄以任；国民党首席代表是曾乐陶，美国首席代表开始是克明士，继之是福格逊，后又易人。停战协定签订后，国民党仍不断地在各地挑起军事冲突。

1946年2月28日，周恩来、张治中、马歇尔所组成的军事三人小组，离开重庆，飞抵北平，视察了张家口、集宁、济南、徐州、新乡，检查各地停战协定的执行情况。2月28日，在军事三人小组到新乡之前，晋冀鲁豫军区司令员刘伯承等随员二十余人，将邯郸战役中所俘虏的国民党第十一战区副司令长官、四十军军长马法五等高级将领送到新乡。

新乡执行小组三方首席代表飞赴北平，向军调部反映了国民党军队违约、武装侵占焦作孟县的问题。

焦作的孟县，是八路军1945年9月3日从日本侵略者手中收复的，直至1946年1月13日停战协定生效前，一直由八路军驻防。但是，国民党九十军五十三师及二十二纵队，竟然于1946年1月14日，由黄河南岸孟津县白河乡铁榭村北渡黄河，侵占孟县解放区的三十多个村镇。

新乡执行小组谈判几次，徒劳无获。

共产党方面强烈地谴责国民党破坏停战协定，要求国民党军队必须从孟县撤回到黄河南岸。国民党方面却在美国的支持和袒护下，百般抵赖，拒不撤退。新乡执行小组争辩到北平，军调部只作了原则性答复，重申国共双方应遵守停战命令，并没有裁决谁是谁非。

1946年1月28日，三方代表又返回了新乡。

当晚，刘伯承详细地听取了黄镇关于孟县问题的汇报，黄镇汇报了一个月来，豫北国民党军队出尔反尔、破坏停战协定的种种罪恶行径。

刘伯承愤怒地拍了桌子："针锋相对，寸土不让，坚决粉碎国民党打通平汉线的图谋。停战命令必须绝对遵守，国民党少数好战分子，想破坏这一庄严的命令，想重新挑起内战，我们必须高度警惕。"

1946年3月3日清晨，周恩来、张治中、马歇尔等军事三人小组，驱车前往河朔图书馆参加会议。刘伯承、王仲廉和新乡、安阳两个执行小组的三方首席代表也出席了会议。

新乡执行小组美方首席代表、小组主席福格逊汇报了两个问题：一是孟县问题，二是恢复交通问题。关于孟县问题，福格逊只谈军事冲突，不谈国民党军违反停战令。对此，黄镇将军一针见血地指出国民党军进攻孟县，是国民党九十军军长严明亲自部署和指挥的，是有计划有预谋的军事行动，是明目张胆地破坏军事停战令。

军事三人小组听完汇报，三方各自召集自己一方人员开会。会上，马歇尔宣布："豫北国共双方驻军必须执行停战协定和命令，严守1月13日午夜以前的军事位置。其他问题无论如何解决，必须立即恢复交通。"

马歇尔的话与北平军调部的指令，是一个口径。美国人马歇尔只讲基本要求，不讲原则，不讲具体的是非，根本上没有解决孟县的实质问题。

那天，新乡三方执行小组工作人员和翻译共四人，乘坐一辆美国吉普车，冲着中共解放区小董庄开来了。汽车开得太快，一路尘土飞扬，从远处看不清车型，接近小董庄村口时，哨兵误为是一辆日本小坦克开过来了（解放军曾缴获过两辆日本小坦克）。

解放军的哨兵急忙冲着汽车开了一枪，从正面打中汽车，中共代表、美国代表和国民党代表急忙趴在汽车下面。中共代表郭瑾在车上，他赶快下车，脱了帽子高喊："不要误会！不要开枪！"

这一枪，意外打死了国民党方姓郭的翻译官。

显然，这是一次误伤。但是，国民党工作人员得理不饶人，别有用心地宣传：这次事件是中共有计划、有组织的阴谋袭击，国民党组织人马在新乡市区游行、示威，威胁共产党代表黄镇。

黄镇向美方和国民党方再三说明，国民党方郭翻译官的牺牲是一次误伤。国民党方面却坚持说是中共有意开枪，制造事端，蓄意破坏停战协定。

黄镇耐心地向美方代表通报真相，美方代表认定这是一场误会。国民党方仍然我行我素，歪曲事实，胡搅蛮缠。美方代表福格逊对国民党代表的无端言行，严重反感，他甚至掏出了手抢，放在桌子上，震慑国民党代表。

1946年6月26日，是中国当代史上的一个重要的日子。蒋介石犯天下之大不韪，公然撕毁《停战协定》，派出25个师30万的兵力，兵分四路，悍然进攻中原解放区。中原军区司令李先念率部在湖北、安徽、河南三省交界处，成功地从国民党30万大军的包围中胜利突围。尽管国民党、共产党双方对此事各执一词，但是国民党发动内战的阴谋，却是司马昭之心——路人皆知。美国政府立即宣布，中止对国民党的军事援助。

这天，一架国民党的大型运输飞机，从西南方向，低空向焦作飞来，在焦作上空转了一圈，像是侦察，接着又向东北的修武方向飞去，忽然又向西飞回来，降落到了焦作待王镇的公路上。

当年，焦作人没有见过飞机，更没有见过这么大的飞机，国民党运输机降落在焦作待王镇。焦作的老百姓，算是看见稀罕物件了，天上掉了一个白色是大飞机，这个家伙不是铁的，也不像是钢的。在大飞机的肚里，还有装有成包成包的货物，焦作的老百姓，争先恐后地向飞机跑去。

“发财啦，发财啦，快，快去待王镇，抢大飞机啰。”

这个消息，像长了翅膀似的，立刻传遍了焦作的四乡八里。焦作成百上千的老百姓奔走相告，三五成群，你追我赶地奔向待王镇。

老百姓根本接近不了飞机。飞机虽然强行降落，飞行员受了伤，飞行员艰难地钻出驾驶舱，顾不上擦去脸上的鲜血，飞行员滑到飞机翅膀上，脸色苍白，尽管飞行员手枪里只有六发子弹，飞行员忍着剧痛，艰难地掏出手枪，朝天连鸣三枪：“谁也不能靠近！谁也不能靠近！这是我们党国的机密文件。”

国民党飞行员带伤靠着飞机翅膀上，飞行员眼看着四面八方的人们，潮水般围了过来，他此刻就像困在笼里的老虎，有劲用不上。但是，飞行员不时高声喊道：“放下武器！放下武器！”

老百姓那里知道，飞行员迫不及待等着与共产党敌工部接头，他必须马上与共产党敌工部的领导接上头。

待王镇是共产党焦作军分区管辖地段，焦作军分区警卫人员立即前往处理，共产党焦作中心区委敌工部长董凤，坐着美国吉普车，赶到了飞机降落的现场。

董凤捋了捋自己的头发，飒爽英姿地走到了飞机前。飞行员睁大眼睛，挣扎着立起身子，眼看着董凤，说：“放下武器！放下武器！”

这是共产党地下工作一个太老的接头暗号，董凤听懂了飞行员的接头暗号，她马上回答：“缴枪不杀！缴枪不杀！”

董凤身为一名资深的共产党地下工作者，她当然知道，这个接头暗号在第一次国内革命战争时期，共产党人长期使用过，飞行员知道并使用，说明飞行员必定也是潜伏多年的一名资深的共产党员。

飞行员听了董凤的接头暗号，手里的枪，慢慢地放了下来。董凤上前几步，抱紧了飞行员：“快，快送医院抢救，这是咱们自己的同志。”

飞行员伸手攥住了董凤的手，飞行员身体虚弱，他艰难地说：“国民党反动派要动手了！我是西安地下党领导的共产党员，我受西安地下党组织的命令，把国民党反动派进攻解放区的消息，报告党中央。国民党反动派要动手了，我飞机上装有大批由蒋介石亲自撰写的‘剿共手册’，还有两台大功率的电台。”

原来，这架飞机是从西安到太原的，是蒋介石发动内战前，送给山西阎锡山的军队的“精神食粮”，两台大功率电台是供南京政府和阎锡山联系专用的。

共产党焦作军分区司令员陈皓开玩笑说:“还是蒋委员长大方，一次就送给我们两部大功率电台。蒋介石不是要和平民主建国吗?怎么到处发放剿共手册!国民党反动派假和平、真内战的面目，这不是暴露无遗了吗?”

共产党焦作军分区把缴获的这些宝贵的情报和资料，立即指派专人，送往共产党大军区所在地河北邯郸。

国民党撕毁停战协定，胡宗南大举进攻延安，延安广播电台被迫停播，但延安广播电台工作人员立即赶往邯郸，就在邯郸建立了新的广播电台——邯郸广播电台，每天早晨开始播放兄妹开荒等小调，然后播送解放军各个战场的胜利消息，直到全国解放，深得全国广大军民的喜爱。邯郸电台用的就是西安地下党送来的那两部大功率电台。这当然是后话。

飞机降落在焦作的待王镇，当然不是因为出现故障，也不是因为没有汽油。飞行员是共产党的地下工作者，他拼了性命，开着飞机，强行降落在焦作解放区，送出了情报:国民党反动派撕毁停战协定，发动内战。

国民党反动派暴露了狐狸尾巴，自知理亏，不敢声张。在新乡三人执行小组会上，提出要求，要求共产党解放军遣返飞行员和有关资料。

共产党焦作军分区司令员陈皓，他表情严肃、语气沉重地告诉国民党方的代表:“飞机意外坠落，飞行员不幸牺牲。飞机上的物资，百姓抢劫一空。”

国民党反动派有苦难言，他们只得伸伸脖子，咽下了一个哑巴亏。

蒋介石发动全面内战，国民党反动派的军队在焦作东、西两面陈兵几十万，虎视眈眈。

中共河南省委命令，积极应战，针锋相对地与国民党反动派武装斗争。黄新友司令员率领主力部队撤离焦作，共产党焦作军分区根据上级指示，战略转移。

焦作当年是座煤城，焦作煤矿在世界上颇有名气。1840年，鸦片战争改变了中国的历史进程，中国由封建社会逐步沦为半殖民地、半封建社会。英帝国主义大肆掠夺中国煤炭矿产，意大利人恩其罗·罗沙第在伦敦组建了一个垄断组织英意联合公司，资金2万英磅，在英国注册，命名为福公司。

1902 年 7 月 20 日，英国福公司未经清政府正式签约批准，开工修筑道口三里湾码头至焦作矿区的铁路。

焦作地区煤矿、铁路同时建设，在不到 30 年的时间，焦作由一个农村小镇，发展成为一座工业化的小城市。当时，中国的工业，还是非常落后，而焦作早已是一座典型的工业化城市了。焦作是河南省最早供自来水的城市，1908 年，当时英福公司利用煤矿一二号井，安装上抽水设施，井台上建一外砖砌方形，内铁质圆形水塔，抽水至塔上，通过管道供自来水。焦作是河南省最早使用电灯、路灯的城市，始于 1919 年，当时英商福公司及其职员家户均有电灯。中山东街（现新华街）装路灯十多盏，牛铃式灯型。焦作电厂是河南省最早的一个发电厂，前身是英商福公司焦作煤矿附设电厂，于公元 1905 年建成。

南京地下情报人员报告，蒋介石为了夺取焦作煤矿，先后调集国民党王仲廉的 38 集团军 20 个师的兵力，武装占领焦作，这个情报印证了西安地下党飞行员的情报。

中共太行区党委、太行军区命令焦作市委，将焦作煤矿的物资设备，悉数转移到山西太行山革命根据地，保住煤矿设备，支援革命斗争。

焦作的 39 号矿井全部水淹，基本报废。可是，在矿井旁有一台很大的发电机，是焦作整个矿区最大的发电机。

共产党焦作军分区司令陈皓问："这台发电机有多重呀？"

日本籍工程师答："有 7 吨多重，德国制造的。"

陈皓又问："发电机容量有多大？"

日本籍工程师答："1500 千瓦。"

陈皓喊道："玩意！玩意！你们市委负责焦作煤矿的大转移，你们有什么困难呀？玩意，转移这台大发电机，你们有什么要求吗？"

玩意，是焦作市长张万军的小名。张万军 9 岁的时候，他就在日本鬼子占领的李封煤矿拉煤筐，挣钱养家糊口；14 岁时，跟随矿工游击队上北山抗日救国，是焦作市委的小通讯员，大家都亲昵地叫他小玩意。

共产党焦作市委书记喜欢这个手脚麻利，有眼色的小通讯员，有心培养他，时时交代他在工作没有事时，多练练字、读读书、看看报。张万军瞪着眼睛说：“首长呀，你别难为我了，这字认我，我不认它，俺们前世肯定是冤家，昨天我刚学的字，今天我见了，就又不认它了。”

市长书记痛惜不已：“你早晚会后悔的，你会知道，没有文化多可怕。”

日本鬼子投降，焦作解放。张万军当上了李封煤矿的矿长，他习惯挎着手枪，组织矿上的干部群众开会，张万军上台讲话作报告，甭看他讲起国际、国内形势，分析起敌我战争态势，安排革命工作、安全生产一整套，讲起来头头是道、条条是理。这都是他在上级会上听的、记的，然后，回到矿上原原本本地鹦鹉学舌。但是不得不承认，21岁的张万军有着一个好脑袋瓜，记忆力非常好，李封矿两千多号人，他大部分都能叫上名字，很不简单。

后来，张万军经历了两件事之后，他开始体会出文化的重要性，张万军骂着、哭着要上学，要识字，要读书。

一件事，张万军在李封煤矿当矿长，有个工人意外地发现，张矿长不识字，连自己的名字都不会写。凡是下边同志，到他那里要钱，要物。张万军矿长只会拿着红毛笔，在纸上一戳，财务科长马上发钱，后勤科长立马发物。这个工人如法炮制，写了一个批钱的申请，他自己找了个红毛笔，他高高兴兴、屁颠屁颠地往纸上一戳，他自作聪明地跑去财务科长那儿领钱。财务科长戴上眼镜，低头看了看字条，抬头看了看这个工人，然后对这个工人说：“你等一会儿，我叫人给你拿钱。”

财务科长当然知道其中的玄机：别看人家张万军矿长，他拿红毛笔那么一戳，那是有讲究的。张万军矿长桌上放三枝毛笔，三枝毛笔的笔毛里，藏有三种针法：一枝毛笔，藏有三个针尖，戳三个针眼的条子，财务科见了发钱；一枝毛笔，藏有二个针尖，戳二个针眼的条子，后勤科长见了发物资；一枝毛笔，藏有一个针尖，戳一个针眼的条子，是给保卫科长的，是叫保卫科抓人杀人的，一般不用。

这个工人的纸条上，只有红墨点，却没有针眼。这个工人不仅没有领走钱，而且还被矿保卫科的干事五花大绑捆走了。

一件事，张万军当了焦作市长，他讲话还是从来不拿讲稿和材料。秘书只管告诉他，今天他要参加什么内容的会议。张万军开会时，即席发言，他讲话，既深刻，又好懂。在焦作无论是知识分子，还是工农干部，特别是老百姓，听了张万军的讲话，都说张万军讲的话，有水平有能力，不仅好懂，而且管用。

焦作召开传达中共中央《关于清算减租及土地问题的指示（即五四指示）》会议，张万军的秘书自作主张，用纸写了一行大字，叫张万军在大会总结时念：我们要听党中央的话，狠抓革命，狠促生产。

张万军要是不照本宣科，也不会出丑。张万军在大会上讲完话，拿起纸条，开始念道：我们广大干部群众一定要听党中央的话，狼抓革命，狼促生产。

秘书一听，就马上登台，低声对张万军说："张市长，不是狼抓革命，狼促生产，而是狠抓革命，狠促生产。"

张万军脱口大骂："日他娘，这不是你写的吗？再说了，像狼一样，抓革命，促生产，还不叫狠吗？拉鸡巴倒吧，我开始学识字，今后，我的讲话，我自己来写。"

台下一片哗然：张万军市长原来不识字呀！

这次，张万军把自己逼到了风口浪尖上，他成天闲暇之余，缠着秘书，求秘书当先生，教他认字。秘书从旧政府解放过来的，在县衙当师爷出身，论革命觉悟、工作干劲、思想水平等等，都不如张万军，但是教识字讲书本，秘书可是裤裆里掏蛋子——手到擒来。

张万军一偷懒，秘书就吓唬他："老朽告辞了，你这学生，我实在教不了。"

张万军见势不妙，一把拉住了秘书："别，你别耍二蛋子脾气，我再写三遍，中不中？"

焦作工业大转移现场办公会上，共产党焦作军分区司令陈皓话音一落，张万军马上表态："请首长放心，我们保证完成任务。"

张万军干工作一点不含糊，接受任务相当利索，执行命令，不折不扣。

张万军和董凤一起上山，查看煤矿物资设备转移运输的路线。当时，通往山西晋城的路，多数地段是崎岖不平、狭窄陡峭的山间小路，加上国民党飞机的空袭，道路非常难行。煤矿物资设备转移更加费力，军分区调动部队与煤矿工人纠察队，共同掩护运输队伍。

中共太行区党委通知沿途县委、区委动员沿路群众整修道路，组织民工、马车队参加掩护、运输，提供后勤保障。

焦作煤矿、道清铁路工人尽可能将设备化整为零、化大为小，轻装运输。各路运输车辆，肩扛人抬，车水马龙一般。对无法拆卸的大件设备，如锅炉、发电机、大绞车等，一套即有两三吨至六七吨重。当时，中共太行区党委在长治地区的潞安矿务局，投建一个条件较好的石圪节煤矿，扩大煤炭生产。中共太行区党委、太行军区命令焦作党、政、军领导支持石圪节煤矿建设，必须将39号矿井的大电机，搬运到潞安矿务局。焦作矿区既无大型拖车，也无吊装设备，怎么运送这么重的电机呢？何况从焦作到潞安几百里路，要翻过太行山，山路崎岖，上坡下坡，方向不断变化如何控制是个问题？

焦作市长张万军组织矿区专业人员、技术工人成立了攻关小组，在部队大力支持下，领头的是解放军部队一个从北京某大学毕业的教员，他指导焦作矿工特制了大型运输车辆。除车身长度要足以承载七吨重的大型发电机外，大家一起研究经过反复试验，制造出了一套装有很多轮子的土拖车，把电机分解装上车，用人来拉。

焦作工人土法制造的拖车做得很巧妙，既能控制方向，又能掌握速度，平稳地上高山，下大坡。前后还各有一根4.5米长的粗檩条做“老杆”，“老杆”上再绑上“老杠”，由六七个人架着“老杆”掌握方向。在“老杆”的前后，拴着多条大绳套，大绳套上又带着若干小绳套，每个绳套由一人拉着，像水上船夫拉纤一样，指挥者喊着号子，指挥大家一步步前行。如遇拐弯或下坡，人在后边拖着、拽着，前前后后，100多人操作运行，场面蔚为壮观。

焦作市长张万军组织焦作工人，硬是靠人的力量，把这个庞然大物，从焦作沿着晋城、高平到长治的汽车公路，送到潞安城西北的石圪节煤矿，并在那里安装试车成功。石圪节煤矿面貌大为改观，建成了国内大型百万吨模范煤矿。仅仅 4 个月的时间，焦作煤矿工人将两部发电机、七台蒸汽锅炉、数十台各式车床、上千台各种绞车、水泵、马达、风扇以及数千吨钢材、电信器材等，安安全全地转移到了晋东南解放区根据地。焦作新华公司人员、设备组建的晋冀豫第三机械厂改为平城军工十厂，他们经过无数次的试验、改进，在很短的时间内，制造出战争前线急需的迫击炮弹。当年在解放山西临汾、洪洞等地的战斗中，八路军部队多数用的是平城军工厂生产的炮弹。1947 年，各兵工厂开展争创“刘伯承工厂”生产竞赛运动，长治的南石槽兵工一厂、二厂和平城兵工十厂被评为“刘伯承工厂”，并获刘伯承司令员题词奖旗一面。1949 年，在淮海战役中，由于平城军工厂生产的炮弹，命中率高、杀伤力大，深得参战部队广大指战员的好评。为纪念各兵工厂对解放战争的贡献，上级党委将几个兵工厂合并，组建“淮海机械厂”。焦作和焦作煤矿工人在解放战争中作出了重大贡献。

前天，新乡共产党、国民党、美国三人执行小组的吉普车，还都在焦作视察来着。可第二天，国民党第 38 集团军的王仲廉带领 5 个旅的兵力，就开始武装进攻焦作和豫北的各县。

在共产党焦作警备司令部，作战参谋向陈皓报告：“报告司令员，在城外，我们发现有大量国民党部队在集结运动。”

焦作警备司令员陈皓，登上了焦作一处英国人建的高楼上，他举起望远镜一看，发现国民党的部队从焦作南面 5 里的东、西于村方向，成分散战斗队形向焦作开始进攻。

陈皓立刻打电话，向黄新友司令员报告情况，黄新友司令员答复：“我们派一个营马上支援焦作，帮助焦作军分区阻击敌人。”

但是，这个营迟迟没有到位，国民党部队已经攻进了焦作市区。共产党焦作军分区司令部当时只留有几个人。

参谋请示：“陈司令，焦作城内有个地道，直通太行山脚下，我们可以从那里撤出焦作城区。”

陈皓他们钻过秘密隧道，安全出城，站到了城外的高地上。陈皓又打电话给黄新友司令员："报告黄司令，敌人已经攻占焦作。"

那天，国民党王仲廉带领5个旅。南路东西于村方向来的是32师师长唐永亮率领的2个旅；中路是85军军长吴绍周率领的110旅和23旅；还有第二快速纵队的独立49旅。国民党将军王仲廉带领5个旅的兵力，气焰嚣张地占领了焦作。王仲廉为了显示威风，调动几十门美式榴弹炮和加农野炮，对着焦作通往山西晋城的山口，发射了大量的炮弹，爆炸声震耳欲聋，看着他们那歇斯底里的气势，好像要打进太行山似的。

国民党军队暂时占领了焦作。

共产党焦作军分区撤到太行山区，在焦作地区各县周围，领导地方武装，开展游击战争。

14. 反动派开枪了

抗日战争胜利，蒋介石玩弄反革命的阴谋诡计：一面伪装要和平，一面积极打内战。美国知名的战地记者杰克·贝尔登在《蒋介石其人》一文中写道：蒋介石不仅反复无常，而且背信弃义，好话说尽，坏事做绝。

美国史迪威将军陪同蒋介石参加了一个军官学校的毕业典礼，蒋介石登上主席台时，乐队指挥喊道："一一二，一一三"

蒋介石勃然大怒，命令停止奏乐，厉声大骂乐队的指挥："娘希匹，要么数到一，就开始奏乐；要么数到三，再开始；不准数到二时，就开始。"

有一位讲演者从裤兜里掏出讲稿，蒋介石为此又暴跳如雷，冲着讲演者厉声训斥："在国外，裤兜里只能放手帕，不能放文件。你应该把文件放在上衣的下面口袋里，如果是密件，必须放在上面的口袋里。"

主持人在把握大会程序上，出了一点差错，蒋介石就疯的似地尖叫着说："我们应该把这个主持人枪毙！……"

1946年1月14日，国民党共产党两党签订的《停战协定》生效的第一天，国民党反动派胡宗南部九十军及地方武装张伯华的二十二纵队，从孟津渡河，侵占了解放区白坡、坡头等50多个村庄，进而占领了孟县县城。

国民党的军队先后出兵，占领了共产党八路军从日本鬼子手里收复的修武、武陟两个县城。

1946 年 6 月，在国民党的高级干部会议上，陈诚说：“我们国民党要在六个月内，彻底消灭共产党。”

蒋介石马上站起来，大发雷霆：“不对，三个月，三个月内，彻底消灭共产党。”

1946 年的秋天，焦作人民迎来了土改后的第一个丰收年。焦作蜿蜒百里的黄河、沁河河畔，一片金黄灿灿。但是，正当焦作人民喜庆土改翻身的时刻，蒋介石飞抵郑州，亲自任命国民党 38 军司令王仲廉为总指挥，大举进攻焦作。王仲廉集结国民党 38 集团军的 20 个师，过黄河向北进犯，疯狂扑向解放区。

在焦作外围，一群在土改斗争中被清算后逃到那里的地主、富农和恶霸分子，麇集一起，虎视眈眈，妄想恢复他们失去的“天堂”。修武县的国民党县长刘得锅组建还乡团，刘得锅到处“委任”伪县、区乡长，拼凑反动武装，尾随国民党 38 集团军，窜进修武、武陟县，对黄河北岸人民大肆烧杀掠夺，进行了血腥的阶级报复。

敌情就是命令。焦作解放区武工队长命令马云霞，火速下山，赶往山下取秘密情报。

那年，刘为家参加了八路军，马云霞参加了八路军的武工队。马云霞借助大哥刘为家的社会名气和关系，组织渗透到国民党焦作保安队，她给保安队士兵作抗日救国保家的政治报告，讲在敌后如何开展抗日游击战争，教唱抗日歌曲。她组织开展兵运活动，力图掌握枪杆子，为组织抗日游击队创造条件。

马云霞以访亲探友的名义，在焦作四处奔走，宣传抗日救亡，在青年学生中发展“民族解放先锋队”，组织抗日救亡团体。

马云霞接受命令，争分夺秒赶到了上白作村，她四下巡视了一大圈子，她发现了墙上划着 3 个白圈圈的地方，竟然是姬卜武家。

姬卜武家太气派了，高宅大院。姬卜武家的后院，养着两条大狗，一条是大黄狗，那一条也是大黄狗。

一次，马云霞下山执行任务，路过姬卜武家门口，姬卜武家的长工放狗咬她，多亏马云霞跑得快。还有，姬卜武家长年驻扎过国民党的部队，他家绝对不会有共产党组织的联络人。

马云霞迟迟不敢去喊门、敲门，更不敢接头取情报。

马云霞看着想着，她自作主张：大地主姬卜武家，他家不会是共产党地下联络站，肯定是敌人的圈套，我不能自投罗网。

马云霞那里知道，刘七洋在墙上划了3个白圈圈，心急火燎，他坐卧不安地在家等着接头人，等着接头人尽快取走秘密情报。

马云霞想出了许多走进姬卜武家接头的理由，但是，这些个理由说服不了自己。无奈，马云霞拖着打狗棍，返回太行山的北业解放区根据地，请示武工队长。

受伤躺在床上的武工队长，他瞪着眼睛，大声批评马云霞："马云霞同志，你怎么能感情用事，你耽误了党组织的大事。你赶紧去第二个联络点，在待王街庙会上，一个脖子挂着白毛巾，手里牵着大黄狗的人。接头暗号是，你问，你是先生吗？他回答，不，我不是先生，我是学生。他会把情报交给你。快去！"

马云霞流着泪，赶到待王镇的庙会上。

待王镇，在焦作东22里。待王，从字义上讲，是等待王者的意思。《说文解字》说：待，俟也。王，天下所归往也。董仲舒曰：古之造文者，三画而连其中谓之王，三者，天、地、人也，而参通者王也。传说早在商朝末年，商王纣无道，国人、奴隶怨声载道，各方舆国及部落不断起兵征讨，国人、奴隶也经常暴动反抗。周武王发兵伐纣王，沿黄河东进，从孟津渡河到焦作。周武王除暴安良施恩于民，军队所到之处秋毫无犯，百姓感激周武王，准备了丰盛的好酒好饭，款待武王和他的军队。牧野一战，周武王打败了商纣王，灭掉了商朝，建立了周朝。人们为了纪念接待过周武王这一历史盛事，把这里称为待王。

古代文献记载与民间传说相符合。修武县志记载：待王镇在县西20里，相传，武王伐纣，百姓箪食壶浆，在此地以迎王师。怀州府志记载：修武县待王镇，相传为百姓迎王师处。待王镇已有三千多年的历史了。

马云霞一到了待王镇庙会的西头，她完全傻眼了，脖子上挂着白毛巾，手里牵着大黄狗的人，不是别人，竟然是姬卜武家的养子、少爷刘七洋。

刘七洋耀武扬威，他牵着大黄狗，左顾右盼地等着接头取情报的人哩。

马云霞四下瞅瞅，在马云霞眼里，周边卖菜的、卖肉的、卖烟叶的、卖草帽的，他们哪个人都像是国民党特务假扮的。马云霞认定：这是国民党反动派的圈套，撤！

马云霞又一次撤回了解放区的北业根据地。武工队长一下子从床上跳了起来，他腰部的伤口，一下子又渗出了血："马云霞呀，马云霞同志，我说你什么好呢。你快去吃饭吧。我去，我去第三个接头地点，拿回情报。"

马云霞愧疚万分，她双手扶住了武工队长："队长，队长，我去，你让我去吧，这次我保证完成任务。"

武工队长捂住腹部伤口，痛苦地说："我给你最后一次机会，你快去马市街杂货店，找到谢老板。谢老板说，我不姓谢。你说，我大舅叫我来收账的。谢老板会把情报交给你的。"

武工队长说完，把床头上两个三合面蒸馍，塞到马云霞怀里。马云霞边走边吃，肚里有了吃食，脚步快了几步，但她来来回回已经跑了一百多里了。

马云霞从没有见过武工队长发这么大的火，说明这份情报相当重要。马云霞心急如焚，她想，自己就是爬，也要爬到马市街。

夜里9点半钟，马云霞站在马市街杂货店门前，她说道："我找谢老板，我找谢老板。"

谢老板上下打量了一番："我不姓谢，你找谁？"

马云霞答出接头暗号："谢老板，我大舅，叫我来收账的。"

谢老板拿出情报，流着泪交给马云霞，说："迟了，孩子，他们怎么叫个女孩子来呢？行动太慢了，已经耽误我们党组织的大事了。"

当年，马云霞作为一个八路军武工队的普通战士，她那里想得到，那里又跟得上，国内外革命形势的重大变化呢。后果严重：马云霞接送情报失误，错失良机，导致焦作地区损失了一大批优秀的共产党干部和骨干群众。

焦作市区向东约12公里，有两个村，过去分别叫东万斛村和西万斛村，因何得名？

说法一："万斛"的意思是粮食数量多。斛的本义是中国古代的量器名，亦是容量单位，一斛本为十斗，后来改为五斗。相传，古代这个地方土地肥沃，水利条件好，适宜种植粮食作物，每年给朝廷上缴的皇粮有万斛之多，朝廷嘉奖这个地方，赐名叫"万斛"。

说法二：是因为这个地方土质好，每年可收万斛粮，群众称这里为万斛地、万斛村。后来村大人多，东、西两片分开居住，就分别称东万斛和西万斛。

说法三：古代这里是个皇家粮库，仓库容量大，能盛万斛粮。

共产党员韩克俭、王子英受中共修武县委的派遣，到万斛一带开展革命工作，他俩都是共产党经过战火考验的优秀青年干部。韩克俭任修武县三区区长、王子英任政委。韩克俭是典型的山西高个子，一米八左右，穿着蓝色布棉衣，知识分子。韩克俭年轻，面相看起来显老，一口山西话，很好听，讲话干脆简要。韩克俭在山西阎锡山的"公道团"里，当过洪洞县"公道团"团长，所以，同志们都叫他"张公道"。韩克俭是修武县三区里唯一佩带手枪、骑大骡子的大干部。

王子英出身大地主家庭，穿了一身可体的中山装，加过北平的"一二·九"学生运动，颇有大知识分子的派头。王子英能讲会写，办事说话处处高人一招，对人热情和气，同志们都很佩服他。王子英很会讲演，他的讲演通俗易懂，既有说服力，又带鼓动性。只要王子英一上台讲话，会场就立即安静起来。王子英的讲话一般不太长，但总是掌声不断，同志们都羡慕他的讲演才能。

修武县三区有了较大的发展，除了山西、河北、河南等省的干部外，又来了一些四川、陕西、湖北、安徽的青年干部。这群人虽然口音不同，生活习惯各异，但都是为了抗日救国，走到一起来了。

在修武县三区，这群人吃的是一锅小米饭，穿的是一色土布灰色军衣。睡在一个北方农村的炕上，或者以谷草为褥的地铺上。韩克俭、王子英和马云霞她们情同手足，相依为命，彼此称呼“同志”。没有分过你我，也没有分过高下。这群来自五湖四海的青年男女们和群众打成一片，在生活习惯和生活作风上地方化、群众化、工农化。不怕脏、不怕累，同贫苦农民同吃、同住、同劳动。

但是，马云霞和女同志接近男性庄稼汉，就成了问题。当时，反动地富和国民党顽固派造谣说：八路军的女兵，是专门勾引男人去当兵打仗的狐狸精。

这些谣言，给女同志接近群众造成了很大的困难。于是，有些女同志不惜剪掉自己心爱的乌黑光亮的大辫子，剃成大光头，装扮成小伙子，去贫农家开展工作。

有一次，在发展党员的汇报会上，马云霞异常兴奋地说：“我完成了发展一个贫农党员的任务。”

这个贫农说：“你讲的社会主义、共产主义那个世界太好了。”

这个贫农表示愿意参加这个“世界”。但是，第二天，马云霞去那个贫农家时，那个贫农的婆娘，总是推说“小孩他爹”出门了，不在家。什么原因？原来是那婆娘细心，发现马云霞是个女扮男装的“女兵”。这婆娘害怕马云霞，害怕马云霞勾走她男人的魂，叫她男人去当八路军，去打仗！

韩克俭同志有一件高级西装，他知道在乡下无论如何穿不得，穿了，老百姓是要骂的。他把高级西装扔掉吧，又舍不得，只好放在包袱里，天天背着。韩克俭和王子英、张亚夫、马云霞四个人一起到太行8分区党委报到，韩克俭同志还背着那件西装，舍不得扔掉哩。张亚夫是农民出身，韩克俭和张亚夫、王子英都是知识青年，他们一路上又说又笑，也不觉疲劳。韩克俭他们万万没有料到，山西的山沟里，几十里不见村落，路上也很少行人。从早饭后动身，直到下午六点多，米水没进，又饥又渴，特别是渴得可怕，口干得说不成话，腿也软得走不成路。韩克俭是山区人，走山路比他们强，还有点劲，就自告奋勇，到山坡上找水。

韩克俭发现山坡的石凹里有两小坑雨水，大约有一碗多水。水坑里有羊粪蛋，水已变得黑青。这水能喝吗？韩克俭连想都没想，就高声喊叫："我找到了甘泉，快来啊！"

他们都慢慢地爬上来。韩克俭分配："这是救命水，一个人喝几口，润润喉，好赶路。"

韩克俭先喝了几口，马上有了精神。接着，他们挨个喝了。王子英嫌不过瘾，又趴到石坑边，用嘴呲着羊粪蛋，吱吱地吸着里边的一点水，真痛快。

饥不择食，渴不择水。韩克俭他们谁也没有想到脏字，谁也没有犹豫，迫不及待地快喝、多喝，增加体力，完成革命任务。

当时，国民党的反动势力还很强大，修武县城里驻扎不少国民党军队和反动地方武装。

万斛村据修武县仅十余公里，路途通顺，国民党、保安团匪兵常常驱车来这一带，烧杀掠抢，百姓生活在水深火热之中。

韩克俭和王子英的区公所，就设在西万斛村民兵大队部里，领导全区十几个村的民兵组织和区属武工队，四处出击，敌人吓得闻风丧胆，白天龟缩在修武县城里，轻易不敢明目张胆地欺压百姓。

叛徒田茂三向盘踞修武县城的保安团告密：共产党的县公安局驻扎在下马村，还有不少国民党、保安团的人关押在那里。

保安团里有一个土匪出身的小队长，叫刘太运，一心想立功，想显示自己的本事，闻风而动，偷袭共产党的区政府。

刘太运就向修武县城的保安团团长借兵，周密计划，率领三四十名匪兵于下半夜，偷袭下马村，解救国民党、保安团的人。

匪兵们快到下马村时，叛徒田茂三慌慌张张跑来，告密："共产党武工队押着人都撤走了。"

刘太运气急败坏，伸手打了叛徒田茂三两个耳光，骂道："大傻逼，这就是我给你的赏钱儿，十根金条！”

匪兵们一看扑空，呵欠连天地嘟囔起来。

刘太运瞪着三角眼、咬牙切齿地说：“不能就这么回去。要不咱把这个村烧了！或者弄点东西回去！”

匪兵们一听头儿发话了，一个个又提起了精神。匪兵正准备进村抢劫的时候，叛徒田茂三又跑过来报告说：“西万斛有重要情况。”

刘太运打瞌睡呢，有人送来枕头，他一听喜出望外，问：“有啥情况。快说！”

田茂山告密：“武工队外出行动，还没有回来，区公只有几个民兵，区长、政委都在里边哩。”

刘太运一拍大腿，挥手下令：“开往西万斛！杀了共产党的区长、政委。”

匪兵们趁着夜色，扑向西万斛村，悄悄地包围了西万斛村。一个在村头放哨的民兵发现敌情，鸣枪报警，这时敌人已经扑进了村。

西万斛村顿时一片混乱，韩克俭、王子英先后从区公所出来，命令民兵组织群众向村西躲避，俩人各自掏出手枪，迎击敌人。

东方的天际，渐渐有了亮色。

韩克俭和王子英临危不惧，掩护群众免受杀害，一边举枪还击，一边向村东撤退。

韩克俭、王子英都是坚定的共产主义战士，在与敌人激战中，因子弹打尽，寡不敌众，相继中弹牺牲了。

英雄的鲜血，染红了万斛村的土地。1949 年 5 月 18 日，中共修武县委决定，将万斛村改为韩王村，世世代代铭记先烈的英名。

焦作武陟县小高区代理区长刘三阳，1910 年生于武陟县小高镇西尚村。

刘三阳中等个儿，方方的脸盘，宽宽的额头下，有一双机灵的大眼睛，他平常穿一身浅黑色的服装，和一般老百姓一样，经常下地干活。

刘三阳和村中党员一起，在各村建立农会组织，领导群众斗地主、分田地、减租减息。

在“肃匪反霸”斗争中，刘三阳秉公执法，带领区干部首先斗争了他的姑夫——小高镇地主原龙喜。

刘三阳的妹夫因犯通敌罪，由小高区政府执行处决。刘三阳的妹妹闻讯，赶到会场，跪在刘三阳的面前，痛哭求情："哥呀，你真的六亲不认了，你不看僧面看佛面吧。你杀了他，妹妹这一家人怎么生活呀？你饶了他这一次吧。"

刘三阳大义灭亲，严词拒绝："好妹妹，亲妹妹，你想想吧，妹夫通敌，出卖人民政府；妹夫通敌，杀害了解放军一个班的战士呀，那是十几条鲜活的生命啊！妹夫通敌，妹夫犯的是死罪，老天爷也救不了他，你回家准备棺材吧！"

国民党反动分子对刘三阳恨之入骨，四处张贴广告：凡能牵出活羊（指刘三阳）的，赏金600万元；拖来死羊（指刘三阳）的，赏金400万元。

恐吓和威胁，吓不倒英雄的共产党人。刘三阳无所畏惧，每月逢阴历的初四，是小高镇的民间的集市庙会，刘三阳大义凛然，他站在大庙的房顶上，以粗犷的嗓门，向广大群众宣讲革命道理和共产党的方针政策。

深夜，国民党反动分子偷袭武陟县小高区政府，刘三阳开枪射击，掩护同志们安全撤离，他边打枪边撤退，等到同志们安全撤离，他隐蔽到一间草房里，国民党反动分子发现了刘三阳，包围了这间草房。

国民党反动军官让一名匪兵上前，喊话劝降："刘德俊，你投降吧，你已被包围了，我们党国看你是个英雄，决不杀你，你投降后，我们党国还要重用你……"

没等匪兵把话说完，刘三阳一梭子弹打过去，一下子就撂倒几名匪兵。

国民党反动军官又让与刘三阳同村同姓的人，上前劝降，又被刘三阳一枪打死在地。

国民党反动分子朝屋里射击，刘三阳向屋外还击，双方僵持了两个多小时，国民党反动分子想活捉刘三阳的阴谋，彻底失败，国民党反动军官束手无策，凶残下令："烧！烧房！烧死刘三阳！"

刘三阳身上着了火，他毅然端着枪，冲出屋门向敌人射击，不幸中弹，壮烈牺牲，时年37岁。

国民党反动分子砍下刘三阳的头颅去领赏，还将刘三阳的头颅悬挂在武陟县北门城楼上示众。

1947 年 6 月 20 日，中共武陟县委决定，将小高镇，更名为三阳镇，刘三阳的英名与世长存。

马云霞一生内疚不已，不能原谅自己主观判断失误，延误时机，延误情报，共产党焦作地区牺牲了这么多优秀的革命同志。

马云霞每每回首往事，一生都没有原谅自己的失误，她一直怀着深深的负罪感，每次从香港回来，她总要领着儿孙们到革命烈士陵园看看，给烈士们献上鲜花、点几支香烟、斟上几杯美酒，深情地悼念那些牺牲的烈士和战友。

15. 还乡团

还乡团，是国民统治时期的地方反动武装，是由从共产党解放区逃亡出来的地主、恶霸分子组成的。还乡团跟随国民党反动派进攻解放区，在国民党反动派的支持下，到处反攻倒算，到处烧杀抢掠，到处无恶不作。

国民党反动派的军队浩浩荡荡地进上白作村了，他们一屁股坐在了地主恶霸的板凳上，与地主恶霸沆瀣一气。

上白作村里的人，男男女女、老老少少全部跑反了，站在临时会场上的人，全是和姬卜武家有关系的人。

国民党正规军的一个连队，整整齐齐，全部美式装备，卡宾枪，牛皮带，脚上穿着铿亮的大皮鞋，威风凛凛进村了。国民党反动派正规军的连长精神抖擞，他站在姬卜武面前，两眼眯成一条缝，问：“你就是姬卜武先生？”

姬卜武相当谦恭：“不才，正是鄙人。”

连长上上下下又打量了一下姬卜武：“我们刘为国团长，当年抗日救国，借住过你家，他托我送给你 5 根金条。”

姬卜武顺手接过，当场解开红布，抽出 2 根金条，递给了连长。连长一看姬卜武这副架势，自己在心里矮了三分：难怪刘为国团长青睐此人，姬卜武果然是姬卜武，出手大方，是个办事成事的人物。

连长大声大气："刘为国团长传令，姬卜武荣升焦作副区长，负责国民党焦作区还乡团的工作。"

连长转身喊道："查一查，凡是给共产党干事的一律杀头，绝不姑息。国军为老百姓好，我们来了，你们不要怕，我们要杀的是共匪头头，不杀匪兵，更不杀老百姓。"

姬卜武喊话："乡亲们，你们不要怕，我们看到了，国民党的军队是中国人，中国人不打中国人，你们好好地过日子吧。"

中国人不打中国人吗？这一次，姬卜武可是大跌眼镜。

抗战时期，共产党、八路军领导人民在敌后与日寇浴血奋战，蒋介石却躲到重庆享清福。日本投降，中国人本来可以过上安稳的日子，不用"跑反"了。但是，蒋介石可不让。蒋介石集团攻城掠地，烧杀抢劫，抢夺共产党和人民用鲜血和生命换来的胜利果实。

1946 年 6 月初，国民党反动派组织 2 万多人向焦作大举进攻。共产党为了争取战略主动，避开国民党的锋芒，组织解放区军民有计划地转移到山区。

蒋介石国民党反动派的军队、保安队，还乡团，像洪水似的向黄河北岸涌来，他们这 2 万多人的队伍，没有军饷，走到哪，吃到哪，抢到哪！壮丁抓到 10 岁的娃娃、50 多岁的老头子！

老百姓骂他们是"吃干队"，他们像吃人害人的蝗虫，走到哪里，哪里一扫而空。

姬卜武携带家眷也回到修武县城，修武县没法安置姬卜武的职位，乡绅们一致推选，推选姬卜武担任修武县银行董事长兼行长。战事频繁，经济萧条，修武县银行既无资金，又无业务，整天冷冷清清，无事可做。

姬卜武难得清闲，他便喜欢领着二姨太，去焦作马市街逛集会。姬卜武到了马市街，他一准会去剃个头，这是他固定的休闲项目。

那个剃头的师傅，他剃头的手艺高呀。他剃头，那里是在剃头呀，那是在玩剃头刀，玩得还相当高明。剃头师傅剃一个大光瓢头，最多也就半袋烟功夫。

马市街集会上许多人排着队等着剃头，还有许多人是想去亲眼看看他，见识见识他剃头的手艺和风采。

剃头师傅剃头的排场很大，他用两个徒弟。一个徒弟，专门在剃头摊旁，烧着一大壶热水，给来剃头的人洗头，剃头师傅只管给人剃头；一个徒弟，专门拿了条热毛巾，趁热捂在来剃头人的脸上，等着剃头师傅给人刮脸。

剃头师傅长得很黑，眼睛小，不仔细瞅，几乎看不见眼睛。只能看见黑黑的脸上，有一条细缝。剃头师傅的手麻利得很，同时拿着二把剃头刀，左手一把，右手一把，左右开弓，半袋烟功夫剃完一个人头，用现在的时间概念，也许就是 30 秒 ~50 秒。

怀庆府人喜欢抽旱烟，好抽旱烟的人，多是用一根竹竿根，做成一根长竹竿烟袋，一般用烧红的铁条，烙透长竹竿，然后，在一根竹竿根上烙出烟袋锅，讲究的人会镶嵌上玉、铜和金银之类的烟锅和烟嘴。也有人用其他树根，或者黄蒿根做成烟袋的。抽烟的人，一手端着烟袋，一手从烟袋包捏出烟丝，把烟丝装入烟锅，点上火，狠着劲抽上几口。然后，抽烟的人，在鞋帮或地上，磕掉烟锅里的烟灰，这个过程有快有慢，但时间都很短。

剃头师傅吃得胖，他见姬卜武来剃头，笑着咧开了大嘴，黑糊糊的脸上，瞅不见了剃头师傅的眼睛，只能瞅见剃头师傅嘴里上下的两排白牙："孩子他舅，你咋真稀罕，真稀罕来剃头。你身后那个二姨太，你可别给我说，她是喊我，喊姐夫的。"

自古，怀庆府人就有见面互相耍骂的习惯，甭看嘴上骂得见血见肉，其实也就是想方设法在嘴巴上，沾点对方的光，沾点口头上的小便宜，他们心里并没有芥蒂。而且，只有俩人的关系到了一定程度，双方才会耍骂，才会百骂而不恼。骂归骂，俩人一扭过脸，还是好朋友，事情该咋办，还咋办。这种耍骂，是俩人亲密友好的增强剂。这种耍骂，既是怀川人的一种民间娱乐形式，也是怀川人智慧、豁达、幽默性格的体现。据说，焦作民间，还有从老辈传下来的习俗，村与村互相耍骂，甚至到了不耍骂就不说话的地步。

姬卜武一脸庄重地接招，一本正经地骂上了，从头到尾，骂得也不带一个脏字："他姨夫，你长得像个黑老鸹，怎么了，你长多少年了，也没有长白。我说过多少次，你干脆住进白面缸里，住上几个月再出来，肯定会变得白白的。对了，顺便告诉你家媳妇，我的那个小姨子。叫小姨子她晚上留着门，等我去你家疼她。"

剃头师傅眉开眼笑："乌鸦落在猪身上，看得见别人黑，看不见自己黑！你个龟孙，看我先修理修理你这个小舅子的头。"

姬卜武笑得满脸核桃仁，他大大咧咧地坐上了剃头师傅的凳子上。旁人耳听着，眼看着，谁眼红姬卜武加了塞，你白眼红，谁叫人家跟剃头师傅狗逼呢。

剃头师傅嘴里骂着，手里可没有拾闲一会，他丢了剃头刀，拿起毛巾；拿起毛巾，丢了剃头刀，他双手忙得不亦乐乎。半袋烟功夫，姬卜武的脑袋一下子变得青白青白，油光发亮。姬卜武的脸一下子白净起来，人一下子精神了。

姬卜武摸了摸头，他笑着又骂上了："他姨父的剃头手艺，还是这么地道，地道呀！我这一剃头，你家媳妇，我小孩他姨，怕是不得了地喜欢我，到了你家，我肯定半个月出不来家门了。"

剃头师傅的嘴角，笑得往上翘着，慢条斯理地说："你个小舅子，甭臭美了，猪八戒怎么打扮，不还是个猪吗？快给你姐夫我剃头的钱。"

姬卜武对着大镜子，左看看，右瞅瞅，啧啧大嘴："妥了，我孩他姨夫，我实在找不出啥茬口，这头剃得比驴啃得干净。只好给驴钱啦。"

姬卜武说着，从口袋里掏出钱来，把钱放进剃头师傅的钱屉匣里："他姨夫，我在澡塘里等着你，不见不散。"

姬卜武跟着二姨太的身后，悠闲自在地走向集市。

上午，姬卜武在集市上，把该买的日常物件，一一买齐整了。中午，姬卜武带着二姨太到饭馆里，美美地吃一顿饭，他喝上几口老酒。下午，姬卜武自己去澡堂里洗澡。

那个年代的澡堂，比起现在的澡堂，原始生态。澡堂里烧着一大锅热水，边上摆着几个大木盆，洗澡人先是泡进盆里，伙计一边看着，一边添水，凉了添热水，热了添凉水。洗澡人躺在盆里泡澡，泡够了，泡透了，有人专门管搓背，有人专门冲澡。有功夫时，姬卜武还会叫伙计捶捶背，捏捏脚，拔拔罐。

二姨太她就省事多了，二姨太会到戏园里，喝着茶水，吃着点心，美美地看怀梆戏。

怀梆戏是河南省古老的稀有地方剧种，因其发源于明朝怀庆府一带，故称怀梆，亦称“怀庆梆子”“老怀梆”。

怀梆始于明末，清朝成形，清至民国时期成熟，有300多年历史。它属于梆子腔体系的稀有剧种，长期流行于民间，剧目、唱腔、念白、音乐等方面都带有浓厚的地方色彩。

怀梆是当地特有的地方剧种，它的唱腔慷慨激昂，表演粗犷奔放，在演唱、表演等艺术上都有自己的独特风格。唱腔慷慨激昂，表演粗犷奔放，生、旦、净、末、丑行当齐全，擅演朝代蟒靠架子戏。上演的剧目多为双生、双旦、双花脸。深受豫西北及山西南部一带群众的喜爱，主要流行在古怀庆府一带。

由于怀梆属梆子腔体，演唱时须用枣木梆击打节奏。唱词多为七字句，十字句兼长短句，上下对应，合辙压韵，结构基本规整。怀梆有300多本传统戏，其中代表剧有：《反徐州》《雷振海征北》《燕王扫北》《反西京》《天仙乐》《古槐案》《张春醉酒》《老少换》《红珠女》《赶秦三》《辕门斩子》《桃花庵》《凤仪亭》《老征东》《五女拜寿》《扬排风》等。

清末民初，怀梆戏的发展势不可挡，曾有“五府皆怀梆”之说，即指彰德府（安阳市）卫辉府（汲县市）、怀庆府（沁阳市）、大名府、顺德府（邢台）也有把广平府包括在内的。且流播到北至保定、石家庄、阳泉、长治市，西跨新安、渑池、垣曲县，东进封丘、长垣、延津县，南达许昌、禹州市的广大区域。至今石家庄的赞皇县、洛阳的新安县仍有怀梆演唱。

二姨太曾经是演唱怀梆戏的主角儿，姬卜武喜欢二姨太，索性娶了二姨太，天天在家听二姨太唱戏。

姬卜武是个闲不住的人，他喜欢找点事干干。

刘相三担任了焦作还乡团的团长。姬卜武与刘相三在开封，曾在一个屋里办过公、共过事。国民党反动派占领焦作煤矿，刘相三奉命接收中原煤公司。

姬卜武不想坐吃山空，他去找刘相三叙叙旧，自己想到煤矿上谋个位置，再干点事情。姬卜武到焦作见了刘相三，刘相三掏心置腹："眼下，谁都知道，焦作煤矿是块肥肉，所以谁都想抓在手里。第三十八集团军总司令王仲廉以军管焦作煤矿为名，拒不接受河南省的人事安排，致使中原煤矿公司的接收工作搁浅。我们再等等看吧。"

姬卜武再去焦作见刘相三，刘相三言辞凿凿："此事尚无头绪，你老兄暂时担任还乡团的第二副团长，待我向军方交涉妥善，再说中原煤矿公司的人事。党国正在勘乱，正是用人之际，我们都克己奉公，都以党国的事业为重吧。"

1946 年 7 月 11 日，国民党修武县县长刘得锅，带领一股由当地的恶霸地主和保长为骨干组成的还乡团,杀气腾腾地报复共产党的干部和群众。

国民党还乡团这伙无耻之徒，扯着喉咙叫嚣："苍天不死，祖灵不灭。"

还乡团狂吠："你们这些穷小子，分了我们的土地，要退回来；住着我们的房子，要倒出来；分了我的衣服，要给我扒下来；吃了我的粮食，要统统吐出来。"

刘得锅站在搭起来的简易舞台上，声色俱厉："凡是分我刘家的东西、分我刘家土地、占我刘家房产的，一律归还我刘家，否则，统统杀无赦。"

国民党反动派、地主恶霸的还乡团，砸烂了共产党农会的牌子，收回了共产党分给农民的土地，牵回了分给农民的牛、马等牲口。刘得锅的还乡团根据各村地主恶霸分子和坏分子的密告，拿着各村的共产党员、革命干部、烈军属和群众积极分子的名单，分别搜捕，分批杀害。许多未来得及转移的党员干部和革命群众，落入敌人的魔掌。仅上白作一个村，被列入捕杀名单的人数就有103名。还乡团对未抓到的革命者，便采取家属“顶罪”的办法，株连串线，纵横连累。还乡团对抓到的人，设立“公堂”，逐人进行酷刑拷打审问，许多人骨折筋断，惨不忍睹。国民党军队和还乡团在占领修武一周内，就逮捕、杀害党员、干部和群众2000余人，其中公开杀害的党员干部就有100多人。10月17日晚，还乡团头目在修武各村抓到15名共产党员和17名干部，将他们扒光衣服，押送到沁河堤上的龙王庙周围，装进麻袋，抛入河水中，活活淹死。焦作市区共产党干部和群众被暗杀、枪杀、活埋，每天平均有10余个人。当时，白色恐怖笼罩焦作城乡，环境极为残酷，人民群众处于危难之中，共产党的地下组织遭到了严重地破坏。

1946年8月3日，太行军区司令员秦基伟率领、组织7个团的兵力，分两路向侵占共产党孟县县城、白坡、坡头的国民党反动派发起反攻。经过3天的激战，全歼国民党九十军的51个团1个营，共1700余人，缴获了大量武器弹药，收复了除白坡、康窑两地外的全部失地，沉重地打击了国民党反动派的嚣张气焰。

1947年9月，国民党军队又一次占领焦作，焦作各县的还乡团又跟着回到了各县，进行疯狂地反攻倒算。焦作各县的还乡团，是国民党反动派收罗一些从解放区逃往修武敌占区的地主、恶霸、地痞流氓组成的反动武装。他们在国民党军队的庇护下，向翻身农民进行疯狂的阶级报复，大肆进行反攻倒算，奸淫烧杀，作恶多端。地主还乡团残害革命干部和人民群众，用尽了活埋、刀砍、铁锨劈、铡刀铡、烙铁烙和挖眼、挖心等残忍手段，其心肠之狠毒、手段之残忍，闻所未闻，令人发指。

国民党修武县长刘得锅指挥还乡团，从9月至11月的三个月，杀害共产党员、干部和群众竟达三千多名。从修武返乡的还乡团地主分子，担任了国民党反动政权的区长、乡长，与地主恶霸相勾结，大肆捕捉、残杀干部和群众。刘得锅一次就杀害了农救会长、村长、村团长、儿童团长7名，杀害干部、群众19名，还抛尸井内，再填上石头。国民党高村乡长孟一庆带领乡丁，捉住革命干部和革命积极分子40余名，有被打死的，有被打成终身残废的，有被开膛挖心的。

焦作人民遭受了国民党反动派一场空前的浩劫，城里乡下，到处是枪声、哭声、骂声、叫声。老百姓哭天，天不应，喊地，地不答，痛不欲生。

国民党反动派带着还乡团，离焦作只有十多公里了，董凤带着焦作中心区的武工队转移北上，到深山区赵庄村与敌人斡旋。

赵庄村里不但有胜过陶渊明笔下的“桃花源”的美景，而且还有一处重要的人文景观——张盘沟。张盘沟两侧峰峦叠嶂，满目苍翠。峰回路转，狭窄的山谷豁然开朗，一座精美的小村庄——赵庄映入眼帘。赵庄的石磨、石磙、石桌、石凳比比皆是，青石小院设计精巧，房屋石雕技艺精湛。

1937年，这里曾住着4户人家，盖有50间房子。抗战初期，日寇逼迫当时焦作的文坛名士、从教数十年的焦作定和村人许邦彦，担任敌伪维持会会长。许邦彦老先生断然拒绝，隐居张盘沟，教书育人。1947年，许邦彦老先生去世。他的学生刘观臣等人，纪念保持民族气节的恩师，便在山石上刻下了“中华魂”三个大字和一段碑文。

解放战争进入最艰难的时期，董凤和武工队活跃在焦作北山赵庄村一带，董凤手下有8位青年女共产党员，赵庄、桑园的连启英、郜小妞、林发英、赵桂英、靳禄英、赵兰英、郜明英、靳子荣，当地群众称她们是“南太行山上的八盘雄鹰”。太行山上“八盘雄鹰”，一根藤上的八个苦瓜，都有着同样悲惨的童年。1943年，“八盘雄鹰”的家乡解放，建立了抗日民主政府，在抗日民主政府的教育下，她们懂得了只有跟着共产党干革命，才是唯一的出路。1946年9月，连启英加入中国共产党，不久，连启英被选为11个村的编村党支部书记。1947年5月，焦作二区正式成立女民兵大队，“八盘雄鹰”分别担任女民兵大队长、副队长。不久，靳禄英、郜明英、赵兰英、郜小妞、赵桂英、林发英、靳子荣先后加入中国共产党。她们参加了投弹、射击等军事训练。

共产党谋划解放全中国的大事业，组织民兵和武工队，在村村寨寨与国民党反动分子打游击战，抓住有利时机，消灭国民党的有生力量。

董凤带领的女民兵大队采取“敌进我退，敌驻我扰，敌疲我打，敌退我追”的游击战术，消灭敌人，保存自己。白天上山隐蔽，晚上下山袭击，炸碉堡、割电线，声东击西，打得国民党反动派分不清东西南北，神魂颠倒。董凤组织民兵和革命群众，因地制宜，全民皆兵，造雷管、打石雷，开展地雷战，打击敌人。

董凤组织女民兵大队把方圆二十多里的山涧河谷、交通要道全部埋上地雷，敌人几次进山，都被炸得血肉横飞，狼狈逃窜。

野火烧不尽，春风吹又生。英雄的焦作人民，在共产党的领导下，在人民解放军和敌后武工队的支持下，从血泊中站起来，同还乡团进行了殊死搏斗。焦作中心县委和县政府的党、政干部，大部分去乡下参加土改斗争，少数同志到后方，组织领导撤退下来的干部家属和革命群众搞生产自救。共产党各县区的县区委书记、区长和区干，组成武工队，到修武县、获嘉县、武陟县的边缘地区，开展革命活动和武装斗争。共产党地方武装为争取焦作地区的重新解放，配合主力作战，开展了轰轰烈烈的游击战争。焦作二区的杨聚和武工队，在国民党敌占区 10 天内七战七捷，消灭敌人 27 名。

太行山第八军分区司令员黄新友，派雷立德同志担任“修获武”武工队长，董凤兼任政委，王跃文同志任副政委。下设三个分队，侯各雨、韩德林、郭世华分别担任分队长，这些人都是久经战斗的老兵，是太行第八分区一支最有战斗力的武工队。武工队的武器配备也很不错，长短枪整齐，还有一挺机枪。“修武县、获嘉县、武陟县”武工队在武陟西部和博爱南部打出了名气。黄新友司令员喜欢直接指挥“修获武”武工队作战，把“修获武”武工队当成了一个拳头使用。在武陟一带围歼国民党一个团的战斗中，黄新友司令员命令“修获武”武工队负责阻击援兵，“修获武”武工队成功地阻击了国民党一个营的进攻。

1947 年初冬，刘伯承司令员发电报，命令黄新友司令员：侦察黄河桥国民党驻军的兵力。

黄新友司令员把董凤叫去，对董凤讲了这一意图，命令“修获武”武工队去完成这个任务。黄新友司令员说：“只有你们，才能担当起这个光荣任务。”

董凤和雷立德带领“修获武”武工队，昼伏夜行，从博爱山区直奔黄河桥，去侦察敌驻军情况。两天两夜，来到木栾店东南一个小村庄，集体宿营。

早8点钟，董凤布置好警戒，让大家睡觉休息。

突然，外面响了两枪。董凤和老雷立即出去，查明了情况。原来是“修获武”武工队的哨兵，看到有一个人走来，快到跟前了，哨兵问：“站住，是干什么的！”

那人扭头就跑，哨兵叫那人站住，那人置之不理，一溜烟跑了。董凤研究分析，既然暴露了，干脆制造声势，迷惑敌人，使敌人摸不清自己的真实底牌，董凤下令“修获武”武工队武装侦察黄河桥。董凤命令队员们先休息一会儿，然后起来吃好饭，集合队伍在几个村庄大游行，大张旗鼓地跑了几个村庄，召集各村保长开会，准备几百人的口粮，迎接解放军大部队的到来。晚上，“修获武”武工队赶到黄河大桥北。

“修获武”武工队悄悄接近了敌军炮楼，敌军哨兵突然发现了他们，并大声吆喝起来：“发现共军！发现共军！”

突击队员靳禄英先发制敌，击毙哨兵。这时，董凤指挥武工主力集中火力，封锁了敌军炮楼。机枪、步枪子弹就像一阵流星雨，射进炮楼的枪眼，打得敌军根本无法还击。

武工队员们一跃而起，向敌营猛冲过去。武工队两个小队的战士们一阵猛冲猛打，一鼓作气冲进了桥头堡，战士们高喊“缴枪不杀！缴枪不杀！”

喊声、枪声响作一片，国民党官兵猝不及防，吓得魂飞魄散，纷纷缴械投降。

这一仗只打了三十多分钟，共击毙敌军十多名，俘虏了敌军15名，缴获步枪28支，子弹八千多发。

董凤回去，向黄新友司令员报告武装侦察黄河大桥的经过，黄新友司令员听了，满意地说：“你们辛苦了。你这样指挥，灵活处理发生的意外情况，应变得当，应该表扬。”

武陟县的乔庙、圪当店一带地区，是国民党部队、地方杂牌队、土匪盘居的老窝。共产党人一直进不去，共产党的队伍到那里开展活动，连饭都吃不上。

知己知彼，百战不殆。董凤命令公安队长韩德林，捉个活舌头，了解国民党武陟县内部情况。

韩德林穿上便衣，打扮成农民，到武陟县的乔庙、圪当店地区活动，伺机捉一个“活舌头”。韩德林一进这个地区，国民党便衣队盯住了韩德林，人家一呼百应，十几便衣喊着捉拿韩德林。韩德林借着“青纱帐”的掩护，一口气跑了几里路，才摆脱了敌人的追击。

韩德林正在马路边的庄稼地里，大口大口喘气，韩德林突然发现有三个匪兵向自己走来。韩德林正发愁这次没捉到“活舌头”呢，这不是送到跟前了吗。而且，这时，那三个匪兵中有一个当官的，当官的手枪放在枪匣子里，毫无戒备。韩德林当机立断，要活捉他们。当三个匪兵走到跟前时，他突然跳出，拿手枪抵住他们，命令他们：“举起手来！缴枪不杀！”

这三个匪兵乖乖地举起了双手。韩德林上前卸掉了他们的枪栓，对他们说：“我是解放军，我不打你们，我不杀你们，只要你们配合我，我就放你们回去。”

下午五点多，董凤没见韩德林回来，她正着急呢，韩德林兴冲冲地报告：“报告！董政委，我抓来了一个国民党当官的，叫何本良，是圪当店的伪自卫团长！”

的确，这是一个意外的收获。董凤亲自同何本良谈话，出乎何本良的意料，董凤没有审问他内部的情况，只向他宣讲“国民党必败，共产党必胜”，宣讲共产党、解放军的“统一战线”的政策和主张。并且开诚布公：只要何本良表示愿意同解放军一道革命，不再同共产党民主政府作对；只要何本良在保证书上签上字画上押，解放军就立即释放他。

另外，如果何本良愿意给共产党县政府捐献枪支、子弹，解放军更欢迎，多少由何本良定数。何本良十分有诚意，回去就送来了10支步枪，10箱子弹。

后来，何本良和敌工部侦察连长刘七洋接上了头。解放军敌工人员过黄河桥，去开封、郑州等地的路条、证件，都由何本良办理的。何本良甚至派人把路条、证件送上火车，交到解放军敌工人员手里。

何本良曾对董凤表达心声：“国民党、中央军，日本鬼子和皇协军，我都见过，他们都不得民心，都不如你们共产党、解放军。我打心眼里真服共产党、解放军了！我没见过朱德、毛泽东，就凭你们修获武共产党的作风，说到做到，说一不二，我敢断定，中国的天下，一定是共产党、解放军的天下。”

1948 年 9 月 20 日，董凤带着解放区武工队到温县，营救温县独立营，与国民党反动派打了一场恶战，成功地带着温县的党政机关，冲出了敌人的包围。在这次突围中，“修获武”武工队长韩德林挂彩负伤，他的一条腿被国民党反动分子的机枪打断了。

1945 年 10 月 24 日夜，国民党修武、获嘉、博爱、武陟四县联防总指挥部和保安第二旅、武陟保安团等五千七百余人麇集修武郇封。10 月 25 日晨，四军分区部队一部对敌发起攻击，因寡众悬殊失利。下午，华北野战军十四纵队四十一旅、四十二旅赶至武陟郇封，将敌人分割包围。10 月 26 日，对敌保安第二旅发起攻击，敌伤亡惨重。敌总部为大势所迫，又经打入敌内部敌工人员开展工作，只得与解放军进行谈判，五千七百余敌放下武器，接受解放军改编。

华北野战军司令员聂荣臻、政委薄一波得悉这一胜利的消息，特意发来贺电，称赞华北野战军十四纵队的四十一旅、四十二旅：为民除了一害，为解放豫北地区立了大功。

16. 你跑不了啦

当时，共产党、国民党在焦作地区，拉锯式地反复争夺，你来我往。这一时期，焦作、修武双方力量对比，国民党反动派势力占据优势，修武保安团协同国民党反动派的军队，几次突入解放区，扫荡共产党解放区根据地，焦作地区太行山上的许多老百姓，全被国民党裹胁到了山外的马界村。

姬卜武不敢相信自己的眼睛，他愤怒地站了出来，制止国民党的倒行逆施。姬卜武听说，上白作村还有不少人被抓，姬卜武以焦作还乡团副团长的身份，火速前往马界村救人。

姬卜武刚进入村中，有人高喊：“卜武叔！卜武叔！”

姬卜武刚一定神儿，一个二十岁左右的青年向他跑来，说：“卜武叔，你不认识我了，我是南街的姬玉山呀。”

姬卜武因长期在家不出门，骤然间难以认全街坊邻居，但他毫不迟疑地以长辈的口吻训斥道：“哼，年纪轻轻，一个农民家，不在地里好好干活，胡乱野跑，跑到这里，你想干什么？还有谁在这里？把他们都叫过来。”

姬卜武急于救人生命，他喊齐了上白作村的二十几个青年农民。姬卜武挥舞着文明杖，声色俱厉：“你们，简直是不懂事，打仗！打仗！是闹着玩儿的？你们跟着人家屁股后，瞎跑什么？还能拾个屁吃吃！现在你们赶快回家去，好好种地吧！”

打是亲，骂是爱。姬卜武用心良苦，嘴里大声骂人，骨子里想着救人，他一次救下了上白作村的二十几个青年农民。

在焦作地界上，姬卜武出面说话办事，各界人物、方方面面的势力，都会给他几分面子的。

当时，上白作村地处共产党、国民党双方拉锯区的锋刃上，白天国民党人去活动，晚上则由共产党人控制，因此最容易摩擦起火。所以，上白作村里的老少爷们，要姬卜武设法维持和平，姬卜武毫不犹豫：“只要我不离开焦作，我可以担保咱们全村平安无事。”

一次，共产党地方武装伏击了国民党保安大队，国民党保安大队死了人，又丢了枪。共产党地方武装刚刚撤出，国民党保安大队十分嚣张地进上白作村，又是抓人，又是勒索财物。姬卜武责备国民党保安大队的小队长：“打仗嘛，你想打败他，他想打败你。你被共产党打败了，去老百姓身上要威风、出恶气，说明你更没出息。人不能抓，物也不能要，保安团队应该马上撤出村子。”

国民党反动派对付解放区根据地，一点也不手软，他们煽动成村的老百姓，到解放区根据地的村庄，进行搬家式地扫荡，对解放区根据地抢光、烧光、杀光。解放区根据地的老百姓以牙还牙，以眼还眼，干脆来个藏光、跑光、拿光。

国民党还乡团抓了上白作村农会积极分子和共产党五个人，还乡团里里外外搜了一遍，村里什么也没有。那些飞扬跋扈的国民党保安团队、还乡团，个个像泄了气的皮球，灰溜溜地滚回去了。

姬卜武找到县长刘得锅要人：“刘老锅呀，刘老锅呀，你脑子里灌进糊涂了。什么农会积极分子，这些人还不是因为穷，共产党说要给他点好处，他会不干。实际上，他们既没有信仰，也没有骨气，也没有一点头脑，放他们回家算了。”

刘得锅心里虽然不情愿，但是，姬卜武还乡团副团长的面子，还是得给：“来人，去，把上白作村的人放了吧。”

修武保安团出击太行山解放区，抓捕了青年学生、共产党员刘永玲，押解到修武城内街上。姬卜武看着刘永玲瘦小的个子，弱不经风的样子，顿生恻隐之心，他叫住保安团团长张小松，问：“小松，此人，为什么被抓呀？”

张小松低头哈腰：“我们怀疑此人是共产党员，老百姓怎么会在荒山野岭上穷跑啊？”

姬卜武哎了一声，说：“得饶人处且饶人。这么瘦弱的一个青年人，手无缚鸡之力，就是共产党员，他能掀起多大的风浪。小小跳蚤是掀不起被角的，何必小题大做，放了他吧！”

姬卜武一句话，解救了刘永玲。姬卜武指使冯管家，招待刘永玲吃了一餐饱饭，送给了刘永玲一些路费，派人护送刘永玲，赶往辉县解放区。

共产党员陈玉泉，在修武县立第一小学担任教员，国民党第二战区游击司令部秘密逮捕了他。陈玉泉失踪，其家属多方打听，杳无音信。

陈玉泉家人找到姬卜武，央求救人，姬卜武也感到没有地址，无从着手。一次，刘为国意外在二战区的一个副官口中，无意间获得线索：陈玉泉在太行山大掌村关押。

姬卜武随即骑马到游击司令部交涉，对方询问姬卜武和被押者陈玉泉的关系，姬卜武假称："陈玉泉是我的外甥女婿，一切由我负责。"

国民党反动分子对焦作地方干部党员下了毒手，宣布解散农民抗日救国会，对农救会实行大抓捕和大镇压，进行反攻倒算，屠杀革命干群。

1947年9月17日，国民党还乡团长刘得锅带人闯进上白作村，残忍地迫害共产党干部和解放军家属。刘得锅没有抓住共产党的杀手董凤，他气得把皮带摔在桌子上，啪啪直响。

菊儿嫁给了刘得锅的瘸腿弟弟刘二锅，刘二锅腿瘸，心眼多，这次还乡团还乡，刘二锅暗地里撺掇菊儿，跟着刘得锅还乡，生怕有什么好处，叫大哥刘得锅一人得了去。

菊儿看刘得锅一筹莫展，无计可施，她便出谋划策："大哥，我有个好办法。"

刘得锅喜出望外："哦，弟妹，你说说看。"

菊儿压低声音："跑了和尚，跑不了庙。和尚跑了，他的庙还在呀。董凤婆家还有亲人哩，去抓她公公刘坤明，抓住了刘坤明，董凤，她就跑不了了。"

刘得锅一听笑了："大义灭亲，引蛇出洞。佩服，佩服。"旧事重提，菊儿恨意顿生："谈不上大义灭亲，我本来跟刘家就没有半点血缘关系。谈不上大义灭亲，这家人无情无义，还杀了我的儿子。"

刘得锅把刘坤明捆绑在圆融寺的大桐树上，威逼刘坤明："找不到共产党员董凤，你们刘家满门抄斩，我天天要杀人。"

刘坤明厉声呵斥："荒唐，老衲今乃一介出家之人，老衲我早已置身凡尘之外。现如今，你等擅闯佛门圣地、扰乱佛事，不知何故？"

刘得锅冷冷地奸笑一声："老和尚城府很深，平时深藏不露。我没有时间和你打嘴官司，你还是乖乖把共产党人董凤，交出来吧。"

刘坤明不卑不亢："出家人不打诳语，老衲皈依佛门，五大皆空，凡尘之事，不必扰我。你记性不好，我的法名凡了，凡事已了。"

“别听老和尚嚼舌头，搜查，搜查，给我彻底搜查。”

在圆融寺，国民党匪兵里里外外，前前后后，上上下下，左左右右，折腾一番，一无所获。

刘得锅恶由怨生：“把这个老和尚捆走，点把火，烧了圆融寺。”

“不可，老衲可以往生，施主万万不可毁寺，天谴之事不可为。”

“屌样，求佛求人不如求己。你刘坤明年轻时，闹绍兴革命，杀人还少吗？你就是一个千真万确的杀手。你穿了几天袈裟,真把自己当佛爷了。”刘得锅骄横无礼，出言不逊。

“阿弥陀佛，出家之人，吃斋念佛，侍候佛祖，广结善缘，不问世事。你高抬贵手，放过圆融寺，功德无量。老衲就此圆寂。”

“这老和尚想死呀。”副官对刘得锅低声耳语。

“屌，想死，没有那么便宜的事，带刘坤明下山。”刘得锅心狠手辣：“把这个老和尚捆走，拴到马市街上游行示众，董凤和共产党三天不来救人，我们就砍了这老和尚的秃头！”

圆融寺的僧人万般无奈，只好上北山，到解放区根据地找董凤。董凤听僧人说明来意，她果敢地说：“一人做事一人当，我决不连累圆融寺，我现在就下山去，救寺救人！”

同志们实心实意劝董凤：“你不能去，这是敌人的圈套。”

“大家别再说了，刘家对我有恩，圆融寺对我有义，我不能见死不救，我更不能怕死。”

董凤毅然跟着报信的僧人，回到了圆融寺。第二天一早，刘得锅就派人到圆融寺，抓捕董凤。圆融寺的僧人刚给董凤舀了一碗玉米稀饭，董凤没喝完稀饭，还乡团几个匪兵拖着董凤出了圆融寺门。还乡团几个匪兵用浸过水的麻绳子，绑紧董凤，押着董凤到上白作村的姬家祠堂。

刘得锅恶声恶气：“土改复查的地契在那里？党组织的名单在那里？没收我们的浮财又在哪里？”

董凤闭口不言，刘得锅凶相毕露：“来人，把她吊在梁上，给我狠狠地打！”

那些地主家属们手拿着荆棘圪针，劈头盖脑地抽打董凤，董凤皮开肉绽，昏死过去了。

董凤刚一苏醒，刘得锅气急败坏地又问：“你是共产党员？你都和谁斗过我们地主呀？”

董凤还是一言不发，菊儿面目狰狞：“让我来治治她，来人，扒掉这个贱人的衣服。”

董凤怒目圆睁：“菊儿，你敢，别忘了，我是你的兄弟媳妇，我还救过你的命，你是不是人生人养的？”

菊儿恼羞成怒：“是，我不是人，我是个魔鬼。是你逼着我变成魔鬼的。当年，你为什么杀死我的儿子？可怜我的儿子，一个刚刚从娘胎生出的人，他能有什么罪？”

菊儿越说越气，她想起董凤溺毙儿子的仇恨，她想起了自己如今人不人鬼不鬼的生活，她人性尽失：“来人，拿来一节红头绳，一头栓在董凤的乳头上，一头栓上一个秤砣。”

秤砣往下坠，董凤痛得直喊：“菊儿，你不是人！你就是个魔鬼。你杀了我吧！你杀了我吧！”

不一会儿，董凤一个乳头，生生被扯了下来，血流了一地。

刘得锅皱起眉头，看着菊儿，低声对副官交换看法：“巾帼不让须眉，我家这个兄弟媳妇菊儿，比我还狠哩。这个女人太可怕了，你千万别犯到她手里。”

刘得锅劝说菊儿：“这样的共产党人，我见多了。她们都是顽固不化的分子，杀了她算了，免留后患呀。”

菊儿咬牙切齿：“不，留着她，我要叫她天天生不如死。”

董凤始终一言不发，菊儿气急败坏，用绳子绑住董凤的头发，将她吊到梁上，三番五次，严刑拷问。

菊儿穷凶极恶，在董凤脚下点燃了一堆玉米秸杆，用火慢慢地熏烤董凤。菊儿从早上 8 点，一直折磨董凤到下午 5 点，董凤全身青紫，肢体残伤，血肉模糊，惨不忍睹。

董凤被菊儿折磨地死去活来，国民党特派员刘为国找着了姬卜武，出口求救："董凤被捕了，我和她的二儿子，还寄养在圆融寺我爹哪里，孩子不能没有妈妈，你必须想法救下董凤。"

姬卜武板起脸，辱伤刘为国："真奇了怪了，国民党救共产党，我的耳朵没有听错吧。你离了婚的媳妇，你还救她弄啥哩。我马王爷不管驴事。"

刘为国没有计较姬卜武的难听话："什么国民党，什么共产党？不看僧面看佛面，我救的，是我的媳妇，你的亲外甥媳妇呀。"

刘为国此言一出，逼得姬卜武没有退路。姬卜武拨拉拨拉头发，说："你说的也是，董凤到现在，也没另嫁他人。好，大外甥，算我上辈子欠你刘家的。好吧，我舍下这张老脸，我学学韩信，忍胯下之辱，我去求刘得锅。不过，事办成办不成，我可不敢打保票。"

姬卜武和董凤有着无数的渊源，姬卜武曾从国民党反动派手里，救过董凤，逼着董凤嫁给了刘为国，他看中了董凤人品相貌，给刘为国找了个知识分子的好媳妇；国民党还乡团刘得锅要杀董凤，姬卜武再救董凤，姬卜武还没有想出自己营救董凤的借口。谁知，不等姬卜武开口，刘得锅阴阳怪气地问上了："姬老怪，这一回，你又有啥子名堂，救这个女共产党的杀手哪？"

人命关天！娶董凤，娶了董凤，才能救下董凤。姬卜武急中生智，他从怀里掏出了刘为国的离婚书："刘老锅，我外甥与董凤离婚了，我想娶董凤当正房太太。"

刘得锅姬卜武俩人叫着各自的乳名，彼此的感情开始升温，办事就多了些眉目。刘得锅笑里藏刀，肉笑皮不笑："姬老怪，你这是赖蛤蟆想吃天鹅肉呀，眼下这局势，你娶个共产党杀手当正房太太，这事不妥当吧？"

姬卜武假痴不癫，装疯卖傻，他扶着刘得锅的竹竿，往上爬："刘老锅，你是个大傻瓜，什么共产党杀手，徒有虚名。一个手无缚鸡之力的女人，一个能生儿育女的工具罢了。说穿了，一张床垫罢了，不必要小题大做吧。"

刘得锅双手一摊："处置共产党人，怕你我做不了主呀。"

姬卜武以毒攻毒，以其矛攻其盾：“刘老锅，你糊弄鬼哩。你我现在杀个共产党人，比捏死个蚂蚁都容易。与其杀死她们，不如叫老子享受她们。”

“哎，想想是这个理。你个姬老怪，人老心不老，老牛真要吃嫩草呢。你有几个女人了，你还要娶女人，你真会享受呀！”

刘得锅不想得罪姬卜武，只得满口应承下来。

刘得锅望着姬卜武远去的背影，阴险地对菊儿说：“姬老怪怕是醉翁之意不在酒，姬老怪在要阴谋诡计。中，舅舅要娶外甥媳妇了。既然他不要脸了，咱成全他。叫姬老怪大操大办地娶亲，看姬老怪今后怎么在人前人后做人，怎么有脸，去满嘴卖弄什么忠孝廉耻。”

董凤这次嫁进了姬家大院了，董凤这个女人归自己了。姬卜武自己也不相信，这一切是真的。可是，国民党县长刘得锅生生把如花似玉的女人，送进了自己的屋里。

假戏还得真演。姬卜武摆了几桌典型的焦作流水席，用料尽是焦作当地土特产：修武野鸡、沁河水虾、丹河小鱼、北山韭菜、温县山药、沁阳驴肉、黄河鲤鱼。八个凉菜为：油炸河虾，糖衣花生，闹汤驴肉，醋汁莲藕，五里源松花蛋，鸡丝粉皮，凉拌猪脸，蜜汁山药。八个热菜为：时令蔬菜，健腐肉片，红烧鲤鱼，清蒸山鸡，酱烧牛肉，八宝米饭，小苏扣碗，家常豆腐。两个汤：肚丝汤，酸辣鸡蛋汤。

古往今来，焦作地区有着浓郁地方特色的婚嫁习俗。男女定亲时，先由媒人按照门当户对的原则进行提亲。双方父母基本同意后，请算命先生对男女两人的属相、生辰推算相克与否，不相克即为合婚，然后互赠彩礼，互换“庚帖”（上写二人各自生辰八字），至此完成定亲仪式。成婚前，由双方父母事先择定良辰吉日作为成亲之日。紧锣密鼓准备成亲。期间，最讲究的是为新人做被子。在做被子时，新人的姑姑要向被子里撒些黑豆、大米、枣和核桃，边撒边念小曲：今年撒黑豆，明年得侄儿。今年撒大米，明年得大喜。一对核桃一对枣，明年生他一对小。当公公的要亲自抱着斗，在被子上滚几圈，口中振振有辞：公公轱辘斗，明年孙子满街走。

当婆婆的要拿着簸箕向被子里扇风，边扇边说：奶奶簸箕扇，孙子往里钻。

成亲那天上午，女方派人去男家送嫁妆，也由男方去女家取嫁妆。下午，由引亲领着新郎乘轿（少则一乘，多则三乘，富贵者八乘）或坐车，笙吹细乐伴随，前往女家娶亲。娶亲时，无论乘轿或坐车，只能走一条路，农民们认为只有走一条路才能白头到老。花轿到新郎家后，还要“打醋坛”，也就是“大锅头”（做饭的）在轿前用醋浇在烧红的犁铧上。“打醋坛”时，“大锅头”口内还要唱些诙谐的小曲：

正在厨房吸袋烟，忽听花轿到门前。吸半袋，卯（留下）半袋，掂起犁铧往外窜。一出门，喜盈盈，三顶大轿在门庭。两顶蓝，一顶红，头轿是引亲，二轿是状元公，三轿坐下紫微星。紫微星，甚齐整，坐在花轿甚威风。

三轿说一遍，再说说河南修武县。李河碗，北山缸，前桥篓，后桥筐，梭枣萝卜，尚庄姜，上齐城出黑矾，小北顶本是烧龙黄（硫磺），焦作出下好窑场。窑场好，窑不少，高车高，辘轳绞，辘轳绞，高车转，一麻一绳搞大炭。过大箩，筛小碴，头号碴，二号碴，三号四号火车载。火车到，哔哔叫，陆军队，扛快炮，看看热闹不热闹。

新娘下轿，新郎把绫绸的一端塞入新娘手中，自己拽着另一端，牵新娘往家中。进家门时，芦席彩绸铺地，骑马鞍，跨犁铧，有人向新娘头上撒草料，边撒边唱：一撒金，二撒银，三撒财富进家门。

进家后，由新郎的嫂嫂把“迎娶衣”从新人身上取下，挂在洞房门上，边挂边说：今年挂新衣，过年得大喜。迎衣挂门鼻，男孩一小群。

新郎、新娘先拜天地，再拜父母，然后夫妻互拜。拜过堂入洞房后，当嫂子的还要给新娘送两碗汤，一碗饺子汤，一碗面疙瘩汤。婆家款待女家宾客时，新郎到席间分别向新娘的舅家、老舅家行叩头礼。夜间，新郎、新娘“坐筵席”之后，开始“闹洞房”。焦作民间有“头三天无大小”之说，此后连续三天的晚上，无论长辈、平辈、小辈都可以和新人开玩笑，并且主家不能恼怒的。

闹洞房最有趣的活动是扫床。先用五谷杂粮撒到床上，扫床人手拿扫帚，从院里开始扫起，边扫边唱：

轻易不进新人房，新人请我来扫床。手拿新笤帚，再向四下望。楼房修得好，客房方三丈，黑油门，推漆窗，红纸糊得亮堂堂。脚踏砖铺地，搅泥粉白墙，一对拐椅分左右，方桌搁在正中央。后檐墙，挂中堂，左边挂的是姻缘配，右边挂的是织女会牛郎。这是古人留下姻缘配，万古千载把名扬。笤帚扫，把步迈，手拿烧饼还没说。烧饼本是麦，俺把小麦说一说。三月青，四月黄，单等五月打到场；石磙碾，木锨扬，扬成籽，布袋装，背回家，放仓房；舀几斗，到磨房，磨子磨，大箩响，磨的面，赛雪霜，舀它几斗到厨房；擀杖擀，案板响，烙的烧饼圆又圆，香又香。烧饼本是九礼食盒抬回来，谁不扫床不得尝。这个门帘甚是花，俺把门帘夸一夸。红当头，绿海棠，中间梧桐落凤凰。用手掀开门帘布，右手挂在金钩上。猛抬头，往里望，看见新人的好嫁妆。檀木柜，牛皮箱，里面放的好衣裳。织贡呢，织贡缎，做出衣裳甚气派；礼服呢，二毛羔，还有子羔大皮袄。穿衣镜，梳妆台，方便新人好打扮；花露水，雪花膏，羊肚手巾水上漂。一扫东方甲乙木，五谷杂粮堆满屋；二扫南北丙丁火，邪魔歪祟不再躲；三扫西方庚辛金，金银财宝满屋堆；四扫北方壬癸水，金银财宝往家滚；五扫扫中央，麒麟送子下天堂；六扫扫床边，明年生个小鳖羔。扫床结束，装枕头。装枕头时，先由新娘拿出一双枕头套，新郎装时得说：这一把麦秸长，生个小孩会叫娘；这一把麦秸细，生个小孩会叫姨；这一把麦秸粗，生个小孩会叫姑。

姬卜武觉得，婚礼一旦少了这些礼仪，没有半点喜庆气。

姬卜武听着外边酒席上吆五喝六的声音，姬卜武提不起精神，他甚至弄不明白：今天是自己娶亲，还是别人娶亲。

姬卜武一直觉得自己在做梦。在姬卜武眼里，这场婚礼变得滑稽、荒诞，甚至不可理喻。

董凤很虚弱，她躺在新娘的床上，埋怨姬卜武："舅舅，舅舅，你不该救我，你这样做，会连累你的。"

神仙打架，小鬼受气。那一边，国民党反动分子刘得锅阴谋杀害董凤；这一边，国民党特派员刘为国要姬卜武出手救人。姬卜武夹在中间，只能将计就计，稀里糊涂第二次救下董凤。

人命关天，姬卜武顾不了脸面，顾不了礼数，顾不了辈分："外甥媳妇呀，不是我说你，你低个头说个软话，没有什么了不起呀。大丈夫能屈能伸，好死不如赖活着。老天爷叫咱托生个人，不容易呀。活着比啥都强，活着才能做更多的事。"

菊儿在刘得锅面前，大骂姬卜武："姬老怪，他就是一个老不死的。他娶了董凤，董凤就是一颗大炸弹。姬老怪自己弄了个炸弹，埋在自己身边，迟早炸死他自己。"

菊儿嘴里骂着，她的心思，已经不在董凤身上了，菊儿急头没脑去幽会相好的。

菊儿这个相好的，叫黑孩。

菊儿自从嫁给刘得锅的残疾兄弟刘二锅，她那丈夫刘二锅，先天残疾，他没有性功能，见天拖着一条残腿，嗜赌如命，整天整夜不着家。菊儿嫁给刘二锅，基本上过着守活寡的日子。

中国抗日战争胜利，八路军第一次解放焦作，菊儿和丈夫不明是非，跟着汉奸刘得锅，一路逃到郑州老鸭陈，苟且偷生。

菊儿在郑州老鸭陈的新家，与黑孩住在一条街上，黑孩是老鸭陈街上的小混混，他见菊儿长得风姿绰约，气质妖媚，心生邪念。

黑孩又见刘二锅身体残疾，他心里更是想入非非：鲜花插在牛粪上了，可惜，可惜。我要摘了这朵鲜花。

俗话说：不怕贼偷，就怕贼惦记。黑孩既然动了歪心，要打菊儿的主意，黑孩就不会拾闲。

黑孩估摸着菊儿嫁了三年，守了三年的活寡；他估摸着菊儿，也渴望男人的呵护和滋润；他估摸着下手的时间、地点、方法。但是，黑孩一直师出无名，始终没有下手的机会和借口。

那天，黑孩走到郑州老鸭陈街的东头，发现了一个有趣的现象。菊儿家养着的那只黄公狗，正骑在一只花母狗的身上，黄狗在上，黑狗在下，一起一伏，两只狗干得起着劲哩。黑孩嘴角往上一翘，他笑了，他知道自己该怎么办啦。

黑孩冲着菊儿的背影喃喃自语：“你跑不了了，你跑不了了。”

黑孩厚着脸皮牵着自家的黑母狗，趾高气扬地走进菊儿的院子里，大声喊道：“嫂子，嫂子，我是黑孩，求你办件事。”

菊儿听见黑孩找上家门，闻声走到屋门口，站住身子，把黑孩堵在了门外。菊儿心里有一百个不耐烦，嘴上却还得招呼着：“哎吆，哪来的一阵风，把你吹进嫂子的家门了。”

黑孩把手里牵着的黑母狗，往前送了送：“哎，嫂子，俺娘叫我来，用用你家的黄狗，走走窝。”

菊儿一直忌讳黑孩上门，没啥好事。适才，听说是这种小事，也不放心上。在农村里，小狗走走窝是常事。菊儿也没有多想，说：“你等一会儿，我去把黄狗叫回家。”

第一次，菊儿家的黄狗到底有过相好的，见了黑母狗，本能地追着黑狗上身，黑母狗哼哼叽叽不就范。

黑孩喊菊儿：“嫂子，嫂子，你来帮帮忙。”

菊儿站在了黑孩跟前,黑孩指使菊儿:“嫂子,你牵着黄狗,我抱住黑狗。”

菊儿照办，黑孩说：“高一点，高一点，我日他娘哎！”

菊儿不解其意，随口问黑孩：“你这是又咋啦？”

黑孩借机揩油，调戏菊儿：“我日他娘哎！黄狗的鸡巴，日进了黑狗逼里了。”

菊儿脸一红，骂道：“无耻，下作，你不是个正经人。”

黑孩趁机摸了一下菊儿的大屁股：“嫂子，你可冤枉好人。干坏事的，可是你家的黄狗。”

菊儿没有搭理黑孩，菊儿忘神的眼睛，一直没有离开那两只狗……

第二次，黑孩没有按时来，菊儿的心忐忑不安，她有点想，她想再看黄狗和黑狗交配的情景。多带劲！菊儿家的黄狗,真是英武无比,激情四射。

菊儿想着，见四下没有人，她情不自禁走近黄狗，轻轻地抚摸着自己家的黄狗，她的手哆哆嗦嗦、慢慢地摸向黄狗的下面……

菊儿温柔地抚摩，刺激了黄狗，黄狗身下那根东西，直刷刷地硬了起来……

突然，菊儿觉得她自己特别想要，她甚至被自己的想法所鼓舞，她拉着黑狗的耳朵，进了屋里，她转身插上了门闩……

黑孩迟到了，他领着黑狗，叫开了菊儿的门:“嫂子，你家黄狗哪？”

凡事都有得有失，好受也不例外。菊儿累得身疲神倦，没有一点精神气：“在屋里呢。黄黄，出来，干活啰。”

黑狗跟着黄狗，蹓了好大一会儿，黄狗无动于衷，黄狗对黑狗火火的激情，置若罔闻。黑孩弯下腰，伸出手，摸了摸黄狗的鸡巴：“哎，你家黄狗走私了，狗鸡巴都凉了，难道别人用罢了？”

菊儿挥挥中的手绢，扭扭纤腰，转身进屋：“我懒得和你说话。今儿，我才不管你那点狗事呢。”

黑孩狐疑地瞅瞅菊儿，又看看黄狗：“嫂子，你们忙吧，我走了。”

第三次，黑孩把自己家的黑母狗，往菊儿家的黄公狗一丢，黄公狗跟在黑母狗屁股后，闻一会儿，又“吧嗒吧嗒”舔了好大一会儿，挺身爬了上去。

“嫂子，你看看，鸡巴长在你家黄狗身上，你家黄狗可享福了。”

“咋说话哩，你狗嘴里有没有人话。俺家黄狗干活，晚上又得多吃一个蒸馍了。”菊儿想起自已与黄狗的事儿，脸色绯红。

“话是这么说，我还想多干活。”黑孩闹意见了：“嫂子，我都想几天了，咱两家这事，可不公平哩。”

“咋个不公平法？你还想讹诈俺家不成？”菊儿瞪圆了杏眼。

“咋不公平，你家公狗日了俺家黑母狗，俺家吃了亏哩。”

“你说的是啥鸡巴话，俺家公狗干活啦，你家黑母狗享受了。”菊儿也不是穰茬，站在院里与黑孩论理。

“不中，不中，俺不能吃这个亏。”黑孩的话，说的既坚决，又委屈。

“唉，黑孩，我俩今儿说明白了，可是你死皮赖脸牵着母狗，找上俺家门上，找公狗日的。”

“俗话说，远亲不如近邻。要不，咱商量一下，咱两家兑了算了。”黑孩揣着明白装糊涂。

“咋个兑法。”菊儿莫名其妙。

“简单，你家公狗日了俺家黑母狗，算俺吃亏。现在，俺当回公狗，你当回母狗，咱俩算扯平。咋样？”黑孩把话转了一圈，才把自己想说的话，说囫囵了。

菊儿的脸红了，菊儿没有想到，黑孩冷不丁撂出这么个主意。菊儿一言不发，转身进屋了。

黑孩站在院子里犯了思量：菊儿是愿意呢？还是不愿意呢？黑孩紧追

几步，不变话题，大声问菊儿：“嫂子，中，还是不中。你给个干脆话。”

天上的太阳，热辣辣地照着院子，公狗骑在母狗身上，你情我愿，趁热打铁，闹腾得正欢呢。

“黑孩，外头不热呀。”菊儿在屋里喊道：“进屋凉快一会儿。”

黑孩一听，赶紧迈脚进了屋。黑孩进了屋，四下里瞅了瞅，没有见菊儿。

“黑孩，黑孩，来吧，我在里屋呢。”菊儿说。

黑孩一听有戏，乐得心花浓放，屁颠屁颠地钻进了菊儿的里屋。

……

天气热得很，黑孩身上出了很多汗：“嫂子，你是不知道呀，为了这一天，我可是真下了心劲啦。”

“嫂子知道你是个坏小子，你那花花肠里，装了一肚子坏心事。嫂子日防夜防，今儿还是让你得了手。”

黑孩得意地淫笑着，又把菊儿压在了身下……

从此，俩人如胶似漆，偷机钻空，发泄着男人和女人的原始情欲。

“嫂子，嫂子，夜可黑，我又做梦了。梦见你了，你穿了好多件花裤衩，我费了一夜黑工夫，怎么脱，也没有脱完，给你脱了一夜黑的裤衩。”

“去，去。你狗嘴里吐不出象牙，你一肚子坏水。你头上长疮脚底板流脓——坏透了。”

“嫂子，你冤枉俺，俺心里只装着你一个人，你跑不了了，俺娶了你吧。”黑孩情到浓处，双手搂紧了菊儿，喃喃耳语。

菊儿嫁给了刘二锅，菊儿的新婚之夜，就是在泪水之中度过的。刘二锅天生阳痿，无法履行做丈夫的义务，刘二锅真的没有办法打发菊儿。

但是，菊儿听了黑孩的表白，严词拒绝：“不中，黑孩，嫁鸡随鸡，嫁狗随狗。你二哥现在虽然是个残疾人，名分上毕竟是我丈夫，我现在咋能嫁人哩。”

黑孩痛心疾首：“二哥？他鸡巴个残疾人，提起来一不条，放下来一堌堆。他都霸占你三年啦，要么他死，要么我死。”

菊儿一听，眼里掉下了泪水。

菊儿要强，怕别人笑话，菊儿天天把泪水吞进肚子里，天天担惊受怕地与黑孩偷情，天天遭受一种负罪感的折磨："我只怨自己命苦，我心里装不下两个男人呀，你把我忘了吧。"

黑孩用手绢擦去了菊儿的泪水，默默无言，只是起身，又把菊儿疼爱了一番……

国民党的还乡团杀回焦作，黑孩挎着匣子枪，狐假虎威地跟在刘得锅屁股后，充当走狗打手，充当菊儿的护花使者。

此时，黑孩甜蜜蜜地躺在菊儿屋里的床上，望眼欲穿地等着菊儿呢。菊儿也心猿意马，快步走进了自己的里屋……

屋外，一个男人的身影一晃，蹑手蹑脚，钻到了菊儿的窗口下，一声不响地竖起耳朵，偷听着屋里的动静……

17. 他真是共产党

当年，马云霞不相信姬卜武家的刘七洋，是一名共产党员。应该说，马云霞当时想不通，是可以理解的。那个时期，焦作的斗争形势复杂，敌我难辨。马云霞深知阶级斗争、路线斗争残酷无情，稍不留神，就会造成流血牺牲。

刘七洋在大地主姬卜武家长大的，是地地道道的少爷公子哥，家业殷实，他根本没有踏过庄稼地边，他根本分不清楚麦苗和韭菜。

民间流传一个说法，孩子跟谁家，孩子长得像谁。刘七洋活脱脱就是姬卜武年轻时的一个翻版。村子里有人说闲话：说不准，这刘七洋就是董凤和姬卜武生的，要不，刘七洋怎么长得那么像姬卜武的模样。

董凤听了这些闲话碎语，大声骂街："谁又吃饱饭了，吃撑了，圪蹴在地上，净放他娘的拐弯屁哩！"

姬卜武打开窗户，头头是道地对刘七洋说亮话："七洋，你虽不是我生的，可你是我养的。再说，咱俩人之间有血脉哩，咋说？我妹妹生了你爹，你爹生了你，论姓刘家哪边的辈分，你得叫我喊舅爷哩。你是男孩，仿你奶奶——我妹妹的长相，咱爷俩应该长得一样呀。”

刘七洋一脸迷茫：“什么乱七八糟，绕口令呀。简单说，我奶奶你妹妹生了我爹，我爹生了我，我爹叫你舅舅，我叫你舅爷。”

姬卜武摸了摸自己光光的脑壳，背起手，直夸刘七洋：“我咋说的？宁愿跟精人打一架，不跟傻人说句话。七洋聪明，说出来的话，真是这个理。”

当年，你就是打死马云霞，马云霞她也不相信：刘七洋是共产党。刘七洋在大地主家庭长大，穿着打扮，洋里洋气。他打小受国民党教育，本人身份又在国民党焦作警察署供职，说他是共产党，马云霞宁愿抠出自己的眼珠。

但是，马云霞的确错了，刘七洋是一个秘密的共产党员，一个百分之百的布尔什维克。事实叫马云霞愧疚不已，无地自容。

共产党员韩秩吾在焦作扶轮学校教育培养刘七洋，刘七洋 14 岁就加入了中国共产党。

韩秩吾可是赫赫有名的共产党人，他虽然只走过了 39 个春秋，但是韩秩吾人生的每一步都写满了骄傲和光荣。

韩秩吾出身焦作一个比较殷实的地主家庭，幼年在私塾读书，年稍长则到修武县第一小学就读。

1925 年，韩秩吾毕业于河南省立第五师范学校，同年到修武县第一小学任教。不久，韩秩吾加入了孙中山先生改组的中国国民党，投身革命，当选国民党修武县党部执行委员兼焦作党部委员。

1927 年，蒋介石在上海发动了“四一二”反革命政变，韩秩吾认清了蒋介石的反动面目，毅然决然地与国民党决裂，秘密加入了中国共产党。

两年后，韩秩吾遭受到国民党右派排斥，离开焦作，流亡北平。韩秩吾先在香山慈幼园图书馆工作，后到清华大学附小任教。1933 年，韩秩吾受铁道部教育会委员谷正鼎先生的委派，到开封扶轮学校任校长。然而，韩秩吾心系家乡焦作，当年夏天，韩秩吾再次回到焦作，担任焦作扶轮学校校长。

韩秩吾先后聘请杨乃峰、周致远、李建贞、姚步霄、郝洁轩、李萍、李维刚等一些共产党员和进步人士，到焦作扶轮学校任教。这些共产党人在焦作办讲座，办墙报，公开针砭时弊，宣传抗日，激发了学生的爱国热情。

1933 年初，共产党员李常青赴河南洛阳开展工作，改名李耀先，以教员身份作掩护，任中共洛阳扶轮小学支部书记。他经常向小学教职员工和铁路工人（多为学生家长）宣传革命道理，反对国民党反动派，他在斗争中发展了一批党员，壮大了党的队伍。1933 年底，校长告发了李常青，李常青被解职。

1934 年春，李常青由洛阳来到焦作，担任中心县委书记。韩秩吾介绍李常青到焦作扶轮学校，任焦作扶轮学校国文教员，以教师身份作掩护，开展共产党地下工作。那年，共产党建立了中共焦作特区党委，张方来任书记。李常青他们在李建贞住处的附近，开办了一个卖文具的小书店，作为地下党的联络点。李常青以课堂为阵地，宣传抗日，揭露国民党的不抵抗政策。焦作扶轮小学教员武金、李道民、孔民奇和焦作中学学生余士珍、彭施鲁等许多积极分子先后加入中国共产党。

焦作扶轮小学的共产党人异常活跃，他们成立了由四、五十人参加的文艺研究会，全校师生公开参加革命活动，组建了童子军，维护学校秩序。焦作扶轮小学成为红色堡垒，刘七洋在焦作扶轮小学上学读书，接受了共产主义思想。

那年秋天，共产党焦作扶轮学校党支部成立。刘七洋积极申请，焦作扶轮学校党支部研究同意，李常青批准，刘七洋光荣地加入中国共产党。

正当焦作的革命形势风起云涌之际，原中共豫北特委的负责人李新民，被捕叛变，豫北许多党组织遭到破坏，无数个共产党员人头落地。

韩秩吾正以国民党豫北特派员身份，在河南省保安司令部办事，意外得知，河南省保安司令部派军警到焦作，抓捕共产党，点名逮捕李常青。韩秩吾当机立断，连夜骑马赶回焦作。深夜，韩秩吾敲开了李常青的门：“耀先同志，开封保安司令部明天就要来焦作抓你，你赶紧躲躲吧。”

李常青当机立断：“好吧，今天晚上，我便离开焦作。”

韩秩吾劝阻：“不妥，你现在走，怕你走不了。焦作的军警肯定接到电话，肯定有所动作。你在焦作人生地不熟，听我安排吧。”

韩秩吾领着李常青，来到焦作中学校长张润三的住处，张润三同情共产党，他二话不说，把李常青安置在焦作中学一间密室里，暂时隐蔽。过了几天，韩秩吾又亲自从农村老家，带了一辆马车接李常青，李常青打扮成衣衫、体形佝偻的老农民，在刘七洋的搀扶下，不慌不忙地走出校门，机智地甩开了国民党特务的盯梢，在夜色的掩护下，去韩秩吾的老家磨石坡，秘密隐蔽。

几天后，韩秩吾亲自指派刘七洋，由刘七洋护送李常青绕道小路，赶到平汉铁路线上的塔岗站，护送李常青坐上了开往北京的火车。

李常青一回到北京，就参加了谷景生、姚依林组织的震惊中外的“一二·九”运动。北京大中学生数千人，在中国共产党的坚强领导下，举行抗日救国示威游行，反对华北自治，反抗日本帝国主义，掀起全国抗日救国的新高潮。

美国记者斯诺自始至终跟随游行队伍，摄下许多珍贵镜头。斯诺高度评价了这次运动，他在报道中写道：“这是我们第一次看到了中国知识青年所表现出来的政治勇气，情景振奋人心，无论对参加者，还是旁观者说，都是如此。”

1937 年，韩秩吾因“莫须有”的原因，中止中国共产党党籍。韩秩吾二十多岁时，他便担任了国民党修武县党部执委、焦作党部委员及豫北特派员，他本来跟着国民党，可以飞黄腾达的。但是，在革命处于低谷之际，他却选择加入了时刻有生命危险的共产党。焦作共产党组织遭到破坏，他舍生忘死地保护共产党人，坚持革命斗争。

韩秩吾面对挫折，无怨无悔，依然按共产党员的标准，要求自已，努力为党工作。1938 年 2 月，日本侵略者侵占修武、焦作。共产党员程明升在修武北部山区建立抗日游击队。1938 年 3 月，程明升联合修武县部分国民党党员及爱国人士，在修武大东村召开各界代表会议，正式成立修武县抗日民主政府。程明升在会上当选为县长，韩秩吾担任粮秣科长。

修武县抗日民主政府，是河南省第一个以国共合作形式建立的县级抗日民主政府，也是河南省最早成立的由共产党领导下的抗日县政府。

韩秩吾积极领导和开展抗日救亡运动，宣传抗日，动员民众，开办抗日公学，训练抗日骨干。开展了减租减息，实行合理负担，为八路军筹集军需粮饷，并先后参与建立了工救会、农救会等抗日团体，对豫北地区及河南省的抗日救亡运动影响深远。

焦作日伪特务组织视韩秩吾为眼中钉、肉中刺，日伪特务诱捕了韩秩吾的两个哥哥，抓走了韩秩吾年幼的孩子。

韩秩吾誓死不屈，坚持抗日。焦作日伪特务残忍地杀害韩秩吾的亲人，日伪特务押着韩秩吾的大哥、二哥走出牢房，兄弟俩同戴一副铁铐，大哥抱着韩秩吾年幼的孩子，这个孩子当年才3岁多一点，孩子害怕刽子手的狰狞面目，哭着喊着叫："大伯，二伯，救救我呀，我怕呀，我怕呀。"

韩秩吾的大哥对日伪特务求情："孩子太小，孩子无辜啊，孩子不懂事嘛。你们多打我几枪，你们把孩子放了吧！"

日伪特务面容狰狞："不行，必须斩草除根！"

日伪特务当着韩秩吾大哥、二哥的面，拿着枪，毫无人性地扼杀了这个幼小的生命……

日伪特务用八寸长的大铁钉，将韩秩吾大哥二哥兄弟俩人的双手钉在墙上；又用两枚长铁钉穿过兄弟俩的脚心，深深钉入土中，韩秩吾的大哥二哥兄弟俩，活活地流尽鲜血牺牲。

"许河事变"后，道清抗日游击队列入八路军编制，韩秩吾就带着刘七洋，参加八路军转战山西抗日救国。

1941年，日军在政治上"以华制华"，在经济上"以战养战"，对国民党政治诱降，对敌后根据地军事封锁和扫荡，八路军抗日根据地严重缺乏军用和生活物资，特别是军事战略物资，如纸张、炸药、钢材、电线等。

刘七洋毛遂自荐，向韩秩吾申请，利用自己家在焦作的群众基础和人际关系，潜入焦作，从事地下工作，开展敌后抗日斗争，为八路军抗日根据地输送战略物资，粉碎日本人“以战养战”的阴谋。韩秩吾请示《新华日报》副社长杜毓云，杜毓云是博爱清化镇人。杜毓云同意刘七洋返回到焦作，在敌后坚持抗日。

1942年5月，侵华日寇集结了两万多兵力，对八路军太行抗日根据地，凶残地发动了“铁壁合围”大扫荡。《新华日报》副社长杜毓云带领韩秩吾等人转移，在山西辽县庄子岭，不幸与日寇遭遇，韩秩吾壮烈牺牲，时年39岁。

刘七洋服从上级党组织的命令，返回焦作，先是潜伏在焦作伪维持会内担任文书，首要任务是劝亲告友，宣传抗日救国。1944年6月，上级交给刘七洋一个任务，让他搞一套日军使用的《作战教材》。

这种《作战教材》，日军的高级军官手里才有，要想搞到一套，困难是非常大的。刘七洋没有被困难吓倒，他下了几天工夫，总算想到一个办法。刘七洋和日本教官办公室拿钥匙的伪军套近乎，交朋友，拿钥匙的伪军喝酒喝多了，刘七洋拿着日本教官办公室的钥匙，跑到大街上，偷偷配了一把钥匙。

这天晚上，夜深人静，刘七洋悄悄来到办公室，用钥匙打开房门，从书架上拿到一套《作战教材》。刘七洋又把房门锁上，快步返回宿舍。刘七洋未敢脱衣上床，等到天明，把《作战教材》塞进内衣怀里。刘七洋穿好警服，戴上肩章，挎上洋刀，骑上自行车很快出了门。刘七洋来到北城门口，伪警察向他行军礼，他一手还礼，一手握紧自行车把，慌忙走出城门。他快速蹬车来到修武西村，把《作战教材》交给西村抗日敌工分站，又慌忙返回焦作城里，吃过早饭，若无其事地正常上班。

日本教官上班，发现丢失了一套《作战教材》，马上组织全体官兵在机关和家属院到处搜查。

刘七洋也装模作样地跟随着大家一起，四处搜查。查来查去，一无所获，日本教官气得失声大叫。

1944年秋天，焦作城内伪保安队的一个地下工作者，筹集了一箱弹药，让刘七洋转交给修武西村抗日敌工分站。当时，没有合适机会，他只好先把这一箱弹药藏起来。

“九一八”事变纪念日到来，西村抗日敌工分站有人送来了一些抗日传单，让刘七洋在焦作街头张贴、散发。

1944年9月17日深夜，刘七洋在街上贴了几张传单，又向路上行人散发传单。

一会儿，两个日军和一个伪军走了过来，抓住刘七洋的领口，让狼狗咬他。仔细一看，刘七洋是个伪警察，才松了手，吓得他出了一身冷汗。

9月18日上午，人们看到街头的传单纷纷议论：“昨天黑夜，焦作城里来了八路军。”

日伪军官兵看了传单，神情都惶惶不安。

9月18日，刘七洋由焦作到老家探亲，刘七洋把那一箱弹药亲自送出了焦作城。刘七洋坐上一辆拉脚的马车，回到修武老家，把那一箱弹药交给了西村抗日敌工站。

抗战胜利，刘七洋秘密潜伏在焦作警察署，表面上给国民党反动派当走狗，暗地里给共产党解放军收集情报、秘密锄奸、输送战略物资。

当时，刘七洋和董凤、马云霞不是一个党的组织体系里，共产党地下工作是有纪律的，任何人不准横向发生联系。刘七洋心里像明镜似的，他表面上没有流露出一丁点的蛛丝马迹。血的教训告诉他，地下工作者任何一点的疏忽，就是流血牺牲。

世人看我太疯癫，我看世人看不透。刘七洋住在焦作警察署的花园洋房，每天出门回家，不是坐汽车，便是坐黄包车。刘七洋附炎趋势，他的家里，天天高朋满座，花天酒地，闹市般喧闹；刘七洋天天应酬国民党高级将领及其眷属，夜夜笙歌，醉生梦死。

瓜田不纳履，李下不正冠。刘七洋深知这种生活方式奢侈，是腐化行为。但是，他自己要潜伏国民党内部，就不得不与国民党反动派在生活上同流合污。刘七洋天天逢场作戏，精神上痛苦，思想上矛盾，他也想摆脱这种生活方式。革命阵营里的同志不明真相，张口就骂，骂刘七洋是军阀恶霸、反革命分子。

刘七洋只能忍辱负重，又怎能对人说明，这是共产党组织的决定、革命工作的需要呢？

待王镇警察署爆发起义，刘得锅把刘七洋叫到他家中，黑着脸训斥了刘七洋一通：“七洋小侄，你的警察造反了，还打死了我们的军官、士兵。你马上赶快回去，立即处理，严惩不贷，以整军纪。”

刘得锅又埋怨刘七洋一通：平时包庇、纵容共产党，姑息养奸，以致酿成今日之暴乱。

刘七洋快马加鞭，星夜赶往待王镇警察分署，情绪冲动的国民党团、营长们，顿时包围了刘七洋，逼着刘七洋，要求把关在牢中的一百多名起义的警察和地下共产党人，全部枪毙。

当夜，刘得锅已经秘密杀害了 48 名参加起义的警察。刘得锅此举，目的有二，一是借此推脱部队发生兵变的责任；二是给刘七洋一个下马威。我们在你刘七洋的警察署，抓到了共产党，我看你怎样向我交代？

此刻，刘七洋高坐在警察署的大堂上负责监斩，他想到此事的前前后后，内心十分复杂、痛苦、悲愤。他难以理解共产党焦作市工委，为什么在自己的部队里组织起义，居然会背着他这名共产党员行动？

刘七洋虽然是焦作警察署长，而今，自己身在敌人的阵营中，国民党县长刘得锅心怀叵测，要他严厉处置。刘得锅下面还有一群杀红了眼的国民党军官，凶险残暴。

刘七洋身临险境，他该怎么办呢？刘七洋唯一能做的，也利用权力做到了：只杀一半被俘的警察；对地下共产党员张艺仁、赵敏、曹泽芝等三名在押“共匪”改判有期徒刑。

枪声不断地响着，起义被俘的警察五人一组，接二连三倒在血泊之中，刘七洋心如刀绞。第九批警察被押了上来，刘七洋看着里面有共产党员李崇实和江国勋。行刑队举枪正要对他们开枪，俩人朝着刘七洋大喊起来：“署长，救命啊！”“署长，我是李崇实啊！我们冤枉呀！”“我们冤枉呀！我们冤枉呀！”

刘七洋再也坐不住了，沉下脸，大声喝道：“来人，把李崇实、江国勋，给我押到一边去。我要亲自审问处置，抓出真正的共产党！”

刘七洋果断出手，强势干预，共产党员李崇实、江国勋得救了。

以前，董凤对刘七洋既有爱怜，又有愧疚。后来，当董凤看到、听到刘七洋的所作所为，董凤当年不知其中的隐情，不能提刘七洋，一提刘七洋，董凤就开口骂娘：“我怎么生了这样一个儿子，地地道道的一个国民党反动派。他一出生，我就应该在尿桶里溺死他，省得他在今日胡作非为。”

18. 姬家大院

战争中，参战双方反复地争夺同一个地点，得而复失，失而复得，战线拉得特别长，双方对峙时间特别长，消耗也特别多。这些与旧时人们拉大锯锯大木头相似，你来我往，不相上下。军事上，人们称这种战争为拉锯战。

元朝末年，元军和朱元璋的起义军，在黄河北岸的焦作地区，今天你打过来，明天我又打过去，进行了一场旷日持久的拉锯战。

焦作地区的老百姓苦不堪言，谁来了都要欢迎，都要在门板上，贴上红红绿绿的欢迎标语。来得勤，换得也快。焦作地区的人生活传统节俭，于是，有人想出一个一劳永逸的办法，用一块薄薄的木板，一面写着欢迎元军的标语，另一面写着欢迎起义军的标语。

胡大海率领军队打下焦作地区，家家门口挂着五颜六色欢迎起义军的木牌标语，胡大海欣喜若狂。突然，一阵大风吹翻了木牌，反面全是欢迎元军的标语。

胡大海一连看了几家，反面正面都写着两种标语，胡大海勃然大怒，斩尽杀绝“两面派”，见人就杀，鸡犬不留，来来往往，杀了三个来回。

胡大海还把金元宝放在大街上，看是否有人捡去，如若发现元宝少了，就证明还有活人，接着再杀，杀得焦作地区人迹罕见。

解放战争，焦作历史上又重演了这一幕。国民党打过来了，共产党撤退了。国民党溃退了，共产党打回来了。

这一阵子，国民党占领焦作。国民党县长刘得锅从叛徒口中，获知了共产党焦作区、乡领导人秘密开会的地点。刘得锅纠集了焦作、修武、博爱 3 个县 10 个据点的队伍，国民党反动派和地方保安大队 700 余人，长途奔袭，扑向共产党领导人开会的地点上白作村。

拂晓，国民党反动分子和地方保安大队包围上白作村。上白作村东的流动哨长、共产党员申胡长发现敌情。申胡长毫不迟疑，鸣枪，向村里的同志们示警。申胡长机智地转身向上白作村内飞奔报警，不幸被尾随追来的国民党反动分子抓捕。国民党反动分子割下了申胡长的双耳，申胡长不屈不挠。国民党反动派恼羞成怒，挥刀砍下了他的右胳膊，申胡长满身鲜血。但是，申胡长斩钉截铁地说："一生跟定共产党，腰断三节不变心！"

国民党反动分子恼羞成怒，挥刀砍下了他的左胳膊，申胡长忍痛怒斥敌人："杀吧！死我一个人没啥，共产党人是杀不完的……"

国民党反动分子不等申胡长说完话，直接把刀子戳进了他的脖子，割下了他的头颅，剖开了他的胸膛，掏出了他火热的心……

枪声，惊醒了董凤。

枪声，惊醒了民兵。

董凤立即组织民兵进入阵地，阻击国民党反动分子的疯狂进攻。国民党反动分子突然偷袭，上白作村民兵连的布雷组，根本来不及布雷。董凤和上白作村民兵连人数少，武器差，他们只得边打边退。从一个院里撤到另一个院里，一个院里一个院里地阻击敌人的进攻。

在这种巷战中，上白作村民兵地理地形熟，穿院越墙，如鱼入水。村里村外，地雷声、枪炮声、手榴弹爆炸声，此起彼伏，整个村里硝烟弥漫。

上白作村像是过年一般热闹，喊声、杀声、枪声、号声，响彻云天。

董凤和上白作村民兵连在村东口阻击敌人，三十几个民兵面对 300 人的国民党保安大队。寡不敌众，董凤对区、乡领导负责人说："你们撤退，我带上白作村民兵连掩护大家撤退。"

董凤拔出了二十响匣子枪，这是德国造的驳壳枪，可以当长枪，也可以当短枪。董凤不愧是神枪手，弹无虚发，一枪打死一个敌人。

上白作阻击战打了半小时，区政府通讯员通知："董队长，区乡领导全部撤退，李维刚区长命令你们，立即撤退。"

来不及了，村西也发现了国民党反动分子。董凤带领上白作村三十几个民兵，只得重新撤回村里。姬卜武慌慌张张出现了，他对董凤说："快，快，撤进我们姬家大院。"

姬家大院的西院，有一座孤立的房屋，从外边看，是一层房，里面却是三层。一层是铁皮包门，没有窗口；二层上面前后还有三排小窗口，实际是枪眼，主要功能是射击口，从里往外射击。三层是地下室，有水、有油、有柴火，有粮食，有枪支和弹药。另外，还有地道直通村外，姬卜武始终没有吐口地道的事，他想给自己留一条活路，姬卜武的心思是多么缜密！

董凤撤进了姬家大院，她发现国民党党员姬卜武的的确确也不是穰茬。姬卜武的城府，深不可测。国民党为什么不重用这样的人才呢？

姬卜武讨好董凤："当年，刘得锅当土匪时，筑疙瘩吃大户，围在我家的房堡前，打了7天7夜，一无所获，乖乖撤走了。那时，我家房堡里只有三把枪，现在房堡里有几十杆枪，有吃有喝，我们耗得起。"

董凤带着二十几个民兵撤进房堡，董凤分配兵力：一班上楼，敌人往房前集中攻击，靠近楼房时，扔手榴弹。如果手榴弹投完了，再扔砖头；一班堵住门，轮换着利用门上的射击口，打击敌人。三班撤进地下室，吃好，睡好，养足精神头，不要着急，我们消停和敌人周旋。

姬卜武听着董凤的命令，看着上白作村民兵有条不紊的防御行动，心里顿生几分感叹："天助共产党呀！天助共产党呀！她哪里是一个女人，简直就是一个花木兰将军再世。"

董凤看看地下室存放的枪支和弹药，又看看姬卜武。董凤看得姬卜武心里直发毛，姬卜武解释："这些枪支和弹药，是你家刘为国，不，不，我外甥刘为国，抗日时期留下的，今天你派上用场吧。"

董凤并不忌讳姬卜武怎么称呼刘为国，她还像以前一样称呼姬卜武："舅舅，你应该相信我们共产党人，与我们肝胆相照，打击国民党反动派。

谁好？谁坏？都到现在这时候了，你应该有个清楚地认识。”

国民党反动分子和保安队攻击姬家大院里的房堡，没有火炮等重火力，手榴弹扔不到楼顶，炸药送也送不到房堡前，火攻人又到不了房前。国民党保安队黔驴技穷，开始劝降：“里边的共匪，你们已被包围了，插翅难飞，只要你们投降，我们不杀你们。”

姬卜武在屋里，自作多情：“弟兄们，我是姬卜武，国民党还乡团副团长。我被共产党抓住了，兄弟们悠着点，子弹可是不长眼，别伤了自己人。”

回答姬卜武的，是枪声，还是枪声。

姬卜武恼羞成怒：“过河拆桥，卸磨杀驴。国民党不仁义，根本不在乎老子的死活。一不做二不休，老子跟共产党一势，我他妈的要退出国民党。我要与国民党一刀两断，我也要当共产党。”

回答姬卜武的，是枪声，还是枪声。

这次，是共产党人的枪声。共产党没有给国民党反动分子和地方保安大队机会，共产党解放区的区长李维刚，带领二十几个村的民兵前来支援，解放军根据地的大部队也从四面八方赶来支援，国民党和地方保安大队只得悻悻撤退。

马云霞却没有董凤这么幸运。

那年，刘为家参加八路军沁河支队，焦作地方党组织考虑马云霞是个女同志，动员马云霞去八路军修武县工作团，从事地方工作。

当时，修武县工作团有二三十号人，大部分是青年学生，也有少数铁路和煤矿工人，还有几个贫雇农。知识分子，特别是青年知识分子，读了几年书，就觉得自己了不起，看不起农民，总觉得农民太落后。青年知识分子到基层工作，往往以先生自居，以领导者自居，当群众不尿他那套、自己碰了钉子，反而埋怨群众落后，愚昧无知。

马云霞这个青年知识分子，就犯过这样的毛病。马云霞动员农民参军、参战，或者动员贫苦农民起来斗争地主、富农，要求减租、减息，实行合理付租。马云霞把嘴磨破，把鞋跑烂，就是发动不起来，农民总是犹犹豫豫，顾虑重重，不敢与地主恶霸斗争。

马云霞来到修武、获嘉、武陟游击区，又遇到这样问题，群众一时发动不起来，一些青年干部，认为群众落后，觉悟不高，不敢斗争当地的恶霸，不敢撕破脸。马云霞找农民积极分子了解原因，才知道不是农民落后，而是一些青年干部幼稚可笑。

农民说："老百姓早就盼望八路军打过来了。老百姓也都知道共产党、八路军是穷人的队伍，就怕你们走。只要你们能站住脚，群众才敢公开靠近你们。"

农民说："我们都知道共产党、八路军和咱穷人是一势的。也盼望着早日减租减息、合理负担。我们痛恨恶霸和国民党的保长，可是，我们都是有家有门、有老有少的家庭。而县长、区长、保长都是人家国民党、地主老财的人，人家手里掌握着印把子。你们共产党、八路军是打游击的，今天来了，明天走了。连你们工作组的同志们，也是没有根的，说走就走。咱们是穷苦百姓呀，土生土长，没有枪杆子，没有印把子，谁不害怕恶霸地主。"

马云霞把群众的这些心里话，讲给干部们听，告诉大家："政策和策略是党的生命。我们目前的中心问题，是站住脚根，发展群众共同对敌，打击敌伪，保护人民，保卫家乡，而不是发动农民斗地主，搞减租减息。"

在发动土改翻身运动时，马云霞坚定地站在斗争的最前列，宣传党的土改政策，启发群众的阶级觉悟，培养了一大批农民翻身骨干分子。马云霞带领群众搞土改，分田地，样样工作冲在前，深受群众的爱戴和拥护，马云霞光荣地担任了马村区妇救会长。

1948年春，一个叫韩丁的美国人，他正在中国晋冀鲁豫解放区的华北大学任教。韩丁自己申请以土改观察员的身份，跟随解放军的土改工作队，深入到山西省潞城县的张庄，亲身体验中国共产党的土改运动。韩丁以此经历为蓝本，写了一本书，名字就叫《翻身》。在这本书中，韩丁理性地写道：

中国革命创造了一整套新的词汇，其中一个重要的词，就是"翻身"。"翻身"，对于全国几亿无地和少地的农民来说，这就意味着站起来，打碎地主的枷锁，获得了土地、牲畜、农具和房屋。但“翻身”的意义远不止于此。“翻身”，还意味着破除迷信，学习科学；意味着扫除文盲，读书识字；意味着不再把妇女视为男人的财产，而建立男女平等关系；意味着废除委派村吏，代之以民主选举产生的乡村政权机构。总之，“翻身”就意味着农民进入一个新世界。

马云霞主持马村区的斗争大会，组织农民群众登上舞台，控诉地主恶霸的罪行。马云霞在分配斗争果实时，她廉洁奉公，一个地主婆子拿着一大包首饰、衣料贿赂她，她严词拒绝。

一次，混进村级政权里的国民党反动派坏分子，煽动不明真相的群众，抢走了区农会的现金和账本，又把马云霞捆了起来，胁迫她交出农会大印和枪支，阴谋把马云霞装进麻袋扔进沁河。董凤闻讯，她不顾个人安危，冒雨跑到驻待王的焦作军分区汽车二队求援。指导员陈忠二话不说，带领十几个战士，开着汽车火速赶去，平息了国民党反动派破坏分子的暴乱，救出了马云霞。

国民党反动派的军队进攻焦作，董凤命令马云霞，必须藏好民主政府的 4 万公斤军粮。叛徒出卖了马云霞，马云霞落入国民党反动派的魔掌，国民党反动派知道马云霞是共产党员，又是一区之长，企图从马云霞口里得知藏粮的地点。

国民党还乡团惨无人道，把马云霞吊在马村村口的大槐树下，用火把烧马云霞的双手，她一声不吭；又把一口烧得通红的铁锅，翻扣在地上，脱下马云霞的鞋，烙烤马云霞的双脚，马云霞宁死不屈，只字未吐……

英勇的马云霞，以共产党员特有的坚强毅力，在还乡团魔鬼般残忍酷刑中，坚强地熬过了四天四夜。

刘得锅和还乡团的匪徒们束手无策，押着马云霞和被点了名的革命群众，到北山圆融寺外行刑，挖心祭祖。

刘得锅指使匪徒行刑，匪徒拉开大铡刀，先将修武县参议员孙大山 14 岁的儿子活活铡死，又把孙大山 12 岁的女儿活活铡死。刘得锅毫无人性，他指着鲜血四溅的尸体，威逼马云霞：“看见了吧，不说出藏粮的地点，这就是你的下场！”

马云霞昂首挺胸，厉声喝道：“你们这些杀人的魔鬼，共产党员是杀不完的，等着吧，我们共产党人，会跟你们算账的，会有人给我们报仇雪恨的！”

刘得锅黔驴技穷，他绝望地嚎叫：“开铡，挖心！”

于无声处听惊雷。刘得锅的话声未落，圆融寺枪声四起。刘得锅千算万算，机关算尽，就是没有算到：马云霞是圆融寺刘坤明的二儿媳妇，刘坤明和僧人拿起刀枪，武装救人。

原来，马云霞被捕，董凤秘密找到了刘坤明，要求刘坤明配合游击队以逸待劳，武装营救马云霞。

刘坤明一听刘得锅在圆融寺广场，铡杀自己的二儿媳妇马云霞，刘坤明义愤填膺，刘坤明召集众僧人：“救人一命，胜造七级佛屠。佛祖慈悲，弘法利生。当恶魔肆行之时，我佛必将驱魔擒妖，普度众生。恶魔张牙舞爪，残害忠良，我们怎么办？”

众僧人齐声高呼：“超度他们！超度他们！超度他们到西方极乐世界！”

刘坤明豪情万丈，他喊道：“好，忍无可忍，无须再忍。我们今天就驱魔擒妖，普度众生。”

刘坤明吩咐僧人，打开圆融寺的地下密室，取出八路军沁河支队刘为家留下的武器弹药，一一发给僧人，配合董凤游击队出其不意，武力劫法场，营救马云霞。

螳螂捕蝉，黄雀在后。董凤那两把枪，说是神枪，一点不夸张。子弹长眼似的追着刘得锅打，一枪打掉了他军帽，一枪打穿了他的裤裆。刘得锅吓得丢魂丧胆，鬼哭狼嚎：“快跑呀，快跑！女杀手回来了！共产党的女杀手回来了！”

刘得锅带着十几个还乡团的匪徒，连滚带爬，落荒而逃。董凤夸奖满身血水的刘坤明，她说：“爹，爹真是宝刀不老，英雄不减当年。这圆融寺，您老是待不下去了，我们一起去净影寺避避风头，也叫云霞养养伤吧。”

刘坤明不假思索，高声大气：“好，听你的。三十六计，我们走为上。”

刘坤明拼了老命，舍了老本，救下了自己的二儿媳妇马云霞。

董凤安排人员保护马云霞和刘坤明等众僧人，秘密到焦作净影寺隐蔽。

净影寺之名乃隋文帝所赐，净影寺既是慧远出家学法之地，又是慧远归骨之地，其后历代多有高僧在净影寺修行，五代时著名画家荆浩，金代著名的诗人元好问，文学家赵秉文也都曾在净影寺隐居。

自古以来，“净影寺”就有夜观“金灯”的传说，根据唐末著名的画家荆浩的《笔法论》记载：“太行山有洪谷，其间数亩之田，吾常耕而食，有日登神镇山四望。”元代政治家、诗人王磐在《徙谷山》诗中，写有“瀑布落晴雪，金灯开夜莲”之句。清代诗人程之玿，则把“金灯现象”和佛教区别开来，他认为是一种自然现象：“中土无佛山即有，此灯灿烂几千年。非从白马驮来物，不稽之语莫轻传。”

当年，净影寺住持是志和法师，河南原阳人，1932年由上海佛教会来到焦作净影寺。志和法师历尽磨难，仍虔诚礼佛，艰苦累年，孜孜不倦。志和法师生活简约，刚毅守节。人高其行，僧俗夸赞，为释道之楷模，志和法师常扶犁耕田，躬自劳作，自供衣食。

马云霞被刘得锅打得皮开肉绽，奄奄一息。

“马云霞醒了吗？”刘坤明问，同时看见董凤正在撩起衣襟擦泪。刘坤明只觉得自己的心，在胸膛里上下忽悠了两下，刘坤明扔下行囊，走到马云霞面前，凝视着她的脸色。

董凤的心忽然不能自已了，董凤的眼睛，突然涌出了泪水，再也看不清楚马云霞了。

刘坤明看着董凤那极度伤痛而僵硬的脸，他看出来了，一种可怕的不幸，降临到马云霞的头上——自己心爱的二儿媳妇。“马云霞不行了吗？”刘坤明带着那样绝望的神情，望着董凤，刘坤明终于开口问出这个可怕的话。

董凤不能忍受刘坤明的目光，她倒退几步，坐在了椅子上。

董凤满脸泪水，一边擤鼻子哭着，一边讲述马云霞的伤情，我们使用了各种方法进行抢救，还是不退烧，而且病情日趋恶化。刘坤明一边听着董凤因为哭泣而不成句的讲述，一边看着马云霞。

董凤起身为马云霞擦洗伤口，马云霞一动不动，任她摆布：“弟妹，弟妹，你为什么不说话呀，告诉我，那些天发生了什么事，你怎么会这样子，刘得锅他对你做了什么？”

马云霞昏昏沉沉躺在床上，一句话也不说。一会儿，马云霞痉挛着，口吐白沫。

董凤心急火燎：“快，快，叫志和法师。”

刘坤明怒气冲天：“还乡团这帮畜生，太恶毒了，他们生生毁了她呀，志和法师，怎么样才能够救活她呢？”

“目前，我们没有好的消炎药，只有看她自己能不能抗过去了，抗过了，就行。”志和法师他边给马云霞把脉，边说。

董凤顾虑重重：“要是抗不过呢？”

“阿弥陀佛，一切皆是因果。”志和法师佛语禅心。

“志和法师，佛祖普度众生，看在佛祖的面子，你要救救她，求你救救她吧。”刘坤明看见志和法师，如见救星。

“平时信佛靠自力，往生净土靠佛力，佛祖只度有缘人。我们是外因只能帮一些忙，最主要的还是靠内因她自己。”志和法师禅意十足。

“靠她自己？”董凤有些不明白。

“如果她自己有坚强的意志，我们再帮助她的话，她应该能战胜病魔。我佛慈悲，这就要看她自己的造化了。阿弥陀佛。”志和法师捻着念珠，唱起了佛号。

马云霞就像木偶一样任由摆布，神情有些呆滞。

马云霞在接受治疗的前10天，喝下志和法师亲自配制的神秘的中药汁，并在它的作用下不断呕吐，吐出身体内的淤血。

马云霞又活过来了。

志和法师在清除马云霞身体内瘀血的同时，还叫马云霞坚持定时在大铁锅里洗药浴，治疗马云霞的外伤。志和法师安排几个僧人，在一个大铁锅里，加满山泉水，用大火烧热。志和法师又在大铁锅里添加些中药，叫女居士把马云霞搀扶进大铁锅里，洗药浴治烧伤。

有心栽花，花不开；无心插柳，柳成阴。马云霞脚上的烧伤，常年缠着绷带，多法治疗，就是不见效。说起来简直令人不能相信，马云霞偶尔在老乡家里的墙上，揭下了一张用过的狗皮膏药，剪成小块，贴在伤口上。狗皮膏药沾不住了，就再剪一块换上。单方治顽疾，马云霞脚上的伤口居然愈合了。

19. 太行之子九纵

1947 年，是解放战争一个分水岭，国民党反动派的军队全面进攻共产党的解放区失败，转而对共产党的解放区采取重点进攻，进攻方向直指陕北和山东。

1947 年 3 月，胡宗南率领二十余万国民党大军，进攻陕北解放区。毛泽东为了诱敌深入，在运动中歼灭敌人有生力量，3 月 18 日，中共中央主动撤离延安转战陕北，直至 1948 年 3 月 23 日东渡黄河离开陕北。

在陕北延安，毛泽东点拨师哲：“他蒋介石，既然可以打到延安来；我毛泽东，也可以打到南京去嘛。来而不往，非礼也。我要用一个延安，换取一个全中国。”

毛泽东在转战陕北时期，先后途经延安、延川、清涧、子长、安塞、靖边、横山、绥德、佳县、米脂、吴堡等 12 县，37 个村镇，行程两千余华里。

毛泽东在陕北领导全国解放战争，指挥了西北战场，召开了几次重要会议，制定了解放战争时期一系列方针、政策。在这期间，毛泽东走着陕北的黄土路，住着陕北的土窑洞，吃着陕北的小米饭，同陕北人民同甘苦，共患难，在世界上“最小的司令部”里指挥了最大的人民解放战争，度过了一年零五天的艰苦岁月。

蒋介石利令智昏，低估了毛泽东的智慧和实力，犯了兵家之大忌。蒋介石把进攻的主要目标，统统放在陕北和山东，其中央战线兵力薄弱，恰似对阵之人摊开两臂、袒露胸膛。

毛泽东高瞻远瞩，看准了蒋介石的软肋。

毛泽东披着有大补丁的棉衣，站在黄土高原上，指点江山，逐鹿中原，出手制敌：

一路大军，毛泽东派刘伯承、邓小平，千里跃进大别山，给敌人当胸一拳、击其要害。打乱蒋介石的战争布局，扭转整个战局，解放军由防御转入战略性进攻。

二路大军，毛泽东派陈毅、粟裕，领导华东野战军团挺进豫皖苏，策应刘邓大军的战略性进攻。

三路大军，毛泽东派陈赓、谢富治兵团，打进豫西，在黄河与长江之间的广大地区形成了一个“品”字形的战略态势，拉开解放军战略大反攻的序幕。

毛泽东壮志凌云，抽了一口烟卷，大气磅礴地对周恩来说：“恩来呀，我觉得中原战场似乎还不够热闹，再加一把火。电令太行军区，组建晋冀鲁豫野战军第九纵队，进军豫南，打进蒋管区，烧烧蒋介石的锅底。”

太行军区司令刘伯承、政委邓小平不折不扣地执行毛泽东的命令。

1947 年 8 月 15 日，在豫北博爱县的卜昌寨，太行军区宣布成立晋冀鲁豫野战军第九纵队，秦基伟任司令员，黄镇任政治委员，黄新友任副司令员，参谋长何正文，政治部主任谷景生，副参谋长李静宜。下属 25、26、27 三个旅。

凌晨 4 点，晋冀鲁豫野战军第九纵队指战员全副武装赶到了检阅地点，排列整齐。上午 9 点，检阅开始。秦基伟司令员和纵队首长们都骑着高头大马，检阅部队。

“同志们好！”

“首长好！”

“同志们辛苦了！”

……

晋冀鲁豫野战军第九纵队的成立大会，由纵队政治部主任谷景生主持，26 旅旅长向守志担任阅兵总指挥。政委黄镇宣布晋冀鲁豫军区关于组建第九纵队和任命旅以上干部的命令：蔡爱卿任第 25 旅旅长，冷裕光任政治委员，张锡珩、刘自双任副旅长，廖开芬任参谋长，聂济峰任政治部主任；向守志任第 26 旅旅长，余洪远任政治委员，张显扬、陈皓任副旅长兼参谋长，窦力新任政治部主任；崔建功任第27旅旅长，黄以仁、唐万成任副旅长，李万明、王银山任副政治委员，张蕴钰任参谋长，王银山兼政治部主任。

黄镇带领晋冀鲁豫野战军第九纵队指战员郑重宣誓：“我们是中国人民的优秀子弟，是毛主席、朱总司令领导，刘邓首长指挥的常胜军……消灭一切卖国贼，建立独立、和平、民主的新中国！”

太行第4专区公署专员杜毓沄，代表太行行署600万人民向新成立的晋冀鲁豫野战军第九纵队献旗，旗上绣着：太行子弟结长缨，跨河南征缚苍龙。

秦基伟司令员代表晋冀鲁豫野战军第九纵队全体指战员受旗。

上午11点，秦基伟司令员做报告，他刚讲几句话，天气突然变了，电闪雷鸣，倾盆大雨从天而降，打得人睁不开眼。

晋冀鲁豫野战军第九纵队两万多人集结在卜昌寨广场上，伫立在天地相连的滂沱大雨中，从司令员秦基伟、政委黄镇到战士、群众，没有一个人打伞、披雨衣、乱动的。

会场庄严肃穆，秩序井然。刘为家对战士们风趣地说：“今天我们晋冀鲁豫野战军第九纵队成立，老天爷下场大雨给我们洗个澡，让我们干干净净地出发南征，打倒蒋介石。”

秦基伟是中国共产党久经考验的老红军、老战士。秦基伟1927年参加黄麻起义，1929年参加中国工农红军，1930年加入中国共产党。土地革命战争时期，历任红四方面军经理处监护连排长，总部手枪营连长，少共国际团连长，警卫团团长，红三十一军第二七四团团长，红四方面军总参谋部补充师师长，参加了长征。抗日战争时期，任八路军一二九师游击支队司令员，晋冀豫军区参谋处长，一二九师新编第十一旅副旅长，太行军区第一军分区司令员兼中共地委书记。现任太行军区司令员，晋冀鲁豫军区第九纵队司令员。

秦基伟中等偏上的个头，国字形的脸庞，精干、结实而且英俊。秦基伟干脆冒雨站到一张四方桌子上，他挥着手，大声讲话：“同志们，我们按照党中央、毛主席的指示，我们组建晋冀鲁豫野战军第九纵队，这是党中央、毛主席的英明决策。我们为巩固我们的阵地，保卫太行解放区，保卫太行人民翻身的胜利果实，为解放中原及全国人民而继续战斗，我们要打出去，打过黄河去，争取更大的胜利！……蒋介石想把战争放在解放区周围，达到消耗我们的目的。我们只有打出去，才能减少解放区人民的负担，把战火烧到蒋介石身边去！……”

夏季的天，小孩子的脸，说变就变。秦基伟司令员讲完话，雨不下了，太阳也出来了。

太行参战民兵、民工团代表、太行第四专区副专员董凤坚定表态：“晋冀鲁豫野战军第九纵队是太行山的儿子，是我们人民的子弟兵。我们的晋冀鲁豫野战军第九纵队打到哪里，我们参战民工就跟到哪里，太行人民要用全力来支援晋冀鲁豫野战军第九纵队，支援晋冀鲁豫野战军第九纵队打出去。”

晋冀鲁豫野战军第九纵队成立大会上，气氛热烈，军民士气高涨，群情激奋，拳头如林，吼声震天：“我们打出去——！”

“打出去——！”

“打出去——！”

晋冀鲁豫野战军第九纵队成立大会上的口号声，一浪高过一浪，透过大雨，在天空中久久地回荡。当时的《新华日报》以《打出去》为题，报道了晋冀鲁豫野战军九纵成立、出征豫南的消息。

1947年8月19日，刘为家召开全团大会，刘为家团长宣布：“同志们，上级决定，从今天起，我们八路军的称号，改为中国人民解放军！”

团部司务长收回了全团指战员的“八路军”臂章，给大家换上了“中国人民解放军”的胸章。原来八路军的臂章，佩戴在左臂上，现在是解放军的胸章，佩戴在每个战士的左胸前。

刘为家团长讲话：“同志们，我们中国人民解放军按照毛主席的命令，我们要打到蒋管区，吃他蒋管区的，喝他蒋管区的，在蒋管区消灭国民党反动派的有生力量。”

北方的秋天，多雨。

秋天的雨，缠缠绵绵，下个不停。

国民党的飞机，天天在解放军晋冀鲁豫野战军九纵队的上空，狂轰滥炸，日夜没有消停。

解放军晋冀鲁豫野战军九纵队的主力部队不得不顶风冒雨，抢渡黄河天险。

解放军晋冀鲁豫野战军九纵队在行军中，各级政工干部边行军边鼓动、活跃部队气氛，他们现编的鼓动词，既形象又生动，振奋人心。

“风大雨急路滑，革命战士不怕。白天飞机当伞，夜里灯笼高挂（指敌人的照明弹）。”

“同志哥呀，迈大步呀，快快走呀，过黄河啦，过了黄河，打老蒋呵，动作慢了，老蒋跑了，跑了老蒋，无法说啦。”

解放军晋冀鲁豫野战军九纵队那些老家在黄河以南的指挥员和老战士，希望早点打到他们的家乡去，去解救自己的亲人。新战士七嘴八舌：“老战友解放了我们的家乡，我们获得了新生；现在我们反攻了，我们要勇敢战斗，像老战友解放我们家乡那样，解放老战友的家乡。”

刘为家当副团长时，只管作战训练，现在当了团长，负责全面工作就不相同了。同时刘为家工作性质发生变化，解放军九纵队内线作战到外线作战，老区作战到新区作战的变化，这些搅在一起，刘为家就更觉得困难太大。敌情严重，行动频繁，没有后方，不但给养困难，解放军晋冀鲁豫野战军九纵队的伤员还得送到黄河北岸，刘为家每天忙得黑天白天不拾闲。

1947 年 8 月 20 日，晚，解放军晋冀鲁豫野战军九纵队机关抵达关阳渡口。这一段河面较窄，只有三百至五百米宽。刘为家头一次看见黄河，心里藐视黄河：“闹了半天，黄河就这个样子呵，没啥了不起的。”

当时，这段黄河上只有十一只木船，一次只能渡过五百到七百人。秦基伟司令员和政委黄镇坐在船上，一位老船工对他俩介绍说：“往年，进入七月，黄河就涨水。如今都是八月了，水不但不涨，还往下降。老天保佑你们解放军呀，解放军有福呀！”

秦基伟开着玩笑说："老天爷讨厌蒋介石，巴不得我们解放军赶快过河，去收拾蒋介石。所以，老天爷暗中助我们共产党解放军一臂之力。"

1947年8月27日，解放军晋冀鲁豫野战军司令员刘伯承、政治委员邓小平率部队，兵分三路，历时21天，行程千里，先后解放11座县城，胜利地完成了千里跃进大别山的战略任务。

刘邓大军跃进大别山，给蒋介石当胸一拳。陈谢集团突破黄河天险，出师豫西，等于朝着蒋介石的肋骨上，蹿了一脚。蒋介石不得不侧过身，对付陈谢集团这一脚；不得不忍痛剜肉补疮，调兵遣将；不得不使出三个招数，苦撑局面。

招数一，蒋介石命令尾追刘邓的部队中，抽调整三师、二十师、四十一师等共八个旅组成第五兵团，由李铁军统一指挥，阻击陈谢集团。

招数二，蒋介石命令担任守备陕东和灵宝、陕县地区的整二十七旅、一三五旅、一六七旅以及一六五旅之四九四团，共四个半旅的兵力，组成陕东兵团，由谢甫三统一指挥，阻击陈谢集团。

招数三，蒋介石命令各县保安团队相配合，从东西两面夹击共产党解放军的军队，集结陇海路，阻击陈谢集团。

中共中央军委电报命令：敌人西面空虚，攻取较易。速以四纵全力、三十八军及二十二旅，抢占陕县、灵宝、阌乡、洛宁、卢氏，向右抢占雒南、商县、商南。晋冀鲁豫野战军第九纵队位于新孟洛北区，牵制洛阳之敌，以一部攻占宜阳、嵩县……

1947年8月28日，解放军晋冀鲁豫野战军第四纵队组织攻打横水镇。在新安县境内的分山头村，解放军晋冀鲁豫野战军九纵与陈赓、谢富治所部胜利会师。

将军赶路，不抓小兔。陈赓和谢富治奉命向西挺进，配合解放军西北野战军作战；解放军晋冀鲁豫野战军九纵继续南征，横扫豫西土匪，牵制国民党军在豫西、豫南的部队，战略策应进入大别山区的刘邓主力部队。

解放军晋冀鲁豫野战军九纵队2万余人马从官阳、李河沟、西富等3个渡口顺利渡过黄河，同时随军南下的还有博爱、沁阳、温县、武陟等太行区所属县的地方干部和支前民工1万余人。

1947 年 9 月 19 日，太行《新华日报》专题报道解放军晋冀鲁豫野战军第九纵队的参战民兵、民工：秦基伟将军所部渡黄河南下，太行万余翻身农民随军参战。

解放军晋冀鲁豫野战军第九纵队沿沁阳、济源、王屋、邵原一线向黄河北岸渡河点开进。解放军晋冀鲁豫野战军第九纵队渡河南征的人员，除了纵队 2 万余名指战员外，还有七千名民工。董凤领导的七千多名民兵、民工，顶着土匪的不断骚扰、敌机的不断轰炸，每人负重七八十斤，在连绵的阴雨中，长途行军，往前方背运弹药，往后方护送伤员。

这天，解放军晋冀鲁豫野战军第九纵队的领导们慰问董凤领导的民工团，秦基伟询问："黄河南这一带，完全是新区，我们九纵没有群众基础，没有后方支援，没有情报来源，到处都是敌人，走到哪里都有枪声。除了国民党军队，还有土匪和地方恶霸武装。你们民工团有什么困难呀。"

董凤回答："部队对我们很照顾。我们部队在国民党反动派的地盘上打仗，我们部队基本上是无后方作战，衣食住行、粮弹兵员补充，一切都取决于前线，而不是依靠后方。这对我们民工团，也是一次大考验。"

秦基伟感叹："离开了解放区根据地，我们九纵就变成了没爹没娘的孩子，来自太行山的九千多名兄弟姐妹，帮助我们渡过了难关。"

董凤表态："请首长放心，太行山的人民，是伟大的人民，她用贫瘠然而又充满热情的胸膛，养育并造就了一支又一支能征善战的部队，我们送你们远行，我们心甘情愿地与九纵生死相伴，协同九纵共同作战，直到打倒蒋介石，解放全中国。"

中国共产党在解放区领导土地改革，解放区根据地的老百姓得到了土地，他们欢天喜地，父送子，妻送夫，兄弟争相报名，踊跃支前。

那个时候，太行军区各解放区根据地的支前指标一分到村里，村里马上按地亩，摊派到人头上，不去支前的交纳粮食，去支前的挣粮食吃。老百姓家里有五六亩地的，要拿出 200 斤麦子。那时候天旱地薄，好年景亩产粮食也就几十斤。老百姓交出一布袋麦子老心痛，干脆报名去支前，既不用纳粮了，又在外面省下一口人的口粮呢。老百姓支前积极性高，一人支前给家里挣下200斤粮食，足够全家吃一年的了。200斤纯粮食啊！过去全家人都是吃糠咽菜，现在一人去支前，全家人高兴呀，既挣粮了，又吃饱饭了。

农民实在，说出来的话实成："行军艰苦，哪有庄稼地里的活苦，现在服务解放军天天吃饱饭，隔三岔五还有肉吃。我们挑担子不累，才百十来斤。解放军战士更累，身上披挂50多斤武器装备，吃的还不如支前的民工。"

秦基伟问："我们的支前民工有伤亡吗？"

董凤答："有，经常遇见国民党的飞机扫射，民工死伤不少。还有个别民工意外伤亡，两个民工从前线坐火车回家，坐的是闷罐车厢，两个老乡偷偷爬到车顶凉快。车开了，人下不来，过车站时，火车天桥横梁刮掉了两个老乡的脑袋。我们得瞒着他们的家人，等胜利了，我们把他们的骨殖带回去，安葬。"

秦基伟点点头，深有感触："董凤同志，如今战争的形势这样紧张，社会这样混乱，我们的部队都有逃兵。但是，你们民工队伍中没有一个开小差的，没丢一点弹药，没有一个人掉队，没有一个人说怪话，你们真是一支不穿军装的军队，甚至比我们军人还要过硬。"

董凤动情地说："毛主席写了一篇《愚公移山》，论起籍贯，我们和愚公都是太行山人。在中国共产党的正确领导下，我们较起真来，太行山人何止能够搬掉太行、王屋两座大山？在几十年风火血雨的革命斗争中，我们太行儿女要同全国军民一道，搬掉整整一个黑暗的旧世界，建立一个属于劳苦大众的新中国。"

解放军晋冀鲁豫野战军九纵队主力随陈谢集团截断陇海铁路，东逼洛阳、郑州，西逼潼关、西安，驰骋东西，沿伏牛山两侧机动作战，至1947年11月底，共歼敌5万余人，建立39个县的民主政权。国民党第16团司令孙元良指挥国民党四十一师的一二三、一二五、一二七等3个旅，路经郑州、穿过密县，向西进犯登封。

解放军晋冀鲁豫野战军第九纵队在登封欲擒故纵，诱敌深入，回马一枪，组织一个冲锋，就把敌人歼灭了。

孙元良进攻登封无望，只得率部撤回郑州。刘为家团奉命在芦店、景店、月山地区，拦腰切断国民党四十一师师部、一二二旅、一二五旅，直接攻击国民党一二七旅，彻底消灭了国民党四十一师的一二七旅。

1948 年 3 月，解放军晋冀鲁豫野战军第九纵队会同野战军第四纵队等部顺手牵羊，攻克洛阳，歼敌 2 万余人，生俘国民党第 206 师的师长。

1948 年 5 月，中共中央、中央军委重建中原军区，解放军晋冀鲁豫野战军第九纵队改称解放军中原野战军第九纵队。

20. 战争中的朋友

那年，日本侵略者占领焦作，马尚钧以汇报焦作抗战时局为名，渡过黄河南下，到国民党第一战区司令长官部和河南省政府所在地洛阳，汇报工作。

在洛京饭店的宴会上，马尚钧遇到了自己的故友——新任第一战区军粮局的局长李文浩。

李文浩听说，到现在，马尚钧还没有正式职位，便邀他到军粮局任职仓库长。

马尚钧正瞌睡呢，人家送了个大枕头，他当然乐得接受："文浩兄，我愿意留在洛阳当库长。"

李文浩歉意："尚钧老弟，不好意思，洛阳仓库人事刚刚调整，眼下不便再作调整。不过，卢氏县仓库同洛阳均为甲种库，你到卢氏县仓库，是否可以啊？"

马尚钧是要饭吃的，当然不嫌人家给的馍黑："好，好，我去卢氏县。我在卢氏县当过县长，我对卢氏县这个地方很熟，我愿意前往任职。"

马尚钧到卢氏县第一战区军粮局第六库任库长。总库设在卢氏县东门外的张家湾，下辖杜关、北关、火焰城、南苏村、洪涧五个分库。卢氏县地方仕绅纷纷拜谒马尚钧，门庭若市。地方仕绅纷纷赠送木耳、猴头、鹿茸等各种山珍野味。这下难住了马尚钧，不收吧，却之不恭，伤害人家的感情；收吧，马尚钧又觉得无功受禄。马尚钧思来想去，他终于想出了一个皆大欢喜的办法：赠品、礼品全部交给仓库伙房，让仓库全体人员分享。

栾川的乡绅何兰亭，特意拜见马尚钧，并赠给马尚钧两支最新式的德国制 24 响毛瑟冲锋手枪，让马尚钧不虞之时，护身防匪。

马尚钧格外关照焦作流亡到卢氏县的教师和学生们，他竭尽全力给以资助。逢年过节，都要向他们赠送大米、高级面粉、衣服等用品。星期天，马尚钧邀请师生们到仓库来，做客聚餐，改善师生们的生活。

1943 年，中原大旱，飞蝗成灾，赤地千里，路有饿殍、遗骨。卢氏县受灾情况虽然没有那么严重，但是因粮食歉收，群众生活也十分困难。

马尚钧看在眼里，急在心上。马尚钧想在自己力所能及的范围内，帮助农民渡过灾年，他想出了一个办法变通：一方面呈请上级，以仓中储粮有虫害、糜烂为理由，调出陈粮旧谷，救济百姓。另一方面下令开仓借粮，规定百姓冬借夏还，借一还一。马尚钧处心积虑的关怀体惜，卢氏县百姓无不拍手称快，家家户户感恩载德。

1944 年 12 月，日寇打下洛阳，侵入卢氏县，马尚钧携带全家及亲随人等，避居于深山之中的陶湾镇，在乡绅张岐山家居住了一年。

1945 年 9 月，日本投降。马尚钧携带家人由卢氏返回豫北，暂居于新乡。不久，国际救济总署河南分署成立，在新乡设立办事处。当时，郭仲隗担任国民党豫鲁监察使，郭仲隗担心这个肥缺落到外人之手，积极推荐同乡同学的马尚钧担任此职。恰好，马尚钧的老同学王冠五，时任国际救济总署河南分署的副署长。王冠五到国际救济总署河南分署的署长马杰那里，大力推荐：马尚钧有才能，为人正派，堪当大任。于是，马尚钧被任命为国际救济总署河南分署新乡办事处主任。

国际救济总署河南分署的新乡办事处，这个机构在当时来说，是个油水很大的单位，大米、小麦、面粉、棉花、棉纱、衣物、食糖、奶油、黄油、医药及医疗机械等物资，应有尽有。国际救济总署河南分署新乡办事处的仓库设在新乡电厂，各类物资在新乡电厂院里、屋内堆积如山。此外，新乡办事处还拥有一个几十部汽车的运输队。

马尚钧初期负责此项工作，颇感吃力，因为物资繁多，分类较细，有些工作必须专人分类管理发放，而马尚钧对有些物资的管理，一窍不通。

马尚钧唯恐出现纰漏，酿成损失。一段时间过后，马尚钧发觉国际救济总署河南分署除了向这里发送物资之外，根本无人检查点验，无人过问物资的损坏、短缺、遗失。因而，马尚钧得出结论，认为只要自己不贪污浪费，何必自生多端，来物照收，合理分放。

1946年春，国民党、共产党双方和美国代表组成军事调处执行部，新乡成立三人执行小组，解放军的首席代表是黄镇将军，其工作人员主要来自太行军区四、五分区。刘为家原在太行四分区工作，现调往新乡军事调处执行部工作。

刘为家上门拜访马尚钧，初去时，马尚钧的秘书刘康出面接待，刘康听刘为家介绍了姓名、工作单位之后，刘康和颜悦色："请问刘先生，你和我们马主任是什么关系呀？"

刘为家不假思索："我是马主任的学生，前来拜见马主任。"

刘为家一说学生二字，刘康怀疑刘为家招摇撞骗，马上改变语气："对不起，我们马主任，今天不在家，有事的话，请改日再来吧。"

刘为家客气地起身辞别。

其实，马尚钧当时就在机关办公，刘康之所以说假话拒绝刘为家，是因为刘康跟随马尚钧多年，刘康知道马尚钧从未教过书，马尚钧哪里有什么学生呀。

事后，刘康一五一十地向马尚钧作了汇报。马尚钧一听，哈哈大笑，指教刘康："你不懂了吧，你的知识太少了。人家说是我的学生，因为人家比我年轻，因为谦虚，才这样说的，懂了吗？还有一点，你不知道，这个共产党军官刘为家是我的女婿。"

吃黑饭，保黑主。刘康知错就改，他脚不着地去请刘为家，刘为家和马尚钧一见面，马尚钧开口大骂刘为家："你娘了个大脚，你个兔崽子，你这是唱得那出戏呀。你个兔崽子，女婿拜见岳父，有这么讲究吗？我闺女云霞在哪里？”

刘为家连忙说：“马云霞，在修武的解放区，一切平安，您老放心。我是来感谢岳父大人的，我来感谢岳父大人的救命之恩。”

马尚钧丈二和尚，摸不着头脑：“哦，你此话怎讲？”

刘为家毕恭毕敬：“我在卢氏县被捕，是岳父大人您高抬贵手，从监狱里放了我。当时，我化名叫李正文，否则我何以能有今天。”

马尚钧沉思良久，他才想起点印象，他亲昵地骂道：“你娘了个大脚，你小子成天就知道玩火，好耍点小聪明，迟早会吃大亏哩。你多学学你家嫂子董凤，你家嫂子董凤是个多么踏实的人。”

刘为家言归正传：“今天，我受解放军首席代表黄镇将军委托而来，拜托你对解放区进行救济，恳请岳父大人帮忙。”

马尚钧见女婿有事相求，大包大揽：“此事，你尽可放心，关于分配救济物资的问题，联合国救济总署规定，叫做三不分。即，救济工作不分地区，救济工作不分政党，救济工作不分民族。对此，我当然一视同仁，照章办事。”

刘为家趁热打铁：“现在，长垣、内黄等地百姓的生活，极其困难，有一半的难民家庭，已经揭不开锅了，人命关天，当即急需救济。”

马尚钧慷慨承诺：“可以，我先行调拨一部分粮食、棉花，救济长垣、内黄等地难民。日后，再由我处补办有关手续。”

刘为家起身告辞，马尚钧严肃地叫住了他：“站住，你公事说完了，想一走了之。你慢走，你吃了饭，你再走。一会儿，咱爷俩下两盘棋，看看你的棋艺，是否有长进。”

马尚钧一诺千金，他派自己的亲信刘康亲自押运，押送满载大米、小麦、棉花等物资的四部大卡车，运抵长垣、内黄。

马尚钧源源不断救济解放区，国民党新乡专员张敬忠慌了神，着了忙。

张敬忠和马尚钧的堂兄弟是连襟，俩人每次见面，张敬忠从不称马尚钧官衔或先生，开口闭口都叫十二哥（马尚钧在家族里排行十二），十二哥长十二哥短，以示亲密。

张敬忠获悉，马尚钧竟然向共产党解放区运送救济物资。张敬忠岂能坐视不管，立即驱车来到办事处，寒喧几句，直奔主题："十二哥呀，关于你向匪区运送救济物资这件事，你应该慎重考虑，慎重从事，杜绝救济物资落入共匪之手。"

马尚钧懒洋洋地躺在烟榻上，旁边一张茶几，上面放着一盏香油灯，烟泡烧起，"吡吡"冒着一缕缕青烟，满屋烟香喷喷。旁边，管家给他烧着烟泡，马尚钧悠闲地眯着眼睛，惬意地吞云吐雾。马尚钧过足烟瘾，才欠身解释："吾弟，你此言差矣，救济共产党的控制地区，是联合国之规定。至于担心物资落入共军之手，你不必多虑，因为我派人就地监督，救济物资直接发到了灾民的手中，你又有何事可忧？来，老弟，你也抽一口烟。"

张敬忠摆摆手，示意自己不抽大烟："话是这么说，事情并非那么简单。既然救济物资掌握在我们手上，我们完全可以在源头上控制，视情况酌情处理。最低也得限制分配。实在不行，我们也应该有个内外有别呀。"

马尚钧不屑张敬忠的无理纠缠："想想看，若往更深一层说，我们救济共区百姓，共区百姓对党国也是会感激的。我们干的事情，不正是'冯谖焚券、天下归心'之事吗？不过，吾弟肺腑之言，持论很有见地，愚兄今后办事，自当斟酌而行。惭愧，你替为兄担惊受怕了。"

日鬼，还不能叫鬼叫唤。马尚钧说了些没楞没角、似是而非的话，既给了张敬忠面子，又没有让张敬忠抓住什么把柄。

张敬忠前脚刚出门，刘为家后脚就进门。

刘为家挤眉弄眼："岳父大人，听说，张专员亲自造访你了。"

马尚钧看透不说透，笑着骂刘为家："你小子不愧属狗的，鼻子真灵，闻着味就来了。张专员到我府上，你有什么不放心的？"

"不，不，小婿绝对没有这个意思，关于这些工作事宜，我知道岳父大人是包公再世，青天大老爷，从来都是主持公道正义的。不过，我觉得张专员为政切实辛劳。但是，他张专员的手，伸得有点太长了吧。"

马尚钧诙谐地笑道：“你娘了个大脚，前两句，你给我戴戴高帽，叫我坐坐飞机；后两句，你开始挑拨离间。我真要请教、请教我那亲家，你爹怎么教育出这么一个纨绔之子。我女儿究竟相中了你那一点能耐。”

刘为家得了便宜，卖乖：“见了岳父大人，小婿是小巫见大巫，既是关公面前耍大刀，又是鲁班门前抡斧头。”

看来，世界上有两种行为，作为礼物送人，经常叫人无法拒绝，一种是戴高帽，一种是拍马屁。马尚钧听了女婿的话，心里十分舒坦，但他马上端起长辈的架子，佯装生气：“贫嘴，真该挨打。你放心，救济赈灾之事，长短在彼，屈伸在我，谁再说三道四，也是枉然。你们尽管放心吧。”

刘为家见马尚钧高兴，他开口求援：“解放区极端缺少药品，百姓死于病伤太多。救人一命，胜造七级浮屠，希望岳父慈悲为怀，赶紧运送一批药品，最好是西药盘尼西林救助百姓。”

马尚钧满口应承：“我就知道，你个小子，无事不登三宝殿，我尽快满足你们的要求。对了，你把我闺女云霞接来，我们一家团聚团聚。你不应革命来，革命去的，把我家闺女革命丢了。”

刘为家信誓旦旦：“不会的，咱家云霞，现在在我们解放区，做的官比我都大。好，我抽空去接她，我们一家团聚团聚。哦，岳父大人不提这个话题，我倒忘了一件事，我家云霞专门托人给您老人家捎来焦作小吃，老师傅闹汤驴肉。”

马尚钧脸上，马上多云转晴：“老师傅闹汤驴肉？我好些年没有吃过这一口了。”

马尚钧讲，在古时，焦作“闹汤驴肉”的做法，听起来也许有些恐怖。传说，驴肉开始做出味道不咋地。于是，一位老师傅想出个好办法，用焦作的山药、牛膝、地黄、菊花四大怀药，煎熬而成的中药，让毛驴喝下。可是，这中药熬好了，毛驴根本不喝！于是，老师傅又想出了个办法，让毛驴不吃不喝，一直拉磨，直拉得这毛驴大汗淋漓、体力不支、又饿又渴时，老师傅把熬好的中药，拿去喂毛驴，毛驴饥渴难忍，连喘气都顾不上，大口大口地喝下几大桶中药。此法连续使用三天，毛驴的浑身便慢慢地浸入四大怀药，毛驴变成了“药驴”。老师傅请来屠夫，屠宰毛驴。然后，将驴肉放入老汤锅内煮炖，老汤锅内也是放着四大怀药的佐味，故称闹汤驴肉。此法做出的闹汤驴肉，味鲜无比，香飘四季。

相传，乾隆皇帝南巡，曾驾临月山寺，在沁阳城品，亲自尝了怀庆府的董家闹汤驴肉，连夸了三声：“好吃，好吃，好吃！”

刘为家接着与马尚钧套近乎：“焦作老百姓有一句俗语，吃了驴扳肠，忘了孩他娘。”

马尚钧借题发挥：“儿哎，我吃了驴扳肠，忘了孩他娘，可我忘不了闺女。你知道，我闺女出来革命几年了，我没有见过闺女了，别的都是假的，我要见闺女。你别给我打马虎眼，我闺女丢了，小心我敲烂你的头。”

刘为家满口答应：“好！好！我安排，您老把心放肚里。我安排，我们一家人早日团圆。”

这一次，刘为家登门造访：“岳父大人，我特别受黄镇将军的委托，代表解放区百万军民，向您老致以深切的感谢。”

刘为家直截了当地摊牌：“岳父大人，眼下国共关系微妙，两党两军必有战，您老对共产党有何看法，持何态度？你有没有自己的想法呀？”

马尚钧不遮不掩：“我不反对共产党，但是坦率地讲，对共产党有些严厉的政策，我是不赞成的。”

“岳父大人，你认为国民党能不能消灭共产党呢？”

“事情已经很清楚了，红军离开江西时，蒋介石没有能歼灭共产党，现在已经没有可能了。可是，话又说回来了，共产党要消灭国民党，同样也不容易。”

马尚钧时下正不得志，人很消沉，一天从早到晚，就是一件事：吸食鸦片。本来，马尚钧怀有一颗爱国报国之心，可是，国内混战，天下大乱，好端端一个中国，四分五裂，一摊散沙。外国列强虎视眈眈，红着眼想着瓜分中国这块肥肉。国民党新乡军政当局，尔虞我诈，损公利私。这种局面怎不叫人伤心落泪！所以，马尚钧玩世不恭，整天拿着一根烟枪，吸食鸦片，昏昏沉沉地消磨意志，苟且度日。

刘为家苦口婆心地规劝马尚钧：戒除烟瘾，投奔解放区，参加革命。

“这条路，我以后可能是会走的。实话告诉你吧，共产党里的南汉宸、薄一波，他们都是我的老朋友。但是，我现在走这条路，恐怕不行啊，一失足成千古恨。”马尚钧说着，用手指指大烟灯，抱憾不已：“因为什么呢，我烟瘾太深了，我现在到了共产党那里，离开了这大烟土，我的日子，一天也过不下去呀！”

马尚钧说出这样的肺腑之言，事出有因。一则，国民党当局内部派系斗争激烈，马尚钧身在漩涡，无法独善其身。二则，马尚钧坚持国际救济总署“不分地区、不分政党、不分民族”的“三不分”原则，顶住国民党的内部压力，向共产党解放区运去了大批救济物资和药品，引发国民党新乡当局内部的猜忌和排挤。

无可奈何花落去。在国际救济总署救济工作行将结束之际，新乡军政当局免去了马尚钧国际救济总署河南分署新乡办事处主任的职位。

出师未捷心先死，长使英雄泪满襟。马尚钧一怒之下，举家回到了焦作温县老家，归隐山林。

马尚钧悲天悯人，郁郁寡欢。马尚钧天天游山玩水，天天吸食大烟，天天伤感不已：“国民党完了，国民党完了，中山先生呀，我的国父呀，中山先生，我死不瞑目呀！中山先生，我们这些国民党人对不起您呀，您开创的三民主义事业，慨当以慷，忧思难忘。中国的前途，在哪里呀？中国的前途，在哪里呀？”

21. 解放焦作

中国人民解放军第二次解放焦作的隆隆炮声，回答了马尚钧心中的困惑和忧虑。

在中国共产党人领导下，广大劳苦人民求生存、求自由、求民主、求解放，为了改变自己的命运，与国民党反动派展开了一场你死我活的大决战。

《人民日报》1948年5月本报太行四日电：修武民兵从入春整顿以来，在边地作战中的群众纪律业已经过检讨纠正，战斗力大大提高。据修武县武委会公布：该县民兵在一二三3个月中，共作战一百零三次，打死敌人卅八名，打伤一百卅七名，活捉正规军十四名及恶霸十八名，共歼敌二百多名，缴获长短枪九支，夺回群众被抢牲口十五头。该县一区民兵战绩最好，仅三月份一个月，即毙伤俘敌五十四名。现修武县武委会正号召全县民兵向一区民兵学习，并进一步展开地雷冷枪战，保卫边地春耕并准备保卫麦收。

解放军势如破竹，刘得锅却是王八吃秤砣——铁了心，死心塌地地与人民为敌，做垂死挣扎。刘得锅命令刘七洋的警察署，放弃治安，全体纳入战斗部队序列，参加对抗解放军的战斗。

太行军区第八军分区司令员黄新友率领主力四十四团、四十六团，在太行山南麓，向修武县城方向攻击前进。

突然，听到前方一声枪响，隐隐约约看到一个班的国民党士兵，朝着修武县城方向逃跑，

黄新友司令员命令观察，一个老侦察员报告黄新友，有个警察模样的人，要找解放军的司令员。来人是个高个子，他自己说，他叫刘七洋，是焦作共产党工委的秘密地下党员，他在修武县警察署里当署长。刚刚放了一枪便逃走的警察班，就是刘七洋带一个警察班在搞军事侦察活动。

国民党修武县县长刘得锅分配给警察署长刘七洋的任务，就是在太行山南麓侦察解放军的活动。

刘得锅哪里知道，刘七洋是共产党地下工作者。刘七洋看到解放军大部队下山了，刘七洋欣喜万分，便跑过去接头、联络。

刘七洋向黄新友司令员汇报了修武县城内及其周围国民党军的部署：在修武城北大陆村，国民党14旅的一个连在百间房据点驻扎。

黄新友根据刘七洋提供的情报，对百间房据点的国民党军队，发动进攻。解放军动用二个步兵连、一个机炮连兵力。一举消灭国民党军队一个连，缴获步枪约150支，还有大量的物资、弹药。

刘七洋在解放军的接应下，武装起义，交给解放军8挺机关枪，步枪130支。

黄新友拍着刘七洋的肩膀，说：“刘七洋，你先委屈一下，担任班长，锻炼锻炼。”

刘七洋举手敬礼：“是，请司令员放心，我保证不辱使命。”

1948 年 8 月，太行军区全面出击，收复晋豫边区的沁阳、清化、焦作、修武等地。

这天，解放军从太行山往下走。到半山腰，就看到下面的大平原，放眼南望，一马平川。下午五点，部队停止前进，口令传来：不准大声说话，不许暴露目标，准备战斗。

暑热天气，没有水喝，口渴难耐，刘七洋班干脆坐下打盹。一直休息到晚上八点，命令传来：跑步前进。

刘七洋到了山脚下，又跑一个多小时，来到大平原上。往前步行，看见了一望无际的大竹林。博爱县老乡为解放军泡制了竹叶茶，指战员们喝进嘴里，味道清香甘甜，沁人心脾。刘七洋随部队跑步前进，包围了博爱县城。

博爱县是道清铁路西端的终点，北靠太行，西临丹水，南依沁河，素有“豫北江南”之美称。

博爱县的来历并不久远，1927 年，冯玉祥主政河南，吉鸿昌将军呈请，将沁阳县东北部丹河以东四乡一十五图和崇下乡四图的部分村庄划出，增设博爱县，县治清化镇，直属河南省辖。1938 年至 1945 年日军侵占博爱，曾改博爱县为清化县。

当晚，刘七洋他们团和四十团联手攻打博爱县城清化镇，采取了“声东击西”的战术。

解放军四十团的指战员秘密接近博爱县城南门，暂时隐蔽，不动声色。

凌晨一点，战斗正式打响，刘七洋他们团枪炮齐鸣，直捣北门，造成主攻假象。博爱县城内守敌一看北门这头势猛，迅速向北门集中，这一下，博爱县城内守敌正中解放军的调虎离山之计。

四十团指战员一鼓作气，从南门扑了进去。博爱县城内的守敌南北不能相顾，博爱县城内守敌手忙脚乱，一时顾南城，顾不了北城，一败涂地。

凌晨三点多，解放军解放了博爱县城。

当年，八路军曾从日本鬼子手里解放过博爱县这座县城，打土豪，分土地，拯救百姓于水火之中。后来，国民党反动派、还乡团又占领了博爱县。博爱县凡当过民兵、参加农会、分过地主田粮的，有不少人被捉去剜了眼睛，割去了舌头，这帮禽兽手段之残忍、歹毒，令人不寒而栗。

第二天，博爱县城内召开全县军民大会。博爱县几十个受害的农会干部、民兵，被人搀扶着缓缓坐在前排。那些地主还乡团成员，也被“请”来坐在一旁。农会干部和民兵登上舞台，群情激愤，血泪控诉国民党还乡团的暴行，撕心裂肺，咬牙切齿，台上台下哭成一片。

寨豁村的妇救会长吴小花，不幸落入国民党还乡团之手，国民党还乡团的暴徒们剥光了她的衣服，用滚烫的开水往她全身上浇，她从头到脚烫了一身水泡，暴徒们再拿着扫帚，扫破她身上的水泡，直到活活烫死。青天河村妇救会长苏大兰，带领群众坚持武装斗争，国民党还乡团捉住了苏大兰，暴徒们剥去她衣服，把她钉在墙上，暴徒们用刀子一点一点地割她身上的肉，活活将苏大兰割死。而苏大兰为人民的利益，视死如归，在国民党还乡团的屠刀之下，连一个字的口供，也没有留给敌人。国民党还乡团的暴徒们，抓住了张茹集村民兵曹文礼、崔国化，暴徒们开始玩残忍的杀人游戏，暴徒们将他俩吊在房梁上的一根杠子两头。曹文礼的个子大、身体重，与崔国化不能保持平衡，暴徒们站在杠子两头，先割身体重的曹文礼，一直割到重量相等。然后，暴徒们在这边割了曹文礼，那边割崔国化，一刀一刀从头割到脚，一直将俩人的肉活活割完，血流满地，俩人惨死在暴徒们的屠刀之下。翻身农民李风汉，被国民党还乡团绑在大树上，剥光了衣服，暴徒们用剪刀，一剪一剪剪下李风汉的肉皮，直到把李风汉全身的肉皮剪完，暴徒们活活剪死了李风汉。匪徒们的法西斯暴行，令人发指，国民党还乡团所到之处，不是烧杀就是抢掠。国民党还乡团所到之处，村村遭劫，户户蒙难。国民党还乡团窜进柏山村的当天夜里，抓住村干部、革命群众一百多人，先是酷刑拷打，然后拖到一眼井旁，一个个用镢头砸死井中，尸体填满了井，血水四溢。还乡团伪乡长吕开荣、保长吕国栋血洗龙湾村，把三口铡刀摆到山崖上，一气铡死七十多人，清澈明净的龙水湾，变成了红色的血河。一个30多户的小朱村，坚持革命斗争的翻身农民被国民党反动分子全部杀光，成了无人村。

刘七洋激愤难平，高呼口号："消灭反动派，为穷人报仇！打倒蒋介石，解放全中国！"

国民党反动派的暴行，激起了解放军指战员的愤慨，他们决心把仇恨变成一颗颗复仇的子弹，射向敌人。

解放军乘胜追击，又打响解放修武的战役，刘七洋和战士们走在老百姓刚刚收获过的麦茬地里，大路上有大批支前民工，有担架队，其中还有很多牛车拉的都是棺材。有战士开玩笑："刘班长，我们还没有牺牲，民工就拉来棺材，看来我们有福呀？"

刘七洋解释说："见棺材是好兆头，攻城夺地，牺牲是不可避免的，这是人民对我们的真切关怀嘛！"

解放军民工团中最辛苦的，是抬着云梯攻城的民工，他们平时负重行军，攻城登城时，他们和战士一起，冒着枪林弹雨架设云梯，配合部队突击登城。刘七洋参加了解放修武县的战斗任务。

修武县历史悠久，为中华古县。周代之前此地称"宁邑"，商末（公元前1046年）周武王兴兵伐纣，大军途经宁邑时，遇暴雨三日而不能行，便请来姜子牙卜卦，姜子牙说："是老天，让我们在这里屯兵修武。"于是，武王就地驻扎修兵练武，故改宁邑改称为"修武"，修武从那时得名至今，已经有3000多年的历史了。

焦作的冬天，寒风刺骨，滴水成冰。

刘七洋和解放军指战员潜伏在修武城外，夜间还下起了雪，为了不让敌人发现，刘七洋和战士们都默默忍受着凛冽的寒风，谁也没有叫一声苦。第二天早上，不少战士的枪栓，都冻得拉不开了，有的战士的腿都被冻烂了。

中午时分，刘七洋所在的部队攻打修武，战斗进行得比较顺利。修武城内，国民党反动派只有一个营的兵力，他们发现解放军围攻县城，非常恐慌。修武城中国民党反动派的地方武装不堪一击，但是城中东北角有一个炮楼，有一个班的敌人据守，拒不投降。敌人占据着这个据点，敌人的狙击手枪法精确，一个战士刚要接近炮楼，敌人的狙击手就打中了一个战士，僵持了好几天。

解放军没有重武器，不能强攻，只能智取，解放军就挖地道，整整挖了四五天，他们在地下挖到炮楼的位置，放了一个装进250公斤黑色炸药的棺材，一声巨响，炸得敌人的炮楼飞上了天……

太行军区司令黄新友命令解放军四十四团、老二团、决七团（原山西抗日决死队第三分队第七团），攻击国民党反动派困守的沁阳县城，解放沁阳县城。

沁阳县城，是古怀庆府的所在地，汉改邑为县，隋改野王为河内县。民国二年，废河内之名，改称为沁阳县。

沁阳县城城高墙厚，国民党反动派负隅顽抗，摆出了与解放军决一死战的架势。当时，解放军使用的还都是轻型武器装备，缺少有效的破城武器。一开始，解放军用攻克温县时用过的方法，在城外坑道作业，将炸药装在棺材里，抬到城墙下的地道里炸开缺口。

刘七洋和解放军战士们一边向城墙上打枪打炮，一边挖战壕、交通壕，接近城墙。那时的战壕，挖得又深又宽，牛马车可以在里边来回行走，上面都有木板棚着盖着，木板上面又覆盖着一层黄土。战壕一直挖到沁阳县城墙脚下。

解放军刘七洋班负责佯攻，扰乱敌人的军心，轮换着对敌射击，一上去就是机枪步枪，齐刷刷向城墙上开火，炮兵不断向城墙上打炮，县城四面都是这样的打法，打得敌人摸不着大头小尾。

连长命令刘七洋，带全班战士到农村去，动员老百姓杀狗，然后把狗油买回来，让解放军挖地道用。这是因为解放军在地道里作业，煤油、香油都难以点燃，只有狗油才能点得着，烧得时间长。刘七洋班里分成6个小组，各小组每天要交一只狗的油。刘七洋找老百姓买狗，有时买到了，却又捉不住，老乡也没办法，刘七洋命令战士们用枪打狗。这时，解放军战士们的子弹，那可是真充裕，每人都配发有二、三百发的子弹。

解放军日夜不停地挖了十几天，地道已经挖到了城墙下，战士们都很高兴，并嚷嚷着说：“叫国民党反动派坐上咱们的土飞机，到天上逛逛去！”

但是，沁阳城内的国民党反动派十分狡猾，国民党反动派在城内环城挖沟，隔不远就埋下一口大缸来监听地下的动静，因而解放军挖了几条地道，都被敌人发觉了。

解放军围攻沁阳城，围攻了将近四十天，一直未能攻下沁阳城。战机不容延误，太行军区司令黄新友限令三天攻下沁阳城。

军令如山。部队决定强攻，此时，刘七洋在沁河独立团三营七连二排当班长，他所在七连是攻城主力，他们班又是攻城突击队的尖刀班。

城上，国民党反动派射出的子弹如雨似箭；城下，解放军十几挺机枪掩护，炒豆般的射击，解放军攻城部队的杀声如雷震耳。

解放军架起几丈高的攻城云梯，刘七洋腰里别着 8 颗手榴弹向上蹬梯，突击队长在前，刘七洋排在第二，后面是排长和几名战士。

解放军的突击队长刚冲上了几个阶梯，中弹牺牲。下边，排长大喊：“刘七洋，你就是突击队长了，不要犹豫，冲上去！上！”

刘七洋朝城墙上扔出一颗手榴弹，他趁手榴弹爆炸之机，蹭蹭蹭连蹬上了几节云梯。这时，他只听身后“啊”的一声，排长中弹摔了下去，生死不明。云梯下边，连长高喊：“刘七洋，你就是排长了，不要犹豫，冲上去！上！”

刘七洋奋不顾身地又冲了上去，刘七洋他们眼看快登上城头，一颗子弹打断了连长的腰，连长倒下了。

刘七洋看到连长牺牲，热血直往头上涌，他只有一个念头：冲上去，冲上去！为突击队长、排长、连长报仇！

就在此时，刘七洋听到了营长嘶哑的喊声：“刘七洋，你就是连长了，不要犹豫，冲上去！上！为牺牲的同志们报仇啊！”

刘七洋的身上生出一股不知从哪里来的力量，他如猛虎扑食一般，攀登、投弹、射击几个动作一气呵成，刘七洋舍生忘死地冲上了城头。

国民党反动派的士兵吓得目瞪口呆，手足无措。说时慢，那时快，一刹那间，刘七洋接连甩出了4颗手榴弹，端起冲锋枪一阵猛烈地扫射。

这时，刘七洋后边两个战士也跃上了城墙，他们三人扫射出狂风暴雨般的子弹，国民党反动派士兵惊恐万状，狼奔鼠窜，没命地四处逃散。

沁阳县城解放，战斗结束，沁河独立团改编为八分区四十五团，刘七洋任因战功突出，破格提拔，他担任了四十五团三营七连连长。

解放军两个旅和两个分区的部队，发起了道清战役，仅二十多天时间，解放了九座县城，歼灭国民党反动派一万多人，刘七洋的七连缴获了十门山炮。

1946年10月至1947年1月，太行第八军区司令员黄新友和政委刘毅等先后率四十三团、四十五团等部，挺进道清路南，横扫了沁阳、温县、武陟三角地带的敌人，一举端掉了敌人的7个据点，歼敌2000余人。

太岳军区独立一团、独立二团，与地方民兵的积极配合作战，一举攻克了济源县城，歼敌1340余人。

至此，解放军控制了沁阳以北和丹河两岸的广大农村地区。

刘七洋率部驻扎在获嘉县的冯庄镇。当时，刘七洋的主要工作就是配合新乡市地下工作者，收集国民党新乡市驻军的情报，为解放新乡作前期准备工作。

刘七洋通过各种关系搞到了国民党新乡市驻军的布防图、武器装备等情报，并且与地下党联系，利用潜伏在敌军的内线，用物资换取了国民党新乡市驻军的机关枪、大炮，直接导致国民党新乡驻军军心涣散、战斗力下降。

刘七洋还经常出去侦察敌情。一次，首长命令他去抓一个“舌头”，刘七洋带着警卫连一个班的战士出发了。当时在焦作至新乡的公路上有一个桥，他们就在那附近隐蔽了下来。

上午10点多钟的时候，从新乡方向过来一辆汽车，上面坐着一个国民党军官，当汽车行至距他们二三米远的时候，刘七洋和战士们一跃而起，以迅雷不及掩耳之势，抓住了那个国民党军官。刘七洋拖着那个国民党军官到桥下，命令那个军官脱下军装，自己穿上国民党军官的军装。

刘七洋派两名战士押送这个国民党军官回根据地，自己则继续向新乡方向前进。谁知，国民党地方民团有一个排把守住路口，盘查来往行人。

刘七洋穿着国民党军官的军装，大声骂他们："混蛋，你们干什么吃的！刚刚过去几个解放军，你们为什么不抓他们！"

刘七洋本想瞒天过海，蒙混过关。但是，由于刘七洋当时只换了衣服，没有换皮鞋，国民党民团排长发现了破绽。

国民党民团排长嘴上问着话，他的手却在悄悄地掏手枪。刘七洋眼疾手快，先下手为强，拔出手枪，一枪击毙了国民党民团排长。国民党民团的排长一死，其余的民团团丁纷纷举手投降。

在修武县的解放区，董凤正在井边打水，一群战士跑过来，他们个个大汗淋漓，吵吵嚷嚷，要就着水桶，要喝刚刚打上来的井水，董凤非常热情让他们喝水。只是奇怪的是：董凤在端水给战士们喝水的时候，故意在水桶里洒了些谷糠。

战士们实在是太渴太渴了，看见又凉又甜的井水，真恨不得一咕噜就把井水喝下去，那才叫痛快哩。可是现在水面漂着谷糠，战士们只能一边吹着谷糠，一边喝着水。战士们慢吞吞地一个人挨着一个人，排着队喝井水，特别辛苦。战士们的心中酝酿着不满："老百姓欺负我们？老百姓欺负我们！哼！"

战士们喝完水，强压心头的不满，不情愿地表示了感谢。战士们回到连部一说，刘七洋马上带战士去井口，感谢董凤。

刘七洋心里明白：有点生活常识的人都知道，干活赶急的人，是不能大口大口地喝凉水的。一不小心，触及心肺，不但有可能会生病，还会为此丢掉性命！

刘七洋想给战士上一堂生活常识课，一来可以教育战士掌握知识，二来化解战士与老乡的误会。

于是，刘七洋返回水井口，刘七洋一看这个老乡，竟然是自己的母亲董凤，百感交集："娘，我的亲娘，你怎么会在这里？"

董凤搂紧了刘七洋："好儿子，你瞒你娘瞒得好苦。现在，娘才知道，你是天津萝卜，白皮红萝卜，你外边是白的，里边是红的，原来也是我们共产党人呀。

刘七洋拭去董凤脸上的泪水："娘，你是在明处的共产党，我是在暗处的共产党，我们既是母子，也是同志呀。"

董凤的母爱之情，油然而生："儿子呀，这些年，儿子你是身在曹营心在汉，你比娘更不容易啊。"

刘七洋问董凤："您只要不再骂我就行了。娘，您给我们战士们讲讲，您为什么在刚打上来的井水，撒上谷糠，才叫战士们喝水？"

董凤解释："当初看战士们训练后，身子极热，刚从井里打上来的井水，太凉，怕他们一口气喝下，伤害脾胃，会生病的。我随即洒上谷糠，让他们边吹着麦糠，边慢慢地喝水，慢慢地一口一口地喝！既解渴，又不伤身子。"

战士们一听，他们才知道，董凤往水桶里洒谷糠，正是董凤出于体贴战士的母爱之心啊！

1948 年 10 月，解放军主力部队逼近焦作，焦作国民党反动派守城的部队，军心动摇，毫无斗志。

刘家大院仿佛一座历史久远的古墓，阴森森，黑沉沉，孤默而凄凉。

刘得锅拔出手枪，蹑手蹑脚地伏在菊儿的窗前，侧耳听了听里面的动静，他听到了菊儿甜美的呼吸声，也听到了黑孩的呼噜声。

刘得锅转身，低声命令眼镜副官："你多准备些煤油，一定烧死他们，这是一对狗男女，她俩狼狈为奸，给我弟弟戴了绿帽子。"

屋外，大火熊熊地燃烧着；屋里，浓烟呛醒了睡梦中的菊儿。菊儿上气不接下气地喊："黑孩，黑孩，快起来，失火了，失火了！"

黑孩醒来，临危不惧，他不慌不忙地用被子裹住菊儿，双手抱紧了菊儿，一头撞开了窗户，俩人一起跳到了院内。

大火映红了刘家大院。刘得锅满脸横肉，站在院里，面目狰狞地把枪口对着俩人："邪活呀，真邪活呀，你俩到底年轻呀，怎么大的火，竟然也没能烧死你俩？你俩敢给我老刘家人戴绿帽，活得不耐烦了，你俩这是找死呀！”

黑孩看刘得锅手里拿着枪，趁火打劫，他连忙把菊儿挡在自己身后：“刘大哥，刘大哥，千错万错，都是我的错。一人做事一人当，这件事情与菊儿无关。男子汉大丈夫，敢做敢当，我黑孩，死而无憾。”

菊儿用手裹了裹身上的被子，哈哈大笑：“黑孩，有种，你真是爷们。姑奶奶我没有看错人，姑奶奶我和你有此结果，姑奶奶我不后悔。不用求他，人生出来，就是为死而活的，是人都有死这么一天，迟早罢了。刘老锅，你给姑奶奶来个痛快的！”

刘得锅听了，他恨的牙咬得“咯咯叶叶”响：“好，好啊，自作自受。开枪，送她俩上路。”

刘得锅一挥手，十几支枪齐响，菊儿和黑孩双双倒在血泊中，菊儿用尽生命的最后一点力气，她无限深情地对黑孩说：“抱紧我，抱紧我，让我死在你怀里……”

刘得锅弃城逃跑，丢下各种枪支1万余支、子弹10万余发、汽车数十辆及大批的物资。

刘得锅和国民党败兵，行至修武郇封，解放军主力部队大军的包围了刘得锅和国民党败兵，五千多名敌人放下武器，缴械投降。

刘得锅钻进粪坑里，侥幸逃跑，他又先后流窜到温县、修武、武陟等地为非作歹，刘得锅所到之处，明目张胆地收买残部，制造事端，残害解放区的军民。

解放军穷追不舍，刘得锅无路可逃，他又潜回了他的家乡，回到了修武县的云台山上。

云台山，奇峰秀岭连绵不断，主峰茱萸峰海拔1308米，因为山势突兀，好像一口大锅覆盖在群峰之上，在古代称为“覆釜山”，又因为它山势高耸，森林茂密，山上常有云雾缭绕，因此又被称为云台山。

云台山满山覆盖的原始森林，深邃幽静的沟、谷、溪、潭，千姿百态的飞瀑流泉，如诗如画的奇峰异石，形成了云台山那独特完美的自然景观。

唐朝著名诗人王维游览此峰，百感交集，一挥而就，写出了著名的诗歌《九月九日忆山东兄弟》：独在异乡为异客，每逢佳节倍思亲，遥知兄弟登高处，遍插茱萸少一人。

法网恢恢，疏而不漏。刘得锅这条罪恶的生命，也到了该结束的时候了。

刘得锅曾到新乡东城算过卦，他找的这个算卦仙，也是赵半仙。赵半仙的本事，主要是看相，观察人的面相、骨相、声相、手相、吃相、坐相、睡相等，观察人的行为、声音、相貌、骨骼或手掌的纹路，从而判断人的命运。

刘得锅的副官一进门，赵半仙就意识到，自己今天有了大生意：进门不问价，不是权贵，就是傻瓜。

刘得锅的屁股一坐，满屋煞气。

赵半仙扶扶石晶墨镜，凝神聚力，问："客官，问财路？问婚姻？问前程？还是问时运？"

刘得锅一向直来直去，说话高门大嗓："问寿命？你算算，我能活多大呀？"

赵半仙摸着刘得锅的左手，故弄玄虚："天机不可泄露，这卦，我算不了，客官请便吧。"

刘得锅是一个麦秸杆脾气——一点就着火，他转身对副官说："我日他娘了个大脚，副官，付钱，走人！"

赵半仙刚想先挖个坑，哄人跳坑，谁知道人家刘得锅不跳坑。赵半仙见多识广，不乱分寸："送客，送客！"

刘得锅的副官相当会来事："赵半仙，你阅人无数，我给你五块银圆，就买你一句话。"

赵半仙虚张声势，他等着鱼儿上钩，欲擒故纵："天机不可泄露，我无功也不受禄。客官请便。"

刘得锅的副官相信，有钱能使鬼推磨。他不见黄河不死心："我再加五块银圆，请先生指点迷津。"

赵半仙半推半就接过了 10 块银圆，副官报了刘得锅的生辰八字，赵半仙摇头晃脑，振振有辞：“生死由命，富贵在天。相由心生，客官印堂发青，发黑，发暗，都是大凶之兆。俗话说，善有善报，恶有恶报，不是不报，时辰未到。五分天注定、五分看造化，官人杀气太重，损福折寿，命在四四。”

副官如实地刘得锅讲了赵半仙的卦相，刘得锅哈哈大笑：“我生在乱世，打家劫舍，杀人如麻，仇家无数。我心知肚明，我怎么能长寿善终。”

这天，刘得锅在云台山深处的红石峡藏身，中午时分，刘得锅的鸦片瘾发作，再加上一天没有进食，他只能孤注一掷，冒险出来寻食。

刘得锅顺着河沟下山，逃到岸上村，看见了正在种地的农民候大村，于是，刘得锅拿出手枪，吹胡子瞪眼，张牙舞爪，威逼侯大村，要侯大村立即回家做饭，还要拿些鸦片烟。

侯大村被这个突如其来的人吓呆了，站在自己面前的，是一个杀人不眨眼的恶魔，是一个人民政府通缉的匪首刘得锅。

侯大村立刻又缓过神来，他表面假装顺从刘得锅，暗中立即报告了修武县人民政府。

修武县人民政府得到消息，立即组织军民包围了刘得锅。

刘得锅狡猾地察觉形势不妙，只得忍受鸦片瘾和饥饿的折磨，偷偷潜藏在小寨沟里一个极其隐蔽的山洞，伺机逃跑。

下午3时，解放军缩小包围圈，形成围擒刘得锅的攻势。修武县人民政府通告剿匪军民：刘得锅一旦抵抗，就地处决。

下午4时，解放军剿匪连长刘七洋，发现了刘得锅的藏身之地，大叫一声：“缴枪不杀！缴枪不杀！”

刘得锅狗急跳墙，一个箭步冲了出来，躲进一个岩洞里，死活不出来。

刘七洋指挥剿匪战士包抄了过去，刘得锅负隅顽抗，垂死挣扎，不停地开枪射击，打伤了两名解放军战士。

多行不义必自毙。刘七洋沉着应战，他抓住了刘得锅探身开枪的瞬间，眼尖手快，一个点射打了过去，当场击毙了刘得锅。

刘得锅罪大恶极，尸体无人收殓，修武县人民政府出面埋葬了刘得锅。

刘得锅恶贯满盈，死有余辜。这一年，刘得锅刚刚 44 岁。新乡东城的赵半仙，一语成谶。

修武、武陟县城先后都解放了，至此，焦作全境解放，穷苦人民当家作主了。

22、美女是个特务

国民党、共产党双方的正面战场如火如荼，共产党解放军在隐蔽战线开始全线出击，国民党、共产党没有硝烟的情报战场一时之间：剑拔弩张。

中国共产党和中国人民解放军在实行强有力的军事打击的同时，大力加强对国民党军的政治瓦解工作，策反和争取国民党军起义、投诚和接受和平改编。

中央社会部命令石榴：在淮海战场的一线，策反国民党四十军的师长刘为国。

石榴接到中共中央社会部的命令，她一路风尘仆仆，从新乡赶到了开封。

石榴是一个与党组织失散多年的秘密共产党员，资深的地下工作者。

1939 年，年仅 17 岁的石榴，在北京名牌大学上学期间，参加了学生的革命运动，从此踏上了革命的道路。

1941 年 1 月，石榴到达延安。在中共中央党校学习期间，石榴参加了中央组织部组织的中央党校实习团，到陕甘宁边区安定县实习。在延安大生产运动中，不少同志都留下了珍贵的照片。但是，石榴却不能享受这个待遇，不能拍照，不能上镜头，她不能暴露身份，因为党组织还要派她到白区潜伏，执行“特殊任务”。

1941 年的春天，中央社会部保送石榴到苏联红军军事学院学习。在苏联红军军事学院，石榴学习掌握了多种军事特工技能，成绩又非常优秀，苏联红军参谋部授予她上尉军衔，石榴正式成为中共中央社会部特工人员。

那天，中央社会部的罗青长主任和苏联红军参谋部负责人找石榴谈话，组织上派石榴，到日寇敌占区中国的哈尔滨，执行特殊任务。

苏联红军参谋部负责人交代石榴：日本侵略军如果向北进军，进攻苏联，石榴潜往伪满洲齐齐哈尔市，秘密爆破日寇控制的军工厂，破坏日本侵略军进攻苏联的战备物资。日本侵略军如果向南进军，石榴启动另一套破坏方案。

中央社会部罗青长主任要求石榴，石榴的任务完成与否，均不得暴露个人的身份，只能与中央社会部罗青长主任单线联系。他还特别授意石榴怎样寻找党、寻找八路军、怎样回根据地、怎样寻找苏联红军。石榴必须找地方或军队县团级以上干部，以中央社会部负责同志派出的特工人员身份，同时签上代号和真名，才能恢复与中央社会部的联系。

1941 年 11 月，石榴离开延安，单独前往日寇的占领区，执行这项秘密任务，石榴开始了共产党红色特工的生涯。

1942 年 2 月，石榴历尽艰险，先期到达北平。由于战势变化，日寇没有进攻苏联，而是开辟太平洋战场，石榴随机应变，中止爆破任务，她转道天津、西安、郑州、新乡等地，一边收集日伪的军事情报，一边与党组织联系。

石榴在西安期间，结识了国民党军统特务刘为国，她想秘密策反刘为国。但是，没有党组织的命令，她始终没有暴露自己共产党人的身份。那时，国共联合抗日，她和刘为国在抗日战场上并肩作战，度过了一段难忘的战斗岁月。

1945 年 1 月，石榴终于找到了冀鲁豫地下军事情报负责人郭子青，按照延安中央社会部规定的联系方法,石榴联系上了中央社会部罗青长主任。

中央社会部罗青长主任接到了石榴的电文，亲切回电：你找党，党也一直在找你。你速去西安莲湖公园奇园茶社，接受新的任务。

中央社会部罗青长主任命令石榴潜伏西安，搜集国民党的军事、经济和官员思想的情报，策反国民党军官，瓦解敌人的阵营。

石榴经常活动的地方有两个，一个是在西安古城繁华闹市区的莲湖公园奇园茶社。

奇园茶社，其实就是中国共产党的西安情报处，适应革命形势的发展需要，在此设立的秘密联络站。当时茶社规模很大，可摆放一百多张茶桌，三百多把躺椅。茶社墙壁上，悬挂着国民党西安警备司令周体仁题写的匾额“奇园茶社”，茶社请周体仁题写匾额，是为了麻痹敌人，减少敌人的怀疑。

门口还挂着一副对联，上联是：奇乎！不奇，不奇又奇。下联是：园耶？是园，是园非园。横批是：望梅止渴。

这幅对联寓意深刻，是当时西安情报站负责人王超北，请社会知名人士薛定夫题写的。

“望梅止渴”的意思是，凡有延安或外地来到这里的秘密交通员，只要见到梅永和同志，就可以和地下党组织取得联系，解决困难；西安当地的进步人士，只要见到梅永和同志，就可以浏览地下党组织印发的新华社新闻广播简报，了解全国革命发展形势，以解组织工作、思想工作、精神文化上的“大渴”。这里的“梅”就是指茶社老板梅永和，人称“梅掌柜”，他个头不高，黑黑的，来回奔走，热情地招呼着顾客……

老板梅永和在吉鸿昌卫队营担任过警卫员，枪法百发百中，有神枪手之称。梅永和参加共产党后，最初在西安和延安之间跑运输，多年来从未出过任何差错。由于梅永和对党非常忠诚，工作中又机智勇敢，所以延安党组织派他担任西安莲湖公园奇园茶社的掌柜。

石榴经常去的另一个地方是莲湖食堂。1936年春，中共中央直接领导的中共西北特别支部在冰窖巷成立，发展西北地区抗日救亡运动，兼管陕甘国民党中的中共组织和苏北、鲁南的中共组织，并在莲湖公园建立地下联络站——莲湖食堂，老板叫蒋自明，是中共地下党的联络员。

莲湖食堂开业那天，国民军第十七路军中的地下党同志送上了一幅贺联：莲峰俯三秦胜友如云袖里乾坤大，湖海通九陌高朋满座壶中日月长。

石榴经常去西安著名莲湖食堂吃饭，频繁与老板蒋自明接头，石榴去得太勤了。石榴在西安频频活动，国民党军统的人盯上了石榴。国民党西安军统站，摄下了石榴活动的许多照片，但却没有抓到石榴的任何证据。

因此国民党军统的特务们，慑于国民党共产党合作抗日，只能监视着石榴，不敢轻举妄动。

1945 年 3 月，共产党冀鲁豫军区司令部设立新乡冀鲁豫军事情报站，石榴担任新乡情报站负责人。

石榴奉命打入国民党新乡铁路运输局，当了一名调度员。她以这个特殊身份为掩护，不断地将敌占区的军需物资，辗转运往冀鲁豫解放区，多次护送和掩护共产党高级干部秘密过境。

一次，豫西特委指示，命令石榴，迅速赶到西安七贤庄八路军办事处，执行秘密护送的任务。石榴利用自己在陇海铁路运输部门工作的便利条件，旦夕之间赶到西安七贤庄八路军办事处，护送从延安来的“胡服”首长，到河南渑池八路军兵工厂。

“胡服”首长身材瘦高，穿深蓝色大衣，南方口音，和蔼可亲。路上，石榴借机向“胡服”首长汇报，汇报自己在陇海铁路工人中发展党员，组织工人开展革命运动的情况。“胡服”首长听了，很满意，他说：“铁路工人是产业工人，是革命的主力军，我们要在产业工人中发展党员，壮大革命队伍。”

石榴平安护送着“胡服”首长，安全地到达了河南渑池八路军兵工厂。

石榴回到洛阳，豫西特委领导才对石榴解密：“胡服，就是刘少奇同志。”

石榴遵照刘少奇同志的指示，在先进的铁路工人中，发展了大批党员，并组织开展了如火如荼的工人运动。

全国内战爆发，当时新乡的政治和社会形势错综复杂，石榴战斗在隐蔽战线，为解放军提供了大量珍贵的情报。

1947 年 6 月 30 日，刘伯承、邓小平率晋冀鲁豫野战军 13 个旅 12 万余人强渡黄河，一举突破国民党军防线，揭开了人民解放军战略进攻的序幕。

新乡这个战略要地仍被国民党反动派盘踞，市区和重要部位都受军队、警察、宪兵、特务以及地方统治势力控制，新乡到处弥漫着恐怖的气氛。

1948 年初，解放军胜利大反攻，新乡国民党和共产党双方的斗争更加激烈。石榴利用国民党师长刘为国的关系，成功地打入了新乡电信局。石榴打入敌人心脏，执行解放军的战略进攻方针，收集国民党军事、党政、法律、文教、铁路、邮电、商会等情报，与国民党的白色恐怖斗智斗勇。

当时，新乡的电信局，对外是一个以新乡为中心的庞大联络网，其设备能力，直接可以和南京、徐州、武汉、西安等地联系。对内由局长统管全局，科室林立，从股、班到机台，层层施行严密控制，尤为重视要害岗位。如业务科下属的有线股、无线股、有线报房、无线报房、营业部、快机班等，均设有指挥部通讯处的专线，全体职员身着国民党的军服。

1948年的初夏，国民党的经济已全面崩溃，全靠发行纸币金圆券维持。新乡和蒋管区一样，物价飞涨，一日一变，甚至从早上不到晚上，市场价格暴涨。小职员和工人靠工资维持生活，每月领到工资的前一两天里，到处奔走，抢购当月必需的粮食、燃料等生活用品。如果抢购不到，就难以维持一家人当月的生活。货币贬值太快，职工的零用钱也不敢多留。即使在家里不出疾病、丧事等意外的情况下，也得精打细算，节衣缩食，也难以维持到月底，人民生活毫无保障。社会上流传这样的顺口溜：“金圆券，害人券，一袋金圆券，换不来一袋粮。”

国民党在军事上已经节节失利，金圆券风暴，令国民党在半壁江山内仅余的民心、士气丧失殆尽，国民党整个政权迅速崩溃。金圆券风暴的策划者，却是中国著名的经济学家、国际活动家、共产党员冀朝鼎。冀朝鼎参与策划了号称世界最大币改的金圆券改革。

冀朝鼎是谁？他做过什么？冀朝鼎，号筱泉，笔名动平。山西汾阳人。其父冀贡泉曾任山西省司法厅和山西省教育厅厅长，周恩来是冀朝鼎在1949年以前唯一的上级。

时隔七十多年后，中国军事专家罗援披露：在20世纪40年代初，冀朝鼎受周恩来之命，从美国回国，建议国民党政府发行金圆券，使国民党政府爆发了严重的经济危机，导致国民党政府经济崩溃，加速了国民党统治的覆灭。

冀朝鼎早在1927年就加入了中国共产党。1924年赴美国留学前夕，冀朝鼎曾专门去北京大学拜访了李大钊。这是冀朝鼎第一次和共产党人接触。这次见面，冀朝鼎终生难忘：相见一面，改变一生。

1927年，冀朝鼎在比利时首都布鲁塞尔加入共产党，是第一批加入中国共产党的留美学生。

国民党元老陈立夫在以《成败之鉴》为题的回忆录中，专辟一节写到：冀朝鼎祸国阴谋之得逞。

陈立夫在这本近500页的《成败之鉴》书中，为共产党人开辟章节，只此一例。

抗战期间，孔祥熙就知道冀朝鼎和共产党有关系，但是孔祥熙和宋子文却都很信任冀朝鼎。

陈立夫负责的中统告知孔祥熙：冀朝鼎是共产党。

一天，凌晨2点，孔祥熙把冀朝鼎叫到住处，当面质问："冀朝鼎呀，你说实话，你是不是共产党啊？"

冀朝鼎从容应答："孔老伯，我跟随您这么多年，您看我，像不像共产党？"

孔祥熙沉吟许久，说："嗯，我看不像。"

陈立夫回忆：宋子文一直在国外，中文程度差，平日均用英文。冀朝鼎这个人英文不错，宋子文用冀朝鼎得心应手。孔祥熙、宋子文两人都因冀朝鼎精明强干，委以重任。结果，冀朝鼎暗中为共产党卖命，给孔祥熙、宋子文出了不少损害国家、政府信用的坏主意，金圆券风暴的策划，彻底颠覆了国民党统治的经济基础。

当时，新乡电信局收讯台的技术人员和社会上的职工一样，月初发的工资是金圆券，半月不到，已经囊空如洗。职工们迫于生计，只得集体向电信局借支工资。可是，职工们没有想到，他们合理的要求，遭到了电信局长杨尧年冷言拒绝。

石榴和职工们义愤填膺，秘密商议集体决定"罢工"。"罢工"斗争的火焰燃起之际，石榴竭力说服大家不要用"罢工"的口号，避免授以国民党镇压的把柄。石榴和职工代表商议，如以"怠工"为口号，她觉得对杨尧年的压力太小，既不能反映出职工的意愿，又难以达到职工们的要求。大家一致同意以"饿工"形式出击，所谓"饿工"，即员工吃不饱饭，除军电以外，其它官、商、民的电报一律停止收发。石榴组织团结、发动绝大多数职工参加“饿工”斗争。在谈判中，没有书面代表名单，全体职工联名上书，给反动当局造成一种群龙无首、一哄而起的假象，既保护积极分子免遭迫害，也不影响群众斗争的热情。

石榴和党员霍炳昶、团员雷丙寅组成了一个指挥中心，分别引导大家坚持正确的斗争方向和方式，以收讯台、无线报房全体人员的名义，向杨尧年提出了给全局职工发放救济金、提前发工资和物价补贴等要求。否则，“饿工”斗争将没完没了。

杨尧年老奸巨滑，拒绝面对面与职工谈判，他企图一拖了事。杨尧年甚至想私了，他“私访”收讯台无线报房，职工们有的与杨尧年说理，有的冷嘲热讽，有的严厉斥责。杨尧年无言以对，张口结舌，他红着脸申辩了几句，哼哼哈哈地夹起尾巴溜走了。两个回合下来，全局大多数职工无心工作，大有停工之势。杨尧年如热锅上的蚂蚁，坐卧不安。

石榴乘胜追击，利用各种关系，联系铁路、邮政等方面，以争取同情。她还动用无线电话终端机，向西安、南京、武汉、徐州各大电信局发报，请求职工声援。杨尧年负隅顽抗，拒不让步。“饿工斗争”进入白热化，新乡电信局对全国各地发至新乡的电报，一律拒收，这下子可是惊动了国民党的高层。

当时，解放军已经切断了新乡的有线电路，南京国民党高层通过无线电话终端机，质问杨尧年：“你新乡局的饿工问题，为什么还没有解决？”

杨尧年回话：“我们新乡电信局没有钱。”

上司追问：“两天前，国家管理局已把专款汇给新乡电信局，你为什么还不发工资呀？”

杨尧年语无伦次，支支吾吾。这时，石榴正在值班，石榴揭露了杨尧年扣款不发的事实真相，杨尧年理亏无言。

解放军包围了新乡城区，新乡的铁路交通、电信线路已被切断，“饿工斗争”如鲠在喉，这是个四两拨千斤的举措，加剧了敌人的恐惧和不安。

这时，国民党国防部命令新乡作战指挥部，必须频繁、紧迫地汇报军情。新乡电信局的无线电报，就成了军情联络的唯一渠道。终端机是保密电话，而值班人员要随时调整话音，通过监听，可以听到通话的全部内容。所以，石榴对国民党新乡的军情了如指掌。

一天下午，一名国民党上校军官带着数名荷枪实弹的士兵，突然闯进了收讯台无线电话终端机室。这位军官自称是指挥部通讯处处长，蛮横指责无线电话的声音不清，影响通话，气势汹汹地扬言：“勘乱建国时期，影响军事工作，你们要负责任！”

石榴一面检修机器，一面机智应付：“气候不好，雷电干扰过大，机器超负荷运转，难免声音不清。”

这个处长横眉竖眼，飞扬跋扈：“我干了多年的通讯工作，我是内行，你们瞒不了我！”

石榴再也捺不住性子，冷嘲热讽：“处长既然是内行，你看看这台老掉牙的机器，我们除了做到人尽其事、听天由命之外。请问，还有什么更绝妙的办法吗？”

处长自知理亏，哑口无言。石榴处事机智，她接着送这个处长一个台阶：“我们是最下层的工作人员，如果有事，请你直接找局长、科长面谈。”

这个处长无言答对，只好就坡下驴：“你们要尽快加紧维修，声音尽量调整好，不准影响正常使用。”

军方恐吓无效，“饿工斗争”风生水起，国民党南京政府震动了，责令西安电信管理局长，专程飞抵新乡，解决“饿工问题”。西安电信管理局长一下飞机，就召集职工训话，软硬兼施，让大家复工。西安电信管理局长话音未落，会场起哄，工人愤怒地一拥而上，一起要揍西安电信管理局长。会场大乱，吓得西安电信管理局长不知所措。杨尧年等人慌了手脚，答应解决问题。一面说好话安抚工人，一面护送西安电信管理局长退场。这次斗争，当时的《新乡日报》曾发表了专题报道：新乡电信局职工的“饿工斗争”胜利结束。

国民党国防部军事新闻通讯社（下称军闻社），在各重要战略城镇设立分社，是国民党派系斗争的产物。新乡军事新闻通讯分社由社长、军统上校杨炳灵、总编辑赵铭武，另有记者四、五人和副官等数人集中办公。

新乡军事新闻通讯分社在新乡西关大街一条小巷内办公，任务是搜集豫东、豫西、豫南、豫北和新乡的军事新闻和情报。

新乡军事新闻通讯分社记者邱士衡是石榴的同学，常有来往。当时，石榴在新乡电信局工作。电信局收讯台无线电话终端机，是新乡国民党指挥部情报处向南京汇报军事情况的专用保密设备，利用它监听得到的情报，要比军事新闻通讯分社采访消息可靠。例如，1948 年 3 月 14 日，解放军解放洛阳，新乡吃紧，新乡指挥部情报处通过终端机向国民党国防部汇报洛阳失守。而邱士衡得到的消息却是洛阳还在激烈巷战，石榴便将此消息透漏给了邱士衡，邱士衡非常感激石榴。

新乡军事新闻通讯分社为使电信局收讯台的情报，成为合法的渠道。邱士衡决定吸收石榴兼任“特约”记者，邱士衡去征求石榴的意见，石榴表示考虑一下。当晚，石榴向张以成同志汇报，张以成当机立断：“这是一个求之不得的机会，你打进新乡军事新闻通讯分社，有利于我们掌握敌人的情报。机不可失，我同意你秘密打入军闻社。”

从此，石榴穿上了国民党军装，石榴有这张“老虎皮”当护身符，石榴从事地下工作如虎添翼。石榴无论在与国民党方面打交道，还是在保护共产党方面，特别是石榴往返开封、新乡之间，以及石榴出入新乡的军事哨卡方面，既安全，又便捷。

在新乡，国民党陆军司令部设立了一个招待所，主要接待过境的部队。招待所所长是石榴的同学，石榴有意识同他密切来往，时间不长，她与招待所其他几位军官也都打得火热。陆军司令部招待所每次组织的文体活动，他们都邀请石榴参加。因为石榴是军闻社中校记者，他们很乐意和石榴交朋友，其用意是希望石榴能多报道陆军司令部招待所的新闻。石榴在和陆军司令部招待所军官来来往往打交道的过程中，重点了解掌握了国民党部队的调动、去向、部队番号和武器配备等情况。新乡警备司令部有个上校军法处长，是石榴在焦作发展的共产党员王鹏的一个表兄。石榴打着王鹏的旗号，结识了这个军法处长，以表兄相称，常来常往。

新乡警备司令部设在西关大街西头路北，进大门往后走有前、中、后三进院落，司令部、军法处、秘书处都在此办公。

有一次，石榴从军法处长那里出来，刚走进院里，遇上了仅有一面一交的司令部文书陈树青。陈树青看见了军法处长亲自接送石榴，他特别热情地向石榴打招呼，并请石榴到他办公室坐坐，香茶招待。一来二往，俩人关系日渐密切。有同志提醒石榴，陈树青的城府深不可测，为人又圆滑，最好远而敬之。

石榴反其道而行之，抓住陈树青的弱点，投其所好。石榴经常给陈树青送些文化对联、条幅、图章、金戒指等物件，小恩小惠贿赂陈树青，使陈树青为石榴所用。

1948 年 6 月，国民党反动派占领的新乡，四面楚歌。国民党警备司令部几乎每夜都变更戒严口令，如果没有戒严口令，夜里无法通行，共产党地下工作者无法行动。

石榴到陈树青的办公室拜访，看见陈树青正在印发新乡的戒严口令，顺手拿了一份戒严口令，石榴交代陈树青："以后，每更换一次戒严口令，你都要送给我一份，方便我夜间外出采访。"

新乡地下党组织获得了国民党警备司令部的戒严口令，从事地下活动，如鱼得水，畅通无阻。

有一次，石榴到陈树青办公室，见陈树青正忙着抄写东西，石榴装出事不关己的样子，问他："老兄，你在忙什么呢？"

陈树青实话告之："抄报一份通共嫌疑人的名单。"

石榴故作好奇："上面，有没有你认识的人呀？"

陈树青心不在焉："没有。"

陈树青说着，顺手将一份十几个人的名单交给石榴，问石榴："你看看，有没有你认识的人呀？"

石榴看见其中有个叫宁静的人，就告诉陈树青："我在开封老同学家，曾认识一个人，他叫宁静，不知道是不是他？"

陈树青若有所思："你认识的宁静，他是什么人？"

石榴想了一会儿，她才说："我只知道宁静在河南省警察厅工作，原名叫宁金陵。"

陈树青也想了半天，说："我有个同学他就叫宁金陵，后来改了名，现在我不知道叫什么了。"

石榴顺水推舟："宁静很可能就是他，不管是不是，我们得想法告诉他一声。你交给我办吧，我想办法通知到他。"

陈树青抄写了一份名单，交给了石榴。石榴立即通知宁静，紧急撤退。

宁静得消息，当晚带领全组6个地下党员紧急转移，安全回到了解放区。

新乡解放前夕，上级指示石榴搞清敌军的情报和常备兵力、装备，摸清城防较固定的火力设施。

当时，新乡城防部署的主要是大炮。石榴想起自己的招待所附近就有炮兵阵地，她有意结识了炮兵阵地的一个中尉排长。中尉排长是广东人，爱拉二胡，喜欢演奏广东音乐，石榴迎合他的爱好和习惯，经常和他在一起活动，一起拉二胡，一起骑马，一起游泳。

有一次，她俩人在一起聊天，炮兵中尉排长介绍："我的排里有个大力士，一个人就能转换炮位（一般要4个人才能转换炮位）。这家伙能吃能干，天生的大力士，人长得魁梧，话很少，饭量酒量很大，我见过很多能吃能喝的主儿，但却没有一个像大力士那样的，他一次能吃13个烧饼，一个人能吃一桌子菜，一次喝两瓶白酒，他不是人，简直是个神人。"

石榴马上见机行事："我想去大炮阵地上，见识见识这位大力士。"

这个炮兵中尉排长毫无顾忌，满口应承。石榴进入大炮阵地，一边看表演，一边详细观察了阵地所有工事，记录每一门炮的射程距离、炮的高度等等。一个多月时间，石榴不仅从这个炮兵中尉排长那儿，侦察了大炮阵地的详情，而且还掌握了新乡全城炮兵力量的部署。当时固定镇守新乡的炮兵，为一个炮兵独立营，炮兵营与步兵不同，没有连的建制，直属四个排，由新乡作战指挥部直接指挥，每排配日制昭和十年式弹炮四门和机步枪若干支。四个排分别布置在市内、火车站、军营和飞机场四个阵地上。石榴绘制了炮位分布的图纸，并及时交给了新乡地下党工委的领导同志。

1948 年 3 月，新乡工委领导同志指示石榴，设法搞到新乡的国民党城防图。石榴动用自己在敌人的军、政、警、特等部门的关系，均未得手。

一次，石榴到专员公署采访，弄到了一张新乡详图，约比两大张报纸大一点。石榴在地图上勾画出新乡外围土城的轮廓和各大岗哨的位置，标示出了各军事机关、设施位置。大体有：新乡指挥部、过境部队招待所、军闻社、警备司令部、大炮阵地、空对空设施、交警部队、汽车部队、宪兵队、专署保安团以及军用仓库、驻军营房、各哨口要道、城市工事碉堡等。城防兵力配备情况，如城防部队一个师，交警部队一个中队，宪兵一个营、炮兵一个营、辎重、汽车一个团等，石榴为解放新乡提供了可靠的情报。

23. 石榴牺牲了

1946 年 4 月，国民党方面不断制造摩擦，明目张胆挑衅共产党的军队。国民党第十一战区在新乡召开军事会议，借口抢修平汉路，进攻共产党的解放区。

1947 年 9 月，国民党军队扒开沁河大堤，以水代兵，企图阻止解放区的发展、扩大，造成了焦作地区惨遭洪水灾害。

那时候，国民党驻军的武器装备，比共产党强大，人员数量也比共产党的多，如果没有可靠情报的支持，解放军肯定会吃大亏。国民党十一战区撤销，在新乡留下了一部分军队，驻扎在新乡的石榴园，那里有一家国民党军官的俱乐部，专门供国民党的军官和家属玩乐。

商女不知亡国恨。每逢星期天，石榴园俱乐部里灯火辉煌，歌舞升平，那些国民党军官和打扮时髦的太太们，踏着悠扬的乐曲，翩翩起舞，醉生梦死。

石榴以新乡军事新闻通讯分社特约记者的身份为掩护，和李慕之一起组建文艺乐队，在石榴园俱乐部为国民党军官俱乐部伴奏。乐队里，拉小提琴的叫王可成，照相馆经理；吹笛子的叫庞继尧，照相馆摄影师；拉二胡和弹扬琴的分别叫何文成、安占运；拉京胡的是李慕之；弹竖琴的就是石榴。石榴和这些狂热的文艺青年，经常凑到一块演奏。

何文成和安占运可不一般，他俩是另一个阵营的人，地地道道的国民党军统特务。何文成、安占运是广州人，最喜欢唱评剧和京剧。在他俩眼里，李慕之是没有工作的混混，整天吊儿郎当，痴迷弹琴唱戏。石榴是新乡新闻通讯分社特约记者。其实，他俩人不知道，石榴还有一个身份，她是地地道道的共产党红色间谍。

石榴、李慕之、何文成和安占运一般晚上6点之前，赶到俱乐部，他们先和国民党军官们一块喝酒吃饭，然后为舞会伴奏，经常弹奏的《平湖秋月》、《烛影摇红》等，都是一些舒缓好听的乐曲。

一个多月下来，石榴和李慕之他们结交了许多国民党军官，在酒桌上或演奏间隙，何文成和国民党军官不由自主地会说起国民党的兵力部署，以及攻打解放军的计划、方向、兵力部署等秘密情报。石榴和李慕之坐在那里，好像事不关己，不动声色，脑子却不停转圈，默默地记住每个地名、人数、国民党部队的番号。新乡的大陆照相馆，是共产党的地下联络点之一。

在新乡共产党军事情报站的特工，除了石榴和李慕之，还有刘世英、赵树林、齐云鹤、崔配喜、李星林等人，他们每个人都有代号，平常书信来往，都不用真名，而是用代号。

舞会一结束，石榴和李慕之就立即分头离开俱乐部，然后，她俩人到新乡小冀镇会合。石榴和李慕之坚持安全第一，不动纸墨，她们先把听到的核心情报，核对几遍，觉得没有错误，才能口头向解放军敌工部报告。

在当时搜集情报的工作中，直接与交通情报站接头的是解放军敌工部负责人唐纪，而这位当年的接头人，后来担任了焦作市的副市长，唐纪与焦作的革命、建设工作结下了不解之缘。

1948年的年底，国民党军在各地战场上节节败退。这天下午，刘世英碰到国民党40军316团团长庞庆振，庞庆振对刘世英炫耀说："解放军有一个县大队，驻在城西大召营附近一个村庄休整，我们今夜十二点出发，拂晓前把他们全部消灭。明天，你听我们战斗胜利的好消息吧。"

情报紧急，形势危急！国民党40军计划用三个团的兵力，以庞庆振的316团为主攻团，企图以多胜少、突然袭击、吃掉解放军这支驻在新乡城西大召营附近的队伍。

刘世英马不停蹄地返回秘密联络站，向石榴汇报了这个重要情报，石榴迅速派包子铺掌柜地下党员高士林，送出情报。

高士林不辱使命，徒步跑了三十多里，将情报送给了解放军敌工部的负责人唐纪。

解放军这支部队紧急转移，敌人扑了个空。解放军将计就计，在国民党40军庞庆振部回撤新乡的路上，解放军痛痛快快打了敌人一个伏击战。

第二天，刘世英一见庞庆振，刘世英就明知故问昨夜的战况，庞庆振摇头叹气："别提了，别提了，老弟，咱们本来想全歼人家解放军，谁知，我们不仅扑了个空，还被人家解放军打了埋伏。这仗打得真窝囊。"

中共中央社会部罗青长主任掌握石榴有情于国民党军官刘为国这段历史，指示石榴火速赶到淮海战线，不惜代价，策反刘为国这个国民党的师长。

石榴踏上淮海战场的时候，国民党官兵还沉浸在"王师北上定中原"的幻想之中，他们完全没有想到，自己已陷入了人民解放战争的汪洋大海之中。

在河南开封，国民党河南省部专门为前线军官举办了一场联谊舞会。在舞会上，刘为国深情地说："石榴，我为你接风。你瘦多了，这些年你自己怎么过的？"

石榴眼里脉脉含情："我没有事，凑合着过来了。想你啊，我在梦里经常梦见你，梦见和你一起打日本鬼子，真可谓一日不见如隔三秋呀。"

刘为国心里有几分感动，搂紧了石榴："是吗？这回你就留在我身边，我好好养养你。"

刘为国和石榴俩人坐下把酒言欢，讲到了养生。刘为国说："我老家来人探望我，捎有好东西，我给你点焦作的怀山药，送给你，你补补自己，养养自己。"

石榴不以为然："为国，中药是养身，可吃起来有点麻烦，也不够卫生合理。"

"不，我们焦作的药膳神奇。"刘为国容不得任何人说焦作药膳的不是："吃药不用等病来，药随饭吃活百年，焦作的四大怀药都是宝贝。怀山药滋阴壮阳，男人吃了，女人受不了；女人吃了，男人受不了；男人和女人一起吃，家里的床受不了；天下人吃了，地球受不了。"

石榴一听，笑得喷出了酒："哦，真的？这么厉害呀。"

刘为国一本正经："这话虽然粗俗，却表明了怀药的功效不凡。"

刘为国说，焦作北依太行山，南临黄河，形似牛崎角的一片平川，世人称"牛角川"。而"怀"字，就是太行与黄河的怀抱之意。焦作明清时称为"怀庆府"，有怀山药、怀地黄、怀菊花、怀牛膝等"四大怀药"地域特产。

焦作的土地，有黄河上游带来的各个地区不同地质条件的营养元素。焦作的地下水，吸收了太行山岩溶地貌大量渗透下来的微量矿物质。焦作的气候环境，春不过旱、夏不过热、秋不过涝、冬不过寒。

天时地利，焦作适宜山药、地黄、牛膝等根类药材的生长。中国古代大思想家朱熹曾赋诗，夸赞怀山药："欲赋玉延无好语，羞论蜂蜜与羊羹"。

但这次刘为国敏锐地感到，石榴此行，非同一般。石榴对刘为国部队的行踪过于关切，她几次开口询问刘为国军队的去向，刘为国开始对石榴的动机和目的产生怀疑。

刘为国怀疑石榴的背景，似乎比他想得复杂很多，特别是西安一别，石榴归来，石榴身上多了些硬气，底气似乎也很足。石榴的开封一行，出手大方、阔绰了很多，重金贿赂起那些军官和太太们，她眼皮眨都不眨。过去，刘为国觉得石榴理性而有分寸，典型的小知识分子心态。现在的石榴，身上多了一些刘为国看不懂的东西。

刘为国观察别人时，客观理性，偏偏对石榴却怎么也看不透，他过去一直无法正确判断：石榴是国民党的人？还是共产党的人？现在，刘为国完全可以断定，石榴，石榴一定就是共产党人。

石榴来开封的目的很明确，策反国民党军官刘为国。但是，出乎意料，刘为国的表现，一反常态的坚决，他坚信共产党解放军打不过国民党的军队。

在刘为国的印象中，共产党除了“百团大战”，再也没有打过像样的大仗，这样的部队打打游击还可以，怎么能与装备精良的国民党打仗呢？共产党根本不可能打败国民党。

石榴讲了当前中国国内各大战场的态势，希望刘为国战场起义，站到人民的立场上，建设一个新中国：“我们曾经在一起战斗，在抗日战场上杀敌，现在我们还可以一起战斗，打败蒋介石，解放全中国。”

刘为国坚持已见：“你还是站在我们国军这一边吧，胡宗南将军已经占领延安，很可能活捉毛泽东，蒋总裁马上剿匪成功，中国又有希望了。”

石榴动之以情，晓之以理：“痴人说梦，我们党中央撤离延安，这是一个大的战略转移。毛主席说，我们共产党人，要用一个延安换取一个全中国。你看到了，华北战场，国民党四面楚歌，东北辽沈战役已经结束，平津战场已见胜负，你现在放下屠刀，回到人民的立场，还来得及。否则，你会后悔几辈子的。”

刘为国沉默了，他突然觉得自己不认识的那个石榴，终于站在了自己的面前。石榴，曾经多可爱、可亲、可近、可疼的石榴，怎么，突然变成了自己的敌人共产党。这可能吗？自己不是在做梦吧？刘为国猛喝了一杯红酒，眼睛变红了：“石榴，看在你我曾经相亲相爱的情分上，我放你一码，你赶紧逃走吧，否则，你会死无葬身之地。”

石榴看着刘为国，嘴唇气得直打哆嗦：“你会后悔的，你执迷不悟，当一个反人民、反进步的人，不会有好下场的。你想想，你起义后，我们俩也可以过上新的生活，我们和全中国人民可以过上新生活。”

刘为国哪里知道，石榴策反自己的行动，都被国民党军统掌控了。国民党开封军统站的莫站长，闯进了刘为国的师部。莫站长斜着眼睛，从公文包里掏出了一沓一沓的照片，他盛气凌人：“刘师长，我们调查清楚了，你那个相好的，那个叫石榴的女人，是一个地地道道的共产党员。我们军统掌握了她的活动罪证，她此次来开封，主要任务是策反你的。刘师长前途无量，党国还是信任你的。但是，你得以实际行动证明自己的清白，帮助我们擒拿石榴这个共产党人。”

刘为国看了看那些照片，倒吸了一口冷气，想了想问：“你们抓了石榴，想怎么处置她呀？”

莫站长心怀叵测地笑了：“怎么处置？还不是要她交代清楚，写个退党声明，你的相好，还不是自己人吗？履行个手续而已。”

刘为国从莫站长眼镜后面，看到了他眼睛里隐隐的杀机。刘为国将计就计：“莫站长，你放心，如果你信得兄弟我，我亲手将石榴送到你处，别人不得插手。”

莫站长马上变了脸：“刘师长，你可不能为难兄弟，万一出个纰漏，上级那边，我可不好交差。”

刘为国一字一句：“请你放心，我们还是黄埔军校的校友，我刘为国说话算数，保证叫你交差。”

刘为国和石榴俩人还有个紧急接头地点，开封东城楼上。刘为国约见了石榴，他叫卫兵远远地站岗放哨。

刘为国真情实意：“石榴，你被军统特务盯上了，要么你赶紧走吧，要么你自首吧，何去何从，你要当机立断。”

石榴泰然自若：“为国，我还是那句话，武装起义，与国民党反动派彻底决裂，才是你唯一的出路。”

刘为国岔开话题：“此事，从长计议。你现在危在旦夕，你赶快走吧。这是我现在唯一能替你做的，你现在走，还来得及。”

石榴还没有说话，卫兵报告：“报告师长，军统特务把这里包围了。”

石榴转身去掏刘国为的佩枪，刘为国说：“石榴，你要干什么？你要干什么？”

石榴破釜沉舟：“我要劫持你，逼你武装起义。”

刘为国急得直跺脚：“石榴，你干什么呀，你别傻了！我的枪早在抗日战争时期，借给你们共产党人，杀日本鬼子了，我真的没有枪了。”

石榴从刘为国佩枪盒里，掏出来的，真的不是手枪，而是一把木梳子，石榴望着这把木梳子，看着刘为国苦苦地笑了：“天，负我石榴也。天，不助我石榴也。”

莫站长带着一群特务，慌慌张张跑了过来，刘为国喊道：“莫站长，你不够意思，背信弃义，你怎么能干这种偷偷摸摸的事情。”

莫站长笑里藏刀，脸上飘过一丝诡异的表情：“没办法，兄弟怕你大脑发热，办糊涂事，干脆替你办了这事，以绝后患。”

刘为国看着莫站长一幅死皮赖脸的样子，心里既紧张又害怕。石榴转身站上了城墙口，大义凛然：“刘为国，你叫这群狗特务下去，我有话给你说，否则，我一头栽下去。”

关键时刻，刘为国还是拉了偏架：“莫站长，这样僵持着，什么时候是个完。你看这样吧，你们先下去，我会办好的。”

莫站长瞅了瞅石榴那不要命的架势，他想了想现在又不能得罪刘为国，他认准这场戏白演了：“撤，撤，我们撤下去。”

刘为国上前接下了石榴，石榴下了城墙，拿着木梳，梳了梳被风吹乱的头发。然后，石榴用红绸包住了木梳，又装进了刘为国的佩枪盒里，她深情地凝视着刘为国：“你多保重，在抗日战争时期，你是杀日本鬼子的英雄，我们共产党不会忘记你的功劳。我不会给你添麻烦了，你还是好好想想，想想我说的话吧。”

刘为国语重心长：“石榴，看在你我曾经相爱的情分上，你听我一回话吧，你别干傻事，我能救你，活着比什么都重要。”

生死关头，石榴分寸不乱，视死如归。难道共产党都有如此超人的定力吗？不，不是，董凤就是共产党，可董凤一听见，刘为国提出离婚，她嚎啕大哭，她哭着闹着不离婚。那一刻，董凤不像个共产党，倒像个农家妇女。

刘为国哪里知道，眼下，石榴心里跟明镜一样清楚，今天自己是脱不了身子了。当下，远处的窗口、树丛的后面，城墙下，不知有多少支枪，瞄着自己和刘为国呢。现在，石榴只想着牺牲自己，保护好自己爱的人刘为国。石榴掏出了手提包里的口红，慢慢地涂在自己的嘴唇上，她动情地对刘为国说："为国，念在你我曾经相爱的情分上，我死了，你要亲自安葬我，别无他求。"

刘为国心急火燎，大脑一片空白："石榴，你别干傻事，你罪不至死。有我在，你会没事的。"

石榴温柔地把身子紧紧依偎过去："为国，你好自为之吧，起义也罢，投降也罢，一定给我好好活着。你是个男人，你要干的事很多很多。我这辈子能遇上你，我觉得值。当你的女人，我觉得值。"

刘为国没有想到事情的发展，会到如此不可收拾的地步："石榴，你别干傻事，你罪不至死。"

石榴坦然而言："我何罪之有，我只是不想那帮特务的手，脏了我的身子。为国，你多保重。我是一个共产党人，我的任务失败了，我不能落在国民党军统特务手里，我愿意用我的生命追求我的理想，践行我的誓言。再见，为国，下辈子再见。"

刘为国心如火焚："石榴，你真傻，你不能死。我刘为国这一辈子，何德何能，一个共产党员为我，牺牲了青春；一个共产党又为我，牺牲了生命。我欠共产党的太多了，我这辈子还不起共产党，下辈子也还不起呀。放心，我再也不会做对不起共产党的事情了。"

石榴这一生，最想听这句话了。石榴的嘴角流出了鲜红的血液，眼里闪烁出欣慰的目光。石榴用尽生命里最后的一点力气，艰难地把一张纸，塞进了刘为国的手心里，她紧紧攥住刘为国的手："你是杀日本鬼子的英雄，我们共产党不会忘记你的功劳。这是我们共产党的特赦令，你拿好它，保住自己的命。我只要你好好活着，别辜负我的爱情。下辈子，下辈子，我还当你的女人。"

石榴慢慢地倒在了地上，她的鼻孔、眼角、耳洞流出了鲜红的血。

刘为国悲愤欲绝："石榴，石榴，我的石榴呀。救救我的石榴呀！救救我的石榴呀！”

莫站长冲了上去，伸手摸了摸了石榴脖子，冷冷对手下说：“撤，撤退，你们没有见过死人吗？口红里有氰化钾，苏联红军制造的特别毒药。”

刘为国亲眼看着爱自己的人死了，欲哭无泪，心肺撕裂，他想死的念头都有了，他一手夺过警卫员的枪，朝天打完一梭子的子弹：“王八蛋，王八蛋！警卫员，买口好棺材，装殓我的石榴夫人！装殓我的石榴夫人！”

莫站长和十几特务听见枪响，他们吓得趴在地上，半天不敢动身。

刘为国的警卫员瞅着莫站长和特务，大骂：“狗特务，怕死鬼。党国瞎眼了，养活了一群白眼狼，一天到晚，光知道咬自己人。”

24. 二号首长

在河南省宝丰县城西北20余华里处，有一个偏僻的小山村，叫赵官营。当年，赵官营约有200来户人家，是中共中央中原局的所在地。中国人民解放军中原野战军的司令部，也驻扎在这个叫赵官营的小山村里。

1948年的秋天，马云霞受命从郑州赶到赵官营，住在中原局的招待所。说是招待所，其实，就是普通农民住的一般平房，是农民自愿腾出来的。这家腾出两间算是招待所的一号房，那家腾出来三间算是二号房、三号房、四号房……如果去招待所找个人，至少要跑半条街。

招待所的高个子所长通知马云霞：“马云霞，孔部长要你马上去一趟。”

孔部长就是中原局组织部副部长孔祥祯同志，他还兼任中原局城工部副部长。马云霞立即赶到孔部长那里，孔部长平开口就说：“小马，告诉你个好消息，我们解放军马上要打郑州了！”

马云霞一听说要打郑州，高兴得不知说什么好，激动地含着眼泪问：“我……能去吗？”

“领导已决定，让你随军进郑州，主要做联络和向导工作。”

马云霞急不可耐：“什么时候出发？”

孔部长答：“吃过晚饭，来我这里集合，跟六支队一块走，快回去，收拾收拾。”紧接着，他又严肃地说：“小马，这是军事行动，可要保密！”

马云霞应声：“是！”

马云霞跑回招待所，收拾行囊。一条粗布绿色棉军被，一个军大衣，这是新发的。马云霞还有一套便衣，这是一个多月前，马云霞在郑州越狱逃跑，途经新郑时，找到“关系”——豫茂春药铺的掌柜孟清波，孟清波送给马云霞的，换了这身衣服，马云霞才顺利地通过敌人的封锁线，赶到已是解放区的许昌。

马云霞想到打郑州，想到自己将要亲手抓住那些迫害地下工作者的国民党狗特务，她浑身上下充满了力量。

马云霞站在中原局所在的院子里，左顾右盼，等待六支队的大队人马的到来。可是，等了半晌，也不见动静。马云霞悄悄地问孔部长：“六支队是哪个纵队的，怎么还不见过来？”

孔部长笑了笑说：“六支队是中原局的代号。小马，中原野战军的司令部首长照顾我们，让我们和首长一起，坐汽车行动。”

突然，听到汽车声由远及近。有人在喊：“汽车来了，汽车来了，准备上车！”

汽车开到了门口，是一辆半旧的十轮大卡车。马云霞和孔部长爬上车，车上人越来越多，但还在继续上人，一个挨一个紧紧地站着。有人抱怨：“怎么还不开车？”

孔部长回答：“二号首长还没有来呢！”

二号首长？显然是位首长的代号，可他是谁呢？又过了片刻，驾驶室的车门“咔嚓”一声关上了。孔部长向大家说：“请同志们注意，二号首长上车了，马上开车。行车期间，同志们不要打手电，不要吸烟，不要讲话，一切行动听从指挥。”

孔部长的话刚落音，孔部长轻声地对身旁的马云霞说：“好哇，邓小平政委来啦！”

邓小平政委坐在驾驶室里，就在马云霞的身边。顿时，马云霞心里热呼呼的：原来是邓小平政委亲自领导大军解放郑州啊。

在漆黑的夜幕中，汽车缓缓地开出了村庄，朝着郑州的方向奔驰前进。几个小时后，汽车开进禹县县城里，在一座宏大的庙院前边停了下来。庙院内灯火明亮，人来人往。大院门前，有几个战士站岗，几位解放军领导走了出来，接邓小平政委进了屋。

孔部长告诉马云霞，这里是禹县东山中学，原先是一座古庙，现在是解放军中原野战军的前线司令部。

马云霞当夜在东厢房住下了。翌日晨，马云霞一早起来在院内散步，环顾四周，果然是一座雄伟的寺院。这时，从南屋走出一位首长，他大踏步地走上大殿的台基，做起了健身运动。随后，一个战士挑了两桶水，放在首长的跟前。首长迅速将棉衣递给战士，露出刚健的身躯，那战士立即端起一桶水，慢慢地从头而下照着首长的身上浇去，首长的双手用力地在身上揉搓着，随后又是一桶……

马云霞正看得出神，孔部长恰好走在马云霞身边，马云霞顺口问孔部长一句："孔部长，他是谁呀？十冬腊月洗冷水浴。"

孔部长笑了笑："他就是二号首长，邓小平同志。他常年坚持冷水浴，寒冬腊月也不间断。"

百闻不如一见，马云霞心中骤然一惊：二号首长，就是身经百战的邓小平政委呀。马云霞虽然没有看清楚邓小平政委的容貌，但她对邓小平政委的印象深刻。

孔部长通知马云霞参加会议，中野的"四号首长"张际春同志主持会议。张际春是中野的副政委兼政治部主任，讲的是解放郑州的军事部署："我们有充分的信心，这次一定能攻下郑州。党中央、中央军委指示我们，要我们乘孙元良兵团东调、增援徐州之机，迅速歼灭郑州守敌（四十军之一0六师和三十九师之一部；九十九军之二六八师），力争全歼，不让敌人跑掉。我们的部署是，东路，陈锡联司令员率领的一纵和三纵；西路，陈赓司令员率领的四纵和九纵；打援的部队是豫皖苏军区的三个团，他们在郑汴之间，阻击开封之敌西援；华野第十四纵和冀鲁豫军区一部，在新乡至黄河桥之间，阻击新乡之敌南援和切断郑州之敌北逃的去路。另外桐柏军区为了援助我们，将以十纵之二十八旅协同我们的二纵，由桐柏南下，破袭信阳以南的平汉铁路，阻止武汉的敌人北援。”

张际春副政委宣布郑州市军事管制委员会成立，九纵司令员秦基伟同志为主任委员，谷景生为政治委员。宋致和部长谈了进郑州的政权建设，他说：“郑州是中原战略要地，我们进去之后，要建立革命秩序，需要建立临时的政权机构。初步打算先成立维持会，吸收郑州各界知名人士参加，帮助我们临时维护社会治安。如果战局稳定，我们就立即筹建人民民主政府。当然，我们也有可能作暂时的撤退的打算。但是，从长远的观点来看，郑州永远是人民的。”

宋致和部长谈到解放军进郑州后一些可利用的关系，曾提到郑州大特务头子陈耀龙，青帮首领尚子干，郑州商会的实力人物鸿兴源酱菜园经理傅子诚、张耀臣、郝楚卿等。

马云霞等几个搞地下工作的同志，都被任命为联络秘书。

1948 年 10 月 20 日下午 5 时，整个解放军中原野战军的前线司令部一片沸腾。人们在收拾行礼、公文箱及行军用具的时候，汽车也开到大门口了。这一迹象表明，行动马上开始。

“二号首长”坐进了汽车驾驶室，孔部长、马云霞和王贵先后登上了汽车。汽车开出城，开始向东，又忽而转南。沿途，一队队荷枪行进的战士，像一条洪流似的，浩浩荡荡，直奔郑州。

天色，渐渐昏暗，汽车在黑暗中，风驰电掣般行进着。汽车突然停下来了，孔部长喊道：“同志们，统统下车，各人带好各人的行李，原地休息，听候命令。”

片刻，孔部长又回来了，他说：“现在到郏县了，前边有条河，因为洪水暴涨，大石桥被水冲垮了，坐车过桥有危险，领导和机关的同志们，分批坐船过河。”

大家来到岸边等着渡船，黑暗中，解放军大部队手拉手地缓缓地涉水行进。队列的两旁，不远就有一个桥栏杆似的，仔细瞅过去，哪里是什么栏杆，分明是当地群众手拉着手，并排站在齐腰深的水中。孔部长激动地说:“看，老乡们搭起了人造桥栏，保证部队安全过河，应当给郏县人民记大功啊！”

这是一条季节性河流，平日里也没有渡船。当地群众应急，又找到了两条捕鱼的小船，每次仅能过去两三个人。大约过了两个小时，马云霞好不容易才乘上最后一班船，坐船到了河对岸。摸黑行动，马云霞掉了队，一时找不见孔部长和王贵同志等人。马云霞心里有点着急，顺着一条路摸到了县城门口，看见一位中年军人站着那里。

马云霞冒冒失失地问:“喂，老同志，你看见孔祥祯部长过去了没有？”

中年军人热情地安慰马云霞：“小同志呀，莫要着慌。孔部长他们刚刚过去，你顺着这条街走，前头停了两辆汽车。你到了那儿，你就找到他喽！”

中年军人说一口四川音的普通话，他问马云霞：“在你的后头，还有没坐船过河的人？”

马云霞答话：“我是最后一船，恐怕后边没人了。”

那位中年军人挥挥手，示意马云霞先走，他自己依然伫立着观望、等待着，那样子似乎还要等人。

马云霞也没有道谢，她就走了，走了不多远，就看到了汽车，找到了孔部长和王贵同志。片刻之际，那位给马云霞指路的中年军人走了过来，马云霞指了指中年军人，问孔部长：“孔部长，他是谁呀？”

孔部长笑着说:“你没有看清楚啊，他就是二号首长，邓小平政委嘛！”

邓小平政委！马云霞一辈子也无法忘怀邓小平政委的言行。邓小平政委作为一位大军区的首长，在戎马倥偬之际，他时时刻刻关心着自己的部下，关心自己的每个指战员。等到所有的人员渡河完毕，已是夜间9点多钟了，大家还没有吃晚饭，再看街上，只有一家小饭铺，尚未熄灯打烊。

这家小饭铺不大，饭店里只有一个人，他既是老板，又是伙计。一会儿，进来好几位带警卫员的首长。这时，马云霞借着淡黄色的油灯光，第一次近距离仔细端详邓小平政委。一位身材魁梧的首长一进饭铺，就大嗓门叫着："老孔！快快，快，你搞点什么吃的，待一会，我们还要急行军。"

孔部长赶紧吩咐店伙计："有什么，做什么；做什么，吃什么。速度要快！"

马云霞悄悄低声问："孔部长，要吃的首长是谁？"

孔部长直言不讳："三号首长，陈毅副司令员。"

闻其声，已见其人。陈毅同志这时是华野司令员，又兼中野的副司令员。马云霞想，这么多首长一起出动，显然不仅仅是为了拿下一个郑州，可能有更大的军事行动。

半个小时，一大锅热乎乎的绿豆面丸子出锅了，饭店伙计给每人盛上一碗。这时，也不分首长和通讯员、警卫员、干部，一律平等。饭店伙计又端上了一筐油条，大家把油条泡进丸子汤里，吃得挺香，满嘴流油。

饭后，要付账了，出现了一个小插曲。

二号首长邓小平政委笑着说："我没得钱，我的口袋空空如洗呀，三号首长算账嘛。"

三号首长陈毅副司令员笑着说："哪个说的，我的口袋更卫生呀，二号首长算账，比较合适嘛。"

解放军其他吃饭的首长，你推他出钱，他推你出钱，几位首长谁都没有掏出钱来。当年，解放军的高级指挥员和战士一样，每人每月只有 3 至 5 元的津贴费，既要买牙膏、肥皂用，又要贴补家用，哪里还有余钱？一次夜宵的花费，叫首长们一阵尴尬。

孔部长见状，站了出来，他幽默地解围："各位首长不要争着付账了，让我们尽地主之谊，招待各位首长，请通讯员付款。"

饭店老板接过白花花的银元，脸上笑开了花。

马云霞又上汽车，继续行军。不知绕了多少道弯子，部队来到新郑县境内。拂晓时分，汽车开进了一个村庄，汽车隐蔽在小树林里。首长们一个一个先后进了村。

马云霞忙里抬闲，蹲在村头小溪边，洗脸、休息。忽然，孔部长的通讯员跑来，通知马云霞："马云霞同志，你有新任务，速去司令部。"

孔部长在司令部，严肃地对马云霞说："目前，我们对新郑城内情况两眼黑，你过去曾在新郑城内做过情报工作，并且有一定的社会关系。你先进城侦察一趟，摸清楚城内情况，立即回来汇报。"

宋致和部长在一旁特别交代："你客串去当侦察员，你要化化装，穿着便衣，进城侦察。"

马云霞来部队时，幸亏那套便衣没有扔掉，这时又派上用场啦，马云霞赶紧更衣出发。

新郑城内的豫茂春药店，是新乡民族资本家王晏卿投资开的，马云霞认识豫茂春药店的经理孟清波，他是新乡关堤人，是马云霞的拐弯亲戚。

孟清波为人忠厚、待人热情。一个多月前，孟清波帮助马云霞，从国民党郑州警备司令部的监狱里，逃了出来。新郑城的街上，关门闭户，行人稀少，一片凄凉景象。马云霞一进豫茂春药店，孟清波就大吃一惊："你怎么又回来了？"

孟清波说着，便把马云霞拉进了柜房，俩人低声攀谈起来。马云霞详细询问新郑城内国民党的情况，孟清波说："新郑城里国民党保安队、县政府的人全跑光了，连警察也跑光了，新郑成了一座空城。只是夜晚不时有土匪（指国民党地方土顽部队）抢劫，闹得人心惶惶。我也准备打点打点，逃往郑州呢。"

马云霞辞别孟掌柜，她又到新郑城东街，找了自己过去的一个学生，学生谈的情况和孟掌柜说的一样。马云霞一刻也敢耽误，返回司令部，向孔部长作了汇报。

深夜，马云霞又乘车跟随大部队出发。因为逐渐接近郑州前线，汽车在黑暗中关灯摸索行驶。半夜，汽车在一个村庄停了下来，马云霞在村庄路沟里待命。

二号首长邓小平政委就在附近的一座茅屋里办公，指挥解放军的中原、华东野战军联合作战。电话铃声响个不停，此起彼落，邓小平一字一句说个不停。

天到拂晓时分，孔部长从指挥部那边过来，通报：“郑州守敌向北逃窜，二号首长命令部队追击，决能不让敌人跑掉！”

原来，郑州的国民党军第十二绥靖区第四十四军一〇六师、第九十九军二六八师，见势不妙，放弃郑州城，向城北逃跑。

邓小平电令九纵的司令员秦基伟：“敌变我变，追上去，不能让敌人跑掉。”

秦基伟回答：“政委放心，我的网已经织成，它跑不掉了，只能鱼死，不会网破。”

陈毅接过话筒，放大嗓门说：“秦基伟，这一回就看你的了。打得好，我到你那里，给你唱《借东风》。打不好，我是要打你屁股。”

解放军中原野战军九纵队各部原受命在郑州西北角强攻，1948 年 10 月 22 日，国民党军北逃不成，改成东逃，企图沿黄河大堤逃向开封，九纵各部前截后追，刘为家率领全团指战员从敌人的右测平行追击，跑步 20 多里，将国民党军压缩在固城的老鸦陈地区。半个小时后，枪声逐渐稀落，这就意味着战斗接近尾声。

天色大亮，孔部长过来了，他说：“郑州逃跑的敌人，全部被歼。这里是十八里河，距郑州还有 20 里路，同志们，我们上车，进城吧！”

汽车行驶到郑州南关外，遍地都是国民党守军先前环绕城区修筑的封锁沟。沟口的岗哨，已不是国民党宪兵、警察、特务了，而是雄赳赳的人民解放军战士，郑州从此属于人民的了。

解放军解放郑州之战，以绝对优势兵力摆开三阙一的架式，威逼国民党守敌离开人口稠密的郑州城区，将沿铁路线向北逃窜的敌军，围堵在郊外老鸦陈一带全歼。解放郑州的战役以伤亡 220 人的代价，全歼敌军 1.1 万余人，俘敌将级军官 5 名，校级军官 80 余名，生俘 9000 余人。

郑州战役是解放军精锐之师晋冀豫鲁第九纵队，摧枯拉朽、势如破竹的一次“比演习还痛快”的歼灭战。战役不但使解放军获得了大量的补给，补充数千人，而且极大地鼓舞了指战员的士气。10 月 23 日，晋冀鲁豫军区副政委张际春任新成立的郑州市军事管制委员会主任，中野九纵政治部主任谷景生任中共郑州市委书记，司令员秦基伟任警备区司令。中共中央发来贺电：“济南、锦州、长春解放后，郑州又告解放，陇海、平汉两大铁路枢纽为我掌握，对整个战局极为有利。”

1948年10月25日晚上，陈毅副司令员赶到了郑州，当面表扬秦基伟：“九纵成熟了，可以打大仗了。”

秦基伟高兴得眉花眼笑：“你得唱一出《借东风》。”

陈毅大大咧咧表态：“要得，要得，我陈毅说出的话，那是要算数的嘛！”

秦基伟话赶话，一语激将：“首长就是首长，一言既出，驷马难追。”

陈毅摆了摆手：“此一时，不比彼一时呀，你们现在进城了，你们阔了，你得先给我找个大饭店，叫我好好吃一顿，总不能让我饿着肚子唱《借东风》嘛！”

秦基伟见好就收：“好，上车吧，郑州的大饭店，你随便挑，我请客。”

秦基伟亲自开着吉普车——可见秦基伟的玩车水平，在郑州满大街转悠，却找不到一家正常营业的大饭店。无奈，陈毅、秦基伟他俩只得降低标准，在一家小饭店切了半斤牛肉，打了三两老白干。

郑州警备司令部值班室电话铃骤响。值班参谋桑临春一听，电话那头是二号首长邓小平政委：“我是邓小平，找你们秦基伟司令员！”

二号首长邓小平政委呼叫秦基伟，值班参谋满街找秦基伟。

秦基伟究竟到那里去了？秦基伟爱看戏，尤喜豫剧。秦基伟坐在中原大戏院，悠然自得地欣赏中国艺术家常香玉演唱的豫剧《花木兰》。

这还了得！郑州刚刚解放，郑州的警备司令却不在岗位上。

二号首长邓小平政委到了解放军郑州警备司令部，亲自在值班室坐镇。邓小平政委火了，命令值班员：“马上给我找回来！”

等到秦基伟看戏一回来，邓小平政委严肃地说：“秦基伟司令员呀，今天晚上，我们俩都有事干了！你交给我一份检查，我交给你一个处分。”

郑州战役后的第三天，中原军区首长邓小平、陈毅、张际春在郑州原国民党绥署礼堂召开郑州战役团以上干部会议，要求部队彻底歼灭徐州之敌。

1948年10月28日，成立郑州市人民政府，宋致和任市长。

1948年11月10日，郑州市军事管制委员会撤销，工作移交市委、市政府、警备区。

1948年11月13日，取消国民党的戒严令。

1948年11月21日，中共郑州市委成立，谷景生正式代理中共郑州市委书记，郑洛警备区政委，孔从洲任郑州警备司令部司令。即日，市委召开首次会议，确定以"大力搞好工商业，恢复教育，满足群众生活必需品，重点地清查敌伪残余"的工作方针。

马云霞他们沿南大街走去，街道旁站满了欢迎的群众，他们面带着胜利的笑容，向马云霞招手致意。马云霞来到伪河南省第一行政督察专员公署，这里的门窗玻璃，早已被群众砸得千疮百孔。马云霞又来到天成路，将郑州的武陟同乡会馆，暂时作为办公地点。

军管会市政部在武陟同乡会馆，召开了一个临时会议，宋致和部长在会上传达了二号首长邓小平政委的指示：现在战局对我们极为有利，我们已没有必要建立临时性政权，应该筹建永久性的郑州市人民民主政府。首先，我们对外宣传党的方针，应该讲郑州永远是人民的。其次，敌人这次逃跑虽很仓促，但破坏相当严重，敌特活动也很嚣张，我们首要的任务是防止敌人破坏，建立新的革命秩序。这样，形势要求我们迅速建立革命政权，人所共知，郑州是中原交通枢纽，战略重镇。蒋介石发动内战，在郑州设立有绥靖公署，国民党国防部剿匪总部郑州指挥所，继而改为国民党陆军总部郑州前进指挥所。这个指挥所设有郑州警备司令部（地址在市西大街西头路北），以川军四十七师师长李铁英为司令，下设有行动队（即特务队）。其他特务机关著名的有"郑州党政军联席汇报秘书处"（郑州各种特务分子碰头会的常设机构）、军统局郑州站、国防部参谋部二厅郑州联络站、中统局郑州调统室、国防部人民服务队、国防部军闻社、国防部爱国青年训导总第二大队（即劳动集中营）、国防部谍报二组、交警总队二处等等，名目繁多，举不胜举。战场上的敌人消灭了，可暗藏的敌人尚待清查、搜捕。据不完全的统计，当初潜伏在郑州的五花八门的敌特分子就有3000多人。新接收的敌伪物资存放何处？市民用粮如何调拨？敌伪宪兵、警察、特务人员如何登记？怎样收容？因此，刚解放的郑州，百废待举，需要共产党艰巨的对敌斗争。真是千头万绪，郑州需要新的机构、新的社会秩序、新的教育制度、新的道德风尚。

郑州市人民民主政府建立，开展了大量的工作。诸如对邮电、交通、工厂、学校、医院、敌伪财产的接收和接管；对敌宪、警、特人员的登记、查清与遣返；难民的救济与遣返等等。人民民主政府通过各种线索查清敌特组织及其反动的社会基础，配合公安部门，发动群众反特、除奸，抓了一批、管了一批、安排了一批留用人员。同时，着重做了三件事：一是掌握敌情，维护郑州的社会秩序；二是宣传党和政府的政策，安定人心；三是当好人民政府的参谋，接管好、保护好国家财产。

人民民主政府需要大力宣传党的各项政策，需要尽快出版报纸，马云霞就承担了这个任务。

马云霞跑遍了郑州原来的几家报社，情况很不乐观，有的报社有机器，没有工人；有的报社是机器转移，人员也找不到。马云霞终于找到了一位老相识，名叫姜杏林。他是河北人，学生时代参加过党组织，姜杏林在郑州一家私营的《通俗日报》当编辑，姜杏林在新乡《生力日报》工作过。马云霞过去和姜杏林打过交道，姜杏林出主意："《通俗日报》停刊后，报社仍有机器和工人，具备出版条件。"

马云霞将出报意见和工长李远谈过后，工长李远表示愿为党工作。可巧，工长李远也是从新乡《生力日报》过来的，马云霞过去认识李远，这次相见，格外亲切。李远兴奋地说："如果要出报，我马上去找工人，明、后天出报不会误事。"

马云霞马上向孔部长和宋市长汇报，宋市长认为："目前创办市委的报纸，还不具备条件，我们没有干部和编辑人员。可是，我们可以采用旧瓶装新酒的办法，及时宣传我党我军入城后的各项方针政策。我们先出报，名字仍可叫《通俗日报》，报纸内容则全部是人民民主政府的稿件，逐步刊登我们新华社的新闻稿件、刊登人民民主政府各项政策的文件。"

马云霞一身三任，既当《通俗日报》的总编，又当《通俗日报》的编辑，还负责校对《通俗日报》。经过两天紧张的筹备，1948 年 10 月 24 日，内容全新的《通俗日报》就和郑州人民见面了。报纸上刊登了郑州人民民主政府军管会的第一号安民布告，刊登了人民解放军入城后的各项政策、法令，刊登了人民解放军前线传来的捷报。

郑州解放了，马云霞又有新的任务了，组织上派人通知马云霞不要公开身份，继续潜伏。当天晚上，中原军区情报处长李文彬单独约见马云霞："现在形势发展很快，中央社会部、二号首长邓小平政委命令你，趁着国民党顾头不顾尾、手忙脚乱之时，你利用你父亲马尚钧在国民党高层的关系，南下武汉，转道南京，打入南京敌人内部，获取敌人高层的军事情报，为解放全中国再立新功。"

马云霞二话不说，慷慨赴任："请二号首长邓小平政委放心，我保证完成任务！"

25. 吃掉黄维兵团

1948 年 9 月，济南战役，国民党军队在徐州地区集结了三个兵团 17 万余人，在华东野战军阻援打援部队的阵地前，徘徊观望，迟迟不敢北上，不敢正面与华东野战军交锋。

粟裕看着作战地图判断：这已经说明，在不利条件下，国民党害怕与解放军打大规模的战役；这已经说明，解放军对敌人进行战略决战的有利时机，已经成熟。

1948 年 9 月 24 日 7 时，粟裕发出电报，建议中共中央军委：举行淮海战役。

中共中央军委开会研究、讨论，1948 年 9 月 25 日 19 时，毛泽东复电粟裕：举行淮海战役，甚为必要。

1948 年 11 月 10 日，解放军在徐州以东的碾庄地区，分割包围了黄百韬兵团。

1948 年 11 月 15 日，中原野战军攻占宿县，歼敌一个师，切断了国民党徐州与蚌埠之间的联系，解放军战略包围徐州。

1948 年 11 月 16 日，在西柏坡，毛泽东指着地图提议："考虑到此次战役，是南线一次空前的大战役。战役的胜利，不但可以大定长江以北局面，而且全国局面亦可基本上解决。我考虑，由刘伯承、陈毅、邓小平、粟裕、谭震林组成淮海战役总前委，以刘伯承、陈毅、邓小平为常委，邓小平为书记，统筹华东、中原及冀鲁豫地区前后方的一切事宜。”

朱德、周恩来、刘少奇、王稼祥不约而同，举起了他们的右手，集体同意了毛泽东的提议。

刘伯承对战局了如指掌，他形象地这样表述：“我们吃一个（黄维），挟一个（杜聿明），看一个（李延年、刘汝明），这真是一锅夹生饭。”

黄百韬也不是瓤茬，在碾庄村外，黄百韬兵团修筑了二道土墙，土墙外各有一条水壕，水壕外有鹿砦、铁丝网、堑壕和地堡群。黄伯韬司令部就设在碾庄圩内一家地主的油坊里。

当时，在碾庄圩和周围几个村庄这个小圈子里，解放军围困了黄伯韬兵团的十几万人。解放军广大指战员，不怕牺牲，前赴后继，采取“先打弱敌，后打强敌，攻其首脑，乱其部署”的战法，打夜战，迫近作业，与黄伯韬兵团一沟一堡、一村一巷地争夺，表现了一往无前，压倒一切敌人的革命英雄气概。

1948年11月19日，解放军强渡外壕，突破碾庄圩，攻近黄伯韬指挥部，黄伯韬逃命心切，脱下军大衣，撕掉了蒋介石颁发的铿字第一号的胸章，烧掉身上所有照片，只身逃往大院上村。

1948年11月22日，黄昏，解放军攻克碾庄圩，黄百韬兵团全军覆没，黄百韬自杀。

1948年11月23日，中原野战军配合华北野战军刚刚歼灭黄伯韬，又在宿县西南的双堆集地区，包围了从华中赶来增援黄伯韬的黄维兵团。黄维兵团清一色美式装备，军容严整，向东开拔增援黄伯韬兵团，屁股后掀起一阵阵滚滚狼烟。

黄维兵团出动，刘邓大军便如猛虎一般从大别山上扑下来，一路追击而来，在皖北宿县附近与已歼灭黄伯韬兵团的粟裕大军胜利会合。

当时，刘伯承、邓小平担心武汉的白崇禧兵团，倾巢出动，尾追而来。若黄维兵团再杀个回马枪，这事就难办了。好在国民党派系斗争惨烈，白崇禧硬是按兵不动，眼看着蒋介石嫡系部队黄维兵团，陷入解放军中原野战军与华东野战军的合围中绝望挣扎。

蒋介石一看解放军这个架势，命令徐州剿总杜聿铭弃城而出，与黄维兵团合兵一处。国共双方在宿县双堆集附近打成了一锅粥。

邓小平政委的总攻动员报告，言简意赅："我们二野不怕倾家荡产，不怕把部队打光！打光了，中国革命也会胜利的！为了决战的胜利，我们一个人换一个人，拼到底，也值得！"

在淮海战役期间，江苏、山东、河南、安徽、河北五省动员的随军民工 22 万，二线转运民工 131 万，后方临时民工 391 万。这 500 多万民工只有担架 23 万副，大小车 80 万辆，其中没有运输工具者，便肩挑人背。在两个多月内，共转运伤员 11 万人，送达前线的粮食 5.7 亿斤，弹药和物资 330 万吨。另外，这些民工的战争勤务工作，还包括挖战壕、架电线、抢修交通线、清理战场、搬运缴获物资等。

1951 年 2 月，陈毅元帅会见前苏联驻华大使尤金，介绍淮海战役情况，诠释淮海战役决战胜利的原因。陈毅元帅动情地说："淮海战役的胜利，是人民群众用小车推出来的。"

董凤回忆说，我是坐在美国制造的十轮大卡车上，看着解放军消灭黄维，看着淮海战役胜利，看着百万雄师过长江的。董凤押送 8 辆十轮大卡车的弹药，运到了前线。解放军中原野战军九纵的指战员高兴得眉开眼笑。董凤给他们送来了家里的信件，这些离乡的游子们，各自蹲在地上读着家信，百感交集。难怪人们要说，家信抵千金。

秦基伟站在美国制造的十轮大卡车前，高兴地对董凤说："巾帼不让须眉，董大主任真是气派，不愧是从工业城市焦作来的，机械化供应我们解放军武器弹药。一会儿，叫我开开你的汽车。"

秦基伟是有名的"人来疯"，又是有名的学习新东西快的人。周恩来夸他：秦基伟是文化人中的没文化人，没有文化人中的有文化人。

秦基伟高兴地眉飞色舞："我们解放军四面包围了黄维，黄维早乱了阵脚，正向东南方突围，想向李延年、刘汝明两兵团靠拢，我们解放军全线出击，大战了一天，在双堆集附近把黄维包围了。你运来的解放区制造的迫击炮弹，正好派上用场，叫国民党反动派尝尝解放区人民自己造的炮弹。”

董凤笑容可掬：“得劲，得劲！叫战士们卸了车，我再赶运两趟。”

秦基伟拦住董凤：“不忙，不忙，吃了饭再走。来，坐上我的汽车，我们先吃饭去，人是铁饭是钢，一顿不吃饿得慌。”

秦基伟乘坐的那辆小汽车，是解放焦作时，缴获日本军队的。日本军队远离本土作战，能源供给严重不足，没有汽油，日本鬼子别出心裁，想了个土办法，烧木炭。在汽车上加装一个代燃炉，炉里放木炭或木柴，炉上面挂一个储水器，木炭点燃以后，储水器里的水滴进炉子里，木炭就会不完全燃烧而产生一氧化碳。炉子侧面钻两个孔，一孔连鼓风机，另一孔把煤气（一氧化碳）送出去，经过两个过滤罐，滤掉炉渣和粉尘，最后再经过化油器输入汽缸。打火后煤气在汽缸里燃烧起来，发动机即可运转。代燃炉的设备放在汽车背后，占据车厢前面一截靠驾驶室的地方。汽车启动前，需要提前二三十分钟生火，司机先到车子背后，添加木炭，点燃并手摇鼓风机助燃，等到木炭烧到适当火候，产生足够的煤气，司机才可以坐到驾驶室上去点火发动汽车。汽车开起来虽然一摇一晃，但也照样精神抖擞地跑着，只是时不时得停下来，加点木炭。

老百姓没有见过木炭汽车，看见这一幕，七嘴八舌地议论：“国民党的汽车，没有油，走不了。共产党的汽车，烧着木头，照样跑得呜呜叫。共产党真是神！共产党真是神！”

董凤看了看秦基伟桌上的饭菜，秦基伟桌上只有半碗萝卜条、三个窝窝头、三碗小米稀饭，三根红辣椒。

解放军支前民工团的伙食，比秦基伟的伙食好了很多，民工们吃的是白馍、大肉烩菜、小米稀饭。

董凤扯起秦基伟：“你当领导的，咋能天天吃这种伙食。走，去我们民工那儿改善生活。”

秦基伟站住了，他说：“不行，解放军中原野战军九纵成立时，焦作、济源、沁阳、孟县，博爱县等地组织得力干部率领民兵、民工一万多人，他们先后随大军转战新安、渑池、临汝、叶县等20余个县，历时半年甚至1年之久。他们为我们解放军中原野战军九纵运输弹药，守卫物资，护送伤员，押送俘虏。有时直接参与对敌战斗，他们贡献大，又是我们的亲人，理当让他们吃好的。”

董凤说不过秦基伟，也拧不过秦基伟，董凤一不做二不休操起面盆，舀来一大盆肉烩菜：“来吧，算我招待你，不算违反纪律吧。叨，叨！”

秦基伟喜欢董凤爽快的性格，直率的脾气：“叨！董主任的脾气，还是这么大。”

董凤反客为主：“通讯员，拿一瓶三家村酒，我请秦司令喝两杯。”

秦基伟看着酒笑了，他问：“这个酒，就是中国历史上的名酒三家村吗？”

董凤如数家珍，娓娓道来：

焦作的“三家村酒”，历史悠久，与魏晋时期的“竹林七贤”密不可分。魏晋时期，焦作是京畿腹地，中国重要的文化中心之一。

焦作武陟县的山涛，是竹林七贤的发起人，嵇康是竹林七贤的领军人物，嵇康曾在焦作山阳城（现今墙南村）居住了20年。期间，他们攻读老子、庄子的著作，寻仙问道，饮酒论诗。

刘伶和向秀也经常去墙南村，谈古说今，举杯把盏，逍遥自在，过着与世无争的生活。其中，嵇康、向秀、吕安三人长期在山阳城的墙南村西边居住。时间长了，人们就把墙南村这个地方称为三家村。三家村，是竹林七贤的重要会饮之处。

在三家村这个村子里，有一家乡间酒店，店主人黄公，他酿造的酒甘美醇和，回味悠长。久而久之，人们干脆就把黄公酿造的酒，称作“三家村酒”。从此诗文常以“黄公酒垆”，指朋友聚饮之所。

宋梅尧臣《正月二十七日江邻几等邀饮于定力院》诗：“似过黄公酒垆下，嵇阮不见修竹中。”

元代马谦斋《快活三过朝天子四边静·春》曲：“近黄公酒垆，诵坡仙乐府，直吃到月转垂杨树。”

清余怀《板桥杂记·轶事》，钱虞山题三老图诗，末句云：“秦淮烟月经游处，华表归来白鹤知，不胜黄公酒垆之叹。”

黄公垆，亦作“黄公罏”，是“黄公酒垆”的略称。

唐朝的李颀《别梁鍠》诗：“朝朝饮酒黄公垆，脱帽露顶争叫呼。”

宋朝苏轼《庆源宣义王丈求红带》诗：“不学山王乘驷马，回头空指黄公垆。”

清朝赵翼《集诗杂感》诗：“剩得行间心血在，黄公罏下感山河。”

唐朝白居易《晚春沽酒》诗：“醉卧黄公肆，人知我是谁。”

宋朝林逋《秋日湖西晚归舟中书事》诗：“水痕秋落蟹螯肥，闲过黄公酒舍归。”

刘伶擅长喝酒和品酒，每天都要畅饮“三家村酒”，他身高仅一公尺四十，不仅人长得矮小，而且容貌极其丑陋。他经常坐着鹿车，怀里抱着一壶“三家村酒”，命仆人提着锄头，跟在鹿车后面，他交代仆人：如果我醉死了，你就地把我埋葬。

有一次，刘伶在待王镇上喝醉了酒，跟人吵架，对方身强力壮，生气地卷起袖子，挥拳要打刘伶。刘伶却很镇定从容地说：我这像鸡肋般细瘦的身体，哪里还有地方，可以安放你老兄的拳头啊。对方听了，大笑着放下了拳头，非要请刘伶再喝几杯。从此，俩人成了至交好友。

在焦作，“竹林七贤”留下了“三家村里住三贤”的历史佳话。刘伶、嵇康、向秀、吕安无形中成了“三家村酒”的代言人，从“竹林七贤”至今，“三家村酒”闻名遐迩。

秦基伟喝了一大口“三家村酒”：“好酒，好酒！三家村酒，果然名不虚传。”

董凤一点也不谦虚：“咱那筐里没烂杏，就是有一个烂杏，还是一个疤瘌杏。”

秦基伟转移了话题，语气关切地问董凤：“焦作那块地方，你们稳住稳不住呀？你们的日子好过吗？”

董凤听了秦基伟的问话，表情沉重：“从我们解放军大部队撤离焦作以后，国民党反动派组织还乡团几次反攻倒算，焦作又成了战争拉锯区，我来敌去，敌来我去，反反复复已经 3 个来回了。国民党还乡团祸国殃民，比日本鬼子还坏。”

秦基伟表态：“我们解放区的人民吃苦了，等我们收拾了黄维、杜聿明这帮坏分子，挥师回家，一窝端了那帮小龟孙，中不中呀？”

董凤莞尔一笑：“没事，最困难的日子过去了，大部分农村基本上由我们控制，我这次来，除了运输炮弹外，我还带来了1万多名入伍的新兵呢。”

秦基伟感动地站了起来：“哦，董凤，你们地方的同志吃苦了，我代表解放军感谢你，敬你一杯酒，喝！”

董凤语气坚定：“秦司令，你放心，我们解放区会支持你们的，直到打倒蒋介石，解放全中国。我再敬秦司令一杯酒。”

董凤说完了话，看着秦基伟腰上的左轮手枪入神，这把枪，跟自己前夫刘为国的枪，一模一样。可是，董凤转念又否定了自己的想法，这可是秦司令的配枪呀。

秦基伟看董凤走了神，问董凤：“怎么啦，你在想啥子心思呀。”

董凤不好意思了，好在酒劲盖住了脸：“秦司令，俺求你个事吧？”

秦基伟快人快语：“啥事，磨磨叽叽，这可不是你董凤的风格。”

董凤对秦基伟讲述了当年自己偷枪、用枪、丢枪、离婚的前因后果。

秦基伟“啪”地把武装带解了下来，递给了董凤：“多大个事嘛，手枪送给你啦。你尽快找到你丈夫，不过，我有个想法哩。”

董凤一听有条件，不敢接枪，瞪大了眼睛：“你说说看。”

秦基伟郑重其事：“手枪，你可以给他；人，可是要给我拉回来，这个人可不能再叫跑了，我们解放军需要这种军事人才。”

董凤笑了，她没有想到，在淮海战场上，秦基伟解开了自己十几年的心结。董凤哪里知道，此时，她离前夫刘为国直线距离，只有3里地。

黄维兵团是蒋介石手中的一张王牌，辖4个军11个整编师和1个快速纵队共12万人，黄维兵团从信阳出发，经阜阳、蒙城向徐州急进。

解放军总前委计划等黄维兵团越过浍河，分割包围。不料，黄维兵团却停止进攻，退到浍河南岸防御，企图凭借天然屏障浍河，阻击解放军。

刘为家的二营占领东平集，与黄维兵团隔河对峙。

11月26日，旅长传达前委指示：黄维兵团已转入防御，企图与李延年兵团靠拢，必须在黄维兵团与李延年兵团集结之前，突破天然屏障浍河，分割歼战。旅长把突破浍河主攻任务，交给了刘为家团。浍河床宽150米，水宽50米，水深流急，解放军指战员不能徒涉。

黄维兵团的两个营据守南岸刘庄、李砦，沿河堤已挖好堑壕，构筑了地堡。

刘为家命令：二营架桥，突击攻占刘庄；三营紧跟，攻占李砦；一营为第二梯队。

黄昏后，一营、三营悄悄进入东平集，二营隐蔽架桥成功。晚上8时，刘为家命令火力急袭，山炮直接摧毁黄维兵团的桥头地堡，轻重机枪瞄准、封锁堑壕掩体，迫击炮分别压制刘庄、李砦之敌。一营六连首先突破黄维兵团的大桥头阵地，打退敌人的反扑，攻入刘庄，一营九连直扑李砦，二、三营主力相继投入，经过一夜的激战，彻底歼灭了黄维兵团的国民党十师二十九团两个营。黄维兵团向东南突围，解放军全线出击，各纵进攻队形像无数支强弩利箭，射向黄维兵团。解放军的队伍太密集了，不容展开，刘为家团成一字队形向南直插过去，连续攻击杨老占、李围子。国民党数百架(次)飞机助战，B-29轰炸机和“小红头”战斗机，疯狂地轰炸扫射。

刘为家团长匍匐在前沿阵地，观察黄维兵团的阵地，刘为家命令：“在我们要突破的这一地段，要形成绝对优势火力，杀伤敌军有生力量，摧毁工事、地堡和鹿岩障碍，突击部队要快速通过开阔地，打进敌人阵地。突击队的编组要加强，装备冲锋枪、自动火器，队形采取梯次配备，做到兵强刀快后劲足。突击队的行动要快、要猛，要狠，一鼓作气攻占敌人堑壕，依沟夺沟，依堡夺堡，后继梯队必须全力跟上。”

秦基伟司令员电话命令：“今晚各部队继续向敌攻击，我命令你要按时发起攻击，一定要打上去，一定要拿下来。”

刘为家团长回答：“请司令员放心，我们保证完成任务。”

旅参谋长陈皓询问攻击准备情况，刘为家说：“同志们正在挖掘交通壕，前端距离敌阵地还有一百多米远，到攻击发起时，壕沟距敌人不会超过七十米。”

陈皓命令：“把壕沟挖得靠敌人更近些，以快制敌，以强制敌，以猛制敌，三连为第一梯队，十一连为尖刀突击分队，由老连长马振岐指挥。”

总攻即将开始，秦基伟司令员亲自到旅部指挥部，指挥作战，部队上下深受鼓舞。

四时半，解放军中原野战军九纵的炮兵对黄维兵团的阵地工事，实施破坏性射击。迫击炮弹和用迫击炮发射的炸药包，天女散花般射向黄维兵团前沿阵地和堑壕。解放军山炮、战防炮抵进黄维兵团前沿两百米距离内，直射黄维兵团地堡火力点。五时三十分，炮火随即向黄维兵团的阵地纵深转移。

马振岐带领十一连指战员跳出战壕，迅猛地向黄维兵团的阵地冲击。突击分队的战士，勇往直前，前赴后继，冲进了黄维兵团战壕内，与敌人进行生死搏斗。

这时，黄维兵团的炮火阻拦射击，严重威胁解放军突击梯队，在这不到七十米的地段上，战士伤亡一半，不少战士献出了宝贵的生命。李英贵班长带八位同志奋勇冲击，接连攻下黄维兵团几个地堡，撕开了突破口。三营向西扩展，打退黄维兵团多次反冲击，包围、全歼了一个集团工事的守敌。

在金庄、双堆集、马庄一带，敌人的坦克、汽车、炮车、骑兵和无数卡车，汇成一个巨大的洪流，像一条黑色的大蟒在团团打转，时而向南，时而又向东，时而又折转向北，直搅得尘土飞扬。战士们兴奋地说：“这一回打仗算是开了眼界，真是大会战的样子。”

黄维兵团快速纵队从沈庄杨围子向解放军反扑，解放军几个不同建制的部队搅在一起，自发协同，把黄维兵团压缩在以双堆集为中心的狭小地域。

1948 年 12 月 4 日晚，刘为家率领二梯队，沿着黄维兵团的壕沟与敌人搏斗，连克黄维兵团工事数处，一夜前进 5 里，歼灭了黄维兵团的主力及其指挥所，攻占了黄维兵团战防炮连阵地，逼近黄维兵团的指挥中心。

董凤指挥民兵、民工在分送弹药，救护伤员，敌机扔炸弹，一个炸弹扔在民兵小谭的身边，小谭一头扑在担架伤员身上，小谭和担架伤员全炸飞了。

小谭媳妇怀孕两个月了，亲眼看到丈夫牺牲的情景，她大哭一声，昏死过去。

当时，国民党最精锐的黄维兵团，就被围困在这片方圆不到几千米的区域内。解放军先是通过土工作业，在国民党方工事前几十米处挖出埋设“没良心炮”的战位，总攻发起时，解放军位于前沿的一百八十余门“没良心炮”交替进行三轮发射，按照每门炮每次射击20公斤炸药量计，解放军在20分钟之内向方圆1万平方米的黄维兵团主阵地抛射了差不多1万公斤炸药，这与美军的地毯式轰炸没什么区别。

解放军的“没良心炮”，也叫炸药发射筒。炸药发射筒构造简单，将汽油桶锯掉顶盖，把桶埋入土中指向敌方阵地，桶身与地面呈45度角，在桶的最底部装填黑火药或低威力炸药作为抛射药，中间用一块圆形厚木板绑上炸药包并加入延期雷管，点燃导火索后，火药的推射力将炸药包抛入对方阵地后落地起爆，射程可达200米，能把周围十多米的地堡、鹿砦炸毁，震死敌军。国民党军把它叫作“土飞机”和“原子炮”。

1948年12月7日，刘为家率部参加强攻张围子。

张围子村落不大，只有几十户人家，距离黄维指挥所的小马庄，不到四公里，位于黄维集团阵地东端突出部位，是其重要据点之一。张围子国民党守军拆毁民房，构筑工事，设置各种障碍，构成环形防御体系。

刘为家命令指战员配合炮兵火力，以汽油筒用黑色火药发射和迫击炮弹携带方式，向黄维兵团张围子阵地倾泻了成吨的炸药包，炸得黄维兵团的地堡工事稀里哗啦。

刘为家团发起进攻，部队还是遭受了重大伤亡，因为整个战线只有这一处战斗，黄维兵团把全部炮火倾泻到这里，张围子一片火海。指挥突击队的东传钧副团长、二营营长负伤了、三营教导员牺牲了，突击连只剩下

8个战士。

刘为家和政委周泉进入突破口，指挥部队沿着交通沟进攻，工兵爆破结合步兵突击，打向纵深，一块一块敲碎了装在黄维身上的铁甲。

1948年12月15日晚9时，解放军发起总攻，刘为家在报话机上，听到黄维亲自向南京蒋介石喊话："空军在哪里？毒气弹在哪里？"

刘为家团组成一路纵队，不管两侧还在进行着激烈的战斗，穿插而进，大胆地向黄维的防御中心司令部所在地马庄插过去。这时，整个战场沸腾起来，到处是枪声、手榴弹爆炸声、喊杀声。刘为家团二营刚刚突破黄维的阵地，黄维兵团就发起了猛烈的反冲击。副团长史照清和张纯清紧随五连，五连每人提着一篮子揭开盖的手榴弹，一个接一个的投向敌群。手榴弹排排长袁康身负重伤，仍坚持投弹，直到英勇牺牲。黑暗中，刘为家团一个劲向双堆集、马庄突击。

黄维命令炮兵用美式化学迫击炮，向这个长宽不过二百米的村子及通往庄外的道路上，连续发射。黄维兵团利用破屋断墙和地堡工事，组成密集的火网正面抵抗，并以班、排、连、营的规模组成突击队，向刘为家团侧面，实施反冲击。

刘为家指挥突击队沿着壕沟前进，从敌后包围、侧击、拦截，正面则用排子手榴弹和冲锋枪、机枪等自动火器开路。狭路相逢勇者胜，刘为家率部打得敌人哭爹喊娘，狼狈不堪。刘为家命令一营发动两路突击，各突击分队看到了冲锋的信号，在机枪掩护下，穿过鹿砦，越过外壕，越过四十米的开阔地，冲上了防守墙。他和战士们冲进一座四合院，钻进东屋下边10米深的掩蔽部，掩蔽部里满地丢弃着地图、文件、枪支、弹药、衣被、化妆品，一部被子弹射穿几个窟窿的报话机，歪歪斜斜地倒在墙角。

这正是黄维兵团司令部所在地。可是，黄维却不见了。刘为家在黄维指挥所缴获了一把小手枪，一只猴子。

刘为家拿着这把小手枪，心里高兴坏了。他想着去请示秦基伟司令员，把这把手枪送给嫂子董凤，董凤需要这把手枪，董凤有了这把手枪，她就可以和大哥刘为国复婚。

第二天拂晓，刘为家巡视了黄维兵团的阵地，看到黄维兵团把马庄十几户人家的小村，变成了一座坚固的城堡，厚达 5 米的鹿砦，宽达 8 米的壕沟，数百辆卡车装满泥土一辆挨一辆围成的“防卫墙”，到处都是蜂窝似的掩体、防炮洞。炮兵阵地上的野炮、榴炮叉开大腿，炮口冲着东北方。刘为家听到了一片哭声、呻吟声，刘为家走过去，看见一个布满露天掩体的国民党野战医院，两公顷面积内摆满了成千的伤员和尸体。国民党伤兵看到刘为家，不停地喊：“长官救命，长官救命！”

国民党伤兵在用不堪入耳的言语，骂蒋介石，骂黄维。

从 1948 年 12 月 6 日到 12 月 15 日，十天十夜，中原野战军与黄维兵团，在淮北双堆集一带殊死决战，歼灭蒋家王朝的五大主力之一黄维兵团四个军，一个快速部队共十二万人。黄维兵团彻底完蛋了。

古往今来，战争都是无情和残酷的，杀敌一千，自伤八百。

董凤看着牺牲战士们一排一排的尸体，她却再也哭不出来了。

董凤知道，在战场上按照焦作民俗办理牺牲战士们的丧事，是一个不现实的愿望。因为焦作地区把埋葬亡者称为“办白事”，白事期间，丧仪葬规繁琐，条条框框很多，必须体现出周公之礼制。无论年老年轻，人一旦咽气停止呼吸，身边亲人都要围尸痛哭。然后忍着悲痛，请来阴阳先生和家族办事人，商量成殓、下葬的日期，推算是否有魂，是否犯重丧（本年内家里还要死人）。若犯哪一项，要按照阴阳先生的指点，予以摆治。尸体停放多少时间，一般根据亡者的年龄和儿女的数目而定。年长者停放时间较长，有五天、七天，甚至九天的。年轻者多为三天。儿女几个，停放时间不能与儿女数目相同。首先“倒头”，就是把亡者的头朝外抬到正屋准备好的木床上，名为“好出魂”。床要竖着铺，以区别阴阳。然后为亡者洗脸穿衣。穿好衣后由亲人们烧“断气纸”和纸糊轿车，以送亡者灵魂离去。之后，将一枚铜钱放入死者口中，名为“噙口钱”。用一块白布蒙住亡者面部，死者身盖大红被，头枕“鸡鸣枕”，脚系“拌脚绳”。亡者头前挂竹帘遮挡，作为“屏障”。床头前地上放一“灰盆”，用以烧纸，必须点上长明灯。院门口挂纸剪的“白块”，告知外人，家里有丧事。由儿子前去邀请族人乡邻帮办丧事。请人时只磕头不作揖，并且路途中见人就磕，以示老人不幸去世，自己有过。被请者无论工作、农活再忙，也要停下来，全力以赴帮助操办丧事。同时要派人分头向亲友报丧。报丧时不带礼物，言明成殓、火化和下葬时间。尸体停放期间，儿女们披麻戴孝，日夜明灯，烧香供奉，以表孝心。街坊邻居、亲朋好友、单位同事也多前来吊孝，凭吊死者，安慰家属。亲属吊孝，妇女要带纸钱，到灵旁坐地烧纸大哭死者；男子作揖磕头，趴到灵前跪地哭死者。朋友同事四鞠躬。人死后入棺材，称“成殓”。成殓时，由大女儿抱头众人抬尸放于棺中，取下蒙脸布，放到死者手上，掏出“噙口钱”，解去“绊脚绳”，亡者脚蹬土坯，使尸首固定。棺中内铺白纸，撒五谷杂粮，不封棺盖，以待人们最后一次瞻仰遗容。如死者为女性，必须待其娘家人过目无异议时方能钉口成殓。钉口前，儿女们要把亡者生前最喜爱的东西整整齐齐放入棺内。钉口时，儿女们伏棺痛哭不起，并连续高喊：“爹（娘）啊，躲钉！”亡者无伴，单双日皆可成殓；如其伴还在世，则只能挑单日成殓。葬日，早饭后，亡者儿子给“忙工”磕头，请他们去打墓。山区大多是挖洞作墓，劳作繁重，打墓者多达十几人，去时捎有烧饼、酒水、牛肉等，补充体力。起灵前，男孝子哭泣磕头谢“抬重人”。“搭孝”（多为娘家嫂子或弟媳）的妇女们进屋或进灵堂内，将痛哭流涕的女孝子搀扶至灵堂外。此时，抬重人迅速把棺材抬至门外，放在架子上。灵柩放好，长媳摔“老盆”，表示痛不欲生。出殡时，长子在前扛棺大头，其余儿子抬两边。孙辈捧着遗像、打纸幡、背“摇钱树”。所有孝子头束白巾，身穿孝衣，手拄哀杖，一路嚎啕大哭前往墓地。到了墓地，先定好棺材方位，然后，先由孝子们撒土盖棺，随后“忙工”们快速填土埋棺封墓。墓封好后，纸幡、哀杖插于墓上，“摇钱树”插在墓堆亡者脚头方向，所有花圈、纸扎货全部焚烧。

董凤想到这些，悲痛欲绝，这些牺牲的战士，很多很多都是董凤认识的、熟悉的，董凤甚至能叫出一个战士、一个战士的名字，董凤赶往墓地，叫着战士的名字，为战士送行：

姜小闹呀，你家分了地，家人等着你种地哩，你放心走吧，政府会照顾你老娘的……

黄二孩，你媳妇生了，你媳妇等你回家，给儿子起名字呢。你家没有了你，我们会把孩子培养成人……

郝小六，你家老娘，给你定亲了，等你回家娶媳妇呢……

你们放心吧，等革命胜利了，我来接你们回家……

秦基伟司令员沉痛地劝说董凤：“董凤同志，眼泪是消灭不了国民党反动派的，告慰烈士，我们就要做三件事情，第一件事情，报仇；第二件事情，是报仇；第三件事情，还是报仇！”

26. 缴枪不杀

民不畏死，奈何以死惧之。刘为国亲眼看着共产党员石榴视死如归，舍己救他，英勇就义。刘为国已经彻底意识到，这场战争最后的胜利者，一定是共产党。

日本鬼子投降，国民党反动派新媳妇摸鸡巴——没事找事，挑起了国共内战。

国民党上上下下的官兵，是十二分地想不通。以前与日本鬼子打仗，是抗日救国，如今，中国人打中国人，这叫什么事嘛！虽说是，虽说是军人以服从命令为天职，可，这仗能打吗？

刘为国带领全师官兵驰援黄百韬兵团。刘为国的副官就牢骚满腹：“不说别的，对面共军指挥作战的是谁？是谁？是黄埔军校的老教官，是曾经叫我们立正，我们不敢稍息的老师。是曾经手把手教我们看地图学作战的老师。学生跟老师打仗，能赢吗？这场战役的胜负，没有悬念。”

此一时，彼一时。国民党早就已经弹尽粮绝，共产党那里大肉炖粉条，白馍大米饭，敞开了肚皮吃，管饱。

人们说刘为国是师长，其实，刘为国也只有一个团的兵力。

在各个战场上，国民党军队的将领一个个狗舔鸡巴——各顾各。国民党军队的将领派系林立，互不照应，你打你的，我打我的；谁也不尿谁，自私自利，一个个隔岸观火，争功抢利，唯恐友军死得慢。军官、士兵毫无斗志，整个阵地一个劲地失守，部队一个劲地退缩。

是天意，还是人意？刘为国躺在帐篷里，看看外边黑漆漆的天，他掰着手指头算了算，解放军发起总攻的时间，也就是这两天，为什么？战争是有规律的，以往解放军完成包围之后，紧接着是围点打援。而这次，根本不是这个老套路，解放军一反往常，铁桶一般包围着国民党的几十万大军，如虎捕食，看来目标就是消灭国民党机械化的集团军。

刘为国从徐州出发，国民党剿总司令刘峙一再嘱咐："共军的力量，已不可小觑了。我们国民党大规模的运动作战，对共军几乎没有起到作用。共产党的军队就是一群狼，当老虎攻击狼群时，狼群各自逃生。当老虎打盹的时候，群狼必至，包围老虎，群而攻之，老虎筋疲力尽，最终必将成为狼群的腹中之食。因此，我们要灵活机动，淋漓尽致地发挥大规模的机械化作战优势，消灭主力共军。你不必拘泥战法，书是死的，人是活的。书死了，人得活着。"

纸上谈兵，说得容易。共军一日不见，自当刮目视之。什么游而不击？什么小米步枪？共军"轰隆、轰隆"的炮声，源源不断的后勤支援，这架势那里还是什么共匪？比当年日本鬼子的正规军都厉害呀！刘为国觉得此时与共产党解放军作战，比跟日本鬼子打仗都吃力。当年，日本鬼子在中国炫耀武力，妄想速战速决。中国军民不屈不挠，持久作战，以空间赢得时间，从而战胜了日本帝国主义。而今天……

得民心者，得天下。刘为国想着，下意识地伸手摸了摸自己的佩枪皮盒子。他又想起自己家里的共产党人，还有救了自己命的石榴，他们为什么迷了心窍，拼着性命跟着共产党。早在抗日战争期间，是董凤，不，是共产党。那时，他们实际上已经缴了自己的佩枪。也许，那时共产党就已经胜利了。刘为国不由得仰天长叹："天不助我国民党，天不助我国民党，民心所向也。”

正如刘为国预料的那样，这场战役的胜负，基本上没有悬念。

1948 年 11 月 30 日，国民党军徐州“剿总”副总司令杜聿明，奉蒋介石之命，率领第 2、第 13、第 16 兵团共 30 万人，由徐州南下救援。杜聿明的第五军的官兵像一股股灰色的浪潮，汹涌向前。但是，一次，又一次，在解放军由步枪、机枪、手榴弹、迫击炮组成的火力网前，寸步难进。这种潮涨潮落式的拉锯式战斗，持续了十几个回合，双方伤亡十分惨重。

杜聿明登上了苑山，邱清泉登上了林佟山，两人分别亲自督战。国民党第五军四十五师耗费上千发炮弹，伤亡近千名官兵，勉强攻占孙庄。

不打不相识。杜聿明震惊了，他觉得自己当年抗日的昆仑关血战，也没有像今天打得如此艰苦，如此惨烈：“这是什么样部队啊，难道解放军不是血肉之躯？”

攻打邓家楼的国民党第七十军九十六师，是第五军的老部队，师长邓军林骁勇善战，曾参加过远征缅甸作战，是邱清泉手下最得力的一员战将。

杜聿明、邱清泉下达全线攻击令，邓军林调集了第七十军 105 毫米榴弹炮营和第九十六师山炮营以及各种口径的迫击炮、反坦克炮，集中火力，猛轰邓家楼村。困兽犹斗。国民党空军的战斗机、轰炸机对解放军进行反复扫射、轰炸。坦克、装甲车掩护步兵，国民党九十六师的官兵，一次又一次地冲进邓家楼村。

解放军英勇战斗，激战一直持续到深夜。解放军为减少不必要的伤亡，主动撤出了阵地，国民党第九十六师这才勉强攻占了邓家楼。

在孙庄，国民党第五军四十五师陷入苦战。坚守孙庄的解放军已经是一支不成建制的部队。团参谋、干事、警卫员、通信员、炊事员、轻重伤员，全上阵了……

团长刘为家、政委龙飞虎都端起了上刺刀的步枪，成为普通士兵。残酷激烈的血战，从早晨 9 时，一直打到下午 2 时。

刘为家身负重伤，昏死在战场上。直到晚上，董凤才从死人堆中，扒出了浑身是血的刘为家。

刘为家一睁眼，就问：“嫂子，我们的阵地拿下来了吗？”

董凤又气又恨，她生气地数落刘为家：“长嫂比母，为家，我得说你几句了。你是指挥员，不是战斗员。你的位置在哪里？指挥部。你什么时候让人省心，我真不知道，马云霞怎么会看中你。不爱惜自己的人，你会爱惜别人吗？”

刘为家一句话也没有回答，他伤口痛得厉害，又昏死了过去……

第二天，国民党九十六师师长邓军林亲自督战，指挥第二八六、二八七团轮番攻击，占领了林佟山东面的狼山、鼓山。

邓军林电话报告，牢骚满腹：我第五军消耗数以千计的炮弹、炸弹，付出了几千名官兵伤亡的代价，才前进了五六公里，如此战绩，在第五军的军史上，堪称史无前例。照这种打法，即使能打到碾庄圩，我第五军也将鸟蛋净光。

“你我尚属党国，更何谈第五军的生死。杀身成仁，报效党国，我拜托你们了。”邱清泉也没有好气，把电话重重地扣了下去。

1948 年 12 月 4 日，从徐州撤退的国民党军杜聿明集团，在永城东北 25 公里陈官庄一带被华东野战军主力包围。被围国民党军包括第 2（邱清泉）、第 13（李弥）、第 16（孙元良）兵团共十个军，约 30 万人。

1948 年 12 月 15 日，黄维兵团自顾不暇，全军覆没；而国民党杜聿明的第五军，被解放军牢牢地阻击在大徐家一线。杜聿明的第五军再无法前进一步，杜聿明集团弹尽粮绝。

1948 年 12 月 17 日，解放军在前线广播毛泽东亲自起草的《敦促杜聿明等投降书》。

1948 年 12 月 23 日，大雪纷飞，无法空投。国民党各部队无衣无食，带毛的马皮也吃光了，修工事的木板、挖出来的棺材也烧光了，一大批国民党士兵在大风雪中冻死、饿死。

蒋介石虽然每天派飞机空投食品，但对于几十万大军来说，空投的食品杯水车薪，于事无补。

国民党部队为抢食空投的大米、馒头、饼干而打架，甚至开始动刀动枪，自相残杀，军事家称之为包围圈内的“第二战场”。此时，平津战役也已经胜利。

毛泽东电令：“为了不使蒋介石海运平津之敌南下，对杜聿明集团暂缓攻击，淮海前线全军战场休整。一方面对国民党杜聿明集团开展政治攻势，一方面做好军事攻击的准备。”

杜聿明集团许多士兵由于缺衣少食，多在旷野露天宿营，许多士兵都因冻、饿而死，惨不忍睹。国民党一个连队只发了14个馒头，连长、排长层层克扣，到了士兵的手中，每人只有大拇指那么一丁点儿。

解放军开饭的时候，便敲着瓷碗和搪瓷盆向敌军阵地上高喊：“蒋军弟兄们，开饭了，开饭了，这儿有做好的猪肉粉条，雪白的馒头，欢迎蒋军弟兄们来吃饭。”

解放军的炊事人员少，忙不过来，解放军发动后方的群众帮助蒸馍，做菜。胡楼、张老庄等几十村庄几乎家家户户磨面、蒸馍、做饭。

民兵、民工肩担车推，顶着风，冒着雪，不怕敌机轰炸，不怕敌人冷炮的袭击，将热饭香菜送到十多里外的解放军阵地上。最开始，后方的群众只知道这些饭菜，是送给亲人子弟兵的，让他们吃饱了好消灭敌人；后来，他们才知道，解放军把这些热饭香菜，派上了更大的用场。解放军官兵想方设法通过战壕、交通沟，把饭菜送到离敌人几十米的前沿阵地，放到战壕上面的土坎上。国民党士兵饿极了，他们不顾生命危险，前来抢食饭菜。有的国民党士兵一鼓作气，跑进解放军阵地，加入到了解放军的行列。在残酷搏杀的沙场上，解放军竟给敌方送去救人救命的食物，这在古今中外战争史上也是罕见的。

解放军送过去的是饭菜，更是真情和温暖，融化了国民党官兵敌对情绪的坚冰。在国民党官兵生死存亡之际，竟是解放军来救命，连他们自己也想不到。

士别三日，当刮目相看，如今的共产党解放军，占尽先机。解放军的炮声更是震耳欲聋，威力排山倒海，尤其是解放军用迫击炮投掷的炸药包，由五至六公斤增大到六至八公斤，爆炸的杀伤力极大。

解放军在加强军事进攻的同时，从12月中旬起，加大了政治攻势，解放军采取多种形式，把许多劝降书、劝降信，散发到敌军阵地。解放军采用喊话、劝降、释放俘虏、宣传单、宣传牌等方式瓦解敌人斗志。

夜深人静的时候，解放军的政治攻势更加猛烈、犀利，解放军阵地上的大喇叭喊着："国民党阵地上的牛三圈，我是你家二嫂，咱家参加了土改，分了四亩地，这一年咱家可中，粮食吃不完了，老娘等着你回家，给你娶媳妇哩。"

国民党军阵地上，连长叫来排长，排长叫来了班长，他们喊一个声音：

"谁叫牛三圈！"

连长问排长："谁叫牛三圈？"

排长问班长："谁叫牛三圈？"

班长回答："没有牛三圈，倒是有几个姓牛的。"

连长喊道："全连注意，所有姓牛的，集合。"

姓牛的站成了一排，连长口吃："哪个，哪个叫牛，牛，牛三圈？"

牛三圈此时并不姓牛，他改姓杨了。他现在叫杨二娃。国民党抓壮丁时，他穿着被打死的杨二娃的衣服，牛三圈不识字。老班长看着他的胸章问："你叫杨二娃？"

牛三圈正拿着一块烤红薯，紧一口慢一口吃着，他摇摇头，又点点头。

老班长看着他的样子，火了："你到底叫杨二娃，还是不叫杨二娃。"

牛三圈咽下红薯："你叫我杨二娃，我就叫杨二娃。"

老班长笑了："好嘛，杨二娃，你长得像我儿子，你到炊事班来，跟着我干吧，我可以叫你天天吃美国罐头。

"啥，美国罐头？"牛三圈露出了小白牙问。

"哦。"班长恍然大悟，敢情这小子没有见过美国罐头。

老班长倚老卖老："美国罐头是坐着飞机，乘着大白伞，从天下落下来的东西。"牛三圈明白了："老班长，乘着大白伞，从天上掉下的东西，那东西，咋回回都落到共军阵地上呀。"

老班长听着，咽了一口口水，骂道："要不，是空军瞎了眼，瞎投；

要不，就是空军里有共军的卧底，通共。”

牛三圈不想去探究空军的问题，在牛三圈眼里，空军飞机飞得太高了，他攀扯不上。牛三圈打定了主意，别扯淡，填饱肚子才算保住命哩。今夜里，他要爬到共军阵地上，那里有大白馒头、肉烩菜。有弟兄说，还有炒面条哩。

牛三圈穿着杨二娃的军衣，睡到半夜时分，他慢慢睁开了眼，瞅了瞅地壕里横七竖八躺着睡着了国民党大兵，他慢慢地起身，蹑手蹑脚，匍匐着向解放军阵地爬去。

“来，孩子，你快歇歇。别噎住了，喝点汤。”共产党一个老兵招呼着牛三圈。

牛三圈一见大白馍，忘记了自己最重要的事了，他一口气吃了个半饱，抬起头问那个老兵：“老哥，老哥，我就是牛三圈。”

解放军一个小士兵喝住他：“什么老哥，他是我们刘为家团长。”

“啊，团长。”牛三圈第一次见共军的团，他哪里像个团长嘛，他就是班长的装束，一脸络腮胡子，皮带上还插着一根长杆旱烟袋，也不佩带个手枪。

刘为家团长慈爱地说：“我就是你老哥，小兄弟，你说，你就是牛三圈？”

牛三圈见解放军的团座，如此和气，口气硬了起来：“是呀，大丈夫行不改姓，坐不改名。俺叫牛三圈，快叫我见见我二嫂。”

牛三圈家里有兄弟三人，大哥参加了解放军，自己被国民党抓壮丁，家里剩下了二哥，想不到二哥竟然娶上媳妇了。

“哦，想见你二嫂，”刘为家团长乐哈哈地站起身，马上命令小兵：“通讯员，去把我们团宣传队的王队长喊来。”

王队长，是牛三圈这辈子见过的最漂亮的女人啦。王队长留着剪发头，几缕刘海挂在眉头，单眼皮，一双杏眼炯炯有神，说话声音甜甜的，比大喇叭里还要好听十倍。

王队长慈眉善目，脉脉含情地看着牛三圈：“你叫牛三圈呀？”

牛三圈连忙收住了目光：“我叫牛三圈，老家在焦作武陟县城。”

王队长乐了，抿着嘴，笑着问：“我们俩算是半个老乡哩。”

“啥？咋半个老乡？”牛三圈有点丈二和尚摸不着头脑。

王队长笑得更甜了：“我爱人，他是你们焦作武陟人。”

“爱人？爱人？”牛三圈更糊涂了。

王队长瞅着牛三圈的穿相，想到牛三圈对爱人一词肯定闻所未闻：“爱人，就是我男人。对了，我的婆家是焦作武陟的。”

牛三圈听明白了：“你嫁给俺焦作武陟人？那你没有嫁给俺二哥呀？”

“没有，我们解放军截获了你二哥，你二哥写给你的一封家信。不过，信里的内容，可都是真的。你娘年龄大了，眼睛花了，线认不上针眼了，手拿不动针线了。想你，想你回家娶个媳妇，伺候你家老娘。”

牛三圈想起了娘，眼眶一下子潮湿了。

王队长递给牛三圈一块小手绢，让牛三圈擦眼泪，牛三圈舍不得擦眼泪，他抬起泪眼问团长：“我想带回一个馒头，我的老班长有胃病，几天没吃着粮食了。”

刘为家团长看着牛三圈，他若有所思，没有表态。

牛三圈从子弹匣里，掏出两排子弹：“长官，我用子弹换大蒸馍吃。”

“用子弹换蒸馍吃？”刘为家团长的脸色严肃起来：“不换！”

牛三圈急忙说：“那我用机枪换蒸馍，明天送过来一挺机枪。”

“不换。”刘为家团长又重复一遍，他看着牛三圈心急上火的样子，笑了：“不用换，我送给你 40 个蒸馍，你带走。还有大块熟肉，你多捎回去点，让弟兄都吃好、吃饱。”

刘为家把炊事班的锅灶，前移到一线坑道里，大骨头香、肉香、饭香、米香的味道，飘进国民党军的壕沟里，比子弹、炮弹的杀伤力大多了。国民党军队成班、成排、成连的人，开始跑到共军的灶上，舀饭吃，吃共军的烙馍卷肉。刘为家团长卷起袖口，掏出烟袋，装上烟丝，惬意地吸了两口。

刘为家团长看着国民党士兵狼吞虎咽吃饭，他笑得合不拢嘴，他心里对自己说：这场战役，我们共产党必胜。

一次，解放军吃午饭时，向国民党军阵地喊话：“对面的弟兄们，过来吃午饭了！开饭啦！”

牛三圈带着十三个士兵，舍生忘死，向解放军阵地跑去，一个军官端起枪就要打。

刘为国下令阻止：“放下枪，叫他们逃个活命吧！”

这个军官才放下手里的枪。

解放军为国民党官兵送饭吃的战术，既瓦解了国民党军的斗志，又减少了解放军的伤亡。国民党官兵纷纷弃暗投明，有的部队甚至成班、成排、成连地向解放军投诚。杜聿明的机枪班班长耿全忠、上等兵张万香，再不愿为蒋家王朝卖命了，趁着夜色摸出工事，逃到了解放军阵地。杜聿明“剿总”司令部警卫团的副团长，也跑到解放军这边来了。

从 1948 年 12 月 16 日到 1949 年 1 月 5 日，在这 20 天当中，国民党官兵就有 14000 余人投诚，等于国民党两个师的兵力。南京，蒋介石获悉，解放军包围了杜聿明集团。蒋介石心急如焚，他亲自打电话给白崇禧，命令白崇禧的第 7 军和第 48 军，紧急增援淮海战场，紧急增援杜聿明集团。蒋介石吃了一个闭门羹，白崇禧断然拒绝。宋希濂从湖北西部飞来南京，面见蒋介石，自告奋勇，带领整个 9 师顺江而下，支援淮海战场。可是，白崇禧警卫部队在武汉地区拦阻宋希濂部队。所以，宋希濂只得面见蒋介石，表达自己的苦衷和忠心。

这时，黄维第 12 兵团副司令胡涟，在双堆集战场，视察各军的处境后，乘坐着小型运输机飞来南京，晋见蒋介石，报告淮海战事。

蒋介石黑着脸，他与宋希濂、胡涟二人吃了一顿“闷头饭”。蒋介石招待他俩看了一场电影，电影演的是宋朝末年丞相文天祥的故事。蒋介石看完电影，一言不发，独自上了楼。

胡涟借着宋朝晏殊的《蝶恋花》，悲凉感慨：“昨夜西风凋碧树，独上高楼，望尽天涯路。欲寄彩笺兼尺素，山长水阔知何处。”

宋希濂当然知道，当年，宋朝晏殊登上高楼，眺望萧飒的秋景，有感而发：眼前世间的一切，都是浮云过世。

翌日，蒋介石亲自带着宋希濂、胡涟二人，来到南京空军大校机场，指挥空军空中支援淮海战场的国民党军队。在机场作战室，蒋介石看着沙盘，听汇报。

蒋介石听说有500发芥子气靡烂性炸弹，如获至宝：“我命令，将这种炸弹，全部投向淮海战场，给共匪以毁灭性打击。”

蒋介石的毒气弹，挡不住解放军消灭国民党反动派的脚步。1949年1月6日下午3时30分，华东野战军14个主力纵队向杜聿明集团发起了总攻。

1949年1月9日，解放军突破了杜聿明所有的外围阵地，攻到了陈官庄外。

解放军的数百门大炮发出了惊天动地的怒吼声，陈官庄淹没在波涛汹涌的火海之中。

邱清泉、杜聿明见陈官庄已经危在旦夕，手忙脚乱地把兵团司令部和前线指挥部，迁到第五军军部所在地陈庄，企图依靠第五军这一张最“可靠”的所谓王牌，负隅顽抗。

战斗比刘为国想象的还要简单。在淮海战役中，国民党军队有五个师起义，一个师投诚。国民党军队溃不成军，所谓的机械化军团犹如纸糊的老虎，一触即倒，一打即败。解放军吹响冲锋号，成千上万的解放军战士，摧枯拉朽般冲进国民党军队的阵地。

解放军进攻了！吃人嘴软，拿人手短，吃了解放军的红烧肉、大肉炖粉条、白馍大米饭的国民党军官、士兵，抱着机枪、卡宾枪，躲在战壕里朝天鸣枪。似乎在欢迎解放军占领国军的阵地，又似乎在鸣枪庆祝解放军的胜利。

刘为国放下望远镜，转身打开了两盒罐头，拧开一瓶白酒“咕噜咕噜”地喝了起来，他觉得天在转悠，地在摇晃，世界变得如此疯狂，如此无奈。

杜聿明彻底失望了，下令：“命令各部队，各自为战！” 邱清泉也拿起电话，下令：“命令各部队，能突则突，能战则战。”

杜聿明给蒋介石发出最后一份电报：“部队已经混乱，无法指挥，今晚分头突围。”

杜聿明发完电报，烧毁文件，下令突围。

在硝烟弥漫中，解放军指战员喊声震天："举起手来，缴枪不杀！举起手来，缴枪不杀！"

国民党第五军首任军长杜聿明一行十余人，在逃跑途中，被解放军俘虏。

解放军攻入了刘为国的师指挥部。刘为国抖抖军装，举起了双手，解放军一个小战士，伸手缴获刘为国的佩枪，但是小战士掏出来的不是手枪，只有一块红绸巾，包着一把大木梳子。

在场的解放军指战员一看，大为不解。解放军指战员相互对视了一下，解放军小战士声色俱厉："缴枪不杀，你的手枪呢？"

刘为国实话实说："我的枪，早在抗日战争时期，就借给你们共产党人，去杀日本鬼子了。现在，我真的没有枪可缴了。"

解放军小战士不放心，上上下下搜遍了刘为国的全身，对刘为家报告："报告团长，这家伙真的没有枪了。"

刘为国一听，络腮胡子是团长，他便对刘为家说："我要见秦基伟，请你安排。"

刘为家听了刘为国的话，摘下了帽子："刘为国，我是刘为家，我是你兄弟呀！哥！"

刘为国眼也不抬："我不认你，你认错人了。"

刘为家急红了眼："哥，你都是被俘虏的人了，装什么英雄好汉？"

刘为国瘦死的骆驼，不塌架："我不是俘虏，我有共产党发的特赦令。你的级别不够格看，请你安排，我要见秦基伟。"

石榴在自己牺牲之前，把共产党发的特赦令，塞进了刘为国的手心，石榴用自己的生命，诠释了一个女人对刘为国无私、专一的爱情。

刘为家命令小战士："通讯员，带上两个人，送他去见秦基伟司令员。哎，稀罕了，我真看见癞蛤蟆吃玉米了。"

刘为国刚要走，刘为家想起来什么，他叫住刘为国："哥，你等一等，董凤嫂子和七洋侄子都在这儿，你不想见见她们吗？"

刘为国一脸沧桑："败军之将，丧家之人，何求之有。"

刘为家大度依然："哥，你可不能怎么说，共产党与国民党的斗争，属于阶级路线的斗争，那是针尖对麦芒——尖对尖的。到了我们自己家里，兄弟之间打打闹闹，锅碗瓢盆交响曲而已，若一家人再谈败论胜，实在伤你我兄弟的和气。亲兄弟之间发生一次矛盾，就永远是敌人了？我们兄弟永远是亲兄弟。一家人的事，好说。”

刘为国属鸭的，肉都煮烂了，嘴还硬着：“笑话，胜败乃兵家之常事，军人以服从为天职。但谁胜谁败，我总分得清吧。”

1949 年 1 月 6 日至 10 日，中国人民解放军华东野战军对杜聿明集团发起总攻，经过 4 天的浴血奋战，全歼邱清泉、李弥两个兵团共 25 万人，俘虏了杜聿明，邱清泉自杀，李弥逃脱。淮海战役前后历时六十六天，中国人民解放军歼灭了国民党在华东、中原战场的五十六个师。

毛泽东对淮海战役用一句话，精辟的概括，高度地赞扬了淮海战役的总前委：一锅夹生饭，硬是被你们一口一口地吃下去喽。

国民党的长江防线和统治中心南京、上海地区，直接暴露在共产党解放军的炮火之下，共产党解放军的百万大军陈兵江北，策马跃江，指日可待。

27. 战争与和平

在新乡的和平解放中，也有暗战，也有解放军特工人员的策反战。

1948 年 10 月，焦作解放。1948 年 11 月，辉县解放。1948 年 12 月，解放军东北野战军包围了新乡，新乡成了一座国民党军队盘踞的孤城。

这时，庞庆振是国民党 40 军 316 团团长，驻在新乡八里营飞机场一带。

庞庆振身陷绝境，看着国民党军队连连败仗，想到国家的命运，想到自己青春年华，整天反人民打内战，浑浑噩噩为蒋介石反革命集团卖命，个人前途又是一片黯淡。庞庆振内心苦闷彷徨，烟头扔了一地。

解放军东北野战军的高层领导，从庞庆振在安阳不拆民房、在新乡假炸黄河大桥等事件上，综合分析判断，庞庆振尚存良知，不是死心塌地的国民党反动派，是可以争取的统战对象。于是，解放军敌工部派出特殊人员徐小眉，策反庞庆振。

徐小眉何许人也。徐小眉是民国大总统徐世昌堂弟徐世芳之女，国民党军统特务。1945年1月，徐小眉在焦作修武县五里源被八路军刘为家俘虏。

徐小眉长得细长高挑，身高力强，大脚大手，颇具男人风采。徐小眉幼年时，徐家奶奶并不疼爱这个孙女，别的孙女缠小足，偏偏不给她缠足。原因很简单，徐家奶奶认为徐小眉是小妾生养的，不招人待见。其实，徐家奶奶对徐小眉徐家孙女的身份一直怀疑，她确认不了这个孙女，究竟是自己家儿子的种，还是外面的野种。因而，奶奶对这个孙女另眼相看。徐小眉的亲娘死得早，徐小眉年幼，并不洞晓奶奶的心思，她的个头一股脑地往上长，脚板也大了起来。徐小眉一下子长得五大三粗，浑身上下透出了男孩的几分英武气质。

奶奶到了晚年，腿脚不利索。徐小眉让奶奶坐在椅子，她用布条把奶奶拴在椅子上，屋里屋外搬来搬去，甚至搬到街上，去看风景。此时，奶奶会用枯老的手，揉着深陷的眼窝，揉出两滴老泪，然后张着没有牙齿的大嘴，吭哧吭哧地说："孙女，我的亲孙女，奶奶对你不起，没有让你缠足，没有让你好好读书。"

徐小眉咧开了大嘴，高兴得满屋笑声："奶奶，我讨厌小脚，你看我现在多好啊，大脚走出去，整个世界都是我的。"

奶奶眯着眼睛，乐了："对，孙女有志气，奶奶可指望着你呢。"

徐小眉没有那么多心思，她坚信，当她一个人走完自己一生的路，蹬上天堂的台阶时，她肯定能看着自己的奶奶，等着她呢，在那儿慈祥地等着她，她还会轻盈地扑进奶奶的怀抱，再一次享受奶奶的爱抚，倾听着奶奶的童谣。所以，直到徐小眉病逝的时候，嘴里还念叨着："奶奶，奶奶，我来了，我来了，您抱抱我。"

当时的新乡，人口近十万，是京汉、道清铁路的交汇点，是中国重要的交通枢纽，是国民党在黄河以北的桥头堡和兵站基地。同时，新乡也是豫北地区的政治、经济中心。

豫北大部分地区已经解放，国民党的各路残兵败将，纷纷退守新乡城，构筑了大量的永久性工事，各式火力纵深配备，新乡城易守难攻。

解放战争初期，国民党军是进攻，当时国民党军在武器和人数上都占优势，进攻的时候把部队一线摆开，炮火飞机配合地打正规战。解放军要是正面进攻国民党军，肯定占不到便宜。共产党解放军各野战军政治部都成立了“敌军工作部”，就是专门组织策反和起义。

共产党解放军为策反庞庆振，付出了巨大的牺牲。

有一次，共产党情报站的交通员，浚县的地下共产党员崔配喜，从新乡往解放区报送关于庞庆振情报，路上，遭遇国民党军统特务的伏击，崔配喜不幸落入国民党军统特务的手中。

崔配喜在敌人的酷刑面前，宁为玉碎，不为瓦全。

国民党军统特务无计可使，秘密处决崔配喜。军统特务照着崔配喜的后脖颈上，连着砍了几刀，连夜把崔配喜扔到荒郊野外。黎明时分，崔配喜竟奇迹般地苏醒了过来，他以惊人的毅力，用一只手托着头，用一只胳膊艰难地爬回了解放区……

徐小眉策反庞庆振有着得天独厚的条件，徐小眉是民国大总统徐世昌堂弟徐世芳之女，庞庆振是国民党40军原军长庞炳勋之子，徐世芳与庞炳勋是结拜弟兄。

徐小眉孩提时代，她与庞庆振同住北京的中南海，常在一起玩耍，那时候，徐小眉眼气男孩子庞庆振站着撒尿，羡慕地说：“男孩子站着撒尿，这可真方便呀！”。

一次，庞庆振和几个男孩儿在院中玩滑梯，你上我下，徐小眉站在一旁观看，她眼巴巴看着，眼里流露出渴望的目光。

庞庆振善解人意。邀请她：“你也来玩！你也来玩！”

徐小眉胆小害怕：“我不敢，滑梯太高了。”

庞庆振鼓励她：“上去！不怕，你看！”

庞庆振说着，他自已“噔噔噔”地爬了上去，一出溜，滑了下来，神气地哈哈大笑。

徐小眉鼓足勇气，战战兢兢地爬了上去，站在滑梯口。庞庆振喊："下来呀，滑！"

徐小眉一低头，眼一发黑，竟从滑梯上一头栽下来，头磕破了，满脸血。庞庆振一看自己闯了大祸，慌忙跑回家。庞炳勋随即领着儿子先去徐府"请罪"，然后，赶往医院看望徐小眉这位"小公主"。

徐小眉额头上缝了几针，缠着绷带，她睁开眼看看周围的人，看见了满脸沮丧的小伙伴庞庆振，她乖巧地说："是我自己摔下的，不能怨庞庆振。"

时局动荡，徐小眉回到了徐世昌的故里河南卫辉。徐小眉名为徐府小姐，但由于她是庶出，在家中地位实际并不高，但她与家人、仆人关系融洽。

我国著名电影演员张圆，曾是她家的小丫头，因为长相漂亮，国民党、土匪总想打她的坏主意。徐小眉行侠仗义，帮助张圆逃出徐家，远走高飞。

1962 年，长影剧团在新乡演出话剧《孔雀胆》，张圆特地看望她这位有救命之恩的"干姐"，徐小眉亲自下厨，动手为张圆做"皮蛋粥"吃。

张圆连喝了两碗"皮蛋粥"："你做的皮蛋粥，为什么这么好吃呀？"

徐小眉说："你知道吗？今天的皮蛋粥，我用的是修武县五里源松花蛋作原料。"

张圆不明就里，请教徐小眉："这里面有什么讲究吗？"

徐小眉侃侃而谈：松花蛋，叫变蛋，一般也叫皮蛋。修武县五里源有个"马坊泉"，泉水自岩石下渗出，汇入一个大水池后向南流，传说这个地方，是五代十国时期知名道士刘海戏蟾、炼丹之地，泉水中产一种"石壳虫"，鸭子食"石壳虫"后，所产鸭蛋大、质好、味鲜，多为双黄的鸭蛋。

当地百姓根据生石灰可以烧熟鸡蛋的原理，摸索出了制作松花蛋的妙方，他们把柏树枝、竹叶、茴香、花椒、茶叶放在水中煮沸，然后倒入碱面、食盐、生石灰、草木灰，经搅拌和成泥巴，均匀地包在鸭蛋上，然后，装入大缸，密封百日，鸭蛋变成了变蛋，吃在口中，奇香无比。元代以后，五里源的松花蛋开始成为朝廷的贡品。

当年，徐小眉救下了张圆，却没有救下她自己。徐小眉 16 岁那年，父亲就逼她嫁人，她以死抗拒，最终离家出走。

徐小眉满腔热血要抗日救国，却上当受骗，误入了国民党军统外围学校安阳民众工作训练班。

安阳民众工作训练班主任叫熊东和，他是国民党军统的人，他看徐小眉抗日热情很高，活动积极，又是安阳地区的人，想拉拢徐小眉加入国民党军统特务组织。

一天，熊东和突然找徐小眉谈话，熊东和很热情："徐小眉，安阳很快就要失守了，我们必须加强敌占区的地下情报工作。我看你最合适。月薪四十块大洋，还要配发一支新式手枪。"

熊东和从柜子里，拿出一支崭新的六轮手枪和一条装满子弹的皮子弹袋，放在桌上。

熊东和动员徐小眉："这是装备，我可以保送你到南京接受高级特工的训练。"

徐小眉婉言拒绝："叫我搞搞宣传还行，搞这种特工，我恐怕不行，我不是这块料。"

熊东和看徐小眉犹豫不决，就说："你回去再考虑一下，愿意不愿意，两三天内给我回个话。"

徐小眉马上去找庞庆振商量，庞庆振直截了当："千万不要参加，这是国民党 CC 特务组织，一旦加入特务组织，你只能活着进去，不能活着出来。"

第二天，徐小眉婉言拒绝了熊东和。徐小眉万万没有想到，豫北民众动委会又发出通知：凡是在动委会的青年学生，没有正式安排工作的，一律去报考安阳民众工作训练班。毕业后酌情分配工作，落榜的一律停止在动委会吃饭、住宿。

徐小眉百般无奈，只好报考安阳民众工作训练班。万幸，徐小眉以第一名的成绩考上了安阳民众工作训练班。那时，第一名的成绩是很引人注目的。徐小眉利用这一点优势，在学员中积极宣传：坚持抗战到底，反对投降卖国；坚持民主团结，反对专制独裁；坚持全民抗战，反对单纯军队抗战等等。

训练班学习讨论，大多数同学都喜欢听徐小眉的发言。训练班的教员和军事教官，也十分注意徐小眉的言行。特别是军事教官，他们在学员中安排有特务分子，专门搜集学员看什么书，讲什么话。

有一个姓孟的学员，平时在同学中少言寡语，表面老老实实，背后鬼鬼祟祟，经常往教官屋里跑，同学们断定他是特务分子。

那时，国民党不许谈发动民众抗战，不许谈民主政治、言论自由、组织结社等，特别是国民党特务把具有这种思想和意见的人，都视为“赤色分子”或“被赤化的危险分子”。抗日进步分子对此极为不满，因此，抗日进步分子将为国民党特务效命的人，称为“獭皮狗”、“汉奸走狗”。

徐小眉和几个思想进步的同学商量了一个办法：指桑骂槐、指鸡骂狗地骂姓孟的，他一还口，同学们借机发难。他一还手，几个身强力壮的同学群起而攻之，拳打脚踢教训姓孟的。

一天夜晚，同学们照此行事，演了一场痛打“癞皮狗”的闹剧。由玩闹打骂到痛打，直打得他哭爹叫娘，跪下求饶，方才罢休。

同学们齐声地大喊：“好！打！打死这条癞皮狗！，打，打死这个汉奸走狗！”

满屋的同学责问：“你还敢不敢当走狗了？”

姓孟的磕头求饶：“我再也不敢了，我真不敢了。”

有的同学在一旁高声问：“大家都听见了吧，他再当走狗怎么办？”

满屋的同学齐声说：“打死他！打死他！”

有的同学乘胜追击：“姓孟的，你听清了没有？”

姓孟的这条獭皮狗连声说：“我听清了，我听清了，我再也不干坏事了。”

1938年，徐小眉刚刚18岁，她从安阳民众工作训练班毕业，由于没有生活出路，她身不由己参加了自己深恶痛绝、却又无力自拔的国民党军统特务组织。

1943年4月，日寇集结10万大军扫荡太行山抗日根据地，国民党40军一触即溃，庞炳勋投降日寇。庞炳勋公开投敌，蒋介石于心不甘，一方面密令庞炳勋“曲线救国”，一方面派出特务人员控制庞炳勋的40军。

国民党军统高层命令徐小眉，由重庆回河南潜入庞炳勋部，监视庞炳勋的“曲线救国”行动，严防庞炳勋与共产党秘密接触。

徐小眉由重庆赶赴伊川，找到了庞庆振。庞庆振已当了40军的副官。徐小眉假戏真演：“我在国民党军统干不下去了，想在40军里混口饭吃。”

庞庆振关照徐小眉：“以后，你可别到处乱讲这样的话，你这可是要掉脑袋的。”

时间过了半年，汤恩伯在叶县创办的鲁苏皖豫边区学院招生，庞庆振以河北省政府和40军军长马法五的名义，保举徐小眉免试入学。

1944年7月，徐小眉获得校官资历。当年10月，庞庆振授意40军的参谋长李辰熙关照徐小眉，徐小眉担任了40军106师政治部上尉指导员，负责后勤军需工作。

庞庆振与徐小眉重逢，俩人年华正茂，庞庆振24岁，徐小眉23岁。但是，社会动荡，民族危亡，俩人天各一方几年后，个人生活发生了变化。

庞庆振已由父母包办，与妻子贾文华成亲，贾文华的文化程度不高，却极为聪明贤惠，已成庞庆振的贤内助，贾文华对徐小眉也特别关照。

徐小眉的境遇，却苦不堪言。徐小眉逃婚离家，苦无生计，被迫加入国民党军统的安阳民众工作训练班，她又被军统特务胁迫利用，嫁给了一名工作对象，她成了一名陌生人的家庭太太。后来，国民党军统却认定她的丈夫是共产党，命令徐小眉杀死自己的丈夫。徐小眉软磨死缠，抵抗命令，迟迟没有行动。军统电令：如不立即执行，按团体纪律制裁。

人在江湖，身不由己。徐小眉服从命令，采取行动：次日12时零分，由大百货商店正门出来一男一女，女的穿红色半截大衣，左首有一个男人，就是目标男人。

第二天上午，徐小眉与丈夫撒娇，让丈夫带自己到街上买东西，丈夫答应了。她俩先到别的地方逛了逛，11点钟的时候到了大百货商店。徐小眉当时也有些紧张，她央求丈夫，买一个很贵重的钻石戒指，需要花很多的钱，丈夫毫不犹豫就买了。那一刻，徐小眉发现丈夫真心待她好，决定不杀丈夫，放走丈夫。于是，徐小眉在大百货商店，脱下了红上衣，买了一件蓝色呢上衣穿在身上。军统特务行动组，没有见到穿红上衣的女人，马上撤离了现场。

丈夫与徐小眉回到家，丈夫与徐小眉翻脸："你和我来这一套？老子也干了一辈子地下工作，你的这点小手段，还能瞒得过我吗？你不说实话，我就让你活不了，也死不了，叫你活受罪！"

徐小眉无奈，只得把国民党军统特务杀害丈夫的图谋，一五一十告诉了丈夫。

徐小眉撒起娇来："一日夫妻百日恩，如果我真想打死你，我就不换蓝衣服了。我不舍得杀你，你反而要杀死我，你杀死我好了，我好心落了个驴肝肺……"

徐小眉和庞庆振，俩人尽管"政见有异"，"各为其主"，却谁都不说谁的坏话。徐小眉暗地对国民党军统汇报，从来都是好言庇护庞庆振；日伪特务骚扰徐小眉时，庞庆振出面保护。徐小眉和庞庆振俩人私下有个共识：国民党军统是一个魔窟。

庞庆振一直在寻找机会，想从国民党军统特务手中救出徐小眉，徐小眉哭着说："国民党的军统是法西斯，他们对自己人，也是白刀子进去红刀子出来，我无处可逃啊！我在哪里可以安身立命呀！"

八路军救了徐小眉。1945 年 1 月，徐小眉驻扎在修武五里源。八路军沁河支队攻下日伪在修武五里源的据点，刘为家俘虏了徐小眉，徐小眉那年才 25 岁。

这是徐小眉生命的转折点，她终于从国民党军统的魔掌中逃脱出来了，她直接编入了八路军总部漳河训练班，参加学习改造。

解放区是革命的大熔炉，徐小眉在八路军根据地，看到八路军官兵一致，军民一家。她看到了真正的民主，体悟到中国共产党才是民族的希望，才是推翻三座大山、领导中国人民走向解放的英明政党。徐小眉幡然悔悟，她放弃了反动立场，弃暗投明，正式参加了八路军，担任了太行第八军分区政治部宣传队的分队长。

1945 年 8 月，八路军总部号召，有条件、有社会关系的党员干部，徐小眉毛遂自荐重新打入国民党40军潜伏，策反庞庆振。

徐小眉先去修武县任村，拜见八路军豫北办事处主任王百评。王百评明确指示徐小眉："长期打算，站住脚，向上爬，等待时机，发挥作用。"

徐小眉奉命下山，以其徐世芳女儿的特殊身份，潜入到卫辉城内的国民党特务机关，巧妙获得了国民党特务的信任。徐小眉与国民党特务周旋，智斗了58个日日夜夜，获取了国民党特务的重要机密，缴获了美国制造的电台两部，敌特机关人员、武器设备一网打尽。但是，徐小眉也暴露了自己的身份，国民党军统在全国通缉她。

徐小眉无法进入新乡城，无法接触庞庆振，无法策反庞庆振。可是，徐小眉手里还有一张牌，庞庆振的表弟冯海刚在辉县。

1948年11月29日下午，在刚刚解放的辉县，徐小眉身穿军装、挎着手枪，走进沿淀街的一家眼科诊所，找到了医生冯海刚。冯海刚的表哥，是驻扎在新乡城内的国民党40军316团的团长庞庆振。徐小眉对冯海刚说："我们解放军想让你去完成一项任务，不知道你是否愿意去？"

冯海刚不推不拒："只要政府信任我，我愿意去做。"

徐小眉让庞庆振的表弟冯海刚当信使，奔走于辉县、新乡之间。冯海刚负责飞书传信，策反庞庆振。

1948年12月1日，冯海刚跟随姐夫张宝兰，背着30斤小米前往新乡。张宝兰在新乡经商，有出入新乡城的"通行证"。庞庆振见了冯海刚，问："你是从哪儿来的呀？"

冯海刚打开窗户说亮话："表哥，我是从辉县来的，想见见你，跟你说说话。"

庞庆振听了，正颜厉色："是不是共产党叫你来当说客的？要是这样，我马上把你杀掉！"

冯海刚原在40军里当过军医，他对庞庆振这位表哥非常了解，直截了当地说："杀掉我没关系，为表哥而死，为国而死，值得。"

"嘘！——不要高声。"这时，庞庆振马上摆手示意，并吩咐卫兵："从现在起，我不见任何人。我不叫，你也不要进来。"

庞庆振领冯海刚进入内室，两人一坐下，庞庆振就压低声音问：“在我们团部，你见到其他人没有？千万不要再接触其他人，以防不测。”

冯海刚见庞庆振并无敌意，便简要向他讲了全国各战场的真实情况，劝他认清形势，弃暗投明。庞庆振对上述情况知之甚少，听后大为震惊。庞庆振说：“现在我的处境很坏，我想投奔解放军，又苦无门路，你来得正好，待我思考一下再说。今晚，你先住到咱姐夫家，比住在我这里合适。”

这时，冯海刚拿出一个小纸片给他。上面写道：“千百万人民的鲜血，填满了革命史的丰碑，来吧！”

庞庆振看了，便问：“这是谁写的？这个字体，我为什么这么熟悉啊！”

冯海刚说：“你的好朋友，徐小眉。”

第二天，冯海刚又去团部。庞庆振见了冯海刚：“我昨晚一夜没睡好！你告诉我，是谁派你来的？他们的职务是什么？如果我起义，解放军是否收容我？”

冯海刚说：“是共产党卫辉城防司令叫我来的。如不要你，还派我来干什么？这点请你放心。”

临走时，冯海刚让庞庆振给徐小眉回信。庞庆振口授，让冯海刚写了两句话，带回了卫辉。徐小眉情绪有些急躁，她抱怨说：“哎，国民党都到穷途末路的时候了，庞庆振还在观望呢！”

晋冀鲁豫野战军第14纵队政委甘渭汉说：“我们统战国民党40军主力部队316团，不是那么容易的一件事，我们要有耐心，我们争取在政治上战胜他。我们切不可操之过急，俗话说，瓜熟蒂落，水到渠成嘛！”

1948年12月3日，徐小眉让冯海刚次日再去新乡，去给庞庆振送几封亲笔信。

庞庆振一见冯海刚，就说：“这两天我很想你，我真是度日如年啊！”

冯海刚取出了藏在帽檐里的信件，庞庆振拆开一看，徐小眉痛斥蒋介石的罪恶，陈词慷慨，雄辩有力。徐小眉说服庞庆振起义的话，情义切切，感人肺腑。

信件一：吾兄屈身于蒋介石集团统治之下，在其“绝对服从”命令之下，意欲做到"爱国爱民"之行动，岂非幻想？"自我放光"尤为令人嗟叹、沉痛之语。两条路线，一条活路，一条死路。绝无第三条路线。黑暗中也有光明，此外第三条路线的想法，政治上根本不可能存在。兄固达者，希试思之。

信件二：我亦孽海过来之人，如今彼岸回首，不胜感叹。法西斯思想教育，是毁灭正义青年之个性的。请问吾兄在少年纯洁时代，是否亦作"曲线救国"之和平使臣，是否愿持美国武器进攻自己同胞？

信件三：吾兄身为西北军后裔，不持人民自己干戈，而作蒋介石四大家族之俘虏，政治痛苦，不问可知。谁是民族正统，不以政党着眼，应以人民为绳。我与足下，子期伯牙高山流水之谊，义不容辞，寄忠言于悬崖。你我兄妹重逢之日，且待足下起义之时，悬崖勒马，弃暗投明，人民将会热诚欢迎，绝不会拒朋友于鸿沟之外也！

信件四：小妹讲个故事，在焦作山阳古城的北面，靠近墙北村附近，有一高一低一对土冢，称"信义冢"。

修武县志上记载：信义冢在山阳城北半里，相传为汉时范巨卿、张元伯之墓，东冢高，西冢低，正中设有一石案，完整如故。

两千多年前，西汉明帝时，汝州南城有个举人叫张元伯，兄弟两人，有老母在堂，家里世代为农。这年，张元伯进京赴考，行至洛阳，投宿住店，听到邻室有人呻吟呼救，询问店家。店家说，一个赴考举子病在这里，无人照料。张元伯就到病人房里探视，问候病情。病人说，自己是山阳人，叫范巨卿，家里世代为商人，本到洛阳赴考，不幸病在这里。张元伯请医置药，日夜侍候。两人相处十分投机，结拜为兄弟。范巨卿大张元伯五岁称兄。半年以后，正值重阳节，范巨卿说："我从小父母双亡，你现在有老母在堂，我明年重阳节定到汝州，去拜见伯母。"

第二年重阳节，张元伯早上起来，就嘱托老母和弟弟杀鸡煮黍米，盛情款待范巨卿。

范母说："山阳距此百里迢迢，巨卿不一定能赶来，就是来，也不一定今天就能到，等他来后，我们再备饭也不迟。"

张元伯说："巨卿兄言而有信，届时一定会来，决不会失信。"

张元伯一家人，从早上等到中午，从下午等到日落，也没有见巨卿来。晚上，母亲和弟弟都睡了。张元伯还在门外执意等候，约到二更时分，他看见巨卿飘然而至，张元伯赶忙迎进家门，他要唤醒母亲、兄弟，招待巨卿。巨卿劝阻："贤弟莫急，我已经不是阳人了。只因去年归家以后，终日操劳买卖，把重阳之约忘了。今早猛然记起，但两地相距几百里，一日如何能到。我听说，人不能日行千里，鬼可以日行八百，所以我只有变成鬼，才能及时赶来。我已自杀，现在是我的阴魂赶来赴约。我在自杀前对我妻子说，一定等元伯弟，亲自看了我的尸体，才能下葬。"

巨卿说罢，转眼不见。张元伯听罢，大吃一惊，急忙叫起母亲、弟弟，诉说刚才见范巨卿的情形，并说明天就起身，给巨卿送葬。第二天，张元伯上路，走了几天才到山阳。巨卿妻在家等巨卿过了一七，还不见元伯来，抬棺椁到坟地，准备下葬。忽听张元伯哭着赶到，张元伯开棺抱尸大哭。张元伯痛不欲生："巨卿为我死，我岂能独生，我行包里带有银两，作棺椁埋葬费用。我死后，烦请嫂子和众人，把我和巨卿兄长埋在一起。"

张元伯说罢，自刎而死，众人只得将俩人下葬。

怀庆府太守闻知此事，表奏汉明帝，明帝念他俩人信义深重，赠范巨卿为山阳伯，张元伯为汝州伯。墓前建庙，号为"信义祠"。

小妹讲此故事，其中深意，尽在言中，望兄慎思而动，回到人民之中。

庞庆振的特务连长张占标刚从卫辉侦查回来，他报告说："我看，共产党是有诚意的。"

冯海刚掏心置腹："你不能再受国民党的蒙骗了，起义不是不义，而是倒向真理，走向光明。"

1948年12月21日，徐小眉派冯海刚第3次前往新乡，向庞庆振原原本本交代了起义的细节。

1949年元月初，正当庞庆振踌躇满志，准备起义时，国民党40军的军长李振清，突然从南京发来急电，命令：庞庆振的316团，速备3天干粮，即日飞往台北。

时不我待，只争朝夕。庞庆振立即派张占标到卫辉，向解放军通报具体的起义方案。

元月中旬，庞庆振以"缺粮"为借口，请求"东进征粮"，师长赵天星同意。

1949年1月25日，庞庆振率领316团、318团一个营、保十二团一部、国防部炮兵团一部，共5000余人，携带化学迫击炮2门、八二迫击炮4门，五〇、六〇小炮22门，轻重机枪132挺，长短枪1300支。庞庆振在道口的烧酒营，宣布起义。

徐小眉陪同解放军晋冀鲁豫野战军第14纵队政委甘渭汉，赶到滑县道口，接应庞庆振的起义部队。

华北军区聂荣臻司令员说："国民党庞庆振团长，能够毅然脱离旧营垒，是光荣的行动，华北军区表示欢迎，庞庆振部自今日起义起，已为中国人民解放军的一部分，认真帮助庞庆振部，团结一致，坚决奋斗，将革命进行到底！”

庞庆振的316团因战斗力较强，在国民党40军中素有“铁团”之称。庞庆振的316团起义，动摇了国民党40军的军心，投诚、逃跑者一天比一天多，此举，彻底震动、瓦解了新乡的国民党40军。

解放军特工人员前赴后继，舍死忘生，为新乡的和平解放立下了不朽的功勋。

1949年2月4日，解放军华北军区晋冀鲁豫野战军第14纵队等部队，解放了豫北古城沁阳县城。至此，新乡外围的县城全部解放。整个华北，只有新乡还没有解放，新乡成了一座名副其实的孤城。这时，新乡国民党军队的官兵惶惶不可终日。

1949年4月26日，新乡城外西南方向不远处，解放军第四野战军42军炮团赵参谋和前沿部队连指导员，陪着一位身穿便衣的客人，一边闲聊着，一边向村外走去。走到村口不远处，两位军人停住了脚步，抱歉地对便衣客人说：“不能再送了，再往前就没有我们解放军的岗哨了。这一段是真空地带，这里离新乡还有五里路，你慢慢走吧。”

这位便衣客人，便是刘为国。刘为国在国民党军队中，历任排长、营长、行动队长、教官、军统特派员、师长等职，少将军衔。

刘为国的表兄，是国民党40军副军长李辰熙，现在是国民党新乡的最高长官。

解放军第四野战军司令员林彪，十分重视和平解放新乡：“百战百胜，非善之善者也；不战而屈人之兵，善之善者也。现在，雄师南下，大兵压境，国民党军队兵败如山倒，我们掌握时机，以强大军力为后盾，攻心夺气，说明利害，千方百计让新乡之敌，接受和平改编。”

北京。解放军第四野战军司令员林彪和47军参谋长黄永胜在一所大院的客厅，接见国民党少将刘为国。

林彪干脆利落：“刘将军，据守新乡据点的40军副军长李辰熙，他是你的表兄。所以，我们安排你，利用亲戚关系，前去劝他投诚。你要对李辰熙晓以大义，讲明利害，叫他接受和平改编。”

刘为国走了不多远。突然，新乡方向响起枪声。刘为国立即卧倒在麦田里，看前方不远处有道堤堰，就慢慢爬了过去。刘为国这时想爬出去，但刚一动腰部剧痛，出了一身汗。不大一会，跑过来几个国民党士兵，大声喝问：“你干什么的？”

刘为国说：“我是40军的师长刘为国，我在战场上突围，我刚刚跑回来。你们营长是谁呀？”

“尚志诚。”

刘为国说：“我是他黄埔军校同学，你们一说我的名字，他就知道了。叫他马上找辆车子，拉我进城，我的腰扭伤了，摔得动抬不了啦！”

尚志诚的确是刘为国黄埔军校的同学，尚志诚果然带着人和一辆手拉排子车来了，指挥着士兵，把刘为国架上车，送到了国民党40军的军部。

1949年4月27日晚上，刘为国和表兄李辰熙一起吃饭。李辰熙似乎看出些什么，他对刘为国说：“今天，咱们晚一会儿睡觉，说些闲话吧。”

刘为国开门见山，直奔主题：“国民党在北方的据点不多了，你们现在究竟有什么打算？”

李辰熙实情相告：“顾祝同已两次来电催促，让我们突围南下。”

刘为国分析：“现在唯一的好办法就是投降。向青岛和太行山突围都不行，哪儿都是解放军。突围，不是战死，就是被俘。你们的弹药给养怎么样？”

李辰熙实话交底：“我和你说句实话，现在弹药还充足，但给养只够用半个月。飞机投送物资很不准确，飞机飞低了，解放军用枪打。高空投掷物品，又常落在解放军控制的区域内。”

刘为国游说：“解放军第四野战军南下的3个军，现已屯兵新乡城外。当前，新乡城内士气低落，人心惶惶。所以，是战是降，必须作出决定。我这次来新乡，在北京，林彪将军和黄永胜见了我。林彪将军说，你如果投诚，可按照北平的模式，解决新乡问题。”

李辰熙听了长叹一声，换了个话题："昨天，我找新乡东城的赵半仙，给我批了个八字，说我命中今年有难，但可以逢凶化吉，化险为夷。我心里很矛盾。"

"识时务者为俊杰，赵半仙的卦很灵，抗日战争，他在洛阳也给我算过卦。"刘为国话题一转，诚恳地说："解放军第四野战军拿下新乡志在必得，我来新乡的目的，是为避免两军流血，老百姓免遭损失。同时，也为你指条生路。幻想是靠不住的，赵半仙的'逢凶化吉，化险为夷'，又何尝不是指投诚谈判这条路呢？老兄，现今大势已去，挥师强战，徒送性命；弃军出逃，绝非上策。古人云：良禽择木而栖，良臣择主而从。现在，你弃暗投明，为时不晚。但形势已经逼人，时间不允许你再徘徊犹豫。你要当机立断！再行拖延，必将遗恨终身啊。"

李辰熙指了指墙上的一幅画说："这几天夜里，我时常做梦，似乎有些征兆，可能会出现'和平'。"

墙上画中，有两朵含苞欲放的荷花，水面上飘着几片浮萍，淡雅中见精神。过了两天，李辰熙告诉刘为国："我们大家商量好了，我们决定起义。"刘为国直言相告："现在我们来谈起义，已经不现实了。和平只有一条路，就是接受解放军的和平改编。"

李辰熙举出了长春的例子："那个曾泽生，他怎么算是起义呢？"

刘为国直言相告："曾泽生当时的情况，和你们现在的情况完全不同。前不久，傅作义在北京接受的就是和平改编，傅作义的地位和实力，难道不比你现在强大吗？"

李辰熙十分为难："说是和平改编，明明就是投降，我担心不好同下属们讲吧。"

1949 年 5 月 1 日，刘为国再返新乡，李辰熙的态度有了一个 90 度的大转弯，他在与刘为国的谈话中，多是讲一些个人问题：

李辰熙有个儿子在国民党的海军里，被解放军俘虏了，现在下落不明，请帮助寻找一下……

李辰熙要求把自己的家安在北京……

李辰熙担心部队和平改编，自己会名位两空……

对于上述问题，刘为国耐心认真地作了承诺、解释和说明。

1949 年 5 月 5 日，在解放军第四野战军 47 军军部所在地新乡市大块镇陈堡村，新乡国民党的守军接受和平改编，当天举行了盛大的签字仪式。双方签字代表为：解放军方面是 12 兵团政治部主任刘道生、47 军军长梁兴初；国民党方面是 40 军李辰熙与英博仁。

新乡和平解放了。

28. 将革命进行到底

在毛泽东的亲自组织和指挥下，中国人民解放军连续取得了辽沈、淮海、平津三个战役的伟大胜利，总计歼灭（包括起义、改编、投诚和俘虏）国民党军一百五十四万余人，使蒋介石国民党的精锐部队基本上被消灭，中国人民解放军已经控制了长江以北的大部分地区，国民党在江南也很难组织起有效的防御。

国民党反动统治摇摇欲坠，国民党反动政府死不要脸，又开始玩弄“两面派”的手段，一方面蒋介石请国外势力调停，国民党内的桂系乘机要求打出“和谈”旗号，威逼蒋介石“毅然下野”，企图打着“和平”的名义，保存反动势力，赢得喘息的时间；另一方面国民党在长江沿岸构筑坚固防线，妄图凭借长江天险，“划江而治”，伺机卷土重来。一些中间派人士为假象所迷惑，劝说共产党“立即停下来”。

毛泽东高屋建瓴，审时度势，他为新华社写了一九四九年新年献词《将革命进行到底》，深刻揭露国民党“和谈”阴谋，彻底批判主张“中庸”、保护敌人、反对将革命进行到底的言论，号召全党、全军、全国人民坚决彻底干净全部地消灭一切反动势力，推翻国民党的反动统治，建立人民民主专政的共和国，绝不能使革命半途而废，向全国人民发出了“将革命进行到底”的伟大号召：

中国人民将要在伟大的解放战争中获得最后胜利，这一点，现在甚至我们的敌人也不怀疑了。

战争走过了曲折的道路。国民党反动政府在发动反革命战争的时候，他们军队的数量约等于人民解放军的三倍半，他们军队的装备和人力物力的资源，更是远远地超过了人民解放军，他们拥有人民解放军所缺乏的现代工业和现代交通工具，他们获得美国帝国主义在军事上、经济上的大量援助，并且他们是经过了长期的准备的。就是因为这样，战争的第一年（一九四六年七月至一九四七年六月）表现为国民党的进攻和人民解放军的防御。国民党在一九四六年，在东北占领了沈阳、四平、长春、吉林、安东等城市和辽宁、辽北、安东等省的大部，在黄河以南占领了淮阴、菏泽等城市和鄂豫皖、苏皖、豫皖苏、鲁西南等解放区的大部，在长城以北占领了承德、集宁、张家口等城市和热河、绥远、察哈尔的大部，声势汹汹，不可一世。人民解放军采取了以歼灭国民党有生力量为主而不是以保守地方为主的正确的战略方针，每个月平均歼灭国民党正规军的数目约为八个旅，终于迫使国民党放弃其全面进攻计划，而于一九四七年上半年将进攻的重点限制在南线的两翼，即山东和陕北。战争在第二年（一九四七年七月至一九四八年六月）发生了一个根本的变化。已经消灭了大量国民党正规军的人民解放军，在南线和北线都由防御转入了进攻，国民党方面则不得不由进攻转入防御。人民解放军不但在东北、山东和陕北都恢复了绝大部分的失地，而且把战线伸到了长江和渭水以北的国民党统治区。同时，在攻克石家庄、运城、四平、洛阳、宜川、宝鸡、潍县、临汾、开封等城市的作战中学会了攻坚战术。人民解放军组成了自己的炮兵和工兵。不要忘记，人民解放军是没有飞机和坦克的，但是自从人民解放军形成了超过国民党军的炮兵和工兵以后，国民党的防御体系，连同他的飞机和坦克就显得渺小了。人民解放军已经不但能打运动战，而且能打阵地战。战争第三年的头半年（一九四八年七月至十二月）发生了另一个根本的变化。人民解放军在数量上由长期的劣势转入了优势。人民解放军不但已经能够攻克国民党坚固设防的城市，而且能够一次包围和歼灭成十万人甚至几十万人的国民党的强大精锐兵团。人民解放军歼灭国民党兵力的速度大为增加了。试看歼敌营以上正规军的统计（包括起义的敌军在内）：第一年，九十七个旅，内有四十六个整旅；第二年，九十四个旅，内有五十个整旅；第三年的头半年，根据不完全的统计，一百四十七个师，内有一百一十一个整师。半年歼敌整师的数目比过去两年歼敌整师的总数多了十五个。敌人的战略上的战线已经全部瓦解。东北的敌人已经完全消灭，华北的敌人即将完全消灭，华东和中原的敌人只剩下少数。国民党的主力在长江以北被消灭的结果，大大地便利了人民解放军今后渡江南进解放全中国的作战。同军事战线上的胜利同时，中国人民在政治战线上和经济战线上也取得了伟大的胜利。因为这样，中国人民解放战争在全国范围内的胜利，现在在全世界的舆论界，包括一切帝国主义的报纸，都完全没有争论了。

敌人是不会自行消灭的。无论是中国的反动派，或是美国帝国主义在中国的侵略势力，都不会自行退出历史舞台。正是因为他们看到了中国人民解放战争在全国范围内的胜利，已经不能用单纯的军事斗争的方法加以阻止，他们就一天比一天地重视政治斗争的方法。中国反动派和美国侵略者现在一方面正在利用现存的国民党政府来进行“和平”阴谋，另一方面则正在设计使用某些既同中国反动派和美国侵略者有联系，又同革命阵营有联系的人们，向他们进行挑拨和策动，叫他们好生工作，力求混入革命阵营，构成革命阵营中的所谓反对派，以便保存反动势力，破坏革命势力。根据确实的情报，美国政府已经决定了这样一项阴谋计划，并且已经开始在中国进行这项工作。美国政府的政策，已经由单纯地支持国民党的反革命战争转变为两种方式的斗争：第一种，组织国民党残余军事力量和所谓地方势力在长江以南和边远省份继续抵抗人民解放军；第二种，在革命阵营内部组织反对派，极力使革命就此止步；如果再要前进，则应带上温和的色彩，务必不要太多地侵犯帝国主义及其走狗的利益。英国和法国的帝国主义者，则是美国这一政策的拥护者。这种情形，现在许多人还没有看清楚，但是大约不要很久，人们就可以看得清楚了。

现在摆在中国人民、各民主党派、各人民团体面前的问题，是将革命进行到底呢，还是使革命半途而废呢？如果要使革命进行到底，那就是用革命的方法，坚决彻底干净全部地消灭一切反动势力，不动摇地坚持打倒帝国主义，打倒封建主义，打倒官僚资本主义，在全国范围内推翻国民党的反动统治，在全国范围内建立无产阶级领导的以工农联盟为主体的人民民主专政的共和国。这样，就可以使中华民族来一个大翻身，由半殖民地变为真正的独立国，使中国人民来一个大解放，将自己头上的封建的压迫和官僚资本（即中国的垄断资本）的压迫一起掀掉，并由此造成统一的民主的和平局面，造成由农业国变为工业国的先决条件，造成由人剥削人的社会向着社会主义社会发展的可能性。如果要使革命半途而废，那就是违背人民的意志，接受外国侵略者和中国反动派的意志，使国民党赢得养好创伤的机会，然后在一个早上猛扑过来，将革命扼死，使全国回到黑暗世界。现在的问题就是一个这样明白地这样尖锐地摆着的问题。两条路究竟选择哪一条呢？中国每一个民主党派，每一个人民团体，都必须考虑这个问题，都必须选择自己要走的路，都必须表明自己的态度。中国各民主党派、各人民团体是否能够真诚地合作，而不致半途拆伙，就是要看它们在这个问题上是否采取一致的意见，是否能够为着推翻中国人民的共同敌人而采取一致的步骤。这里是要一致，要合作，而不是建立什么“反对派”，也不是走什么“中间路线”。

以蒋介石等人为首的中国反动派，自一九二七年四月十二日反革命政变至现在的二十多年的漫长岁月中，难道还没有证明他们是一伙满身鲜血的杀人不眨眼的刽子手吗？难道还没有证明他们是一伙职业的帝国主义走狗和卖国贼吗？请大家想一想，从一九三六年十二月西安事变以来，从一九四五年十月重庆谈判和一九四六年一月政治协商会议以来，中国人民对于这伙盗匪曾经做得何等仁至义尽，希望同他们建立国内的和平。但是一切善良的愿望改变了他们的阶级本性的一分一厘一毫一丝没有呢？这些盗匪的历史，没有哪一个是可以和美国帝国主义分得开的。他们依靠美国帝国主义把四亿七千五百万同胞投入了空前残酷的大内战，他们用美国帝国主义所供给的轰炸机、战斗机、大炮、坦克、火箭筒、自动步枪、汽油弹、毒气弹等等杀人武器屠杀了成百万的男女老少，而美国帝国主义则依靠他们掠夺中国的领土权、领海权、领空权、内河航行权、商业特权、内政外交特权，直至打死人、压死人、强奸妇女而不受任何处罚的特权。难道被迫进行了如此长期血战的中国人民，还应该对于这些穷凶极恶的敌人表示亲爱温柔，而不加以彻底的消灭和驱逐吗？只有彻底地消灭了中国反动派，驱逐了美国帝国主义的侵略势力出中国，中国才能有独立，才能有民主，才能有和平，这个真理难道还不明白吗？

值得注意的是，现在中国人民的敌人忽然竭力装作无害而且可怜的样子了（请读者记着，这种可怜相，今后还要装的）。最近做了国民党行政院长的孙科，在去年六月间，不是曾经宣布“在军事方面，只要打到底，终归可以解决”的吗？这次一上台却大谈其“光荣的和平”，说什么“政府曾努力追求和平，由于和平不能实现，不得已而用兵，用兵的最后目的仍在求得和平的恢复”。合众社上海十二月二十一日的电讯，马上就预料孙科的声明“在美国官方人士及国民党自由主义人士中，将遇到最广泛的赞扬”。美国官方人士现在不但热心于中国的“和平”，而且一再表示，从一九四五年十二月莫斯科苏美英三国外长会议以来，美国就遵守着“不干涉中国内政的政策”。应该怎样来对付这些君子国的先生们呢？这里用得着古代希腊的一段寓言：“一个农夫在冬天看见一条蛇冻僵着。他很可怜它，便拿来放在自己的胸口上。那蛇受了暖气就苏醒了，等到回复了它的天性，便把它的恩人咬了一口，使他受了致命的伤。农夫临死的时候说：我怜惜恶人，应该受这个恶报！”外国和中国的毒蛇们希望中国人民还像这个农夫一样地死去，希望中国共产党，中国的一切革命民主派，都像这个农夫一样地怀有对于毒蛇的好心肠。但是中国人民、中国共产党和中国真正的革命民主派，却听见了并且记住了这个劳动者的遗嘱。况且盘踞在大部分中国土地上的大蛇和小蛇，黑蛇和白蛇，露出毒牙的蛇和化成美女的蛇，虽然它们已经感觉到冬天的威胁，但是还没有冻僵呢！

中国人民决不怜惜蛇一样的恶人，而且老老实实地认为：凡是耍着花腔，说什么要怜惜一下这类恶人呀，不然就不合国情、也不够伟大呀等等的人们，决不是中国人民的忠实朋友。像蛇一样的恶人为什么要怜惜呢？究竟是哪一个工人、哪一个农民、哪一个兵士主张怜惜这类恶人呢？确是有这么一种“国民党的自由主义人士”或非国民党的“自由主义人士”，他们劝告中国人民应该接受美国和国民党的“和平”，就是说，应该把帝国主义、封建主义和官僚资本主义的残余当作神物供养起来，以免这几种宝贝在世界上绝了种。但是他们决不是工人、农民、兵士，也不是工人、农民、兵士的朋友。

我们认为中国人民革命阵营必须扩大，必须容纳一切愿意参加目前的革命事业的人们。中国人民的革命事业需要有主力军，也需要有同盟军，没有同盟军的军队是打不胜敌人的。正处在革命高潮中的中国人民需要有自己的朋友，应当记住自己的朋友，而不要忘记他们。忠实于人民革命事业的朋友，努力保护人民利益而反对保护敌人利益的朋友，在中国无疑是不少，无疑是一个也不应被忘记和被冷淡的。我们又认为中国人民革命阵营必须巩固，必须不容许坏人侵入，必须不容许错误的主张获得胜利。处在革命高潮中的中国人民除了记住自己的朋友以外，还应当牢牢地记住自己的敌人和敌人的朋友。如上所说，既然敌人正在阴谋地用“和平”的方法和混入革命阵营的方法以求保存和加强自己的阵地，而人民的根本利益则要求彻底消灭一切反动势力并驱逐美国帝国主义的侵略势力出中国，那么，凡是劝说人民怜惜敌人、保存反动势力的人们，就不是人民的朋友，而是敌人的朋友了。

中国革命的怒潮正在迫使各社会阶层决定自己的态度。中国阶级力量的对比正在发生着新的变化。大群大群的人民正在脱离国民党的影响和控制而站到革命阵营一方面来，中国反动派完全陷入孤立无援的绝境。人民解放战争愈接近于最后胜利，一切革命的人民和一切人民的朋友将愈加巩固地团结一致，在中国共产党的领导之下，坚决地主张彻底消灭反动势力，彻底发展革命势力，一直达到在全中国范围内建立人民民主共和国，实现统一的民主的和平。与此相反，美国帝国主义者、中国反动派和他们的朋友，虽然不能够巩固地团结一致，虽然会发生无穷的互相争吵，互相恶骂，互相埋怨，互相抛弃，但是在有一点上却会互相合作，这就是用各种方法力图破坏革命势力而保存反动势力。他们将要用各种方法：公开的和秘密的，直接的和迂回的。但是可以断定，他们的政治阴谋将要和他们的军事进攻遭遇到同样的失败。已经有了充分经验的中国人民及其总参谋部中国共产党，一定会像粉碎敌人的军事进攻一样，粉碎敌人的政治阴谋，把伟大的人民解放战争进行到底。

一九四九年中国人民解放军将向长江以南进军，将要获得比一九四八年更加伟大的胜利。

一九四九年我们在经济战线上将要获得比一九四八年更加伟大的成就。我们的农业生产和工业生产将要比过去提高一步，铁路公路交通将要全部恢复。人民解放军主力兵团的作战将要摆脱现在还存在的某些游击性，进入更高程度的正规化。

一九四九年将要召集没有反动分子参加的以完成人民革命任务为目标的政治协商会议，宣告中华人民共和国的成立，并组成共和国的中央政府。这个政府将是一个在中国共产党领导之下的、有各民主党派各人民团体的适当的代表人物参加的民主联合政府。

这些就是中国人民、中国共产党、中国一切民主党派和人民团体在一九四九年所应努力求其实现的主要的具体的任务。我们将不怕任何困难团结一致地去实现这些任务。

几千年以来的封建压迫，一百年以来的帝国主义压迫，将在我们的奋斗中彻底地推翻掉。一九四九年是极其重要的一年，我们应当加紧努力。

中国人民解放军响应毛泽东的号召，用革命的方法，彻底地消灭一切反动势力。

1949 年 2 月 28 日，晋冀鲁野战军第九纵队改编为中国人民解放军第十五军，军长秦基伟，政委谷景生。刘为家团改编为四十四师一三 O 团，在中国人民解放军总司令部的统一指挥下，执行渡江作战任务。

渡江战役，是继三大战役后，中国人民解放军又一次大规模的战役行动。突破长江，是刘为家军事生涯中最光荣的一次战斗。

1949 年 3 月份，刘为家自周口地区出发，经二十多天艰苦行军，跨过淮河，越过大别山，开进安徽宿松地区，准备渡江战斗。

工欲善其事，必先利其器。刘为家团长指挥部队首先收集船只，因为国民党部队把船只都搞到长江南岸去了，刘为家团在湖口入江通道上，紧赶慢赶，截回了十多只较大的船只。刘为家团长动员群众，从湖底打捞，在港口和叉河里寻找，又弄到一百多只打渔的小船。接着，刘为家组织水上练兵。把北方的旱鸭子变成水军，谈何容易？刘为家深入动员，亲自示范，解决了指战员难以克服晕船呕吐怕水的心理问题，学会了划桨、摇撸、扬帆、掌舵四大技术，全团掀起了热火朝天的练水运动。仅仅半个月时间，这些太行山上的爬山虎，变成了长江里边的混江龙。

刘为家团的任务，是在香口到毛林洲段突破登岸。这里的守军是国民党反动派刘汝明的六十八军，刘汝明用 5 个月的时间构筑防御工事，沿江挖了两道堑壕，设了鹿砦、铁丝网，构筑了地堡，水下栽了木桩，重要地段还布设了水雷。在香山、黄山的山脚高地，国民党反动派刘汝明构筑了纵深的集团工事，在两山的鞍部部署榴弹炮阵地，榴弹炮居高临下，鸟瞰江面，覆盖华阳河口。

1949 年 4 月 1 日，国民党、共产党两党代表在北京谈判，1949 年 4 月 15 日，国民党、共产党双方议订了《国内和平协定》。然而，国民党反动派又玩弄起惯用的不要脸的伎俩，在最后期限 1949 年 4 月 20 日的那天，他们竟然拒绝在《国内和平协定》上签字。

1949年4月21日，毛泽东和朱德总司令，命令中国人民解放军：向全国进军，奋勇前进，坚决、彻底、干净、全部地歼灭中国境内一切负隅顽抗的国民党反动派，解放全国人民，保卫中国领土及主权的独立和完整。

中国人民解放军的百万雄师，英勇地在长达千里的战线上，强渡长江天险，打响了历史上著名的渡江战役。解放军乘坐的无数大小船只，在强大炮火的掩护下，从各个港口涌出，向对岸飞渡而去。

伴随着解放军猛烈炮火的轰鸣声，国民党反动军队的阵地变成了一片火海。刘为家指挥一三O团的一百多只大小船只，顺着长河，驶出华阳镇河口，由西向东，按二营、一营、三营的顺序，沿长江北岸一字型摆开，三营留在长河入江口内作二梯队。深夜11时30分，刘为家下令："开船！"

这天，是阴雨天，西北风骤起，雨也下得大起来了。

刘为家指挥一三O团各营的船只，扯起风帆，摇橹划桨向中流驶去。国民党部队向江面上空发射出一连串照明弹，国民党、共产党双方的大炮不约而同，一起开火了，共产党解放军的大炮，努力压制敌人的炮火；国民党的大炮，拦阻共产党解放军的船只。爆炸掀起的水柱，在船队中间高高窜起，共产党解放军的船队冒着枪林弹雨，奋勇前进。国民党机关炮的扫射，在船只左右激起了一串串水花，惊心动魄。共产党解放军乘夜偷渡变成了强渡，船在水中颠簸航行，整整40分钟。由于解放军掩护炮火的密度太小，弹药又少，对沿岸国民党步兵的压制，就有点力所不及了。

刘为家突击的地段，正处在香山沿江横出的山梁之下，国民党步兵居高临下，俯射解放军的渡河船只。刘为家团的许多船只，只得向下溜，伤亡较大。全团伤亡350人中，1/3牺牲在航渡和登陆前。二营在灯塔左翼靠岸，三营一营在灯塔右翼下方靠岸、各自向原定目标突击。二营五连一排，在最右翼，埋头划桨力争上游，单独在香口以东500米处登陆，与主力部队失去联系，虽然登岸前全排已伤亡14人，排长崔彦德率领战士，在四面枪炮声中，直插长江南岸的香山主锋，在敌人的侧后打响，动摇了国民党长江南岸香山沿江整个防御阵地。

刘为家登上指挥船，直接指挥一营渡江，因为指挥船比较大些，在有风的时候，扬起帆来，船速飞快。刘为家的指挥船，挂起乘风的白帆，像一只掠水低飞的大雁，稳健快速地向南岸驶去。炮声、水声、桨声、呼喝声，此起彼落，夕日平静的江面，顿时喧嚣、热闹起来了。

刘为家所乘的指挥船，距南岸一百米左右时，敌人暗堡里的机枪密集射击，刘为家左胳膊负伤，机枪子弹几乎打断了他的左臂，他顾不得包扎，指挥着警卫班、通信班、机枪班猛烈还击。指挥船终于冲上南岸，警卫班、通信班在船上重机枪的掩护下，涉水上岸，直接攻入了敌人的战壕。

国民党反动政府苦心经营的所谓“立体防线”，在解放军百万雄师的强大攻势面前，土崩瓦解。

两面题有“打过长江去”、“解放全中国”口号的红旗，高高飘扬，解放军的第二梯队一鼓作气，也胜利地渡过了长江。

沿江公路两旁，全是国民党的残兵败将，解放军指战员无暇顾及这些放下武器的俘虏，他们一路向南，他们高喊着“打过长江去，解放全中国”口号，直捣国民党的首都所在地南京。

1949年4月22日，南京解放了，共产党领导中国人民推翻了蒋家王朝。这一天，毛泽东在北京香山，意气风发地写下了著名的历史诗篇《人民解放军占领南京》：钟山风雨起苍黄，百万雄师过大江，虎踞龙盘今胜昔，天翻地覆慨而慷，宜将剩勇追穷寇，不可沽名学霸王，天若有情天亦老，人间正道是沧桑。

毛泽东的这首诗气势恢弘，语言铿锵有力，它表现了人民解放军彻底打垮国民党反动派的信心和决心，表达了解放全中国的必胜信念！

陈赓兵团把“渡江杀敌第一功”的奖旗，授予了刘为家的一三O团。

刘为家左臂受伤，疼痛难忍，因流血过多，昏倒在南下的路上。刘为家带伤躺在担架上，率领部队，千里追击国民党反动派的军队，越过浙赣线，跨过武夷山，直抵福建的建阳、建瓯。

在厦门，在军区联勤部召开的会上，刘为家和马云霞夫妻俩见面了。

可是，夫妻俩只能抬头相互对视一下，她们像对战友一样微微点点头。平时大嗓门的刘为家，此时嗓子已经沙哑，他端着伤残的左臂，说话异常吃力。

马云霞后来回忆，此情此景，真让自己感到一种揪心的牵挂。但此时此刻，哪里还顾得上儿女情长，他们是夫妻，但更是战友，军情十万火急，相逢却无隙亲密相处。

会议一结束，刘为家和马云霞夫妻俩只有说几句话的时间。

刘为家攒着马云霞的手，不松手，生怕马云霞跑了："革命马上就要胜利了，我等着你回家。"

马云霞目不转睛，她温柔地用手摸着刘为家的脸："小屁孩，你小心点，你不能再受伤了，我要你囫囫囵囵地活着，我马上回到你的身边。记着，万里赴戎机，关山度若飞。朔气传金柝，寒光照铁衣。将军百战死，壮士十年归。"

刘为家和马云霞俩人就这样，急匆匆地分手，急匆匆地奔赴各自的战斗岗位。

马云霞重任在肩，她必须利用好父亲马尚均与国民党高层的关系，到国民党高层机关潜伏。

刘为家依依不舍，他目送着马云霞坐上汽车，他在心里默默地念叨着：亲爱的，你早点回来……

淮海战役后，薛岳与张发奎等粤籍要人提出以"粤人治粤"的口号，反对宋子文继续主政广东。蒋介石为笼络广东的地方要人，批准了宋子文的辞职请求，并任命余汉谋为广州"绥署"主任，薛岳为广东省府主席，张发奎接任余汉谋的陆军总司令职务。

1948 年 12 月底，马云霞先行到达广州，来到广州张发奎的官邸，由张发奎推荐，打入了台湾国民党军统特务头子毛人凤的总部，并成为毛人凤的秘书，卧底侦察国民党高层机关内部的情况，搜集国民党的重要情报。

1949 年 10 月 1 日，毛泽东站在天安门上，豪迈地向全世界宣布：中华人民共和国成立了！中国人民从此站起来了！

全国各地的欢呼声，响彻云天。

刘为家站在海边，遥望台湾，喜极而泣。此刻，他是那样想念海峡彼岸的马云霞，想念海峡彼岸自己的妻子，他恨不得自己插上翅膀，飞越海峡，飞向台湾……

刘为家在解放海南岛之前，回了一趟河南温县老家，刘为家又一次看望了马尚钧，刘为家在马尚钧家住了整整 3 天。马尚钧请来了亲朋好友，为女婿洗尘。马尚钧、刘为家翁婿之间相处甚洽，马尚钧嘱托女婿："我已是风烛残年，自顾不暇，云霞就托付给你了。为家呀，政治这个东西，不好弄。你和云霞千万不要卷到这里面去，我搞了大半辈子政治，最后的结果，不言自明。我一生的错误，就是从政而不懂政治，以致无法自拔。于今，悔之晚矣！我要早点去见国父孙中山先生，我要问问他，我们的国民党，还有救吗？还有救吗！"

刘为家扼腕长叹：国民党资深党员马尚钧，在对国民党的极度失望之中，彻底丧失了生活的希望，他含着无限的伤悲，吞食了大量的大烟土，告别了人世。

马尚钧一生没有离开过大烟，他死也死在大烟上了，享年 59 岁。

马云霞从台湾转入香港，继续从事共产党的秘密工作，她对共产党赤胆忠心，她一生中承载着太多的秘密，肩负着太多的使命，经历着太多的惊险，马云霞直到晚年，处于昏迷状态时，嘴里还不停地喃喃自语，讲一些早年从事潜伏时期的话语："我暴露了？快，快，同志们，国民党特务抓人了，我们从后门撤退，……"

50 年后，在中国人民解放军十五军的军史审编会议上，时任中国国防部长的秦基伟、南京军区司令员的向守志，高度评价一三 O 团：我们十五军的主力拳头是四十四师，四十四师的主力拳头是一三 O 团，哪个地方战斗最艰苦，最困难，就把一三 O 团用上去，一三 O 团一上去，就意味着胜利。

29. 上甘岭

董凤根本没有想到，中国人民志愿军会在朝鲜与美军交战，中国与美国并不搭界，美国与中国一向交好，美国曾经支持中国抗击过日本侵略者。

1950年6月25日，朝鲜战争爆发。在战争初期，朝鲜军队节节胜利。美国帝国主义仁川登陆，大举进攻朝鲜，朝鲜半岛局势逆转，美军的飞机，多次侵入中国领空，肆无忌惮地轰炸丹东地区，把战火烧到了中国，威胁刚刚建立的中华人民共和国。

1950年10月19日，美军占领平壤，麦克阿瑟甚至公然挑衅："在历史上，鸭绿江并不是中国朝鲜两国截然划分的、不可逾越的障碍。"

麦克阿瑟企图速战速决，迅速占领整个朝鲜半岛。

是可忍，孰不可忍。中国人民被迫卷入朝鲜战争，1950年10月8日，中国人民志愿军雄赳赳，气昂昂，入朝参战：抗美援朝、保家卫国。中、朝军队并肩战斗，连续进行了5次战役，歼灭美军韩军23万人，把美军、韩军从鸭绿江边赶回到三八线附近，迫使美军、韩军由战略进攻转入战略防御。

1952年10月，抗美援朝战场呈现出敌我双方僵持不下的态势。10月14日，美军著名"山地战专家"、第8集团军司令范弗里特大言不惭："金化攻势"是一次扭转朝鲜战局的"摊牌行动"，只要保障弹药和空中支援，用2个营5天就可以达到战争目的。

范弗里特计划用一天时间，夺下五圣山前的两个小山包597.9和537.7北山高地。这两个高地背后的洼地里，有一个十几户人家的小山村，叫做上甘岭。这场战役，中方叫做"上甘岭战役"，美方则称之为"三角形山战役"。

美国七师与韩国二师集中了40架飞机，320多门大口径重炮，127辆坦克、战车，以罕见的火力密度，把上百吨的炮弹向中国人民志愿军上甘岭阵地倾泻，平均每秒落弹6发。美军高密度高强度的轰炸，长达一个多小时，早晨4时30分，美国的七师第三十一团、韩国二师三十二团及第十七团一个营，共七个营的兵力，分六路向五圣山上甘岭前沿597．9高地和537．7高地北山发起猛烈进攻。

美国、韩国军队又以四个营的兵力向西方山和芝村方向进攻，牵制中国人民志愿军十五军的四十四师部队，分散中国人民志愿军的注意力，以假动作做战术欺骗。在中国人民志愿军十五军约30公里宽的正面，美国、韩国军队全线进攻。

道德洞里，秦基伟的十五军指挥部，像一锅烧沸了的开水，直冒热气。十几部电台同时开机，呜哩哇啦地叫个不停，电话铃声此起彼伏。

秦基伟一人扛着中国人民志愿军十五军的军政两副担子，十五军的政委谷景生回国参加国庆观礼，尚未归来。

秦基伟捕捉着来自战斗前方的每一丝信息，终于抓住了四十五师师长崔建功，秦基伟拿起电话，劈头一句，如雷震耳："是上甘岭吗？敌人投入多少兵力，阵地情况怎么样？"

可是，秦基伟没能听到崔建功的回答，前线电话线被炸断了，电台被炸毁了，话务员也牺牲了。

秦基伟的十五军指挥部电台里，偶尔收听一句："敌人的坦克上来了……"

前沿鏖战了数小时之后，终于有消息了，崔建功报告：美军、韩军用七个营的兵力，在飞机、坦克、重炮的掩护下，猛烈攻击上甘岭的597．9和537．7两个高地。

这一天，是秦基伟最为揪心的一天，也是让他平生做出最难抉择的一天。敌人突然攻击，规模之大，火力之猛，战法之狠，都是空前的。尤其是美军避虚就实选择上甘岭作为攻击点，这个战术，完全出乎秦基伟的意料。

在秦基伟的眼里，五圣山的上甘岭地势险峻，是美军韩军难以逾越的屏障。所以秦基伟一直认为，西方山是个脆弱地带，他一直把重兵放在那里，他一直敏感地捕捉着西方山的每一声响动。秦基伟站在地图面前，脑子飞快地转动着：美军玩的是什么把戏？五圣山打起来了！西方山也打起来了！这能说明敌人以五圣山为主攻目标，而以西方山为次要目标吗？

五圣山，位于朝鲜中部，平康东南约19公里，金化以北约5公里处，海拔1061.7米，南面山脚下，有五个高地犹如张开的五指，在上甘岭战役中双方殊死争夺的597.9和537.7高地就像是其中的拇指和食指。五圣山西侧，便是斗流峰和西方山，三山如唇齿相依，形成天然防线。如果斗流峰、西方山失守，五圣山就会陷入三面受敌的险境，要是五圣山失守，那斗流峰、西方山就失去依托，整个中部战线便有全线崩溃的危险。西方山以西，则是宽达八公里的平康谷地，几乎是一马平川的平原，如同是群山环抱中的天然走廊，从汉城到元山的铁路、公路横贯其间。完全可以这么说，五圣山、斗流峰和西方山一线，系战争与国家命运于一身，其重要性无可匹敌。

在中国人民志愿军总部，中国人民志愿军司令员彭德怀曾指着朝鲜地图，对秦基伟交代：“五圣山是朝鲜中线的门户，失掉了五圣山，我们将后退200公里无险可守。你要记住，谁丢了五圣山，谁要对朝鲜的历史负责。”

秦基伟综合各方情报，分析判断：美军韩军攻打方向是五圣山，不是西方山。

但是，秦基伟依然不敢轻举妄动，他不敢调动西方山的一兵一卒。秦基伟需要时间，需要时间判断出美军韩军真正攻击的方向。

美军韩军几百门大炮急射的炮弹，像暴风骤雨般砸了过来，中国人民志愿军四十五师一三五团前沿部队的战斗之残酷，旷世罕见。中国人民志愿军阵地承受了数万发炮弹的轰炸，别说人，连苍鹰和兔子也跑不掉，侥幸飞出一两只蚊虫，那实在是个奇迹。

炮火一停，坑道里的战士又要上阵地，与比我方多十几倍敌人战斗。从战斗打响，到日落黄昏，中国人民志愿军四十五师一三五团前沿部队遭受重创，但是，美军韩军只占领了597．9高地2、7、8号的表面阵地，及537．7高地北山9号的表面阵地，中国人民志愿军十五军英勇顽强地守住了上甘岭的主峰阵地。美国韩国军队费了九牛二虎之力，抛下了七千多具尸体和伤残之躯，只夺下了半个上甘岭。

秦基伟十分清楚，他投入的兵力比美军韩军的少，因此伤亡的比例更大。美军320多门重炮，27辆坦克以每秒钟6发的火力密度，将上百吨钢铁倾泻到这两个小山包上，在长达八个小时的时间里，前沿部队没有得到有力的炮火支援，第一天伤亡550余人。

美军的炮火实在太猛烈，中国人民志愿军步话机的天线，刚刚架起，就被炸掉，在短短几分钟里，坑道里储备的十三根天线全数被炸毁，无法与指挥部沟通联系。

美军的炮火，炸断了中国人民志愿军的电话线。电话班牛保才冒着铺天盖地的炮火，战场查线，一路上，他边躲避炮火，边接断线，随身携带的整整一大卷电话线用完了，还差了一截！牛保才已经多处负伤，他来不及考虑，一手抓起一头断线，用自己的身体接通了线路，用生命换来了3分钟的通话时间。

在志愿军团指挥所，团长刘为家利用这宝贵的3分钟时间里，向坑道部队下达了战斗的命令。四十五师师长崔建功电话不通，他只能眼巴巴看着敌人爬上前沿阵地，任由战士们各自为战。

这一天，敌人向上甘岭发射30余万发炮弹，500余枚航弹，上甘岭主峰的标高，整整被削低了两米，上甘岭高地的土石被炸松1米~2米，阵地上草木荡然无存，成了一片焦土。

坑道中的志愿军守备部队，觉得简直就像是乘坐着小船，在波浪滔天的大海上颠簸，强烈的冲击波在坑道激荡，不少人的牙齿磕破了舌头、嘴唇，一个17岁的小战士被炮弹的冲击波，活活震死！

中国人民志愿军的防守能力，大大超出克拉克和范佛里特的意料，一开始就挨了当头一棒。美军一天的进攻，一寸阵地也没捞到，可伤亡已达2000多人。

1952年10月18日，中国人民志愿军四十五师前沿部队因伤亡太大，退入坑道，表面阵地第一次全部失守。四十五师分批投入的十五个步兵连全部打得严重减员，最多的还有三十来人，少的编不成一个班。

1952年10月19日晚，四十五师 组织发动了一次大反击。19岁的贵州苗族志愿军战士龙世昌，一声不吭地抓起一根爆破筒冲了上去，美军炮兵实施拦阻炮击，一发炮弹将他左腿齐膝炸断。那个地堡就在志愿军主坑道口上面，距离有四五十米。高地上面火光熊熊，从下往上看，透空，很清楚。龙世昌拖着一条断腿，拼命往上爬，把爆破筒从美军地堡枪眼里塞进去。他刚要离开，爆破筒就给里面的美军推出来，"哧哧"地冒着烟。他捡起来又往里捅，捅进半截，捅不动了。龙世昌舍生忘死，用胸脯抵住并拉响了爆破筒，爆破筒炸了，他整个人被炸成一团血红的烟……

黄继光所在的营，已经持续战斗了四天四夜。第五天夜晚，上级命令：必须在黎明之前，夺下敌人的597.9高地。营部参谋张广生、六连长万福来、六连指导员冯玉庆、营通讯员黄继光、连通讯员吴三羊和肖登良投入反击。他们炸掉了三个地堡，付出的代价是吴三羊牺牲、肖登良重伤，黄继光爬到最后一个地堡前的时候，全身也已经七处负伤。他爬起来，用力支起上身，向战友们喊了句什么，指导员冯玉庆省悟了："快，冲上去，黄继光要堵枪眼。"

黄继光牺牲，他用胸膛堵住枪口，他全身的伤口，都没有流血，地堡前也没有血迹——黄继光的血，在冲锋的路途上，已经流尽了……

在黄继光英雄壮举的激励下，部队迅速攻占597.9高地的零号阵地，全歼两个营的守敌。

在上甘岭七个昼夜的争夺表面阵地的激战中，战斗殊为激烈，阵地几度易手，中国人民志愿军十五军伤亡三千五百余人，毙伤敌七千余人。

七天七夜，秦基伟坐镇上甘岭的道德洞里，指挥战斗，没睡过安生觉。四十五师师长崔建功也在前沿指挥所里，七天七夜没离开，出了坑道，人晕厥了过去，上厕所解个手，都要人搀扶。

七天七夜，上甘岭战斗异常惨烈，上甘岭左右这两个并不高的高地，承受了人类战争史上空前绝后的火力轰炸。拼到最后，只剩下意志了。美国韩国军队先后共投入十七个营的兵力，伤亡已达七千多人。据美国一位随军记者前线报道：美军的一个连，连长点名，答到的，只有一名上士和一名列兵。

30. 英雄儿女

敌强我弱，美军飞机、坦克、大炮和现代化武器装备，的确比中国人民志愿军优越。但是，中国人民志愿军指战员在战争中学习战争，特别是志愿军15军的指战员，他们多是中野九纵的老人，不少人来自焦作煤矿，他们挖过矿井，打过坑道，他们占领阵地后，改造自然洞穴，开挖战斗坑道，这种做法是上甘岭战役胜利的法宝之一。

上甘岭战役，美军虽然占领了表面阵地，但上甘岭的坑道仍在中国人民志愿军手中，坑道里的志愿军部队，随时与反击的部队里应外合，打击美军，美军一天也没有安生过，天天提心吊胆，天天四面楚歌，天天惊恐万分。

中国人民志愿军597.9高地共有三条大坑道，八条小坑道和三十多个简易防炮洞。当时三条大坑道和五条小坑道都在志愿军守备部队控制下，其中八连进入的一号坑道是主坑道，位于1号阵地下，是最大的“F”形坑道，全长近80米，高1.5米，宽1.2米，左右各开挖一个叉洞，顶部是厚达35米的石灰岩，坑道的两个洞口，都向北朝着五圣山方向。

1952年10月22日，战斗再度打响，争夺的焦点就是中国人民志愿军一号坑道。美军用无后坐力炮对坑道口抵近射击；用炸药包爆破；向坑道里投掷手榴弹；甚至使用P-51飞机低空俯冲扫射……

美军火力猛，坑道口小，无法展开火力，情况十分危急。李宝成立即呼唤志愿军纵深炮火支援，用远程炮火制止美军对坑道口的破坏，减少坑道部队的压力。天色一黑，坑道部队就组织小分队出击，炸地堡、杀哨兵，美军草木皆兵，惶惶不可终日。尤其是志愿军二号坑道的部队，在四连指导员赵毛臣的指挥下，在坚持坑道斗争的14天里，组织了11次夜袭，打得美军天天哭爹喊娘，苦不堪言。

从1952年10月23日起，上甘岭的战斗不仅成为朝鲜战场的聚焦点，新华社开始连续两个月的集中报道，一时间上甘岭两个面积仅3.7平方公里高地，为朝鲜、中国、美国甚至全世界所密切的关注点。志愿军白天抗击美军对坑道的破坏，夜间主动出击，志愿军坑道部队平均每天有一个班的伤亡。24日凌晨三时，李宝成只得下令放弃反击，退守坑道，此次反击，八连出击的部队仅剩下5人！

几天来，崔建功一直在抽调机关人员向坑道增援补充，一个连，一个排，甚至一个班不断派出，师团两级机关连勤杂人员都用光了。

秦基伟告诉第45师师长崔建功："我们15军的人流血不流泪。谁也不许哭！国内像15军这样的部队多的是，可上甘岭只有一个。丢了五圣山，你可不好回来见我喽！"

崔建功哑着嗓子说："一号，请你放心，打剩一个连，我去当连长，打剩一个班，我去当班长。只要我崔建功在，上甘岭还是中国人民志愿军的！"

1952年10月25日，范佛里特来到美军第九军军部，主持部署调整，将受到重创的美第七师撤下战场，进攻597.9高地由韩军第二师接替；韩军第二师右翼团的防务，交给韩军第六师，集中兵力攻击上甘岭；调韩军第九师到金化以南的史仓里，作为战役预备队。

当晚，中国人民志愿军十五军的八连，在夜袭中就发现了这一情况，随即向团部报告。由于韩军战斗力和战斗意志远不及美军，志愿军并没把他们放在眼里，不料韩军第二师以东方人的思维，对坑道的破坏比美军更毒辣：他们用迫击炮吊射，轰炸中国人民志愿军的坑道口；投放毒气弹、硫磺弹，攻击中国人民志愿军的坑道；挪用大石块，堵塞中国人民志愿军坑道的洞口；用铁丝网缠绕成团，堵塞中国人民志愿军坑道的通气口；从中国人民志愿军坑道顶部挖洞，装上炸药，破坏坑道……

战场的形势扑朔迷离，变幻莫测。美军忙活了五天，一筹莫展，而韩军二师才一天就将二号坑道炸塌了近30米。坑道里的中国人民志愿军四连被倒塌的土石压死2人，压伤6人。一号坑道的两个洞口也被炸塌，只剩下碗口大小的透气孔，中国人民志愿军八连伤亡了37人，才将洞口重新掏开。中国人民志愿军四十五师立即将四门75毫米山炮前移，专门轰击破坏坑道口的敌人。韩军疯狂破坏，打短坑道，中国人民志愿军挤得不能动弹，烈士遗体垒起来，盖上大衣，坑道内没灯火，硝烟，硫磺，血腥味，屎尿味，汗味混在一起……

坑道战是残酷的。坑道外面零下二十几度，坑道内穿着单衣，还热得难受。在这样的坑道中，却发生了这样的故事。11个人吃一个苹果，转了5圈只吃了一小半；一个排的人喝一壶水，转了3圈，还没喝完！许多坑道每人每天只能吃半块饼干，许多人喝不到一滴水，只能相互喝尿，缓解难忍的干渴，志愿军指战员们乐观地把尿戏称为“光荣茶”。

中国人民志愿军战士们把饼干放入嘴里，饼干能把舌头割破，仁丹放在嘴里竟然化不了。由于坑道医疗条件差，许多伤员在坑道中牺牲。有一个坑道中，几名中国人民志愿军战士直到饿死，还端着冲锋枪守在坑道口。中国人民志愿军总部时刻关注着坑道部队，只有坑道部队的艰苦卓绝的战斗，才能消耗敌人，赢得反击美军、韩军所需要的宝贵时间。

秦基伟千方百计不惜一切代价组织向坑道运送物资，中国人民志愿军火线运输员一批接一批，前赴后继向坑道运输。在整个战役期间，中国人民志愿军火线运输员的伤亡率高达90%，甚至超过了坑道部队的伤亡率，在通往上甘岭两个高地的山路上，中国人民志愿军运输员的生命和鲜血，染红了大地，大量的物资也因此损失在路上，送进坑道里的物资，微乎其微。

一个战士，背着食物，倒在作战坑道口。

一个战士，驮着弹药、药品，倒在了作战坑道口。

一个战士提着水桶，牺牲在作战坑道口。

秦基伟瞪着血红的眼睛：“送，送，不惜一切代价。坑道里的战士需要给养，我们送上去的物资，不是物资，都是战士的命呀。”

董凤的任务是慰问，是观察，她可以在离前线1800米远的观察坑道里，远远地拿着望远镜观察战场。

董凤偷偷地换了装束，当秦基伟发现董凤冲上去的时候，董凤已经在离坑道150米的弹坑里。

董凤冲进坑道时，她身后的萝卜和物资，还留在坑道外。美国人的机枪、卡宾枪猛烈射击，打得坑道口的石子、土渣乱蹦。

董凤毕竟是四十多岁的人啦，她顾不上拉绷绳，她躺在沙袋上，大口大口喘气。董凤出发前，她在外边弹坑里，观察了半天。志愿军送给养的战士，多牺牲在坑道口30 — 50米处。因为一个人负重奔跑，往往到最后三十米时，精疲力竭，动作迟缓，最后，牺牲在美军枪口下的。

姜还是老的辣。董凤解开了自己腿上的绑腿布，又解开了牺牲战士的绑腿布，她把牺牲战士的物资一一绑起来。同时，董凤的耳朵没有拾闲，她发现敌人的射击是有规律可循的，美军机枪手换弹匣的空隙时间，大概有3至5秒钟，董凤在等待这个空隙时间。好了，机会来了。董凤距离坑道口30米~50米，她丢下负重的物资，手只牵着绑腿布，敏捷地左腾右跃，冲进了坑道。董凤，这只当年在抗日战场、解放战争中太行山的战鹰，又在朝鲜战场上一显身手。

秦基伟赞不绝口："好样的，好样的，这个战士好样的，我给他记功。"

军部通讯员哭丧着脸，站在秦基伟面前："这个人，不是我们的战士，是祖国慰问团的董凤团长。"

秦基伟一听，脸变了色："怎么搞，你们乱弹琴，你们怎么叫她上去啦。"

秦基伟在望远镜没有看见这一幕：坑道里的志愿军战士欢天喜地，拉着绑腿布，把一袋一袋补给拖进了坑道，战士们乐翻了天。营长刘七洋拍着董凤的肩膀，夸奖："老兵，真不简单，有勇有谋。你叫什么名字，我给你记功。"

董凤喘过气了，取下帽子："记你娘个头功，七洋，我是你娘啊。"

营长正是刘七洋，刘七洋一看董凤，伸手抱住了董凤："我的老娘，真是你，你真伟大，你又救了我的命，不，是全体战士的命。"

董凤擦去刘七洋脸上的硝烟污痕："孩子，你们吃苦受累了。快，让娘看看你。"

秦基伟司令员拿起电话，大声地命令炮兵团长："我下令，今天搞一个冲锋，局部反击，把董凤团长接出来。"

炮兵团长报告："后勤运输的战士遭到敌人猛烈攻击，炮弹运不上来。

我的炮弹只有一个基数，不能保证成功。”

秦基伟把帽子甩在了桌上：“你们都干什么吃的，关键时刻掉链子。”

秦基伟司令员拿起报话机，命令上甘岭坑道部队：“董凤同志是祖国慰问团的领导，她的生死，关系到祖国的荣誉，关系到志愿军15军的荣誉，关系到我中野九纵的历史荣誉，她如果有个三长两短的话，你们都不要见我了。”

秦基伟与董凤之间的交情，可谓源远流长。抗日战争，秦基伟用过董凤供应的成吨的炸药、钢材和食品。解放战争，董凤押着八辆汽车，把迫击炮弹送到淮海战场上。现在，董凤又亲自把萝卜和苹果送进了上甘岭坑道里。秦基伟感慨万分：“人民，这就是人民。我们有这样的人民，还怕什么样的对手和敌人。而董凤就是我们伟大中国人民的典型代表。”

秦基伟下达命令：“祖国慰问团往坑道里送萝卜的办法很好，祖国慰问团为什么能把萝卜送进前线坑道里，我们要总结经验，为前线坑道送上吃的喝的。”

坑道里，董凤拿着望远镜，看着对面山头上的美军，扭头问刘七洋：“七洋，你还有多少人可以冲锋。”

刘七洋说：“坑道里除了伤员，还有22个人可以打仗。”

董凤说：“好，加上我，23人，够了。今晚上咱们冲上去，干一场。”

刘七洋问：“娘，你要几分钟的炮火支援。”

董凤说：“这个，这个，我不懂，你看着办。”

董凤和刘七洋一起战斗，带领23名战士冲出坑道，突然向敌人开火，密集的枪声，手榴弹爆炸声和战友们宏亮的喊杀声震撼着夜空。敌人在突然的打击下，摸不清中国人民志愿军有多少兵力，立即像被捣的马蜂，乱了套。有的扔掉枪支，掉头就跑；有的自相践踏，盲目乱打。

董凤抱着一支冲锋枪居高临下，向滚成一团的美国鬼子兵猛扫，美国鬼子兵像被割的韭菜一样倒成一片，董凤的手被手榴弹的碎片炸伤了两处。董凤和刘七洋打了一个大胜仗，不仅夺回了表面阵地，董凤还带回了黄继光的遗体。

上甘岭中国人民志愿军的阵地上，由于饮用水难以运输，只要是容器，一中弹，水就流失了，所以只能运送既能解渴，又能充饥的萝卜。可是，吃萝卜上火，吃多了，呕心反胃。坑道部队指战员建议送苹果，于是，中国人民志愿军十五军连夜从后方紧急采购了三万多公斤苹果。秦基伟等军师首长也以个人名义出钱买苹果，并在苹果筐上写上名字，派人送往坑道，鼓舞、激励坑道志愿军指战员。美军炮火封锁实在太猛烈，大筐苹果难以送上去，为此十五军政治部专门下令：凡送入坑道一筐苹果者，记二等功。坑道里最受煎熬的，要数那些无法转运的伤员了，坑道里连一滴酒精，一卷绷带都没有，伤员只得任凭伤口发炎糜烂，全靠坚强的意志和自身的体质支撑着。而且为了不影响战友的情绪，伤员们都自觉强忍疼痛，一声不吭，很多伤员都用嘴紧咬着床单，不让自己发出声音，有的伤员至死，嘴里的床单都没法取出来!

占领表面阵地的美国兵，脚下是一座随时可能爆发的火山。每当夜幕降临，美国兵就心惊肉跳，惶惶不可终日。坚守坑道战斗的中国人民志愿军夜夜不拾闲，天一黑，美军官兵就神经紧张，害怕中国人民志愿军打夜战。

入夜，坑道里的志愿军战士们三五人一群，两三人一伙，分组分班出洞，炸地堡，摸哨点，神出鬼没，打得美军魂飞胆丧。中国人民志愿军第134团8连在14个昼夜里，出击25次，歼敌一千六百余名，获“钢铁八连”称号；中国人民志愿军坚守597.7高地2号坑道的第134团4连在十多天的坑道战斗中，出击32次，歼敌七十余人；中国人民志愿军坚守2号至8号阵地之间小坑道的第134团4连，在与上级失去联系的情况下，开展打“活靶”活动，在11昼夜里消灭美国兵220人。

在整个上甘岭战役，志愿军在坑道里，坚持时间最长的，是一三四团五连四班，丁鸿钧任班长。丁鸿钧班参加了10月14日的夜间反击，来到597.9高地，丁鸿钧指挥有方，在两天里打退美军多次进攻，毙伤敌150余人，自己无一伤亡。丁鸿钧班因弹药耗尽，10月15日下午，退守2号阵地一个只有15米深的小坑道。夜间，丁鸿钧他们从阵地上收集到了不少弹药和两箱美国饼干，依靠坑道里储存的两桶水，维系着坑道里的生活和战斗。

抗美援朝初期，中国人民志愿军挺进神速，但由于敌人严密的空中封锁，中国人民志愿军后勤保障出现严重匮乏。当时，彭德怀司令员向党中央反映，电文只有6个字：饥无粮，寒缺衣。

秦基伟军长指挥上甘岭战役时，在一次与困守坑道的部队通话中，刚说一句“转告坑道里的同志们，军党委和军首长都很惦记前面的同志……”

电话兵就毫不客气地打断了秦基伟的话：“首长，别啰唆了！拣要紧的说，先下命令吧！”

秦基伟将军后来回忆起这件事，神情凝重地说：“战士们做得对啊！那时牺牲了很多通信兵，也很难保障电话长时间通畅，只能抢一句，算一句。”

坚持坑道战斗的中国人民志愿军战士，以超人的勇气和钢铁般的意志，为上甘岭战役赢得了反击的时间。

从1952年10月21日至11月25日，中国人民志愿军坑道部队夜间主动出击达158次，其中仅9次失利，其余均获成功，累计歼敌两千余人。

1952年11月25日，美国人坦率地向新闻界承认：到此为止，联合国军在三角形山战役是失败了。

“联合国军”总司令克拉克沮丧地说：“金化攻势是一场残忍的挽回面子的恶性赌博，我们死伤的人数在8000以上，得不偿失。我认为这次作战是失败的。”

1953年6月16日上午，毛泽东在中南海菊香书屋，接见了秦基伟。毛泽东用手指着秦基伟，微笑地对刘少奇、周恩来介绍：“中国人民志愿军15军军长秦基伟，抗日战争，他在太行山当过司令，参加过淮海战役、渡江战役。抗美援朝，他现在又是上甘岭战役的英雄。”

刘少奇握着秦基伟的手，给予高度评价：“你们打得好啊，上甘岭战役创造了一个世界纪录！”

周恩来紧握秦基伟的手，亲切地说："你们打得很苦，但打得很顽强，打得很出色。上甘岭战役，是我们志愿军抗美援朝战争中又一次重要战役，是我们军事史上的一个奇观。"

上甘岭战役，创造了现代战争史上坚守防御作战的范例。世界上有名望的权威军事院校，没有一家不把它做为战例，写进教材的。美国军方更是难忘此战，上甘岭战役成为唯一列入美国军事院校教科书的中国战例。上甘岭战役，以其战争史上的许多奇迹，而成为世界上许多军事学者研究的对象。

31. 向我开炮

一些西方军事家认为，只有弄清楚上甘岭防线为何突不破，才能真正了解中国军队。直到今天，美国人依然想不通：美国士兵为什么打不下上甘岭呢？美国的军事专家和学者动用几台电脑，集中模拟，得出结论：假设范弗里特 不去攻打五圣山，改为攻打西方山谷地。那么，美军凭借强大的机械化装备，志愿军两个主力师（十五军四十六师和三十八军的一一二师）是抵挡不住的。

美国人始终认为上甘岭的失败，不是输给了中国军人，而是输给了美国人范弗里特自己的错误决策。

上甘岭战役 30 年后，秦基伟将军回答了这一问题："上甘岭战役，既是敌我双方军力的较量，又是两种世界观、两种价值观、两种思想体系的较量。"

正是坚定的理想、信念所赋予的超人勇气和钢铁意志，使得劣势装备的中国人民志愿军创造了战争的奇迹，最终取得了胜利。

关于这个结论，我奶奶董凤的看法无限经典："马王爷不管驴事，让美国人去钻牛角尖吧，美国人善于用屁股思考问题。"

美国人安知鸿鹄之志？我奶奶董凤还有大事要干，她专门就缴枪不杀这个问题，到处请教国家级的知识分子，拜见国家级的学者和专家。

我奶奶董凤一路问学，收效甚微，不少国家级的学者、专家们对待这个问题，要么东一榔头，西一棒槌，说的不在路数；要么扯三拉四，说其然，说不出所以然；要么顾左右而言他，难解其详，难说其神。我奶奶董凤可是一个急脾气的人，她越是想不通的事情，她非要打破砂锅——问(纹)到底。

那年，我奶奶董凤出席了在北京召开的全国先进生产者代表大会，党和国家领导人亲切地接见了我奶奶。我奶奶董凤趁着自己在北京开会的这个机会，登门去请教中共中央书记处的总书记。

中共中央书记处的这位总书记，可是个大人物，世界闻名，他叫邓小平。邓小平是四川广安人，早年赴欧洲勤工俭学，18岁便在法国加入了中国共产党，开始革命生涯。回国之后，他全身心地投入党领导的争取民族独立和人民解放的革命斗争。从土地革命、抗日战争到解放战争，先后担任党和军队的许多重要领导职务，为党中央一系列重大战略决策的实施，为新民主主义革命的胜利和新中国的诞生，建立了赫赫功勋，是中华人民共和国的开国元勋。

邓小平时任中共中央书记处总书记，人长得精干，穿着朴素，说话高声大气，讲出来的道理，大了去了。

我奶奶一生佩服的人，没有几个。其中，与奶奶有一面之交的邓小平，奶奶终身难忘。邓小平请奶奶坐在大沙发上。我奶奶回忆说，那沙发软和，比家里的棉床还软和，人往沙发上一坐，身子呼啦就陷下去了，坐在软和的沙发上面，那叫安逸、舒服。邓小平给奶奶倒了一杯茶，那杯茶真香。我奶奶回来讲，我也喝了一辈子的茶，感觉自己从来没有喝过这么香的茶，哪怕喝这一次，这一辈子算是值了。其实，我奶奶讲这些话，和她当时紧张的心情有关。

我奶奶大大咧咧，她不掖不藏地请教邓小平："总书记同志，我们在战场上，为什么只要喊出缴枪不杀这句口号，日本鬼子缴枪，土匪缴枪，国民党缴枪，美国人缴枪，缴枪不杀这句口号，为什么这么管用？"

邓小平目光炯炯，沉思了半晌，点燃了一根烟，站起来又走了几步，站住，又走了几步。

奶奶一看邓小平那阵势，心一下子提到了喉咙眼，上下跳个不停，她问自己：是自己说错了话，还是自己唐突，猛不丁给领导出难题了？奶奶琢磨着，自己是不是应该起身告辞，别坐着这儿，看着领导作难。

邓小平停下脚步，搬过来一把椅子，坐在奶奶面前，亲切和蔼地说：

董凤同志，你是一个很有思想的人哩。你提这个问题，是个大问题哩。回顾我们中国共产党战斗的历程，我们想想，中国人民为什么能够打跑日本侵略者、战胜国民党反动派、打败美帝国主义。我们共产党人靠着是什么？是武装斗争、党的建设、统一战线。而缴枪不杀，却体现了我党三大法宝的综合战斗力，是共产党人战胜一切敌人的法宝。缴枪不杀，其实，早就是我党对敌斗争战无不胜的法宝之一。关于枪杆子，早在 1926 年，毛主席就明确告诉我们全党，枪杆子里面出政权。而不杀，这是党的统一战线的需要，古代军事家孙子说，不战而屈人之兵，善之善者也。不用武力进攻就能使敌人降服，才是高明战略之中，最高明的战略。我们坚持党指挥枪的原则，党在革命的不同时期，坚持不一样的路线和方针。抗日战争，一致对外，中国人不打中国人，谁抗日，谁就是朋友，谁破坏抗日，谁就是敌人，我们中国人就杀谁。在中国共产党领导下，我们中国人民喊着缴枪不杀这个口号，赶走了日本侵略者，打败了国民党反动派，教训了美帝国主义。

邓小平讲着，讲着，自己又站起身子，打开了桌上的留声机，不一会，留声机传出来郭兰英演唱的歌曲《我的祖国》：

一条大河波浪宽，
风吹稻花香两岸。
我家就在岸上住，
听惯了艄公的号子，
看惯了船上的白帆。

姑娘好像花儿一样，
小伙儿心胸多宽广，
为了开辟新天地，
唤醒了沉睡的高山，
让那河流改变了模样。

这是美丽的祖国，

是我生长的地方，
在这片辽阔的土地上，
到处都有明媚的风光。

好山好水好地方，
条条大路都宽畅，
朋友来了有好酒，
若是那豺狼来了，
迎接它的有猎枪。

“你听，我们中国人民对战争与和平的理解。好山好水好地方，条条大路都宽畅。朋友来了有好酒，若是那豺狼来了，迎接它的有猎枪。”

邓小平抽了口烟，转过身子，充满激情地讲：

我们不能割断历史，去看问题想问题，毛主席和朱老总在井冈山胜利会师，红军制定的俘虏政策里，就有了缴枪不杀这一条。毛主席提出的缴枪不杀、宽待俘虏的政策口号，一直是红军、八路军、新四军、解放军、志愿军官兵的保留台词。这句口号在内战时期，包括土地革命时期和解放战争时期的确发挥了很大的作用，尤其是在 1945-1949 年解放战争时期，作用不可估量，正是解放军坚定不移地执行这个政策，蒋介石国民党反动派 100 多万军队，在战场上举行了起义和接受和平改编，大大缩短了解放战争的时间和进程。

随着邓小平的讲述，奶奶的脑子渐渐地清晰起来。她清楚地记得，1936 年，日本籍女八路军原清志，跟着中国共产党员程明升，来到中国的焦作，参加了八路军晋豫边游击支队。原清志任政治部敌工科长，八路军晋豫边游击支队司令员唐天际写了“打倒日本帝国主义”、“八路军优待俘虏”“缴枪不杀”等一些口号，交给原清志，请原清志译成日语，教给战士们。原清志教战士们最多的一句话：缴枪不杀！

福州军区原空军副司令员张实杰，曾在八路军山东纵队第三支队独立营任连政治指导员，两次俘虏过日本士兵。他回忆：“那时候，每个八路军战士必须学会十句日本话，最常用的还是缴枪不杀。”

解放军东北野战军第 5 纵队司令员万毅就是因为缴枪不杀这个口号，避免了一场误伤。解放战争的淮海战场上，解放军东北野战军第 5 纵队和东北野战军第 6 纵队不期而遇，第 5 纵队穿的是缴获的国民党棉衣，东北野战军第 6 纵队便把第 5 纵队当国民党。第 6 纵队打第 5 纵队，第 5 纵队打第 6 纵队，第 5 纵队指战员喊缴枪不杀，第 6 纵队指战员也喊缴枪不杀。解放军东北野战军第 5 纵队司令员万毅，他觉得不对劲儿，国民党军队是不喊缴枪不杀的，他赶紧指挥部队吹军号联系，才发现是大水冲了龙王庙——一家人不认一家人。

在朝鲜战场上，我们中国人民志愿军战士，人人都会熟练喊那句著名的英语口号: 葡萄糖一根。英语音译为 Put down your gun，意为放下你的枪。

志愿军担架队的一条扁担，让美军举手缴枪。这个故事，令美军颜面皆失。这个故事的主角曲洪一，是吉林辑安县的一名普通农民，会打猎，枪法好，还有一手好木匠活。朝鲜战争爆发，曲洪一成为一名抗美援朝首批中国人民志愿军赴朝担架队队员，并担任辑安第三担架队队长。1950 年的 10 月初，曲洪一跟随中国人民志愿军跨过鸭绿江。一天傍晚，曲洪一率领担架队，赶赴前线抢救伤员，走到朝鲜一个叫楚山郡的半山腰，天已经完全黑了下来，四野里一片漆黑，伸手不见五指，他们只得小心翼翼摸索着向前行进。

突然，曲洪一发现在左贫道不远处，传来急促的脚步声和叽里咕噜的说话声，曲洪一立即停住了脚步，命令大家就地隐蔽。曲洪一直生活在鸭绿江边，能听会讲朝鲜语，他根据自己听到敌人之间的对话，看见敌人狼狈不堪的样子，他准确地判断：这是一伙被志愿军打散的敌人，绝不能让他们逃走！

曲洪一低声命令：“大家做好战斗准备，一切听我指挥。”曲洪一自己紧握着一根扁担，趴在最前面。那伙敌军走到近前，曲洪一一个箭步猛地跃起，举起手中的扁担，用英语和朝鲜语分别喝道：“缴枪不杀！缴枪不杀！”

与此同时，队员们也都举起了手中的棍棒。这伙全副武装的李承晚军和美国兵，被这突如其来的喊声吓呆了，不知道曲洪一他们是哪里来的天兵天将，更看不清曲洪一他们手里拿着什么武器，乖乖地缴了枪，束手就擒。

曲洪一押送着这 25 个美国、李承晚兵到了山下，天已经大亮了。李承晚军和美国兵这时才发现，是中国担架队的一个老头子，用一根扁担，将他们这25个美国兵、李承晚的兵俘虏了……

邓小平烟瘾大，他又点着了一根烟卷，娓娓而谈：

缴枪不杀这个口号，高度浓缩了中国人民解放军的战略智慧。当中国人民解放军包围了敌人，中国人民解放军的官兵先声夺人，缴枪不杀！这句口号充满了强烈的心理暗示，任何敌人，注定都要在这句口号面前做出选择，是生存，还是死亡？缴枪不杀，这句口号伴随着人民军队不断成长强大，是胜利，是和平，是文明，是骄傲。而优待俘虏，体现的是中国人民解放军的战略高度。在战场上，俘虏与中国人民解放军战士吃一样的伙食。在后方，俘虏的待遇比一般士兵、百姓都要好，有吃有喝还有娱乐，可以给家里写信。特别是在朝鲜的战场上，中国人民志愿军在朝鲜碧潼战俘营，创造性地开展了奥林匹克运动。1952年11月15日至11月26日，中国人民志愿军战俘管理处从全部6个战俘营的13107名战俘中，选拔出500名（1254人次）优秀选手，举办了一次史无前例、极其特殊、别开生面的“战俘营奥林匹克运动会”。美国、英国、法国、加拿大、哥伦比亚、澳大利、韩国、菲律宾、土耳其等14个国家和地区的战俘运动员，参加了朝鲜碧潼“战俘营奥林匹克运动会”。

奶奶似乎觉得自己听懂了，似乎又没有完全听懂。

无独有偶，我奶奶家那个上中国军事科学院的二儿子，也曾给她解疑释惑：今天，在台湾还流传着这样的一个笑话。一个台湾将军，亲自考问一个台湾士兵：“如果哪天共军打过来，你怎么办？”

“放下枪，钻到床下，缴枪不杀。”台湾士兵大声回答。

台湾将军愕然，长吁短叹：“气数，气数，国军必败。”

邓小平和奶奶说着话，已到了吃晚饭的时间，邓小平安排秘书：“今天，晚餐要多加两个菜，我要招待客人吃饭。”

奶奶推辞不过，只好客随主便，在邓小平那里吃晚饭。

奶奶永远记得，中国国家领导人吃的饭菜，不比百姓好到哪儿去，只是样数多了两样，摆在桌上的碟子、盘子、碗、勺子啊，样儿好看，多了几个罢了。桌上的主食，依然离不开玉米面窝头，比自己家窝头的个头，小了点，米饭，还有面条、水饺，样数多了，量却有点少了。

奶奶回忆说，她的注意力集中在饭菜的花样和味道上了，没有吃饱饭。想想也是，奶奶说，她当年的饭量，不亚于我们农村里一个壮劳力的饭量。

邓小平派车，送奶奶回招待所。在轿车旁，邓小平再一次一字一句地强调：缴枪不杀，是一个伟大的口号，在我们中国共产党战斗的历史上，或者今后革命、建设和发展的历史上，我们共产党人战场的无论在哪里，敌人是谁。我们将永远喊着这个伟大的口号，可能内容或者说法上有点变化，但是，我们的这些个传统、法宝永远不能丢。无论是革命时期，还是建设时期，永远都用得着，这是我们共产党人的宝贵财富。

在北京，我奶奶会晤了美国内华达州前州长迈克·奥卡拉汉，这位州长是一位残疾人，只有一条腿。迈克·奥卡拉汉州长对奶奶说："我的那条腿，丢在朝鲜战场上了。"

美国内华达州前州长迈克·奥卡拉汉永远不会忘记，1953年，在朝鲜三八线附近的战场上，奥卡拉汉任美军连长，他带领一百多个美国士兵，攻上了中国人民志愿军的阵地，只有一个中国人民志愿兵还活着，他没有武器。奥卡拉汉解释："我们按照国际战争的规则，我们不能打死没有武器的中国人民志愿兵。"

奥卡拉汉围拢到这个中国人民志愿兵跟前，他们发现他拿着步话机在大声呼喊，却不懂他在喊什么。

中国人民志愿军的炮弹，在这个中国人民志愿兵的呼叫声中，呼啸着铺天盖地而来了，这个中国人民志愿兵和攻上了阵地的美国兵同归于尽。战后，阵地上只有3个美国士兵幸存了下来，奥卡拉汉就是其中之一。

我奶奶给奥卡拉汉州长指点迷津，当时，这个中国人民志愿兵喊出了这样内容的一句话："为了胜利，向我开炮！为了胜利，向我开炮！"

这个中国人民志愿兵，他就是英雄刘七洋。他就是电影《英雄儿女》中王成的原型之一，中国人几乎无人不晓，刘七洋那句"为了胜利，向我开炮！"的呼喊声，久久回荡在无数人的心间。这个中国人民志愿兵用生命诠释的爱国主义精神，教育和激励了几代中国人。

我奶奶讲，朝鲜战争中，中国人民志愿兵危急时刻拉响手雷、手榴弹、爆破筒、炸药包与敌人同归于尽，舍身炸地堡、堵枪眼的英雄，前赴后继，层出不穷。仅在上甘岭的四十三天战斗中，中国人民志愿兵拉响手榴弹、手雷、爆破筒与敌同归于尽，舍身炸地堡、堵枪眼的烈士留下姓名的，就有三十八位之多。

1953 年，朝鲜战争夏季反击战中的一个晚上，刘七洋带领中国人民志愿军一个连队，潜入美军阵地去袭击敌人，他们一举消灭了 281.2 高地的美军，不料，却被跟踪反扑的美军紧紧咬住不放。中国人民志愿军面对敌人一次次疯狂地反扑，死守阵地，英勇抗击，战斗激烈而残酷，中国人民志愿军伤亡严重。

刘七洋拿着步话机，联络炮火支援，引导中国人民志愿军炮兵向美军开炮，精确地打击了美军。

“焦作 2 号！焦作 2 号！”中国人民志愿军师指挥部报话机里，传来了刘七洋的呼叫。

刘七洋声嘶力竭地呼喊了一夜，刘七洋的声音已经沙哑，但依然刚劲有力：“敌人的攻击，一次比一次猛烈，一次比一次频繁。敌人正从左侧进攻，请向我方阵地左侧开炮！”

刘七洋引导炮兵修正弹着点，一发发愤怒的炮弹在美军群中开花，炸得美军狼哭鬼嚎，溃不成军。过了一会儿，中国人民志愿军师指挥部的报话机里，又传来了刘七洋急促的声音：“报告首长，全连官兵都牺牲了，阵地上只剩下我一个人了。”

刘为家师长从军部开会回来，他亲自坐在了报话机旁，他从报话员孙绍均手里拿过话筒，他亲自跟刘七洋通话：“美军第 2 师的部队，已经被你们痛打了一个晚上，你们以小的代价换取了敌人重大的伤亡，为祖国和朝鲜人民作出了突出的贡献。现在，你们每坚持一分钟，都会给我们志愿军全线反击，增加一分胜利的保证！”

刘七洋斩钉截铁：“请首长放心，我是共产党员刘七洋，保证坚持到底，有我在，就有阵地在！”

刘为家师长激动地问：“什么？刘七洋，我是你叔刘为家，你怎么在阵地上？”

刘七洋回答：“我带一个连队，袭击敌人阵地，抓住了一个舌头，没有想到被敌人咬住了。”

刘为家师长还想问什么，刘七洋的声音，再次传来：“敌 人正在 281.2 高地东山脚下结集，快，开炮！”

刘为家师长立即命令中国人民志愿军师属炮兵团：“瞄准刘七洋指定的位置开炮，他指到哪里，你们就打到哪里！”

刘七洋简短、兴奋的喊声，在寂静的师指挥部里回荡：“哈哈！打得好啊。焦作 2 号，焦作 2 号，敌人被打得滚下山啦！打得敌人哇哇叫！”

刘为家师长命令参谋，把刘七洋调炮火歼敌的战绩，通报给各部队，让整个中国人民志愿军阵地都关心刘七洋那里的战斗，并要求各个报话机都使用和刘七洋步话机同样的波长，直接收听刘七洋的声音，给全师官兵以激励和鼓舞。突然，刘七洋又喊：“焦作 2 号，快向半山腰开炮！”

师指挥部里的报话机，听到了“轰隆、轰隆”持续不断的爆炸声。

孙绍均急呼刘七洋的代号：“281! 281! 我是焦作 2 号，请回答！”没有回答，再次呼叫，仍然没有回应。师指挥部里一片紧张，观察所这时报告：半山腰上出现了敌人，并有连续的手榴弹爆炸声。

孙绍均紧握钢笔，惊疑地问：“莫非阵地失守了？”

孙绍均急忙看表，准备记录阵地失守的时间。

“焦作 2 号！焦作 2 号！我是 281! 我是 281!”耳机里忽然又响起了刘七洋那熟悉的声音。

“281! 281？你还活着？”报话员孙绍均惊喜地大叫起来。刘七洋喘息着说：“没事，刚才有一股敌人偷偷扑上来，窜到了我的地堡边，我跳出去投了几颗手榴弹，全给打发他们回老家了。”

刘为家师长赞扬刘七洋：“好！我们相信你，这就是你对祖国的忠诚。我以全师官兵的名义感谢你！”

刘为家师长刚要说什么，只听得刘七洋喊：“敌人又上来啦！敌人又上来啦！”

刘七洋的声音断了。几分钟后，刘七洋气喘吁吁报告：“我打退了一批扑近地堡的敌人，现在，我只剩下最后一颗手榴弹了！”

美军的反扑，越来越猛烈。刘七洋的处境，也越来越险恶。刘七洋始终保持镇静，继续用大无畏的语调和指挥部保持联系。正午，美军向东山腰阵地，发起了第5个轮次的攻击。

刘七洋紧急呼叫：“敌人从三面涌向半山腰，注意，注意，快打2号、4号目标！”

“注意，我的右侧洼地出现了敌人！请炮火攻击！”

“敌人离我只有70米了，快，猛烈地打！炮火轰鸣声不断响起，刘七洋的声音变得急促：“快，快向我地堡周围50米开炮！”

“多少米？多少米？”刘为家师长急问。

“50米，50米，快开炮！快开炮！”

刘为家师长大声问：“你地堡上的积土有多厚？”

“焦作2号，别问啦！快打炮，要大家伙的那种！”

“焦作2号，”刘七洋又喊：“大家伙打远了，敌人太多，打近些，再打近些！”

刘为家师长问：“打40米行吗？打40米行吗？”

“还远！还远！”

“30米呢？30米呢？”

“再近些，再近些，快打！”

刘为家师长无须再问，他知道，再近就是刘七洋所在的地堡。刘为家师长听出来了，刘为家师长犹豫了：刘七洋誓与阵地共存亡，决心与敌人同归于尽。打？打吗？

“焦作2号，焦作2号，”刘七洋大声请求：“快打呀！敌人已经包围了我的地堡，快！朝我的地堡打！”

“焦作2号，别管我，再不打，就来不及了！为了胜利，向—我—开—炮！”

刘为家师长闭上眼睛，紧咬嘴唇，久久地没有出声。

中国人民志愿军师指挥所里霎时寂静，只听见马蹄表“滴答、滴答、滴答”走动的声音。刘为家师长的嘴里，重重吐出了两个字：“开炮！”

报话机里传来了一声又一声的爆炸声，接着，传来了刘七洋最后的声音：“亲爱的首长，同志们，再见啦！祖国万岁！……”

中国人民志愿军师指挥部、阵地上，同时沉寂下来。

男儿有泪不轻弹。刘为家师长把帽子狠狠地甩在桌上，两行热泪涌出了他的眼角，他咬烂了自己的嘴唇，血滴在了桌子上……

刘为家师长悲愤万分地抓起话筒，大声地下令：“开炮！开炮！集中所有炮火，狠狠地打！狠狠地打！”

中国人民志愿军的炮火，带着爆炸的波涛，带着愤怒的火焰，带着复仇的呼声，一个劲射个不停。

中国人民志愿军的炮火，呼啸着穿越天空，呼啸着飞向阵地，呼啸着砸向美军士兵。

在山坡阵地上，中国人民志愿军指战员看到，倒毙的美军尸体，横七竖八。中国人民志愿军烈士刘七洋满身伤口，人倒下了，手中还紧紧握着半截手榴弹木炳，那部炸烂了的血迹斑斑的步话机，紧紧压在他的身下……

刘七洋据守的那座地堡，已经炸塌了一半，在地堡口，零乱地躺着一百多具美军士兵的尸体。迈克·奥卡拉汉州长百思不得其解：“简直不可思议，实在不可思议。我一直对这个中国人民志愿兵很恼火，觉得这个中国人民志愿兵没有遵守国际战争规则。我们讲人道主义，没有枪杀你，你却呼叫炮火，却与我们同归于尽，炸死了我们一百多人。这是为什么呢？这是为什么呢？”

当年，我的奶奶董凤丝毫不讲情面，她劈头盖脸地驳斥迈克·奥卡拉汉州长：“州长先生，这个问题好理解，你们是侵略者，这个中国人民志愿兵是爱国者，爱国者的生命永恒！你知道吗？这个中国人民志愿兵，就是我的大儿子刘七洋，他牺牲在朝鲜战场了，我为他骄傲。毛泽东的大儿子毛岸英，也在朝鲜战场上牺牲了，也长眠在朝鲜的土地上，他们都是中国人民的好儿子。战争从来是正义者必胜，得道多助，失道寡助。你们侵略者搬起石头砸自己的脚，你们必须得付出代价。在中国共产党的领导下，我们中国人民坚持独立自主、维护国家尊严、捍卫主权领土的意志和决心，超越生命，超越历史。这一点，中国人民永远不会让步！”

历史在见证，1953 年 7 月 27 日，朝鲜汶山的帐篷里，“联合国军”总司令、美国陆军上将马克·克拉克在停战协定上签了字。

克拉克回忆朝鲜战争时，他说：“1952 年 5 月，我受命统帅联合国军，代表 17 个国家，我签订了一项停战协定。那个不幸半岛上的战争，对我来说亦表示我 40 年戎马生涯的结束。它是我军事经历最高的一个职位，但是它没有光荣。在执行我政府的训令中，我获得了一项不值得羡慕的荣誉，那就是我成了历史上签订没有胜利的停战条约的第一位美国陆军司令官。我感到一种失望和痛苦。我想我的前任麦克阿瑟和李奇微两位将军一定具有同感。”

美国五星上将布莱德利对朝鲜战争，有一个著名的总结，他说：“这是在错误的时间、错误的地点，和错误的对手，打了一场错误的战争。

美国海军陆战队的官方战史对“错误的对手”中国人民志愿军，如此评价：第一流的军队。

中国女翻译官以我奶奶董凤为原型，创作了长篇小说《我的奶奶是杀手》，在《我的奶奶是杀手》一书结尾处，她言之凿凿，责问那些自以为是、品头论足地干涉中国内政的洋人们：

外国洋人们，你们为什么总是喜欢干涉别国内政？总是自以为是？你们喜欢用两个标准处理世界问题，符合你们洋人们利益的国家，你们就说是民主国家；不符合你们洋人们利益的国家，你们就说是暴政国家。你们这些外国洋人们总是以民族、人权、宗教为借口，严重干涉中国内政，妄图践踏中国主权。在这里，我提醒你们这些外国洋人们，战争的胜利永远属于正义一方，你们不应该忘记中国人民近代反抗侵略的历史，八年抗战、朝鲜战争、越南战争、珍宝岛战争等等，尽管我们的武器装备与敌方多么不对等，有多么大的差距，但是，中国作为正义的一方，最终获得了一次又一次的胜利。我们再一次正告你们，英雄的中国人民热爱和平，永远站在全世界热爱和平人们一边，为了保卫和平，从不也永不害怕反侵略战争。喜欢干涉别国内政、总是自以为是的洋人们，你们了解中国吗？你们了解中国人吗？

中国女翻译官的问话，掷地有声，问得有理，问得有据，问得有节，问地振聋发聩，耐人寻味。

我的奶奶董凤，坐在轮椅上，阅读《我的奶奶是杀手》这本书，当她再一次读到中国女翻译官的问话时，她眯着那双漂亮深邃的丹凤眼，开怀地笑了："我是杀手，我用枪杀敌。我们的女翻译官，她也是杀手，她用笔杀敌。其实，我们是同志、同心、同行，我们做的还是同样的事情，我们是战友。"

我的奶奶董凤，说着，又一次开怀地笑了，她满脸的笑纹，像一朵盛开了的菊花，绚丽而夺目……